O JOGO DOS PEÕES

ROB J. HAYES

O JOGO DOS PEÕES

TRADUÇÃO
João Pedroso

COPYRIGHT © 2018 ROB J HAYES
COPYRIGHT © FARO EDITORIAL, 2023

Todos os direitos reservados.
Nenhuma parte deste livro pode ser reproduzida sob quaisquer meios existentes sem autorização por escrito do editor.

Diretor editorial **PEDRO ALMEIDA**
Coordenação editorial **CARLA SACRATO**
Assistente editorial **LETÍCIA CANEVER**
Preparação **CRIS NEGRÃO**
Revisão **BÁRBARA PARENTE**
Adaptação de capa **VANESSA S. MARINE**
Projeto gráfico e diagramação **VANESSA S. MARINE**

Dados Internacionais de Catalogação na Publicação (CIP)
Jéssica de Oliveira Molinari CRB-8/9852

Hayes, Rob J.
  O jogo dos peões / Rob J. Hayes ; tradução de João Pedroso. — São Paulo : Faro Editorial, 2023.
  288 p.

  ISBN 978-65-5957-288-5
  Título original: Pawn's Gambit

  1. Ficção inglesa 2. Literatura fantástica I. Título II. Pedroso, João

  23-0848   CDD 823

Índice para catálogo sistemático:
1. Ficção inglesa

1ª edição brasileira: 2023
Direitos de edição em língua portuguesa, para o Brasil, adquiridos por FARO EDITORIAL
Avenida Andrômeda, 885 - Sala 310
Alphaville — Barueri — SP — Brasil
CEP: 06473-000
www.faroeditorial.com.br

Comandei exércitos. Travei guerras, verdadeiras guerras em todas as milhares de encarnações. Passei a entendê-las como ninguém jamais o fez antes de mim e como ninguém o fará. As pessoas pensam que a guerra é um conceito imposto pelos poderosos sobre os fracos. Uma disputa de batalhas, um empurra e puxa de forças opostas lutando por dominância, à procura do golpe derradeiro capaz de cortar a cabeça e encerrar o confronto. Isso é mentira.

A guerra é algo vivo, algo único para a humanidade que habita o espaço entre os reinos físico e espiritual, algo que imita seus conceitualistas com uma precisão alarmante. Uma guerra começa pequena. Como uma ideia, um pensamento, um conceito. Nunca é rápida, a guerra leva tempo para ser gestada, para crescer, para assumir uma forma, muito antes de nascer para o mundo. E seu nascimento é sempre sangrento. Com violência, gritos e amor. Nenhuma guerra acontece sem amor. Seja amor por alguém, amor pelo poder, amor por dinheiro, amor por uma nação. Guerras crescem e se expandem para além das fronteiras de seus motivos. Conforme mais participantes se juntam à guerra, trazem também seus próprios propósitos que enlameiam suas águas e mudam seu fluxo. Guerras crescem e, conforme crescem, mudam, consomem, se propagam. São coisas solitárias que buscam companhia e geram conflitos menores.

E mesmo assim, com o tempo se cansam, dão e recebem cicatrizes que curam e se transformam em um tecido mais grosso, mais caloso. E quando morrem, morrem com força. Assim como as pessoas, partem se agarrando a cada segundo, a cada fragmento de vida. Guerras nunca terminam quando a cabeça do inimigo é arrancada. Isso também é mentira. Batalhas continuam, mesmo que seu propósito seja esquecido, mesmo que os ideais que as motivaram se dispersem pelo vento. Homens continuam lutando mesmo quando a esperança já não faz mais diferença, e a razão, muito menos. E quando a guerra é finalmente posta para descansar, pois é o que sempre acontece, fica na memória por aqueles a quem deu à luz e por aqueles que destruiu.

Xiaodan Wei

PRÓLOGO

— TODOS OS OUTROS DEUSES ESTÃO ESPERANDO, NATSUKO — DISSE Fuyuko, com sua voz infantil, alta e animada. — Vamos logo, escolha de uma vez.

Natsuko deu uma olhada para o irmão gêmeo e voltou a contemplar os retratos nas paredes. Já fazia dias que estava no Salão das Faces tentando escolher. Milhões de quadros decoravam as paredes do vasto auditório; havia uma pintura de cada humano em Hosa, Ipia, Nash e Cochtan. Enquanto olhava, os cantos de um dos retratos começaram a se dobrar, o pergaminho amarelou e a tinta enfraqueceu. Outro humano morrera. Vivia morrendo essa gente, e sempre em grandes quantidades, principalmente nos últimos cem anos. Um século de guerra e tantas vidas perdidas. O pergaminho virou pó, e o rosto outrora estampado ali desapareceu. Changang, o deus da vida, chegaria em breve para substituir o quadro e pintar um novo rosto. Era função dele em Tianmen manter o Salão das Faces atualizado. Mas agora até mesmo Changang estava esperando por Natsuko.

— Escolha, irmã! Não temos toda a eternidade.

— Paciência, irmão — disse Natsuko, num tom desafiador. — Só temos uma chance.

— Eu sei, irmã — respondeu Fuyuko. A criancice, antes estampada em suas feições, agora abria espaço para uma carranca. — Dentre todos os deuses, pode ter certeza de que *eu* sei!

Era hora de escolher. Natsuko suspirou e arrancou um dos quadros da parede. Uma mulher de meia-idade com rugas que evidenciavam os sorrisos fáceis, há muito substituídos por uma expressão dura, fruto da culpa e do luto. Uma vida de dor, de muito esforço, de perda. Esse rosto, essa humana, de todos os milhões de rostos que a cercavam, talvez entendesse.

— Esta aqui — disse Natsuko.

Ela esperava que fosse sentir algo certeiro quando escolhesse a pintura que queria, mas não sentiu coisa alguma. Michi, o deus dos presságios, provavelmente teria algo a dizer a respeito... se bem que Michi sempre tinha algo na ponta na língua para tudo.

— Tem certeza? — perguntou Fuyuko.

Ele encarava a pintura e olhava com aquela expressão que deixava claro que achava que a irmã havia endoidado. Como era fácil entender esse garoto, era sincero até demais. Era por isso que estavam interpretando aqueles papéis. Não haveria como ser de outro jeito.

Natsuko sorriu para o irmão e, empolgada, concordou. Depois, agarrou-o pela mão e o puxou para fora do Salão das Faces. Com as sandálias batendo contra o chão de mármore e as nuvens se movendo com vigor de ambos os lados — e lá em cima no lugar das paredes e do teto —, correram pelos corredores de Tianmen. Estava estranhamente quieto. Todos os deuses haviam se reunido na sala do trono e esperavam para começar a disputa. Esperavam por ela.

As portas, que se agigantavam através das nuvens no alto, estavam abertas. Segurando a pintura contra o peito, Natsuko passou por ali enquanto apertava a mão do irmão. Não o soltaria por nada, não quando eles estavam assim tão perto. Todos os deuses se viraram para vê-la entrar. Havia centenas deles, alguns amigos, outros o extremo oposto. Alguns até chegaram a rosnar. Todos os deuses tinham inimigos, até mesmo deuses-crianças como Natsuko. No púlpito, em frente ao trono de jade, Batu, o deus da guerra, o tianjun pelo último século, esperava. Por um século, ele havia governado os céus e, por um século, o mundo lá embaixo não conhecera nada além de guerra. Agora, porém, os deuses tinham uma chance de mudar isso. E ela pagaria qualquer preço.

— Está finalmente pronta, pequena Natsuko? — perguntou Batu, sorrindo para ela.

Ele até que não era grosseiro para um deus. Estava lá, radiante, com o peito nu, pele bronzeada, sem um único fio de cabelo além das sobrancelhas fartas cor de fogo e costeletas douradas espessas.

Havia joias cerimoniais ao redor de seu pescoço, seus únicos ornamentos. Batu se inclinou sobre seu bastão vermelho de madeira, uma arma que nenhum outro deus, mortal ou espírito, conseguia levantar. O trono de jade era seu. Por enquanto.

Arrastando Fuyuko, Natsuko atravessou a multidão de deuses.

— Estavam todos esperando por mim? — perguntou, com um risinho.

Batu riu.

— Bom, não é possível continuar sem todos presentes. Mas vou admitir: estava prestes a mandar Sarnai te arrastar até aqui, pronta ou não.

Sarnai, a deusa do fogo, fez uma cara zombeteira para Natsuko. Ela era mais alta que a maioria dos deuses e metade reptiliana. Uma longa cauda descansava atrás de seu corpo, e escamas salpicavam sua pele. Respingava fogo de sua boca sempre que a abria, o que a deixava com a língua presa de um jeito que era praticamente impossível de entender.

— Pelo *vixto voxê excolheu* — disse a deusa do fogo. — *Posxo* ver?

E estendeu uma mão, que mais parecia uma garra. Natsuko apertou o retrato com ainda mais firmeza contra o peito. Sarnai riu, o que fez labaredas jorrarem de seus lábios. Natsuko segurava a pintura que havia escolhido, mas o rosto no retrato parecia mais uma máquina do que um humano.

Batu ergueu o bastão e o bateu no chão. O som foi tão alto quanto dez gongos tocando ao mesmo tempo. Ele esperou que ficassem em silêncio e então deu um sorriso irônico.

— Chegou a hora — disse, olhando de cima para baixo, a todos ali presentes. — Deuses que desejam me desafiar pelo trono, apresentem-se.

Natsuko deu um passo à frente. Não foi a única. Trinta e cinco deuses das centenas ali reunidas resolveram tomar partido. Cada um carregava um quadro em uma mão e seu artefato na outra.

— São tantos — zombou Batu, arreganhando os lábios como uma cabra. — Será que meu tempo como tianjun foi tão ruim assim? — Ele ergueu uma mão antes que qualquer um pudesse responder. Sabia exatamente como seu governo fora e não se importava. Afinal, era o deus da guerra, e a ela era seu propósito. — Todos conhecem as regras. E todos sabem o preço.

Deu uma olhada em Natsuko, e ela viu a tristeza nos olhos dele. Nenhum outro deus desistira.

Batu respirou fundo, levantou a voz e falou com um ar de formalidade:

— Nos reunimos aqui, nós, deuses de Hosa, Ipia, Nash e Cochtan, como fazemos a cada cem anos, para participar da Forja Celestial. Para definir quem de nós se sentará no trono pelo próximo século. Qual de vocês tentará tomar meu lugar? Deixe seu artefato que eu os semearei. Levem suas pinturas e encontrem seus campeões. — Ele apontou para o céu e para a lua que cruzava as alturas. — Hikaru?

Com os pés envolvidos em chinelos, Hikaru, a deusa da lua, deu um passo à frente e curvou a cabeça. Por um instante, a lua pareceu brilhar mais forte.

— Daqui a vinte e cinco dias, a lua ficará cheia novamente — disse a deusa.

Natsuko quase riu ao pensar em como isso confundiria os humanos. Os observadores de estrelas documentavam e previam com muito cuidado a passagem da lua e dos astros. Hikaru acabara de acelerar o ciclo e transformara todas essas previsões em caos.

O deus da guerra bateu uma palma.

— A disputa começará com a luz de um novo dia. Boa sorte, e... — seu sorriso ficou mais largo e esticou seu rosto até deixá-lo com um ar ameaçador — espero que todos fracassem. — A maioria dos deuses riu da piada, mas não Natsuko. Ela enxergou as entrelinhas do humor de Batu e se perguntou do que ele seria capaz para fazer com que todos, de fato, fracassassem. Não seria o primeiro governante dos céus a manipular o jogo. — Bom, se mexa, minha gente. Nada de ficar parados aí.

Cada um dos deuses participantes deu um passo à frente e deixou seus artefatos diante do trono. Natsuko foi a última; era difícil se desfazer da coisa que mais valorizava no mundo. Mas era preciso. Era o preço para entrar na disputa, e o único jeito de colocar um fim ao governo de Batu.

— Vou deixá-lo em um lugar bom — disse ele, mas baixinho, para que ninguém mais ouvisse.

Natsuko cerrou um dos punhos enquanto, com o outro, segurava a pintura.

— Longe das suas guerras?

O sorriso desapareceu do rosto de Batu, e ele a encarou com um olhar tão gélido quanto o aço.

— Não existe mais um lugar sem guerra. Afinal, talvez eu tenha só mais vinte e cinco dias no comando. Minha intenção é mergulhar o mundo em uma discórdia nunca antes vista, pequena Natsuko.

Natsuko vacilou, mas ergueu o rosto e encarou Batu.

— Eu vou te impedir.

O deus da guerra abriu os braços.

— Então me impeça.

Natsuko sustentou o olhar para Batu por mais um instante, soltou o artefato no púlpito, se virou e saiu dali o mais rápido que suas perninhas permitiam. Seu coração se despedaçou, e ela se esforçou para segurar as lágrimas. Era necessário. Tudo fazia parte do plano. Do plano de Fuyuko. O problema é que *ele* não tinha a força para colocá-lo em prática. E, por isso, havia sobrado para ela.

— Espero que você seja a escolha certa — sussurrou para o retrato.

1

YUU OBSERVAVA O VELHO POR CIMA DA MESA ENQUANTO ELE ENCARAVA as últimas peças que restavam. Era um idoso tolo que trouxera uma garrafa de vinho e a compartilhara sem hesitar. Uma tática ardilosa que talvez tivesse funcionado com alguém menos estrategista, mas ela entendeu todo o plano. Além do mais, seria preciso mais do que uma garrafa de vinho para fazê-la ficar tão ruim no xadrez a ponto de perder para alguém daquele nível. O sujeito tinha rugas tão velhas que Yuu nem era capaz de contar, e um bigode grisalho caído. Ele mastigava o lado esquerdo do bigode, triturava os pelos com os dentes enquanto tentava encontrar uma saída para a armadilha em que se metera. Mas não havia saída. Só tolos não se preparavam.

— Não se preocupe — disse Yuu, segurando um bocejo. — Temos o dia todo.

Já era o fim da manhã, e nuvens brancas cobriam o céu. Não choveria hoje. Mais um dia de seca.

— Não me apresse — respondeu o velho, irritado enquanto encarava as peças. — Chaoxiang escreveu que nenhuma guerra está perdida enquanto a força de vontade para lutar persistir. — Ele a olhou e deu uma piscadela, como se uma filosofia velha daquela fosse capaz de lhe trazer sorte. — Minha força de vontade está a postos. Hoje é o dia que vou te derrotar.

Ele dissera a mesma coisa ontem, e no dia anterior. E antes também. E sempre esteve errado. Para começo de conversa, o idoso já tinha perdido depois de fazer a sexta jogada e, mesmo que não percebesse, todos os trinta movimentos desde então só serviram para piorar sua situação. Além do mais, sua interpretação de Chaoxiang era tão fajuta quanto sua habilidade no xadrez. Ele perdera o jogo e a batalha. A guerra, por outro lado, continuaria de fato até quando sua força de vontade durasse. Continuaria a desafiando e continuaria perdendo. Com o tempo, a força de vontade vacilaria. Até lá, Yuu aceitaria de bom grado o dinheiro e o vinho. Ela ergueu a taça e, feliz da vida, bebeu um gole, gozando da discreta latência do álcool. Cinco anos atrás, condenaria qualquer um de seus soldados por beber ao meio-dia. Mas as coisas haviam mudado, e ela mudara também. A escolha entre mudar e morrer, de *escolha* não tinha nada.

O velho tocou o último Ladrão que tinha. Ele continuava com apenas mais três Peões, o Imperador, um Shintei e o Ladrão que estava tocando agora. Yuu sabia qual seria a jogada muito antes de o movimento acontecer. Ela o deixara com apenas uma direção, uma única saída, um único jeito de não perder o Imperador. Ele seguiu a deixa e moveu o Ladrão duas casas para a frente e uma para a esquerda, bloqueando o Monge de Yuu. Ela esperou o idoso tirar o dedo da peça e consumar sua derrota. Depois, arrancou seu Herói do tabuleiro, deslizou até o outro lado e posicionou-o ao lado do Imperador do sujeito.

— Xeque-mate — disse Yuu, com um sorriso bêbado, deixando o homem olhar para o jogo por alguns instantes. — Pode ir pagando.

Os olhos dele varreram o tabuleiro por mais alguns momentos, e então ele suspirou e colocou duas moedas sobre a mesa de pedra.

— Não consigo ganhar nem quando você está bêbada.

— Não mesmo — concordou Yuu, feliz da vida. — Mas agradeço pela tentativa. — Ela se inclinou numa saudação e deu uma risada embriagada. — Me avise quando quiser tentar de novo.

O velho resmungou e, com os joelhos estalando, saiu da mesa. Ele se afastou com a cabeça baixa, e Yuu deduziu que a esposa dele ficaria brava esta noite. A idiotice das pessoas nunca deixava de maravilhá-la. Pelo quinto dia seguido, ele perdera dinheiro e, desta vez, uma garrafa de vinho também.

Yuu percebeu que o senhor, inclusive, deixara o restante da bebida. Ela colocou alguns fios teimosos do cabelo atrás da orelha e se serviu de mais uma taça. Depois, se ocupou em reorganizar as peças para o caso de mais alguém ser otário o bastante para desafiá-la.

Xindu era uma pequena e apática vila que ficava a apenas três dias de viagem ao oeste de Ban Ping. Algumas dezenas de famílias chamavam o lugar de lar e, durante o período de relativa paz após Einrich WuLong ter assumido o trono e se declarado o Imperador dos Dez Reis, o vilarejo crescia aos poucos. Havia boatos de que o Imperador Leproso planejava uma nova guerra contra Cochtan, mas, por enquanto, nenhum oficial aparecera para convocar tropas. O vilarejo tinha uma pequena praça onde havia uma taverna; nessa praça, ficava uma mesa de pedra perfeita para jogos como xadrez. Era um local bonito, agradável para usar como esconderijo, mas Yuu não podia esquecer que era isso o que estava fazendo ali: se *escondendo*. Teria que seguir em frente logo, antes que os moradores começassem a perguntar quem ela era de verdade. Só que, até lá, derrotaria, feliz, os oponentes, tomaria o dinheiro deles e gastaria tudo com bebida. Todo dia, em certa hora, depois de ter consumido boa quantidade de álcool, ela conseguia se esquecer do que fizera e de quem pagará o preço. Nessa hora, sua mente parava de analisar o mundo e ficava em paz.

Um novo jogador se sentou do outro lado da mesa, e Yuu deu umas piscadelas para afastar a imprecisão da vista. Seus pensamentos estavam longe, guiando-a para um caminho sombrio e familiar; qualquer distração era bem-vinda. O atual oponente parecia ser uma garotinha, com uns seis anos no máximo. Jovem demais para se lembrar do último imperador e da guerra que ele impusera ao próprio povo. Yuu sentiu inveja da juventude da menina, mas as chances eram grandes de que a jovem cresceria só para acabar virando uma tola como todo mundo.

— Eu não ensino — disse Yuu, com a fala arrastada.

Ela pegou o vinho para encher o copo mais uma vez, mas viu que não havia mais nada. Espiou pela boca da garrafa, só para ter certeza, mas sim, estava definitivamente vazia. Outro luto com o qual teria que lidar.

— E eu não vim pra aprender — disse a garota numa voz tão eloquente que fez Yuu reavaliar sua idade.

Era pequena, tinha cabelo preto, curto e olhos de um castanho profundo. Vestia um hanfu vermelho simples com bordados brancos, e um único brinco de madeira em formato de dragão envolvia sua orelha esquerda. Era esquisito, e certamente não era nenhuma moda que Yuu conhecia. Talvez ela tivesse perdido o outro brinco; era tão novinha que talvez nem tivesse percebido. As roupas eram limpas demais para uma trabalhadora do campo, e seu jeito exalava um ar de nobreza. Parecia deslocada ali em Xindu, e Yuu não gostava de coisas fora do lugar. Havia alguma coisa passando despercebida.

— Qual o seu nome, garota? — perguntou Yuu.

Fazia uma semana desde que chegara a Xindu e nunca havia visto aquela criança. A vila não tinha filiação com nenhum dos clãs, e essa menina podia ser tudo, menos plebeia.

— Natsuko — respondeu a pequena, animada.

Um nome ipiano, significava "filha do verão". Havia uma espécie de foco desconcertante em seu olhar.

— Você está bem longe de Ipia.

No mínimo três semanas de viagem, e grande parte do trajeto pelas montanhas, isso sem mencionar as fronteiras vigiadas. Yuu olhou pelo estabelecimento em busca dos pais da criança. Não que odiasse crianças, a questão é que elas não serviam para quase nada até crescerem o bastante para se tornarem úteis. Pensando melhor, Yuu decidiu que odiava crianças, sim. E tinha um bom motivo.

— Qual o seu nome? — perguntou a menina.

— Yuu.

Estava tão acostumada com a mentira que agora já nem percebia mais. Cinco anos já haviam se passado assim.

— Não é, não — repreendeu a garotinha. — Seu nome é Daiyu Lingsen.

Yuu entrou em pânico; uma onda de sobriedade a tomou de assalto e afiou os confins nebulosos de seu pensamento. Percebeu-se muito mais sóbria do que instantes atrás e amaldiçoou sua complacência. Nervosa, deu uma olhada pela praça que a cercava, à procura de guardas ou caçadores de recompensas. Da última vez que ouvira, sua cabeça estava custando quatro mil lien, e a família real de Qing nem se importava se o resto de seu corpo viria junto. Havia brincado com a sorte, ficado nessa vida enganosamente apática por tempo demais. Os rumores diziam que o lendário caçador de recompensas, o Leis da Esperança, estava em Ban Ping, e a cidade nem ficava muito longe de Xindu a ponto de dissuadi-lo de fazer a viagem. Ainda mais com quatro mil lien em jogo. Era uma grande quantia, suficiente para transformar qualquer idiota do vilarejo em um profissional. Estava na hora de fugir de novo, hora de mudar o nome novamente. Quem sabe talvez sair de Hosa de vez? Poderia ir viver em Nash ou Ipia, onde ninguém nunca ouvira falar de como ela assassinara o Príncipe de Aço ou da estrategista Arte da Guerra.

As únicas outras duas pessoas na praça eram moradores locais: um pastor de cabras conversando com uma mulher que tirava água de uma fonte. Se haviam chegado ali atrás de Yuu, então não estavam fazendo um bom trabalho para encurralá-la. A estrada principal de Xindu atravessa a praça da vila e havia dois becos logo atrás de Yuu. A essa hora do dia, um deles estaria cheio de varais, o que serviria como uma cobertura extra para a fuga. Quando olhou de volta para a menina, a garota continuava a encará-la e sorria, paciente.

— O que é isso? — perguntou. — Uma ameaça? Não tenho dinheiro e...

— Não — respondeu a pequena rapidamente. — Nada do tipo. Vim te pedir ajuda. Deixe-me começar de novo: meu nome é Natsuko e eu sou uma deusa.

Yuu a encarou de forma intensa e não recebeu nada além de uma desconfiança em troca. Tinha um breve conhecimento a respeito dos deuses, mas havia tantos que apenas os monges podiam ter alguma esperança de conhecer todos. Mesmo assim, o nome não lhe pareceu estranho.

— E por acaso essa seria a deusa ipiana dos perdidos?

A garota suspirou, impaciente.

— Deusa das oportunidades das coisas perdidas — corrigiu, de mau humor. — Não *dos* perdidos.

Será que uma deusa realmente desceria dos céus para atormentar Yuu? Ela precisava admitir que era possível e até mesmo bem provável. Que outra serventia os deuses tinham a não ser brincar com os mortais? A pior parte disso tudo era que uma deusa sentada à sua frente, do outro lado de um tabuleiro de xadrez, não era a coisa mais estranha que ela já presenciara. Tinha visto heróis há muito tempo mortos serem trazidos de volta à vida e também os vira matar um *oni*. Pensou ter deixado essa vida para trás.

— Então me conte, pequena deusa: por que é que vocês deuses sempre aparecem como crianças?

Ela não sabia ao certo se conseguiria fugir de uma deusa, mas parecia bem mais possível do que fugir do Leis da Esperança. A lenda que o precedia era antiga e famosa. Ninguém escapava dele.

A garotinha semicerrou os olhos.

— Sempre? Você já se encontrou com deuses antes?

Algumas mechas de cabelo haviam caído em frente a seu rosto, e Yuu as colocou para trás das orelhas.

— Bom, teve um *shinigami* alguns anos atrás...

Ela deu mais uma olhada na praça, à procura de perigo, mas tudo parecia tranquilo.

A garota soltou um risinho zombeteiro.

— *Shinigamis* não são deuses. São espíritos. Espíritos poderosos, isso é verdade, mas mais semelhantes aos *yokai* comuns do que aos deuses. — Ela assumiu um tom irreverente para falar dos Ceifadores, o que contribuía muito para que Yuu acreditasse que tudo aquilo era verdade. Não eram muitos os que sabiam a respeito dos *shinigamis*, e, em Hosa, as chances de que alguém soubesse a verdade a respeito de uma deusa ipiana obscura era ainda menor. — Mas, se isso faz você se sentir melhor...

A garota foi parando de falar. Yuu semicerrou os olhos para o pastor de cabras que continuava falando com a mulher perto do poço. Ela tinha certeza de que já o tinha visto pela vila antes, mas ele estava, com toda certeza, encarando-a demais para o gosto dela.

A voz da garota tomou ares de um grunhido, digno de uma avozinha velhíssima.

— Como é?

Yuu ignorou o borrão causado pela embriaguez e virou a cabeça para trás. A garota já não exibia mais o rosto com bochechas avermelhadas de uma

17

menininha, e sim as feições flácidas de uma idosa. Mesmo assim, continuava vestindo o mesmo hanfu e o único brinco de madeira na orelha esquerda.

— Que é isso? Para onde foi a menina? Estou tão bêbada assim?

A velha deu de ombros e riu.

— Provavelmente bêbada demais para essa conversa. Acontece que não tenho todo o tempo do mundo e, sendo bem sincera, não foi nada fácil conseguir uma oportunidade em que você já não tivesse bebido pelo menos uma garrafa.

Yuu deu uma olhada para a garrafa vazia sobre a mesa. Tinha que admitir que aquela não era a primeira do dia. Havia terminado outra no café da manhã, mas isso não era novidade nenhuma. Ela esfregou os olhos e encarou a idosa mais uma vez. A criança claramente não estava mais ali, mas havia algo de familiar naquela senhora. Os olhos castanhos eram os mesmos, tão profundos e sábios.

— Agora você está convencida? — perguntou a velha.

Yuu já ouvira falar de ilusionistas, alguns, inclusive, com técnicas únicas e mãos levíssimas, mas ninguém que pudesse mudar a aparência tão rápido e de forma tão convincente. Ela se inclinou sobre a mesa e deu uma olhada atenta à lateral da mulher, mas se a criança estava escondida em algum lugar, não era ali. Yuu se ajeitou no assento e pensou. A resposta mais óbvia era que estava sendo enganada de algum jeito e não tinha a inteligência necessária para entender o mecanismo. Só que, por outro lado, o mundo era cheio de histórias sobre deuses descendo de Tianmen para brincar com os humanos. Que sorte seria se esse fosse o caso.

— Será que dá para você, hum... fazer alguma coisa para eu ter certeza?

A velha franziu o cenho, o que aprofundou as rugas de seu rosto.

— Como o quê?

— Sei lá. — Yuu deu uma olhada em volta. — Faça essa garrafa ficar cheia de novo.

— Eu sou a deusa das oportunidades perdidas, não da bebida.

— Que pena.

A mulher tinha razão, é claro. A deusa da bebida era Zhenzhen, um nome muito popular. Afinal, o costume mandava fazer uma prece a ela antes do primeiro gole do dia. Yuu não seguia a tradição muito à risca, afinal, seu primeiro gole estava sendo cada vez mais cedo. Às vezes, mal se lembrava de colocar o vinho numa taça, quem dirá fazer uma oração.

A velha esticou o braço do outro lado da mesa.

— Me dê sua mão.

Yuu, desconfiada, se afastou por um instante e avaliou a praça de novo. O pastor de cabras e a mulher haviam ido embora. Ela e a velha estavam sozinhas.

A idosa posicionou a mão ao lado do tabuleiro de xadrez, esperando. Yuu esticou a mão e apertou a da deusa. A senhora deu um sorriso de avó e, por apenas um instante, ficou parecendo a mulher que havia criado Yuu em outro tempo, quando ela era conhecida por seu antigo nome. Antes da guerra tê-la transformado em uma assassina, e antes da paz tê-la feito uma criminosa. Então, a velha afastou a mão e deixou algo pequeno e anguloso na palma de Yuu.

— É impossível — disse, com a garganta ficando apertada. Segurou um soluço de choro e piscou para afugentar as lágrimas. Em sua mão, havia uma pequena peça de xadrez. Nenhuma das que já tinha (ela esculpia e cinzelava as próprias peças das mais diversas formas), mas uma que conhecia bem. Uma que perdera havia muitos e muitos anos. — Como?

A velha deu um sorriso gentil.

— Sou a deusa das coisas perdidas e das oportunidades que ficaram para trás. Isso foi um presente da sua avó. Bom, fazia parte de um conjunto.

Era uma única peça de xadrez, um Peão, a mais fraca de todas. Yuu passou o dedão pelo soldadinho de Hosan. A lança quebrara bem em cima da mão, e havia diversos arranhões na armadura e no escudo. Parte da madeira estava desbotada devido aos anos de uso e à umidade das mãos que a seguravam. Era o mesmíssimo Peão que Yuu usara para conquistar o Imperador de sua avó na primeira vez que a derrotara. Ela perdera a peça pela estrada, fora obrigada a deixá-la para trás quando bandidos atacaram seu acampamento no meio da noite. Com os criminosos em seu encalço, ela correra para a floresta. Teria sido pega caso não tivesse topado com o Príncipe de Aço e se ele não tivesse massacrado todos os ladrões para salvá-la. Era aquela mesma peça de xadrez. Mas era impossível.

Yuu apertou o Peão com força, fechou os olhos e se lembrou das muitas vezes que jogou contra a avó. Das muitas vezes que perdeu e da única partida que ganhou. Colocou a peça no bolso do robe, abriu os olhos e percebeu que a deusa a encarava com uma tristeza no olhar. Yuu fungou e esfregou os olhos de novo. Era a bebida. Não podia se dar ao luxo de ser tão emocional agora; precisava de sobriedade e clareza.

— Natsuko? Vamos supor que eu acredite. O que é que uma deusa quer comigo?

— Você já ouviu falar da Forja Celestial? — perguntou Natsuko.

Yuu meneou a cabeça. Além de um punhado de nomes, sabia muito pouco a respeito dos deuses e de seus rituais. Tirando a exigência de preces, pareciam não influenciar quase nada a vida cotidiana dos humanos. Não havia dúvida, porém, de que existiam mesmo.

Natsuko suspirou.

19

— Escondemos muitas coisas dos mortais. Você percebeu como nos últimos cem anos o mundo não conheceu nada além de guerra?

Yuu deu de ombros. A guerra era intrínseca ao mundo, às pessoas que o habitavam e a quem o governava. Era verdade, sim, que ela odiava a violência e as mortes, as pragas e a fome. Tantas vidas se perdiam, e o preço ia muito além daqueles que eram assassinados em batalha. Por outro lado, fora em meio à guerra que ela fizera seu nome como estrategista para o Príncipe de Aço de Qing. Por um tempo, a posição a fizera ser poderosa e respeitada. Agora fazia com que fosse desprezada e caçada. Ela odiava a guerra e, mesmo assim, devia a ela tudo o que tinha e tudo o que era, fosse isso bom ou ruim.

Natsuko pareceu esperar por um instante para que Yuu respondesse. Quando nada foi dito, a deusa continuou:

— É tudo porque Batu, o deus da guerra, está sentado no trono de Tianmen. O reinado dele como tianjun tem sido sangrento e violento. Ele é o deus da guerra e esse é seu único propósito. Fez com que a violência tomasse conta de todas as partes de Hosa, Ipia, Nash e Cochtan, banhou o mundo em sangue. E não havia o que nenhum de nós pudesse fazer — disse Natsuko, com o rosto enrugado tomado por uma expressão de luto.

— Por que não?

— Porque ele é o tianjun. — Natsuko olhava para Yuu como se a questão fosse simples. — A palavra dele é lei. Seu governo, absoluto. Qualquer lei que ele faça, somos obrigados a tolerar.

— Nunca me dei conta de que os deuses tinham um império — comentou Yuu.

Como queria mais uma ou duas garrafas de vinho. Tinha um pressentimento de que não ia gostar do caminho para onde essa conversa estava indo, e notícias ruins sempre desciam melhor quando se entendia apenas metade do que era dito.

Natsuko assentiu.

— A cada cem anos, temos uma disputa: a Forja Celestial. O vencedor se torna tianjun pelo próximo século.

— É agora, não é? — perguntou Yuu. Só conseguia imaginar uma razão para a deusa estar lhe contando tudo aquilo. — Essa tal disputa.

Ela pegou a garrafa de vinho e olhou para suas profundezas de novo. Continuava vazia, aquela merda.

— É.

— E você quer uma estrategista para ajudar a travar uma guerra contra o deus da guerra? — A ideia fez Yuu rir e menear a cabeça. Não havia dúvidas de que nenhuma guerra tão voraz fora batalhada antes, mas ela não era mais uma estrategista. Não era mais a Arte da Guerra. — Pois continue procurando. Não faço essas coisas. Não quero me envolver em guerra nenhuma. Só quero jogar xadrez e...

— E beber até morrer?

Yuu moveu a garrafa vazia no ar.

— É meu jeito de homenagear Zhenzhen.

Natsuko suspirou.

— Não é uma guerra. É uma disputa.

— Então é melhor escolher um guerreiro — disse Yuu, com outro gesto de desdém. — Não sei lutar.

Não era completamente verdade; ela tinha habilidades rudimentares com a espada, mas nada comparado aos heróis que vagavam por Hosa ou aos bandidos que atormentavam as vilas mais distantes do império. E nem mesmo aos valentões raivosos que vez ou outra apareciam com nada além de uma lâmina enferrujada. Qualquer um seria uma escolha melhor do que uma estrategista sem honra alguma. Ela pode ter vencido todas as batalhas e até mesmo a guerra, mas sacrificara seu imperador... seu Príncipe de Aço. Uma troca miserável.

— Ah, você cale a boca e me deixe terminar. Não é uma guerra nem uma luta. Os deuses escolhem campeões. Humanos. Artefatos divinos são escondidos por toda Hosa. O vencedor é o deus cujo campeão encontra e guarda o maior número de artefatos até a próxima lua cheia.

Yuu deu uma risadinha.

— É sério? Os deuses escolhem o imperador com uma caçada ao tesouro?

— Sim — disse Natsuko, e bateu palmas uma vez com suas mãos nodosas. — Esse é um jeito maravilhoso de descrever.

Yuu colocou a garrafa sobre a mesa e a fez girar lentamente.

— Por que eu?

Não era nem guerreira nem ladra, e não era necessariamente boa em encontrar coisas. Até onde podia perceber, ela não tinha nada a ver com uma competição como essa. Aliás, não tinha nada a ver com nada além de um tabuleiro de xadrez, com o qual extorquia velhos por moedas. Tinha encontrado seu nicho na vida, e as exigências eram exatamente o que ela se sentia confortável fazendo. Nada de impérios sob risco, nada de reis e príncipes morrendo por sua causa, nada de milhares de soldados sacrificados por um objetivo. Nada mais disso. O que precisava era encontrar outra garrafa de vinho antes que o peso de tudo o que fizera a deixasse completamente sóbria.

O rosto enrugado de Natsuko se suavizou.

— Porque nós queremos a mesma coisa: que essa guerra acabe. Todas as guerras. Porque eu sou a deusa das oportunidades perdidas, e você já perdeu oportunidades demais na vida. E porque, enquanto os outros deuses talvez escolham guerreiros para pegar os artefatos à força ou ladrões para conquistá-las na base da astúcia, eu decidi dar o emprego para alguém que pode visualizar toda a jornada, e não apenas o próximo passo. Alguém que possa planejar previamente e usar recursos que vão além de suas próprias habilidades. Eu escolhi você, Daiyu Lingsen.

Yuu curvou o lábio de desgosto.

— Então escolheu muito mal, porque esse alguém não existe. Daiyu Lingsen morreu, e já foi tarde. Obrigada pela peça de xadrez, deusa Natsuko. — Yuu curvou a cabeça. — Agora vá embora.

A expressão da deusa se desfez, e as linhas de expressão ao redor de sua boca ficaram frouxas.

— Ah, você pare de se lamentar desse jeito. Eu sou a deusa das oportunidades perdidas, então você que me perdoe, mas eu vou falar de como você será tola se perder essa também. Estou te dando uma chance de trazer a paz para os quatro impérios. Uma paz verdadeira. E você está ocupada demais para perceber, se afogando em choro e bebendo para tentar esquecer o luto. Então, ó: que tal uma disputa? — Ela apontou para o tabuleiro de xadrez. — Se eu ganhar, você me ajuda. Se você ganhar, eu lhe devolvo a coisa que você mais ama, a coisa que você perdeu.

— Você não teria como — disse Yuu, triste. — Você não pode trazer os mortos de volta à vida.

A velha deusa deu um sorriso malicioso e, mais uma vez, apontou para o tabuleiro.

2

YUU FEZ A PRIMEIRA JOGADA, REIVINDICOU O CENTRO DO CAMPO COM o Peão de seu Imperador e libertou tanto seu Herói quanto o Monge do Imperador para que entrassem na disputa. Natsuko foi gentil: usou o Peão de seu

Herói para arrolar sua própria reivindicação do centro do tabuleiro. Yuu passou um dos Ladrões por cima da linha defensiva para desafiar a posse de Natsuko sobre a área central do jogo. A deusa moveu o próprio Ladrão para proteger seu Peão. Parecia que o jogo não era nada estranho para a deusa. Yuu moveu o Monge do Imperador para o outro lado e atacou o Ladrão de Natsuko, que contra-atacou trazendo seu segundo Ladrão para a jogada, o que ameaçava o Peão de Yuu e seu controle do centro do tabuleiro. Era um lance clássico de início de jogo e uma resposta perfeita, mas a partida estava apenas começando.

Yuu trocou o Imperador e o Shintei de lugar, o que fez com que o Shintei entrasse em campo e protegesse ainda mais seu Imperador. A jogada aliviou a pressão na deusa e permitiu que ela investisse em sua própria trama para o desenrolar da partida, mas valia a pena para libertar uma peça tão poderosa. A resposta de Natsuko foi movimentar um segundo Peão, o que lhe permitiu usar outro Monge para avançar, reivindicar o centro do tabuleiro e solidificar ainda mais o controle do campo de batalha.

— Armas não são perigosas — disse a deusa, enquanto deslizava seu Monge. — E nem um homem com uma arma. A habilidade e a intenção das pessoas é que são o perigo real.

Yuu conhecia aquela citação. Chang Lihua, um filósofo hosânico de conhecimento limitado, mas cuja popularidade era imensa.

Ela moveu o Shintei, derrubou um dos Peões de Natsuko e, momentaneamente, assumiu o controle do centro do tabuleiro. Colocar uma peça valiosa em perigo na esperança de ludibriar o Herói do inimigo: uma armadilha.

— Guerras são esquematizadas por uns, mas travadas por outros — disse, citando Chaoxiang. — Só que a morte não vê essa diferença.

A última parte era de sua própria autoria.

A deusa não caiu na armadilha; em vez disso, moveu o Imperador para que ficasse em segurança e libertou seu segundo Monge. Trocaram mais algumas jogadas. Cada uma foi usando mais de suas forças enquanto tentavam manter as linhas de defesa intactas e o controle do centro. Natsuko era uma jogadora cuidadosa que optava pela defesa e não pelo ataque e ignorava as armadilhas mais óbvias de Yuu. Estava lentamente manobrando suas peças em uma formação Hangsu. Era uma defesa básica que consistia em camadas: cada peça era protegida por pelo menos mais uma para formar uma rede supostamente impenetrável. Yuu continuou investindo contra as linhas da deusa, sempre arriscando mais.

— Guerras não são vencidas por heroísmo — disse Yuu, e pegou um dos Monges de Natsuko. — São vencidas por sacrifício. Toda guerra tem um custo, um valor que é pago com sangue.

Ela empurrou o Monge para dentro da formação de Hangsu da deusa, jogou o Shintei de Natsuko para o alto e o agarrou no ar antes mesmo de ter posicionado seu Monge direito. Aquele Shintei era a espinha dorsal de toda a estratégia. Sem ele, o bastião entraria em colapso, o que abriria espaço para que Yuu vencesse de lavada. Ela ergueu o olhar e viu a deusa sorrindo como um lobo. Era desconcertante, ainda mais vindo de alguém a cinco jogadas de perder a partida.

— Conhecimento sem sabedoria normalmente leva a um uso errado do poder — disse Natsuko, desta vez também citando Chaoxiang.

Ela pegou o último Monge que tinha, deslizou-o lentamente até o outro lado do campo de batalha, passando por um furo no centro da defesa da oponente. Yuu tinha certeza de que aquele espaço não estava ali antes. A deusa tomou um de seus Peões e deixou o Imperador da adversária em xeque. Yuu estremeceu e vacilou enquanto beliscava a própria coxa. A possibilidade de perder sempre trazia dor. *Foco nas lições.*

— Que coisa é essa? — disse Yuu, analisando freneticamente o tabuleiro. — O que aconteceu com o meu Shintei?

A peça sumira. Ela tinha certeza de que havia um Shintei guarnecendo o centro. Com certeza. Não tinha? A peça não estava mais no tabuleiro e nem na pilha dos inimigos derrotados da deusa. Havia sumido.

— Ah, minha querida — disse Natsuko, com um sorriso astuto. — Você *perdeu* uma peça?

— Você roubou! — disse Yuu, enquanto segurava a mesa com força.

Como foi que ela não viu? Quando foi que a deusa roubou sua peça?

— Roubei? — perguntou Natsuko. Seu rosto era a personificação da inocência enrugada. — Você tem alguma prova? Tem certeza? Talvez você só tenha colocado num lugar errado. Talvez só não se lembre de quando eu a peguei. Era um Shintei, certo?

Claro que a deusa não admitiria que havia roubado. Códigos de conduta e regras de batalha eram coisas de soldados e generais. Estrategistas não tinham por que usá-las, assim como também não viam necessidade de honra ou moralidade. Estrategistas sabiam que a única coisa que importava de verdade era a vitória, e roubar era apenas outra tática que justificava esse fim. Além do mais, o jogo ainda não acabou, e Yuu continuava com chances de se recuperar. Poderia salvar a batalha. Só precisava reposicionar o Imperador, voltar a dominar o centro do tabuleiro... e prestar mais atenção nas peças que ainda tinha.

— A verdade é uma bolha de ar presa debaixo d'água — disse, enquanto analisava a nova disposição da partida. — Sempre procurando um jeito de subir à superfície e, com a oportunidade certa, vai escapar.

Yuu tinha que deixar seu Monge no centro da formação da deusa e sacrificar o último Ladrão que tinha para chegar em segurança ao Imperador de Natsuko. Tinha passado de poucos momentos da vitória a dançar no cume da derrota. Precisa encontrar uma passagem. Mas não havia nenhuma. A velha a atacava sem piedade e perseguiu o Imperador de Yuu pelo tabuleiro, sem oferecer uma chance para que montasse uma ofensiva. Yuu não tinha mais controle da situação e seu domínio sobre o jogo havia se estraçalhado. Era assim que se perdia uma partida: ficando apenas na defensiva até o inimigo tomar seus alicerces.

— Não peça pela vitória — disse a deusa, como se estivesse lendo a mente de Yuu. — Tome-a.

— Mas saiba que um dia alguém não vai te pedir pela vitória — recitou Yuu, concluindo a menção a Dong Ao.

Ela pegou um de seus três últimos Peões, levou-o até o centro e o deixou ali sozinho, protegido de qualquer ataque e sem ameaçar nada. O movimento fez Natsuko parar por um instante. A deusa encarou a peça e franziu o cenho enquanto tentava entender o significado por trás da jogada.

— Estratégia interessante — disse Natsuko.

Yuu apenas sorriu. Sua citação favorita de Chaoxiang era *nenhuma prisão é tão forte quanto aquelas que construímos para nós mesmos.* A deusa não precisava ser incitada ou persuadida. Cairia sozinha na armadilha quer ela quisesse quer não.

Depois de alguns minutos, Natsuko decidiu ignorar o Peão e continuar torturando o Imperador da oponente. Yuu deixou-a pensar que estava ganhando e permitiu que a deusa continuasse movimentando seu Imperador casa a casa até que, por fim, a deusa caiu na cilada. Yuu deslizou o Imperador até um espaço disponível ao lado do Peão. Ali a peça ficou flanqueada de ambos os lados, protegida por uma rodada. Uma única rodada. Uma jogada, um momento, uma chance. Com agressividade, Natsuko desmontou as últimas defesas de Yuu. Arrastou seu Shintei através do tabuleiro para penetrar as fileiras de Yuu. Mais uma jogada, e seu Imperador não teria mais para onde ir. Estava encurralado. Só que, às vezes, a vitória é vista apenas nas presas da derrota.

— Nunca ficamos mais vulneráveis do que num momento de vitória — disse Yuu, citando sua própria avó. Tinha guardado sua peça mais poderosa. Libertou o Herói, irrompeu pelo tabuleiro, eliminou o último Shintei da deusa e invadiu o espaço do Imperador. — Xeque — anunciou Yuu, enquanto arrumou algumas mechas de cabelo caídas na frente do rosto, mas sem tirar os olhos do jogo para que não sumisse mais uma peça. — E mate daqui a uma jogada.

Natsuko deu uma olhada por um minuto, colocou um dedo na cabeça de seu Imperador e o derrubou. Quando Yuu a encarou, a deusa estava sorrindo e com um brilho nos olhos.

— E você ainda pergunta por que eu te escolhi como minha campeã. Sua reputação realmente faz jus às suas habilidades. Uma mestra da estratégia.

Yuu bufou.

— Você perdeu a aposta, deusa. Me dê o que eu perdi. Me dê meu príncipe de volta.

Ela já sabia que era inútil. Soubera disso antes mesmo da primeira jogada. Mas se ainda havia uma chance de corrigir os erros que cometera, de trazer de volta uma peça que nunca devia ter sacrificado, se havia ao menos uma partícula de chance de trazê-lo de volta, então tinha que tentar.

— Claro — disse Natsuko. O sorriso desapareceu daquele rosto enrugado. — Vou te devolver aquilo que você mais ama. Aquilo que perdeu.

— Meu príncipe! — esbravejou Yuu.

A deusa ficou em silêncio e completamente imóvel por um instante.

— Não consigo trazer os mortos de volta à vida.

Yuu suspirou, começou a reunir as peças e a organizá-las no tabuleiro.

— Eu sabia — vociferou.

Um de seus Shintei estava sumido. A deusa realmente havia trapaceado.

— Mas — continuou Natsuko — os *shinigami* são pastores e guardiões dos mortos. Podem ser apenas espíritos, mas não sentem vontade alguma de obedecer a uma deusa tão desconhecida quanto eu. Por outro lado, são obrigados a obedecer ao tianjun. — Yuu olhou para a deusa, que sorria para ela. — O Lorde dos Céus comanda tudo, tanto deuses quanto espíritos. Me ajude. Seja minha campeã nessa disputa, e eu prometo te devolver o que você perdeu, aquilo que mais ama.

Yuu meneou a cabeça. A esperança era algo tão perigoso... com apenas uma corda podia fazer qualquer pessoa se enforcar nas expectativas.

— Como eu posso confiar na sua promessa, deusa? Você já provou que é uma trapaceira.

A deusa pigarreou.

— Um jogo. Não foi Dong Ao que disse que *regras são para que perdedores acreditem que têm uma chance de vencer*? — Yuu não podia negar que o antigo filósofo dissera aquelas palavras, mas ela também acreditava que o sujeito fora um desgraçado que merecera cada uma das sessenta e duas facas que o povo de Ganxi usara contra ele. — Te ofereço a promessa de um deus — continuou Natsuko. — Não fazemos esse tipo de juramento de forma leviana e nenhum acordo jamais foi tão sério. — Deu de ombros e disse: — Afinal, o que você tem a perder?

26

Era o argumento mais convincente que a deusa usara até então. Tudo o que Yuu precisava fazer era entrar numa caça ao tesouro divina e, se ganhasse, poderia ter o Príncipe de Aço de volta à vida. Talvez até limpasse seu nome; seu nome verdadeiro. Voltaria a sua antiga vida ao lado do príncipe Guang Qing. Não precisaria mais extorquir velhos em partidas de xadrez jogadas em vilas obscuras e desconhecidas. Seria o fim da bebedeira diária só para esquecer do passado por algumas horas. A deusa estava oferecendo a Yuu sua vida de volta, e tudo o que precisava fazer era jogar um jogo.

Yuu terminou de reorganizar o tabuleiro e colocou o dedo onde seu Shintei desaparecido deveria estar.

— Vocês deuses gostam de se intrometer nas questões dos humanos?

Natsuko deu uma gargalhada.

— É só por isso que existimos.

Não parecia uma resposta propriamente dita. Mas Yuu já havia se decidido.

— Certo. Então vamos pra essa tal caça ao tesouro.

— Você será minha campeã?

— Serei.

Uma breve luz se acendeu sobre o tabuleiro de xadrez, uma única labareda que logo sumiu. Yuu sentiu uma coceira atravessar seu braço direito e viu palavras aparecendo em sua carne, como se sua pele fosse um pergaminho. Esfregou os escritos, mas eram inapagáveis, como tatuagens.

— Que coisa é essa? — perguntou, com a voz alta devido ao pânico.

— Um contrato — respondeu a deusa. — Um acordo que agora compartilhamos.

Ela ergueu o braço esquerdo, e Yuu viu um texto similar escrito na pele enrugada de Natsuko. Era uma língua antiga, o Palavreado dos Deuses, um precursor do hosânico moderno. Yuu conhecia o idioma, mas levaria um bom tempo para fazer a tradução e precisaria de seus velhos livros de referência. Só que esses livros agora já não existiam mais; provavelmente haviam sido queimados pelas autoridades de Qing, junto com todos os seus outros bens. Sua vida inteira, queimada até virar cinzas. Afinal, ela era uma traidora. Se quisesse traduzir, precisaria de livros novos.

Yuu viu o texto se gravar em sua pele por mais alguns momentos, e então desviou a atenção dali.

— E agora?

— Agora começamos a procurar pelos artefatos — respondeu Natsuko, toda alegre. — Consigo sentir que há alguns por ali.

Ela apontou vagamente para o oeste. Yuu supôs que fazia sentido: a oeste ficava Ban Ping, a cidade dos monges. A maior cidade na província de Xihai e lar do maior templo de Hosa. Onde mais poderia encontrar artefatos divinos?

Yuu se levantou e alongou as costas. Passar tanto tempo sentada fazia com que elas doessem.

— Você consegue sentir onde eles estão? Você é algum tipo de varinha de condão?

Sem esforço algum, a deusa se levantou. Era baixinha, pouco mais alta do que quando estava disfarçada de garotinha. O cabelo branco caía sobre seu rosto e seus olhos brilhavam. Vestia o mesmo hanfu branco e vermelho de antes, e o tecido requintado fazia os robes de Yuu parecerem ainda mais desbotados. Mesmo assim, Yuu gostava dos robes. Eram limpos o bastante para que não fosse confundida com uma mendiga, mas feitos a partir de dezenas de roupas diferentes. E eram volumosos o suficiente para mantê-la quentinha durante o inverno. Além do mais, tinham bolsos; e Yuu amava bolsos. Ela e a deusa formavam uma dupla esquisita: uma velha com vestes imaculadas e uma mulher de meia-idade vestindo trapos.

— Eu consigo sentir a direção mais geral — respondeu Natsuko, e então caminhou para longe. — Um pressentimento de onde procurar, mas que não é exato. E também não sei dizer de qual deus é o artefato a uma distância tão grande assim. E as suas peças de xadrez?

Yuu deu uma olhada na mesa de jogo. O tabuleiro era esculpido na própria pedra e as peças não passavam de trambolhos rústicos. Já estavam ali quando ela chegara, e não havia motivo aparente para mudar isso. Mesmo assim, ela sentia falta do Shintei. Meneou a cabeça.

— Já estava na hora de esculpir um conjunto novo.

Precisaria arranjar algumas ferramentas e rochas ou madeira em Ban Ping. Onde encontraria dinheiro para essas compras era um assunto completamente diferente.

Yuu saiu às vilas de Xindu com tão pouca cerimônia do que quando chegara, duas semanas antes. Ninguém percebeu e ninguém se importou. Chegara com nada além de uns poucos lien e uma cabaça de vinho. Agora saía com poucos lien, uma cabaça vazia e a companhia de uma deusa.

3

ARROZAIS SECOS E CAMPOS CHEIOS DE PEDRAS INCAPAZES DE ABRIGAR qualquer outra coisa além de cabras abriram caminho para pastos verdejantes, lar de búfalos que pastam, cavalos e planícies cheias de tubérculos, cujas folhas mal davam para ver acima do chão, enquanto seguiam pela Via da Espada. A dois dias de Xindu, a cidade de Ban Ping parecia uma mancha escura no topo de um cume distante, mas conforme os quilômetros passavam e as bolhas nos pés de Yuu iam piorando, a mancha se transformou em ângulos secos e pagodes ainda mais altos, todos envoltos em azulejos cheios de musgo. Na encosta da montanha, que ficava de frente para a cidade, havia cinco grandes estátuas de monges em oração esculpidas na rocha; cada uma dedicada a uma das cinco maiores constelações: Rymer, Fenwong, Osh, Ryoko e Lili. Na penumbra do fim de tarde, Yuu não conseguia ver os degraus que subiam a montanha, mas sabia que levavam a um caminho que passava pelas estátuas e subia até os cinco templos no topo do pico. Nunca havia subido até lá, mas todos em Hosa sabiam dos famosos templos de Ban Ping construídos para a adoração das estrelas.

Apesar de sua aparente decadência, Natsuko mantinha um ritmo tranquilo, e não importava quanta poeira o movimento na estrada levantasse, nenhuma partícula parecia se grudar às suas roupas. Yuu deduziu que deviam ser os benefícios de ser uma deusa. Ela, por outro lado, não tinha tanta sorte; a poeira encontrara cada dobra, costura e rasgo em suas roupas de trapo e faziam com que ela ficasse com coceira, como se estivesse com pulga. Quer dizer, pelo menos ela esperava que fosse só a poeira. Quando as estradas se unificaram na entrada da cidade, o movimento ficou mais intenso, com andarilhos carregando sacos e carrinhos cheios de produtos. Apenas alguns anos atrás, o império sofrera com a pobreza e a fome, então a população havia fugido para as cidades em busca de qualquer esmola. O novo imperador de Hosa mudou tudo isso e trouxe para suas terras a verdadeira paz, que chegou para substituir a paz de uma espada esperando ser usada. Yuu sempre se perguntava quanto tempo isso duraria e se os rumores da guerra com Cochtan eram mais do que palavras vazias proferidas por charlatões já podres de bêbados. Em outra vida, ela estaria ao lado do imperador, ajudando-o a planejar essas batalhas. Movimentando e posicionando tropas e montando o tabuleiro em vez de apenas tentar atravessá-lo despercebida.

— E o que fazemos quando chegarmos lá? — perguntou Yuu, enquanto contornava uma carroça parada devido a uma roda estragada.

O dono xingava o próprio azar e chutava os raios quebrados. A mula pastava com tranquilidade na beira da estrada e encarava os andantes com olhos opacos. Ninguém parou para ajudar o coitado, e Yuu decidiu não parar também. Caridade não servia para nada além de deixar as pessoas com dor nas costas e o bolso vazio.

— Começamos a procurar pelos artefatos — disse Natsuko. — Haverá outros procurando também, e pode apostar a dignidade que você não tem mais de que encontraremos pelo menos mais um campeão em Ban Ping. Talvez até mais. É uma cidade grande.

Isso Yuu não tinha como negar. Até aquele momento, tinha evitado cidades grandes por um motivo excepcionalmente bom. Sempre havia muito mais cartazes de "procura-se" e caçadores de recompensa nesse tipo de lugar do que em vilarejos minúsculos e apáticos.

— Mas como vamos encontrar esses artefatos?

— Não sei — respondeu Natsuko, com desdém. — É para isso que você está aqui.

— Mas eu nem sei pelo que procurar.

— Nem eu — disse a deusa, com um sorriso franzido.

— Mas você vai saber quando vir?

— Não.

— Como assim, não? — Yuu parou no meio da rua. Um fazendeiro, carregando uma cesta de brotos verdes nas costas, quase atropelou-a. Ele resmungou algo a respeito de vagabundagem, contornou-a e continuou a seguir o caminho atrás de Natsuko. Yuu o ignorou. — Se você não sabe o que é que estamos procurando e eu também não sei, como é que a gente vai encontrar essas malditas coisas?

A deusa olhou para trás e riu.

— Não precisa ficar toda nervosa assim. Eu só estava brincando... é meu jeito.

— Como assim?

Yuu correu para alcançá-la, ultrapassou o fazendeiro e pediu desculpas só da boca para fora.

A velha suspirou.

— Cheguei um pouco atrasada para a reunião. — Ela olhou de soslaio para Yuu. — Ocupada demais decidindo se eu deveria depositar minha confiança em uma bêbada fracassada que não dava a mínima para o dom que tinha. Enfim, cada deus deve abrir mão de um único item para entrar no jogo, só que eu não vi os artefatos dos outros. — Ela levantou uma mão enrugada para impedir que Yuu reclamasse. — Para a nossa sorte, eu tenho certa vantagem nesse jogo.

— Itens perdidos — disse Yuu.

Podia ter dado o palpite antes, mas a deusa continuava de bico fechado quanto aos detalhes da disputa.

— Finalmente colocando essa cabecinha aí para pensar, pelo visto — disse Natsuko. — Viu o que alguns dias sem nenhum veneno fazem por você?

Yuu quase resmungou dizendo que o que alguns dias sem bebida fizeram foi deixá-la com calafrios e um caso terrível de tremedeira, mas também era verdade que sua mente parecia um pouco mais afiada, e talvez até um tanto mais clara. De qualquer forma, pretendia gastar parte de seus últimos lien em vinho assim que entrassem em Ban Ping. Se possível, até antes.

— Mas esses itens, hum... artefatos, estão perdidos — comentou Yuu. — Não dá para você simplesmente fazer o que sabe?

Ela balançou as mãos, incerta de como os deuses faziam o que faziam. Certamente não parecia nenhuma técnica dos mortais, e ela duvidava muito que envolvesse qi. Na verdade, ela nem tinha certeza de que os deuses tinham qi. Até uns dias atrás, considerava-os quase nada além de conceitos abstratos que existiam em outro lugar e influenciavam o mundo apenas de formas sutis. Espíritos, por outro lado, eram indubitavelmente reais e uma praga para o mundo, mas ela nunca tinha *visto* uma deusa antes de Natsuko aparecer. Agora passara dois dias com uma deusa e não restavam dúvidas de que preferia o que imaginava deles em vez de como eram na realidade. Os deuses não eram nada além de encrenca.

— Não — respondeu a deusa. — Quer dizer, poder até posso, mas eu seria desqualificada da disputa, então qual seria o sentido? Há um motivo para escolhermos campeões que nos representem. Não tenho autorização para te ajudar diretamente. Posso apontar a direção dos itens e dar uns tapinhas nas suas costas enquanto você os procura, mas fora isso, só posso ficar assistindo.

Certamente parecia algo saído de um sonho dos deuses. Humanos fazendo tudo e depois adorando as divindades pelas bênçãos recebidas. Os deuses, por outro lado, recebiam uma recompensa simplesmente por existirem. Era a exata definição de religião.

— E lien? — perguntou Yuu. Todo jogo tinha furos, regras que podiam ser exploradas. Mas seria muito mais fácil explorar as regras se, para início de conversa, soubesse quais elas são. — Você não estaria me ajudando diretamente se me fornecesse dinheiro, e com certeza pessoas de todo o mundo fazem preces para ter de volta o dinheiro que perderam.

— Há! — A velha deu uma gargalhada. — É verdade mesmo. Eu provavelmente seria uma deusa esquecida não fosse pelos tolos que não sabem economizar. Mas a pior parte de tudo isso é que na maioria das vezes eles pedem para o deus errado. Não dá nem para contar as vezes que, num dia só, algum idiota se senta na frente de algum santuário meu e me pede de volta o dinheiro que *perdeu* em mah-jongg. Idiotas sangrentos deviam era pedir para Yang Yang.

Isso fez Yuu esboçar um sorriso. Yang Yang era o deus hosânico da aposta, e ela oferecera a ele mais do que apenas algumas preces nos últimos cinco anos. Não acreditava de verdade em sorte ou intervenção divina, mas proteger suas apostas não machucava ninguém.

— Então você pode me ajudar com alguns lien? — perguntou Yuu.

— Claro que posso — respondeu a deusa, ligeira. — Aqui. — Ela estendeu a mão; havia uma pequena pilha de lien entre seus dedos. — Bo Wan de Shinxei perdeu essas moedas no pântano na frente de casa hoje de manhã mesmo. O idiota levou o dinheiro junto, mas a culpa é toda dele. Queria visitar uma casa de prazeres em vez de ir embora ficar com a esposa hoje à noite. Foi merecido.

Yuu pegou o lien dos dedos da deusa e o cheirou. Tinha mesmo um odor de água parada. Neste momento, avistou uma estrebaria ao lado da estrada.

— Você parece até bem orgulhosa dessa perda. Você já... facilitou perdas?

Natsuko deu uma olhada para trás e deu um sorriso desumano largo e com dentes até demais. Seus olhos de repente pareciam sombrios e maníacos. Depois, voltou a encarar a via e caiu na risada.

— Nós, os deuses, não existimos para dar conforto e responder a orações. Estamos aqui para ensinar lições às pessoas. Alguns de nós até...

Yuu voltou para o meio da multidão de viajantes, deu a volta em um roceiro que levava um búfalo e foi para a lateral da estrada. A estalagem era pouco mais do que umas doze banquetas bambas, uma tábua sobre dois cavaletes que servia de mesa e uma lona no lugar do telhado que se estendia até uma tenda nos fundos. O homem atrás do balcão era todo sorridente, rechonchudo e vermelho, tinha um bigode ensebado e estava com o cabelo amarrado em uma trança frouxa. O único dente da frente era de um tom levemente diferente dos outros, o que fez Yuu deduzir que devia ser falso e provavelmente feito de marfim. Havia um sujeito enorme ao seu lado que descansava a mão no cabo de uma dadao reluzente. Seus cabelos eram longos e com tranças de três mechas seguindo o costume nashiano, e ele tinha a postura de alguém acostumado a andar a cavalo. Muitos nashianos haviam se assentado em cidades grandes, mas vários também continuavam vivendo como nômades e escolheram vagar pelas planícies do império de Nash.

— Seja bem-vinda, viajante cansada — disse o barman sorridente quando Yuu se sentou em uma banqueta ao lado de um homem, olhando para o copo dele. — A estrada quase nunca é gentil, mas a Casa de Refrescos de Tsin Xao está aqui para deixá-la pelo menos um pouquinho mais hospitaleira. Isso para os que tiverem lien, é claro.

Ele tinha um brilho cheio de expectativa nos olhos. Yuu analisou a sinceridade do homem por um momento. Tinha um rosto gentil, o que em grande parte se devia às bochechas fartas, e até que era agradável. Mas o olhar transmitia um ar astuto. Levando em consideração o fato de não haver outras estalagens pela estrada, Yuu também tinha suspeitas de que ele era muito mais cruel do que seu rosto sugeria. O valentão nashiano com a dadao parecia claramente pronto e disposto a um pouco de violência. Em outra vida, ele provavelmente teria sido um bandido que vivia a ermo, mas esse tipo de gente já não existia mais em Hosa agora que o Imperador Leproso estava sentado no trono.

Yuu pegou um lien e o arrastou pela tábua áspera de madeira.

— Duas garrafas de vinho. — O homem esticou a mão para pegar a moeda, mas Yuu manteve o dedo sobre ela. — E não me venha com aqueles misturados com água.

Esperou até que o homem a encarasse nos olhos, para levantar o dedo e deixar que o comerciante pegasse o dinheiro.

— Claro, claro — disse ele, e se esticou embaixo do bar para pegar duas garrafas de argila e um copinho. — Nós aqui da Casa de Refrescos de Tsin Xao jamais faríamos uma coisa dessas. Oferecemos apenas vinho da melhor qualidade e por um preço que nenhum outro estabelecimento da cidade consegue bater.

O homem sentado ao lado de Yuu cheirou o próprio copo, bebeu um gole e franziu o cenho.

— O que você está fazendo? — perguntou Natsuko enquanto se aproximava e se sentava ao lado de Yuu.

Em silêncio, o dono do lugar colocou mais um copo sobre o balcão.

— Me envenenando — respondeu Yuu. — Quer um copo? Os deuses bebem?

O proprietário ergueu uma sobrancelha, mas não falou nada.

Natsuko resmungou enquanto se ajeitava na cadeira:

— Claro que bebemos.

E serviu vinho até quase fazer o copo transbordar, bebendo tudo num gole só. Yuu seguiu o exemplo, suspirou, grata pelo gosto picante, se serviu mais uma vez e bebericou.

— Não é ruim — disse Yuu, com um sorriso para o sujeito atrás do bar.

— Nós aqui da Casa de Refrescos de Tsin Xao viajamos para muito longe para servir nossos clientes apenas com as safras mais requintadas. É o que eles merecem.

— Isso deve envolver muitas provas, eu imagino — disse Yuu.

O homem sorriu.

— Não temos tempo para isso — exclamou Natsuko. A deusa interpretava o papel de velha rabugenta também como o de garotinha. — A disputa já começou, e os outros campeões não vão ficar bebendo até cair. Vão atrás dos artefatos.

— Todos os campeões são humanos? — perguntou Yuu.

Um zumbido estranho, como um enxame de abelhas, vinha do leste.

— São.

— Então, como representante dos humanos, acredito que vocês talvez estejam supervalorizando demais nosso entusiasmo, isso sem mencionar nossa capacidade de abstinência.

Yuu ergueu o copo e bebeu mais um pouco. O zumbido ficava cada vez mais alto.

— Hum... chefe?

O valentão nashiano estava encarando o céu. Quando Yuu pensou em olhar, muita gente já havia parado na estrada para encarar algo.

Sentada na banqueta, ela se inclinou para trás e semicerrou os olhos sob a luz minguante do sol. Havia algo muito maior do que um pássaro voando lá em cima. O zumbido vinha de várias lâminas presas no topo, que giravam.

Natsuko falou alguma coisa em uma língua que Yuu nunca ouvira.

— Aquilo é um tóptero? — perguntou Yuu.

Nunca tinha visto um pessoalmente antes, mas sabia que existiam. Os cochtanos eram um povo inventivo e nunca paravam de criar novos mecanismos para afligir o mundo. Eram mestres em descobrir como fazer cada engrenagem ter um propósito de guerra momentos depois de criá-la. Com as lâminas giratórias em cima e embaixo do mecanismo, Yuu até conseguia entender como uma coisa daquelas era capaz de levantar voo, mas, mesmo assim, vê-la em ação ainda era meio esquisito.

— Os cochtanos estão invadindo! — disse o proprietário. — Nós aqui da Casa de Refrescos... ah, foda-se. Bebam, estamos fechando.

Yuu começou a despejar o conteúdo da segunda garrafa de vinho na cabaça oca que guardava justamente para situações como essa. O outro homem no bar virou seu copo e se levantou derrubando a banqueta. Apenas Natsuko não parecia preocupada. Ela bebericou o vinho como se o tóptero não passasse de uma garça. Yuu supôs que os deuses deviam ter pouquíssimo a temer frente à ameaça de um ataque.

34

— Não é uma invasão — disse a deusa, com calma. — Olhem de novo. Estão vendo algum outro tóptero? Só um dificilmente conta como invasão.

Estava certa, não havia outros mecanismos no céu, e o único tóptero já estava aterrissando em algum lugar da vastidão de Ban Ping. Não havia dúvidas de que os monges estariam lá para prender o piloto. Ou talvez apenas o enchessem de bênçãos diretamente das estrelas. Era sempre meio difícil imaginar a reação dos monges.

O homem atrás do bar parou de empacotar as garrafas com pressa e se aproximou de Natsuko. Todos aqueles sorrisos e a jovialidade desapareceram. Ele se inclinou sobre o balcão e a encarou.

— E o que é que você sabe, velhusca? Pode ser uma sentinela. Faz semanas que estamos ouvindo sussurros sobre uma invasão cochtana.

Natsuko arqueou a sobrancelha de forma ameaçadora.

— São mais do que sussurros. A invasão está a caminho. Batu deixará os rios vermelhos antes de terminar seu reinado. E quando a invasão chegar, um único tóptero será a última preocupação de vocês. — Ela deu aquele sorriso desumano para o sujeito. Parecia um sapo que havia aprendido a sorrir. — Mas aquele tóptero não tem nenhuma relação com o exército cochtano. Pertence ao Tique-Taque.

— Porra! — disse Yuu. De repente, não queria ter mais nada a ver com Natsuko ou com aquela competição. Nenhum prêmio valia a pena para se envolver com o Tique-Taque. Ela encarou o copo de vinho à sua frente e então dispôs outra moeda sobre o balcão. — Mais duas garrafas.

— Você quer dizer Tique-Taque, o assassino? — disse o homem atrás do bar, enquanto pegava mais duas garrafas de vinho e as colocava sobre a tábua.

Natsuko revirou os olhos.

— Claro. Quem mais seria?

— Ouvi dizer que ele matou o imperador ipiano — disse o valentão nashiano. — Invadiu o palácio e pintou as paredes de vermelho. Metade da linhagem real de Ise foi morta em uma única noite, e depois ele simplesmente fugiu como se não tivesse feito nada.

O homem atrás do balcão assentiu.

— O duelo dele com o Luz Reluzente da Canção é uma lenda. Uma vez ouvi um trovador recitá-lo. São dezessete versos!

— Ouvi dizer que ele nem é humano — disse o valentão. — Que é uma das máquinas cochtanas e caminha como um homem.

— O que me parece um motivo ainda melhor para empacotar tudo e dar no pé — disse o proprietário.

— Fongsa, que fica na fronteira de Nash, é uma boa cidade — comentou o valentão. — Bem distante de Cochtan.

35

Via de regra, Yuu ignorava o papo furado de homens tolos, então se virou para Natsuko.

— Por que o Tique-Taque está aqui? — perguntou. — Ele é outro campeão?

A deusa assentiu.

— Foi a escolha de Sarnai, a deusa do fogo.

— Ela escolheu um assassino para encontrar um monte de tralha divina? — perguntou.

Algo não fazia sentido, e Yuu tinha uma leve suspeita de que essa Forja Celestial não acabaria nada bem para ela.

Natsuko comprimiu os lábios e desviou o olhar.

— As regras da disputa são até que bem firmes no que diz respeito à participação dos deuses. Por outro lado, são meio frouxas quando o assunto é como os campeões podem jogar.

Yuu resmungou e encarou seu copo. Sim, tinha acabado de beber, mas já sentia uma urgência para tomar mais um gole. Para virar o copo, encher outro, e depois outro.

— Uma tática — continuou Natsuko —, normalmente usada pelos deuses mais violentos, é escolher um guerreiro e mandar que roube os artefatos encontrados por outros campeões.

— Estou fora — disse Yuu. — Não havia concordado em lutar contra ninguém, muito menos contra um assassino lendário.

— O contrato é obrigatório — exclamou Natsuko com firmeza, enquanto movia a mão cheia de texto para dar ênfase.

— Você nunca me disse que os outros deuses iriam mandar o Tique-Taque para me matar.

Yuu duvidava que alguém em Hosa nunca tivesse ouvido falar do assassino cochtano. Os rumores diziam que ele tinha bem mais de cem anos de idade. Trocava as partes conforme iam ficando gastas e, aos poucos, se tornou uma das máquinas que tanto amava. Havia quem dissesse que fora ele o assassino de Chen Barriga de Ferro (na primeira vez), e isso acontecera havia mais de sessenta anos. Desde então, provara múltiplas vezes que ninguém estava a salvo dele ou de seus mecanismos infernais. Sua lista de vítimas gozava de alguns dos maiores heróis que os impérios já haviam conhecido.

— Ouvi dizer que ele matou Ting Lao, o Inquebrável, ano passado — disse o valentão nashiano. — Esmigalhou cada osso do corpo dele.

O homem atrás do balcão assentiu.

— Ele também ressuscitou o Máquina Sangrenta. É por isso que Cochtan está se preparando para a guerra. É difícil derrotar qualquer exército em que matar um guerreiro não é garantia nenhuma de que ele continue morto.

36

Yuu desistiu de resistir e virou outro copo de vinho, depois rapidamente se serviu mais uma vez e encarou a bebida.

— E se eu simplesmente for embora? — perguntou. — E se eu decidir não participar da disputa?

Natsuko deu de ombros.

— Você até poderia. Só que isso não quer dizer que Tique-Taque ou qualquer um dos outros não vá te encontrar. Campeões como ele não se importam se os oponentes têm algum artefato ou não. Quem está na disputa é uma ameaça.

Yuu pegou o copo, virou-o e se serviu de novo.

— Pelo visto eu perdi a chance de recusar — disse com amargura. Devia ter perguntado todos os detalhes antes de concordar com esta loucura. Passara tempo demais enganando velhos pelas moedas que tinham no bolso. Perdera o jeito. Pode até ter vencido o xadrez, mas aquilo não fora nada além de uma distração. Natsuko lhe passara a perna e vencera antes mesmo de Yuu reconhecer o que estava em jogo. A Arte da Guerra nunca deveria concordar com nada sem saber de todos os detalhes. Yuu se encolheu frente à dor que sempre esperava sentir quando perdia. — E então, o que é que eu faço agora?

Natsuko terminou seu copo de vinho e saiu da banqueta.

— Vá para a cidade — respondeu. — De preferência antes de ficar bêbada demais para enxergar direito. Encontre algum lugar para ficar. Devo retornar para Tianmen por um tempinho. Te encontro mais para a frente.

Sem esperar por uma resposta, a deusa se virou e caminhou em direção à estrada. Uma carroça passou em sua frente e, depois que sumiu, Natsuko havia sumido também.

— A sua mãe é um amor — disse o homem atrás do balcão.

Ele parecia ter parado de guardar o vinho, mas continuava olhando para o céu com preocupação.

Yuu tentou sorrir, mas não conseguiu encontrar nenhum entusiasmo.

— Tsin Xao, não é?

O sujeito riu.

— Não. Não sou idiota a ponto de colocar meu nome de verdade nos negócios. Pode me chamar de Wen.

— Wen — disse Yuu. Ela se inclinou sobre o balcão e passou outro lien para o sujeito. — Onde é que eu encontro os capangas mais desonrados da cidade?

4

Conforme a noite caía sobre Ban Ping e os monges iniciantes vagavam pela cidade acendendo as lanternas suspensas, Yuu caminhou pelo arco que levava ao jardim aberto do Olho de Jasmim. Era uma taverna suja, cheia de risadas estridentes, bebidas para todos os cantos e mesas agitadas de jogos. Não parecia uma colmeia de escória e maldade, mas Wen lhe garantira que aquele era o lugar favorito de qualquer ladrão, valentão ou assassino com um nome que valesse a pena conhecer. Há uma possibilidade de que ele a tenha achado incapaz de se defender e, por isso, encaminhado-a para um estabelecimento menos violento, mas julgando pelos doze sujeitos mal-encarados parados nas sombras, Yuu teve a impressão de estar no lugar certo.

Era um quadrado com um jardim no centro. O jardim ficava a céu aberto, e Yuu conseguia ver as estrelas cintilando lá em cima, o que parecia adequado, visto que Ban Ping era uma cidade dedicada mais à adoração das estrelas do que dos deuses. A grama pisoteada e em alguns lugares não havia nada além de lama. Mesas bambas de madeira se espalhavam em ângulos esquisitos; cada uma contava com alguns bancos nas laterais. Se havia algum padrão naquela disposição, Yuu não entendia. Do outro lado do jardim, um par de musicistas dedilhava uma melodia em um guzheng enorme. À primeira vista, pareciam ser gêmeas idênticas, mas Yuu tinha que admitir que essa impressão poderia ser devido à maquiagem que as duas mulheres usavam. Alguns pares de olhos se viraram quando Yuu passou, mas a maioria não deu a mínima importância. Com aquelas roupas esfarrapadas, ela parecia, na melhor das hipóteses, uma mendiga e, na pior, uma indigente. Nenhuma das duas opções a tornavam alguém de quem valesse a pena roubar.

Não havia mesas livres. A maioria estava ocupada com grupos de pessoas conversando e bebendo. Alguns até disputavam para ver quem era mais forte. Em uma mesa, havia vários homens jogando mah-jongg com uma pilha impressionante de lien. Yuu avaliou suas opções e se sentou em uma mesa praticamente vazia de frente para um homem enorme tomando sopa de macarrão com colher que fazia o maior barulhão. Ele puxou um fio de massa e trouxe o prato para mais perto, mas não disse nada. Era alto, largo e sua barriga marcava a túnica azul que vestia. Tinha um rosto enrugado, uns fiapos de barba e uma cabeleira selvagem e seca que fazia sua cabeça parecer maior do que era. Tinha a aparência do tipo de gente que desmaia por esquecer de respirar. Yuu pegou sua faca de trinchar e um pequeno bloco de madeira que comprara num mercadinho do lado de fora das muralhas da cidade e começou a fazer a primeira peça de seu novo jogo de xadrez. Enfiava as lascas de madeira num bolso de suas vestes.

O gordo terminou a sopa e deu um arroto que, mesmo do outro lado da mesa, fez o nariz de Yuu se encolher.

— Aqui é cada um que se serve — disse ele, e limpou a boca com a parte de trás da mão. — Tem que ir lá.

O sujeito apontou para uma mulher corpulenta de avental atrás do bar, perto de um quadro negro com uma lista de pratos, bebidas e preços rabiscados que, se tivesse sido escrita por uma criança de dois anos de idade, *talvez* pudesse ser considerada legível.

— Que bizarro — comentou Yuu. — Pelo visto, é o jeito dos nashianos.

O gordo suspirou alto.

— Estupradores de cavalo nunca sossegam o facho sentados por mais de dois minutos.

— Os nashianos não fodem cavalos, isso não é verdade — disse Yuu.

Havia vários copos usados na mesa. Com um dedo, agarrou um deles, cuspiu lá dentro e esfregou com a manga da roupa.

— Não? — O homem franziu o cenho. — Todos dizem que fodem, sim.

Era um insulto comum dito ao povo nômade, mas que não tinha nenhuma base na realidade.

Yuu enfiou a mão dentro da roupa, pegou uma das garrafas que comprara de Wen e se serviu. Virou a primeira dose em um gole só e, satisfeita, deu um suspiro. Depois, se serviu mais uma vez e bebericou.

— Ovelhas são criaturas hostis que precisam ser pastoreadas com muito cuidado e habilidade. Pessoas, por outro lado, são idiotas e fazem fila atrás de qualquer velho estúpido que fale alto. Você por acaso já viu algum nashiano enfiando o pau num cavalo?

O gordo ficou de boca aberta enquanto pensava a respeito.

— Não — respondeu depois de um tempo enquanto meneou a cabeça cheia de cabelo.

— Então há uma grande chance de que seja mentira. Na verdade, os nashianos têm o costume de respeitar muito mais cavalos do que pessoas. Seria muito mais provável que enfiassem o pau em alguém como você do que num cavalo.

Yuu ergueu a garrafa para o sujeito. Ele empurrou o copo, e ela o encheu. Era sempre uma atitude inteligente fazer aliados em um estabelecimento suspeito como o Olho de Jasmim, peões que podiam ser lançados para enfrentar peças mais poderosas e proteger outro alguém. E poucas coisas criavam amizades mais rápido do que bebida de graça.

Yuu voltou a esculpir seu bloquinho de madeira, começando pela bainha do robe. Imaginava um novo Herói, bem menos resplandecente do que a peça normalmente retratava. Um Herói vagabundo, quem sabe. A ideia a fez sorrir. O gordo a encarou. Os olhos dele se abaixavam vez ou outra para a garrafa de vinho e então voltavam a se erguer. Yuu chegou a pensar o que faria se ele tentasse pegar a bebida. De guerreira não tinha nada, e duvidava muito que um homem como esse concordaria em disputar uma partida de xadrez por um pouco de vinho. Depois de um tempo, ele se curvou, pegou um grande chui de debaixo da cadeira e colocou o cetro na mesa entre os dois.

— Meu nome é Li Bangue, Crepúsculo Luar — disse o gordo.

Realmente ele tinha uma aparência estranha. Os fiapos desvairados em seu queixo se conectavam a costeletas que acabavam na confusão sobre a cabeça e emolduravam o rosto gorducho de um jeito que o fazia parecer mais gentil do que violento. Apesar do ar gélido, ele suava e estava semicerrando os olhos para ela como se estivesse bêbado demais para enxergar direito.

— Muito bem — disse Yuu, e voltou a esculpir seu novo Herói.

Li Bangue suspirou, abaixou os ombros e tirou o chui de cima da mesa. Desde que Einrich WuLong reivindicou o trono, novos heróis pareciam rastejar para fora da toca a cada dia. Infelizmente, com a paz, a nova realidade e os militares fazendo uma limpa na bandidagem em toda Hosa, havia muito trabalho. Muitos que antigamente se denominavam bandidos estavam agora se tornando criminosos para colocar pão na mesa. Como era fácil fazer as pessoas mudarem de lado.

Uma velha se sentou no banco ao lado de Li Bangue.

— Vai um pouco para lá, ô Inchado. Meus ossos velhos precisam de mais espaço do que essa sua bundona molenga.

Li Bangue abriu a boca como se fosse discutir, mas acabou suspirando e foi para o lado, abrindo, assim, espaço para que Natsuko se sentasse. Yuu sorriu e continuou trabalhando nas vestes de seu Herói; movia a faca com habilidade e esculpia detalhes com pequenos golpes da lâmina.

— Pelo visto você achou outro estabelecimento de luxo — disse a deusa. — Está fazendo o que aqui?

— Bebendo — respondeu Yuu, sem nem a encarar. — Te esperando. Contemplando a futilidade de alguns homens lutando contra a calvície.

Li Bangue levou uma mão até a cabeça e mexeu no cabelo.

— Hum... — murmurou Natsuko, e olhou para o sujeito. O gordo semicerrava os olhos para as duas. Havia uma expressão assustada em seu rosto, como se uma delas pudesse mordê-lo a qualquer momento. — Quem é o inchado aqui? Um mercenário?

Yuu deu de ombros.

— Eu só estava na esperança de que ele não me matasse por causa do vinho.

Não conseguia evitar: se sentia mais confiante agora que Natsuko aparecera de novo. Havia certo apoio em ter uma deusa como aliada.

— Estou procurando trabalho — disse Li Bangue, sorrindo enquanto olhava de uma para a outra. — Não tem mais nada para eu fazer. Os recrutadores estão aqui em Ban Ping, então eu ia entrar no exército, mas... — ele suspirou — ... eles não me querem.

— Por que não? — perguntou Yuu.

A Arte da Guerra precisava saber os pontos fortes e fracos de cada peça para usá-las com o máximo potencial possível. Claro, qualquer estrategista sabia que certos elementos eram úteis apenas como escudos.

— Não consigo enxergar no escuro — respondeu Li Bangue, o que explicava os olhos sempre semicerrados.

Natsuko deu uma gargalhada. O gordo suspirou e arranhou a mesa de madeira com uma unha suja.

— Isso faria você ser um peso morto por boa parte do tempo — disse Yuu. — Um exército precisa estar pronto para lutar em qualquer campo e evitar que uma emboscada faça as falhas da tropa ficarem evidentes.

Li Bangue suspirou de novo, esticou o braço para pegar o chui e se levantou.

— Quanto você cobra? — perguntou Yuu, antes que ele saísse. — Quatro lien por dia?

Os olhos dele se iluminaram. O sujeito levantou a mão, contou os dedos e assentiu, feliz da vida.

Yuu deu uma olhada em Natsuko.

— Dê dez lien para ele agora. — Então, encarou Li Bangue com um olhar severo. — Vamos chamar esses seis a mais de um bônus de entrada. Depois serão cinco por dia até eu te liberar do serviço.

A deusa franziu uma sobrancelha. Depois, agitou uma mão enrugada sobre a mesa e fez dez moedas aparecem girando ali.

— Ju Shiwen perdeu esse dinheiro enquanto ia para o mercado cinco anos atrás — contou. — Tropeçou numa pedra na rua e só percebeu que a bolsa havia se afrouxado quando já era tarde demais. A família dela passou fome naquele dia, e o filho mais novo entrou para a vida do crime por causa disso. Ele foi enforcado dois anos depois porque matou uma

41

padeira por um pedaço de pão sem fermento. Cada coisa perdida carrega uma história.

Li Bangue pegou as moedas e assentiu, mas Yuu duvidava que ele tivesse entendido. Um sorriso iluminou-lhe o rosto, e suas bochechas ficaram coradas.

— Você vai me proteger — disse Yuu. — Vai esmagar cabeças quando eu mandar. Trazer bebidas.

Li Bangue fez uma reverência. Sua barriga bateu na mesa, o que o fez ir para trás, tropeçar sobre o banco e cair na grama. Ouviram-se risadas que vieram acompanhadas de alguns dedos apontados para ele.

Natsuko revirou os olhos e resmungou.

Li Bangue se desvencilhou do banco e o usou como apoio para se levantar.

— Te proteger, isso eu consigo, chefa. E a velhusca?

Natsuko o encarou.

— Quem é que você está chamando de "velhusca", seu inchado?

Yuu deu um sorriso.

— A velhusca sabe se cuidar. Não se esqueça da parte das bebidas.

Mais uma vez, Li Bangue assentiu todo feliz e saiu trotando para pegar mais uma garrafa de vinho.

— Bom, talvez um pateta cegueta acabe se provando útil — disse Natsuko, num tom sarcástico. — Só não consigo imaginar como.

Yuu sorriu e voltou a esculpir. Estava elaborando as dobras das vestes, os lugares onde os remendos eram costurados juntos. A peça tinha que ficar perfeita. Todas teriam que ficar perfeitas.

— Foi você que me deu a ideia — disse, enquanto trabalhava. — Além do mais, no mínimo ele pode ser capaz de atrasar o Tique-Taque.

Cada peça, até mesmo o mais fraco dos peões, poderia ser útil contanto que o jogador soubesse quando sacrificá-lo. *A Arte da Guerra sempre sabe quando sacrificar uma peça e nunca hesita.*

— Duvido — exclamou Natsuko, e então ficou encarando o nada por um instante. — Há cinco artefatos em Ban Ping.

— Achei que você tivesse dito três.

— Bom, agora são cinco — falou a deusa, irritada.

Yuu entendeu tudo.

— O Tique-Taque trouxe dois com ele. A disputa começou faz só alguns dias e ele já conseguiu dois?

Isso deixava Yuu e Natsuko muito para trás. A deusa estava certa. Não podiam perder tempo. Não se ela quisesse trazer o Príncipe de Aço de volta à vida.

Natsuko assumiu uma expressão amargurada.

— Ele não *conseguiu* artefato nenhum. Três deuses é que já estão fora da disputa... os campeões deles morreram. Sarnai não quer se arriscar. O Tique-Taque pode até roubar os itens de quem matar, mas não está atrás dos artefatos. Está caçando você. O jeito mais fácil de vencer é matar todo mundo.

— O jeito mais fácil para ele, só se for — disse Yuu.

Ela não conseguia nem conceber a ideia de matar todos os outros campeões. Quer dizer, na verdade até conseguia, mas também imaginava sua própria cabeça rolando pelas ruas de Ban Ping.

— Exato.

— Ele tem como me achar? — perguntou. Mesmo cercada por um exército e com seu príncipe a protegendo, Yuu ficaria com medo se descobrisse que o assassino estava na sua cola. — Do mesmo jeito que você consegue sentir os artefatos, entendeu?

— Não tenho certeza — respondeu Natsuko. — Até onde eu sei, não. Não tenho como identificar nenhum dos outros campeões ou deuses a menos que estejam em corpos que eu já conheça. — Li Bangue voltou carregando três garrafas de vinho e três copos limpos. Com um sorriso no rosto corado, ele colocou tudo sobre a mesa. — Inclusive, nosso inchado aqui pode muito bem ser um campeão também.

Li Bangue franziu o cenho.

— Eu sou um herói.

Natsuko se serviu de vinho e resmungou:

— Claro que é, meu querido.

Yuu achava que a deusa não sentia os efeitos do álcool, mas isso não a impedia de beber.

— O que Sarnai vai fazer se ganhar e se tornar tianjun? — perguntou Yuu.

— Ela é a deusa do fogo — respondeu Natsuko, zombando. — O que você acha?

Yuu podia imaginar muito bem. Por cem anos, os quatro impérios se envolveram em guerras; às vezes, uns contra os outros e, às vezes, contra si mesmos. Afinal, fazia apenas vinte e cinco anos que o Imperador dos Dez Reis havia usado a força da espada para unificar Hosa. Cem anos que esse tal de Batu, o deus da guerra, era tianjun e o mundo não conhecera um momento sequer de paz. Se a deusa do fogo ficasse no comando, quanto do mundo acabaria em chamas? Quantos morreriam? Eram números. Apenas números. *A Arte da Guerra pensa apenas em números.* Não eram pessoas ou vidas, eram apenas peças. Ela precisava focar no que importava. Se ganhasse, Natsuko poderia trazer seu príncipe de volta. Impedir a deusa do fogo de incendiar o mundo seria uma feliz coincidência.

— Então vamos começar agora — disse. — Onde é que podemos achar o primeiro desses artefatos?

— O mais perto? Isso aí. — A deusa deu um sorriso largo. — Está bem perto, na verdade.

Yuu se serviu de mais uma dose de vinho e a virou.

— Hesitação é a chave para muitas estratégias — disse. — Ela se reproduz.

— Como é? — Li Bangue semicerrou os olhos para as duas enquanto virava seu próprio copo.

Natsuko riu.

— Ela quer dizer para você levantar essa busanfa, Inchado. Temos um artefato divino para procurar.

Ban Ping até que era bem agradável à noite. As lanternas suspensas mantinham a cidade iluminada e a maioria dos vagabundos vagando pelas ruas eram monges, prostitutas e pessoas como Yuu, gente cheia de más intenções. Sem parar, Natsuko guiava o grupo adiante, e Yuu se viu com dificuldade para acompanhar o passo da deusa, mesmo com aquela estatura baixinha. Claro, havia também o fato de que seus pés não estavam tão firmes como deveriam. Bebera demais. Não era um problema. Ela não estava *tão* bêbada a ponto de a embriaguez se tornar um problema. Quase conseguia se convencer disso.

Com o chui repousado sobre o ombro e respirando pesadamente em seu ouvido, Li se arrastava atrás de Yuu. Ele atraía alguns olhares, com certeza mais do que uma velha correndo pelas ruas com uma mendiga de arrasto, mas Bangue estava longe de ser o indivíduo mais suspeito pelas ruas naquela noite. Além do mais, muitos dos sussurros que Yuu ouviu falavam de um assassino cochtano que chegara à cidade com muito estilo.

Pararam em frente a um pagode de dois andares com uma placa o identificando como uma casa de banho. Julgando pelos dois sujeitos mal-encarados jogando dados perto da entrada, havia mais do que água quente no cardápio.

— Ali? — perguntou a Natsuko.

Uma casa de banho decadente parecia um lugar estranho para encontrar um artefato de origem divina.

A deusa deu um sorrisinho.

— O objeto mais amado do deus da punição, Chaonan, é um anel e está em algum lugar lá dentro. Mais do que isso não posso contar.

Na opinião de Yuu, a deusa não havia contado praticamente nada.

— Cada um de vocês teve que abrir mão da coisa que mais amava — disse ela. — E Batu escondeu tudo em Hosa. Do que foi que você abriu mão, Natsuko? O que é que a deusa das oportunidades perdidas mais ama?

Ela duvidou que fosse receber uma resposta sincera, mas perguntar não machucava.

Natsuko mordeu o lábio por um instante, olhou para o céu e então bufou.

— O artefato lá dentro é um anel de prata com uma ametista larga no centro. A joia tem o formato de um dragão se enrolando ao redor da pedra preciosa — disse Natsuko. — Era da esposa de Chaonan.

Yuu nunca ouvira falar que os deuses se casavam.

— Uma humana? — perguntou.

Natsuko assentiu.

— O povo de Cochtan não gosta de técnicas e normalmente condena quem as possui como bruxas ou demônios. As punições são cruéis e quase sempre fatais. Dawa era uma jovem que amava mexer em máquinas cochtanas. Ela entendia os mecanismos e tinha um instinto de como funcionavam. Mas também falava com as engrenagens. Sabia que não eram coisas vivas, é claro, mas ficava feliz de pensar que eram. Podia apertar os parafusos de um marca-tempo enquanto ficava sussurrando: *está tudo bem, meu pequeno. Logo, logo já termino, e você vai ficar melhor do que novo.* — Natsuko deu um sorriso e suspirou. — As pessoas não se importavam com o fato de que, ao melhorar as máquinas intrínsecas para o dia a dia na cidade, ela fazia com que suas vidas ficassem mais fáceis. Arrastaram-na até os engenheiros da cidade, fizeram suas reclamações e ela acabou sendo culpada por bruxaria. Em outras palavras: pensavam que Dawa tinha uma técnica, o que é contra a lei lá. Ela foi condenada à morte e seria usada para alimentar a Máquina Sangrenta, o que era o costume na época. Para sua sorte, primeiro fizeram preces a Chaonan para pedir aprovação. Não sei o que Chaonan viu em Dawa. Talvez fosse o amor dela por coisas sem vida. Ou talvez a gentileza dela pelo povo, mesmo enquanto queriam matá-la. Ou então toda a boa-vontade com que aceitou a punição. Não sei. O que eu sei é que ele viu alguma coisa em Dawa e, em vez de deixar os cochtanos a entregarem como comida para a Máquina Sangrenta, ele a levou para que morassem juntos.

— Em Tianmen? — perguntou Yuu.

— Nos céus? — perguntou Li Bangue.

— Não — respondeu Natsuko, irritada. — Não me interrompam. Humanos não têm permissão para entrar em Tianmen, a não ser uma vez a cada cem anos. Não, Chaonan a levou para as montanhas entre Hosa e Cochtan. Eles moraram lá, juntos e felizes, durante toda a vida dela. Mas acontece que humanos morrem, e deuses não. Agora, tudo o que Chaonan tem dela são as memórias e aquele anel. Um anel do qual abriu mão para conquistar o trono de jade. — A deusa sorriu. — Ou tentar, pelo menos.

Li Bangue coçou a bochecha e disse:

— Eu não entendi.

Yuu ofereceu-lhe um sorriso. O objetivo daquela história era óbvio.

— Ela está tentando nos impressionar falando do *tamanho* do sacrifício que fez, sem dizer exatamente *o que* sacrificou.

Era um movimento clássico, um subterfúgio. Mas a Arte da Guerra jamais cairia numa distração desse tipinho.

— Mesmo assim eu não entendi. — Li Bangue disse, meneou a cabeça e então semicerrou os olhos com força. — Você é mesmo uma deusa?

— Sou! — vociferou Natsuko. — Seu inchado burro. Agora entrem lá e encontrem esse anel. Mas já vou avisando: Batu tem um senso de humor maldoso e uma raiva intensa e profunda o bastante para esconder todos os cadáveres frutos das guerras que criou.

— Quem é Batu? — perguntou Li Bangue quando Yuu começou a ir em direção à casa de banho.

— O deus da guerra — respondeu ela. — E o tianjun, o Lorde dos Céus.

Li Bangue coçou os pelos duros da barba.

— Não entendi.

— Então somos dois. Só fique por perto e me dê cobertura.

— Agora *isso* eu entendo, chefa.

Os dois guardas tiraram os olhos do jogo de dados quando Yuu e Li Bangue se aproximaram. Yuu os observou jogando por um tempinho e estava certa de que um dos dados tivera seu peso alterado para parar com mais frequência do lado Água. Será que os dois valentões sabiam? Ou será que um estava trapaceando com o outro? O guarda feio cutucou o mais feio ainda nas costelas e disse:

— Essazinha aí está meio acabada para vir procurar trabalho aqui.

Os dois riram, e o mais feio ainda falou:

— Leva essa sua puta para outro canto, grandalhão.

Li Bangue ergueu o chui até o ombro, mas Yuu levantou uma mão para fazê-lo parar. Talvez ele até desse conta de ambos os guardas, mas a Arte da Guerra não confiava em talvezes. Além do mais, duvidava de que seriam bem recebidos na casa de banho caso ele causasse uma cena sangrenta na entrada.

— E se eu só estiver querendo tomar um banho? — perguntou ela, num tom gélido.

— Hum... — O feio olhou para o amigo. — Acho que nesse caso não teria problema. Não recebemos muitas mulheres aqui para, hum... você sabe.

— Com essa atitude, não posso dizer que isso me surpreende — disse Yuu com um sorriso tão gentil que chegava a ser venenoso.

— Um lien cada — disse o feio. — E nada de armas lá dentro.

Li Bangue pendurou seu cetro no porta-armas e semicerrou o olhar para os dois guardas, mas Yuu não sabia ao certo se ele estava com dificuldade para enxergá-los na penumbra ou se era uma tentativa de deixá-los com medo. De qualquer forma, parecia bem ameaçador.

— Eu não ando com arma nenhuma — disse ela enquanto pegava as duas moedas. — A não ser que o meu charme conte como arma. — A julgar pelo silêncio sepulcral, não contava coisa nenhuma. Yuu apontou para um dos dados. — Esse aí foi manipulado.

O mais feio ainda ergueu as sobrancelhas até o meio da testa. Pelo visto, não sabia.

Lá dentro, a casa de banho era úmida e espessa como leite de cabra. Já no vestíbulo, o suor começou a escorrer pelas costas de Yuu, e o cheiro de centenas de ervas diferentes fez seu nariz coçar. Uma mulher vestida em um hanfu dourado de corte respeitoso com estampas florais num tom de verde ficou boquiaberta ao vê-los entrando, mas logo se recuperou e deu um sorriso simpático. A maquiagem fazia sua pele parecer um tom mais pálido do que deveria, e o batom deixava seus lábios dois tons vermelhos demais. O cabelo de ônix estava preso em coque no topo da cabeça com nada menos do que cinco grampos de prata, e ela carregava um pequeno quadro de giz na dobra do braço. Yuu espiou e viu vários nomes escritos ali, mas nenhum que reconhecesse.

— Como podemos servi-los hoje, mestres? — perguntou a mulher enquanto se aproximava.

Yuu chegou a se encolher e disse:

— Para começo de conversa, nunca mais me chame assim.

Li Bangue deu de ombros.

— Já que estamos aqui...

— Nada disso. — Com uma expressão enraivecida, Yuu se virou para ele. — Você pode fazer o que quiser outra hora, mas agora está trabalhando para mim.

Era importante estabelecer limites profissionais. Ele era um mercenário, não um amigo. Um Peão para ser sacrificado quando a hora chegasse.

A mulher tossiu educadamente e abaixou a cabeça em uma saudação sucinta.

— Temos banhos e uma sala de vapor particular caso não queiram companhia. Também oferecemos uma grande variedade de massagens e temos mulheres de Hosa, Ipia e Nash.

— É bem multicultural da parte de vocês — comentou Yuu, com grosseria. A mulher estava tomando o cuidado de manter uma expressão neutra no rosto, mas seus dedos tremiam enquanto tamborilavam no quadro. — Vamos começar com os banhos e depois damos uma olhada na sala de vapor.

— Podemos providenciar toalhas e roupões para os senhores se secarem — disse a mulher, gesticulando para uma parede repleta de prateleiras com vários pequenos cubículos. Cada um dos compartimentos continha ou um roupão cuidadosamente dobrado ou uma pilha desorganizada de roupas.

A funcionária continuava sem encará-la nos olhos. Havia algo que Yuu não estava percebendo aqui, algo que assustava aquela mulher.

Yuu conseguia perceber o próprio suor por baixo das vestes gastas, mas a ideia de se despir aqui não era nada confortável. Para início de conversa, perderia os numerosos bolsos que havia costurado nas dobras do tecido. De certa forma, era reconfortante saber que tinha acesso imediato a tudo o que possuía e nem um pouco deprimente saber que tudo o que possuía cabia dentro de alguns poucos bolsos. Li Bangue caminhou até as prateleiras e, sem demora, começou a ficar pelado. Yuu hesitou.

A mulher tossiu de novo.

— Este estabelecimento é propriedade do Espada Voadora — disse, com ênfase no nome, como se o título devesse significar algo para Yuu, mas ela nunca o ouvira antes.

— O bandido? — perguntou Li Bangue.

Ele estava de pé sem nada além dos trapos íntimos, e Yuu foi obrigada a admitir que o havia subestimado. Algumas pessoas ficavam gordas e empunhavam a estatura de forma pobre, caminhavam por aí como touros drogados. Mas Li Bangue tinha uma camada saudável de músculo por baixo da gordura e, por sua vez, muita gordura. Ele enfiou as calças sujas e a túnica em uma das prateleiras e puxou um roupão branco que mal servia para cobrir seu corpanzil.

A recepcionista ficou boquiaberta e abaixou a cabeça mais uma vez.

— Não, não, não. Espada Voadora é um homem de negócios. — É claro que ela estava apavorada. Trabalhava para um criminoso que, por sinal, não gostava de ser tachado como tal. — Ele cuida de um grande número de estabelecimentos sofisticados em Ban Ping, todos sancionados pelos monges do Templo Hushon.

Yuu ouvira falar do Templo Hushon. Era dedicado à adoração da constelação de Fenwong, o bêbado. Se os rumores fossem verdade, pelo preço certo, os monges de Hushon sancionavam praticamente qualquer coisa. O que não era muito religioso, mas prático.

Li Bangue puxou os pelos da barba desgrenhada e comentou:

— Um bandido que virou tríade quando o imperador trouxe paz para Hosa. — A mulher agora os encarava diretamente e agitava a mão freneticamente na frente da boca. — Os monges não podem culpá-lo por nenhum crime, mesmo sabendo o que ele é. Uma péssima forma de manter a lei, se quiser minha opinião. A menos que haja provas e testemunhas de um crime, não podem fazer nada a respeito.

Yuu assentiu.

— E dá para imaginar que é difícil achar alguém para testemunhar contra um homem desses.

Li Bangue em concordância.

— Ou vivo, pelo menos.

Os olhos da mulher iam para lá e para cá sem parar, e ela respirava tão rápido que Yuu pensou que a funcionária fosse desmaiar.

— O que isso tem a ver com os roupões de banho? — perguntou Yuu.

A mulher foi apressada até as estantes e puxou um roupão de um dos compartimentos. Estendeu-o para Yuu.

— Já é suspeito o bastante que uma mulher venha aqui sem ser para procurar trabalho. Será ainda mais se você insistir em continuar vestida desse jeito. — E praticamente jogou as vestes nos braços de Yuu. — Não sei quem vocês são, mas não deviam estar aqui.

O aviso parecia genuíno. Infelizmente, Yuu não tinha escolha a não ser ignorá-lo.

Com um suspiro exausto, ela se despiu. O texto intrincado em seu braço viajava até o ombro e as costas. Era uma pena que ainda não entendesse aquelas palavras e duvidava muito de que conseguiria traduzi-las logo. Vestiu o roupão oferecido. Estava limpo, era feito de algodão de qualidade e muito mais confortável do que o esperado. Vasculhou os bolsos e pegou um punhado de lascas de madeira antes de enfiar suas próprias vestes na prateleira. Caminharam por um corredor com portas de ambos os lados. Yuu espalhou as farpas com qi pelos cantos. Nem a recepcionista que os guiava e nem Li Bangue perceberam. Yuu esperava que não precisasse usá-las.

Não havia como confundir os sons que vinham dos dois lados do corredor. O lugar era vendido como casa de banho, mas as massagens oferecidas eram claramente mais eróticas do que terapêuticas. A mulher os levou até um grande salão aberto com vários bancos circundando as paredes e uma enorme piscina pública no centro da qual emanava vapor e um cheiro de lavanda que se prendia com força ao ar. Yuu contou seis homens ali, juntos em pequenos grupos. Um sujeito com uma quantidade impressionante de pelos no nariz e outro com peitos caídos aproveitavam a piscina nus debaixo d'água. No canto, perto de uma saída de vapor, um camarada com rosto de bebê jogava Go com um velho que tinha tantas tatuagens de animais quanto rugas. Será que havia dinheiro na disputa? Quanto será que uma mulher fingindo não conhecer as regras conseguiria arrancar deles? Homens tinham o costume de achar que mulheres não sabiam nada sobre jogos; uma ignorância da qual ela se aproveitara muitas vezes. Do outro lado, perto de um móvel com roupões à disposição, um caolho contava a um sujeito com olhos embaçados uma história a respeito de sua última prostituta. Todos os onze olhos se viraram quando ela e Li Bangue entraram e, embora a maioria tenha apenas reconhecido suas presenças, os dois na piscina encararam Yuu intensamente. Um tinha uma tatuagem de dragão que lhe subia pelo braço, atravessava os ombros e descia pelo outro. Por um momento, Yuu ficou com medo de que ele a reconhecesse, mas era impossível. A Arte da Guerra sempre usara uma máscara. Ninguém além do Príncipe de Aço conhecia sua verdadeira aparência, e ele levou este segredo para a cova. Era o único motivo para ela ter conseguido fugir por tanto tempo apesar do preço considerável por sua cabeça.

— Foi uma má ideia — sussurrou Li Bangue.

E não era mentira. Só que não podiam correr o risco de que outro campeão encontrasse o anel primeiro. Já estavam para trás na disputa, e com o Tique-Taque procurando Yuu em Ban Ping, quanto antes saíssem dessa cidade, melhor.

— Só encontre o anel — disse Yuu enquanto dava a volta na piscina.

Estava olhando para os dedos, mas alguns dos homens mantinham as mãos debaixo d'agua, o que dificultava o trabalho. Tinha noção de que parecia suspeita, mas não conseguia pensar em outra saída. Já era suspeito o bastante que uma mulher tivesse entrado em uma casa de banho, e Li Bangue, por si só, era grande o suficiente para atrair toda a atenção para si mesmo. Yuu assentia, toda educada, para qualquer um que olhasse em sua direção, mas se recusava a encarar os clientes ali presentes. Estava tentando parecer recatada, o problema era que artimanhas femininas nunca foram seu ponto forte. A maioria dos homens parecia considerá-la, na melhor das hipóteses, reservada e, na pior, hostil. Mesmo assim, o sujeito com peitos caídos na piscina a encarava sem pestanejar, o que a fez ter uma sensação estranha de que rastejava entre seus ombros como piolhos. Alguns dos clientes usavam joias, mas não havia nenhuma pedra ametista. Com toda a sinceridade, o anel descrito por Natsuko parecia mais uma aliança de casamento feminina. Yuu achava bastante improvável que qualquer um desses homens o usasse, mas não havia mais ninguém na casa de banho além de... ela parou e resmungou. As únicas outras pessoas ali, e também muito mais propensas a usar um anel de mulher, eram as prostitutas.

Yuu terminou de dar a volta no banheiro e encontrou Li Bangue a esperando na entrada do salão. Seu rosto estava vermelho de calor, e sua cabeleira selvagem, lisa.

— Então você vai se dar bem no fim das contas — disse. — Hora de conhecer algumas das mulheres.

O gordo deu um sorriso largo e enfiou a cabeça para dentro do salão. Yuu não conseguia ver muito atrás dele, mas o vapor com aroma de jasmim era forte o bastante para fazê-la lacrimejar. Li Bangue suspirou e puxou a cabeça de volta.

— Eu até que gostaria de fingir que não vi nada, mas dá uma olhada, chefa.

Yuu não tinha a mínima vontade de saber o que estava acontecendo na sala de vapor, mas se espremeu para passar por Li Bangue e, tentando não inalar a névoa pungente, entrou. Ele a seguia; seu barrigão foi empurrando-a para frente. Através de uma passagem pelo vapor, Yuu viu o que Li Bangue tinha visto.

— Eu odeio os deuses — disse, exausta.

E nenhum mais do que Batu. Bem que Natsuko dissera que o deus da guerra tinha um senso de humor maldoso e uma raiva intensa e profunda, mas, mesmo assim, Yuu havia subestimado o aviso. No distante outro lado da sala de vapor, cercado por homens nus, havia um homem gigante como uma montanha e tão grande quanto Li Bangue. Em seu mamilo esquerdo, um anel de prata com uma pedra ametista no centro.

5

YUU AVALIOU A SITUAÇÃO E DECIDIU QUE TUDO AQUILO ESTAVA QUASE beirando o ridículo. O anel de prata em formato de dragão estava pendurado no mamilo de um gigante com braços tão grossos quanto suas coxas, e os outros três homens sentados ao lado dele eram apenas um tiquinho menos intimidadores e estavam apenas um tiquinho mais suados. Levando em conta que o portador do anel tinha espadas tatuadas nos braços e no peito, era completamente possível que fosse o dono do estabelecimento, o próprio Espada Voadora, o que significava que ele talvez tivesse técnicas para fazer jus aos músculos imponentes e maior número. Não havia muito com o que Yuu pudesse contar. Três bancos de madeira, um em cada parede da sala, e, no centro, uma cesta cheia de carvão com uma panela de metal por cima. Do teto, gotas de água caíam na panela que, quando cheia, virava e esvaziava o conteúdo aromático sobre o carvão para liberar uma pluma de vapor odorífero.

Li Bangue se colocou ao lado de Yuu e, com os punhos cerrados e os olhos analisando a sala, esperou. Infelizmente para ele, Li era a única peça que Yuu tinha para usar, e ela teria que sacrificá-lo para ganhar o jogo.

O homem com o anel os encarou através de uma cortina de vapor e semicerrou os olhos. Yuu percebeu que uma das tatuagens de espada ficava numa posição em que a ametista do anel parecia parte do punhal. Ele passou uma mão pela cabeça para tirar o suor e se inclinou para a frente para olhá-los melhor.

— O que vocês querem? — exigiu saber.

Talvez, no fim das contas, Yuu tivesse, sim, uma chance. Caso todos os três tenham passado muito tempo ali, o calor opressivo os teria deixado lerdos. Além do mais, estavam todos pelados, e homens pelados sempre se acovardavam mais rápido para proteger as partes vulneráveis. Uma dúzia de estratégias diferentes corriam pela cabeça de Yuu. Precisava se aproximar. Podia tentar seduzir o portador do anel, mas não parecia muito provável visto que ela não fazia a menor ideia de como começar. Tinha certa habilidade em distrair as vítimas caso estivesse perto o bastante, mas acontece que tirar um anel do dedo de alguém era provavelmente muito diferente de removê-lo de um mamilo. O objeto parecia ter sido pregado através da pele como um brinco, mas não tinha tarraxa. Podia mandar Li Bangue para a briga, mas não havia garantia de que ele tinha condições de derrotar o Espada Voadora, ainda mais com outros três homens ao mesmo tempo. Além disso, o barulho podia atrair reforços. Nenhum de seus planos parecia propício a dar certo. Mesmo assim, às vezes (não sempre, só às vezes), a ideia mais simples pode acabar dando certo.

Yuu olhou para trás em direção a Li Bangue.

— Lembre-se por que eu te contratei — disse. — Faça seu trabalho e siga minha deixa. — Ela se virou para o enorme gigante sentado no banco. — Espada Voadora? — chamou, enquanto dava alguns passos até ficar de frente para a cesta de carvão.

A água na panela estava prestes a cair e já escorria pela borda em um fio sobre os carvões e chiava em uma pluma de vapor que encobria o rosto de Yuu. Ela tossiu. A pessoa que aromatizara aquilo lá, independentemente de quem fosse, nunca ouvira falar em sutileza.

— Quem quer saber? — disse um dos sujeitos à direita do portador do anel.

Ele levantou e se colocou à frente do homem com o anel para bloquear a visão de Yuu. Claro, também estava dando uma visão exclusiva de sua bunda, o que, a julgar pelo grunhido do gigante, não era nada agradável.

52

— Meu nome é Yuu. Esse é meu segurança, Li. — Ela deu um passo para a esquerda, para longe dos carvões, e fez uma reverência muito mais intensa do que o costumeiro. Esperava que a demonstração de respeito o fizesse achar que era indefesa. — Vim com uma oportunidade de negócios.

Estava inventando tudo na hora, juntando elementos da conversa que Li Bangue tivera com a recepcionista da casa de banho. Odiava estar tão despreparada, mas às vezes simplesmente não havia escolha. A voz de sua avó sussurrou em sua mente: *nunca encare uma situação sem ter um amplo conhecimento do ambiente, do adversário e do objetivo. A Arte da Guerra deve estar sempre extremamente preparada para qualquer cenário, incluindo alternativas e planos Bs. Se prepare de forma que chegue a parecer vidência.*

O homem que provavelmente era o Espada Voadora grunhiu e seu guarda mexeu o traseiro gordo para voltar a se sentar.

— Lugar esquisito para me oferecer negócios.

Outro pequeno filete de água caiu sobre os carvões, o que levantou outra pluma de vapor. Dezesseis segundos desde a última vez. Yuu se levantou da reverência e deu outro passo para a frente.

— Que nada. Aqui temos certeza de que não haverá olhos e ouvidos curiosos, e, afinal, qual lugar seria mais seguro do que o coração de seu império de negócios em ascensão?

— Império...

O Espada Voadora brincou com a palavra nos lábios como se estivesse a saboreando. As pessoas realmente eram tão simples. Era muito fácil manipular homens ambiciosos assim. Ele gesticulou com uma mão lânguida, e Yuu deu outro passo para a frente. Agora estava cercada pelos guardas nus do Espada.

Yuu se preparou. Pegara fragmentos de informação de fontes diferentes e costurara uma mentira. Agora, esperava que a linha aguentasse por tempo suficiente.

— Meu mestre, Wen, é dono de vários estabelecimentos lucrativos sob o nome Casa de Refrescos de Tsin Xao.

O sujeito com nariz de porco à direita do Espada Voadora bufou.

— Aquele lixo gosmento na Via da Espada? Ele vende vinho na beira da estrada, chefe. Prejudica os comerciantes licenciados da cidade.

Uma névoa de vapor subiu quando mais um fio de água atingiu os carvões. Yuu abaixou levemente a cabeça.

— Aquele homem não passa de um funcionário. Ele e aquele estabelecimento em particular são apenas um dentre tantos. Há centenas de Wens espalhados por centenas de Casas de Refrescos de Tsin Xao em toda Hosa. Da fronteira de Nash, em Fongsa, até Shinxei, em Shin. Toda cidade tem pelo menos um Wen e uma Casa de Refrescos de Tsin Xao. Todo o vinho é diluído em água e vendido por uma fração do preço que as tavernas cobram. O que, é claro, é autorizado pelos monges do Templo Hushon.

Agora tinha atraído a atenção do Espada. Não havia dúvidas de que sua cabeça corria pensando na quantidade de lien que uma empreitada como essa poderia render. Se não fosse uma história da carochinha, ele estaria certo em pensar que seria um bom negócio.

— E o que é que o seu mestre quer comigo? — perguntou Espada Voadora.

A água escorreu sobre os carvões, e o vapor aromatizado subiu atrás de Yuu. Exatos dezesseis segundos haviam se passado desde a última vez.

— Um parceiro — respondeu Yuu, com um sorriso tão doce que chegava a ser enjoativo. — Os negócios dele são lucrativos, mas só se forem protegidos. O senhor tem conexões com... hum... homens corajosos com vontade de ver as coisas funcionando. — Esse com certeza foi o jeito mais educado que alguém já descrevera um bandido. — Ele tem a estrutura para te assegurar em cidades além de Ban Ping. Além da província de Xihai. Por toda Hosa.

Com olhos arregalados, Espada Voadora deu um breve sorriso. Ganância era uma alavanca adequada para mover a maioria dos homens. Chang Lihua escreveu: *nunca tema o homem ganancioso. A ganância os torna previsíveis e maleáveis. Em vez disso, tema o homem justo. A fé os torna esquivos e temperamentais.* O sujeito sorriu e se levantou.

— E foi *você* que ele mandou para negociar? Se fosse sério, ele mesmo teria vindo.

O bandido deu um passo à frente para se impor sobre Yuu. Perto o bastante para tocá-la. Claro, isso também significava que estava perto o bastante para estrangulá-la sem esforço algum.

Yuu se obrigou a erguer o olhar e encará-lo. Ela manteve o sorriso estampado no rosto.

— Bom, eu sei ser bem convincente quando é preciso.

E, com a velocidade de uma cobra, esticou o braço, prendeu o dedo no anel, torceu-o e puxou.

A carne se rasgou com um esguicho de sangue, e o Espada Voadora deu um grito de dor. Nariz de Porco foi o primeiro a reagir. Ele saltou do banco e tentou agarrar Yuu. Ela desviou das mãos, deu um giro, pulou sobre a cesta de carvão (o calor foi intenso, mas passou rápido) e aterrissou esparramada do outro lado. Nariz de Porco correu, mas Yuu calculara tudo com precisão. Um fio de água escorreu da panela, caiu no carvão e fez emanar uma pluma cegante de vapor. Ela chutou a cesta e fez as pedras ferventes rolarem pelo chão em meio a um coral de gritos desumanos e pés queimados. Sem esperar para ver o dano que causou, segurou o anel firme no punho e passou correndo por Li Bangue em direção à próxima sala.

Yuu percebeu que talvez tivesse subestimado o número de clientes na casa de banho que, na verdade, trabalhavam para o Espada Voadora. Todos eram capangas dele. Com certeza não sobrava nenhum. Os guardas, os homens jogando Go e até mesmo aqueles que aproveitavam a piscina vinham em direção à sala de vapor. Alguns tinham facas, outros apenas empunhavam olhares que pareciam cortantes, mas qualquer um ali seria mais do que páreo para Yuu.

Li Bangue fungou alto atrás dela.

— E agora?

Yuu enfiou alguns fios teimosos de cabelo para trás da orelha.

— Faça valer o seu pagamento. Esmague umas cabeças.

Li Bangue berrou e correu em direção ao capanga caolho. Jamais venceria, não contra seis homens com reforços que provavelmente chegariam a qualquer momento, mas se lutasse com braveza, talvez chamasse a atenção necessária para que Yuu conseguisse fugir. Ela havia sacrificado seu Peão para garantir a segurança do centro do tabuleiro.

Os dois guardas que antes jogavam Go deram uma volta ao redor da piscina e se aproximaram. O sujeito com cara de bebê segurava uma faca curta. Na piscina, um dos homens, o magrelo com mais pelos no nariz do que dentes, caminhava em direção a Li Bangue. O outro, aquele com os peitos caídos, estava bem na frente de Yuu, já saindo da água. Só havia uma saída, uma escapatória de toda aquela briga e da morte certa. Abriu o roupão e o deixou cair, deu dois passos adiante, saltou sobre o sr. Teta Murcha enquanto ele se esforçava para sair da piscina, mergulhou na água tão quente que chegou a assustá-la e nadou com força até o outro lado. Mesmo através da visão borrada debaixo da água, Yuu viu a faca curta atingir a piscina bem acima de sua cabeça e desviou para o fundo de azulejos.

Yuu atingiu a superfície já do outro lado, se arrastou para fora e se levantou em um movimento senão extremamente gracioso, pelo menos fluido. Atrás dela, era possível ver que o Teta Murcha estava de volta na água e se aproximando. Os dois jogadores de Go haviam se virado e brigavam um com outro pelo direito de pegá-la primeiro. Li Bangue se esforçava contra o Pelo no Nariz e o Caolho. O brutamontes cegueta já estava caído atrás dele e criando uma poça de sangue no chão de madeira. Yuu se virou, escorregou e caiu de bunda. Xingou, lutou para se levantar e então disparou para o corredor que ia até a saída.

Já dava para ver a entrada: a porta dupla que levava às ruas de Ban Ping, a recepcionista com o rosto pintado, a mão sobre a boca e os olhos arregalados de choque. Foi então que Yuu sentiu uma mão úmida segurá-la no ombro. A mão a fez parar e a virou para que encarasse um dos jogadores de Go. Era o capanga velho cheio de tatuagens de animais. Yuu tentou se conectar ao qi, às lascas de madeira que havia espalhado pelo corredor e ordenou que uma delas viesse à vida. Uma réplica da lasca, só que mil vezes maior, eclodiu do chão em uma explosão de farpas que o atingiu e lançou-o contra a parede com tanta força que o fez ficar inconsciente antes mesmo de cair. A efígie da lasca de madeira virou poeira e detritos quase tão rápido quanto havia se formado.

Yuu se virou para a entrada e começou a correr, mas uma parte lateral se abriu com tudo, e um homem saiu apressado dali. Era alto e ligeiramente magro, com músculos que lembravam cordas grossas. Ele claramente ouvira a comoção e nem se importava muito com os detalhes. Até onde sabia, Yuu podia muito bem ser uma das mulheres da casa de banho fugindo da confusão. Não importava. O sujeito envolveu os dedos ossudos ao redor do pescoço de Yuu antes mesmo que ela pudesse reagir, empurrou-a contra uma parede, arrastou-a pelo tapete e a lançou contra o outro lado. Pontos de luz brilharam na visão dela. Foi puxada de novo e sentiu a cabeça atingir a parede. Toda a resistência se esvaiu de seu corpo.

Ouviu Li Bangue gritar e sentiu a pressão se soltar de seu pescoço, respirou fundo algumas vezes e balançou a cabeça até voltar a enxergar com clareza. Li Bangue agarrara o homem menor e estava lhe socando o rosto provavelmente mais do que o necessário. Ele tinha vários cortes pequenos e um hematoma no queixo, mas parecia mais do que bem para alguém que havia acabado de lutar contra meia dúzia de homens. Ele jogou o capanga inconsciente no chão e estendeu uma mão para Yuu. Ela a pegou e foi puxada para cima como se não pesasse mais do que um leque de papel.

Espada Voadora e mais três de seus capangas atravessaram correndo a porta no fim do corredor. Ele sangrava bastante no peito, no local onde antes ficava seu mamilo, e a pele de seu pé estava vermelho-vivo, certamente devido aos carvões caídos.

— Vou te matar, sua puta! — ele gritou e avançava para a frente com os homens logo atrás.

Yuu olhou para a recepcionista, toda encolhida perto das prateleiras.

— Pegue nossas roupas, por favor.

Ela recuou um pouco e esperou enquanto o Espada Voadora avançava. Só mais alguns passos. Buscou o qi e ativou as cerca de doze outras lascas de madeira restantes. O corredor eclodiu em caos. Cacos de rocha, madeira e do tapete surrado estouraram do chão e das paredes. Um deles prendeu o Espada Voadora contra a parede, e vários outros bloquearam o corredor por completo. Como as coisas malformadas que eram, logo iriam se desfazer, mas talvez desse tempo para que ela escapasse.

Li Bangue estava tendo trabalho para vestir as calças. A recepcionista segurava o restante das roupas dele e as vestes esfarrapadas de Yuu, mas não havia tempo.

— Vai! — sibilou Yuu, apontando para a porta. Tirou as roupas das mãos da mulher enquanto Li Bangue ia até a saída. — Obrigada — disse, e fez uma reverência contida. Enfiou a mão em um dos bolsos e pegou nove lien. Era tudo o que ainda tinha. — Encontre outro lugar para trabalhar.

Com um tapa, depositou as moedas na mão da mulher e seguiu Li Bangue para as ruas de Ban Ping.

Os dois guardas na entrada principal estavam afastados da porta, boquiabertos. Provavelmente não esperavam que Li Bangue saísse correndo apenas meio vestido, e nem que Yuu estivesse com nada além das roupas íntimas e pingando do breve período que passara lá dentro. Se recuperaram bem a tempo de ver Li Bangue pegar seu chui e enfiá-lo no estômago do feio, o que fez o sujeito se curvar em um amontoado ofegante de carne. O mais feio ainda avançou para a frente, mas Li Bangue girou o cetro e bateu com a coronha do artifício em seu rosto, o que sem sombra de dúvida destacaria ainda mais aquelas feições lamentáveis. Com os dois homens derrubados e levando em conta que não levantariam por um bom tempo, fugiram.

— Por aqui — disse Yuu, enquanto corriam para fora.

As poucas pessoas ali pararam para encará-los, mas estava tarde e escuro, e a maioria dos cidadãos respeitáveis devia ter ido para a cama. Ela deu uma olhada e viu Li Bangue ainda parado na entrada da casa de banho, semicerrando os olhos para a rua. Pelo visto, a história de ser cego à noite não era brincadeira. Yuu chegou a pensar em abandoná-lo. Já havia se comprometido a sacrificar aquela peça para alcançar a vitória. Mas ele salvara sua vida na casa de banho, e provavelmente mais do que uma vez. Era um laço sentimental ridículo, indigno à Arte da Guerra. Por outro lado, ele foi útil e poderia ser de novo. Adaptar o destino era quase sempre tão importante quanto aprender com os erros. Só que, pensando bem, sua avó vivera dizendo que não existia essa coisa de destino, apenas erros convenientes de outras pessoas.

Yuu mandou esses pensamentos para longe antes que entrasse num debate filosófico com o fantasma de sua avó e correu de volta para o lado de Li Bangue. Agarrou a mão livre dele e o puxou.

— Me siga!

— Vamos voltar para o Olho de Jasmim?

— Dragões voam? Isso é pergunta que se faça? É claro que vamos voltar. Preciso de uma bebida!

6

QUANDO CHEGARAM AO OLHO DE JASMIM, NATSUKO NÃO ESTAVA LÁ. Yuu deduziu que a deusa voltara para Tianmen. Infelizmente, isso significava que estava falida, já que gastara os últimos lien com a recepcionista da casa de banho. Foi Li Bangue que salvou o dia e comprou uma garrafa de vinho para cada com o salário que recebera. Yuu caiu no sono no banco do jardim da taverna, com um copo de vinho em uma mão e o anel de Chaonan preso em outro.

Na manhã seguinte, ela acordou em pânico, com medo de que alguém a tivesse roubado durante a noite. Era uma ideia estúpida, é claro. Não possuía nada que valesse a pena roubar. Seus únicos pertences eram uma cabaça vazia, um bloco de madeira meio esculpido, uma faca de trinchar e... o anel de um deus. Desdobrou os dedos e viu o artefato ali em sua palma. Estava encrustado de sangue e o mamilo do Espada Voadora continuava preso ali. Sentiu uma ânsia de vômito, mas engoliu a bile. Com a faca, arrancou o pedaço de carne e jogou o mamilo mutilado no chão. Depois, escondeu o anel em um bolso do roupão. Como odiava os deuses.

O sol brilhava com força a leste, o que fazia grande parte do jardim ficar nas sombras. O Olho de Jasmim estava praticamente vazio, tirando alguns fregueses que ou não tinham condições de pagar por um quarto ou não tinham para onde ir. Onde na noite passada as gêmeas musicistas tocavam, havia agora uma pequena raposa vermelha encolhida em uma bola. Yuu não se lembrava daquele monstrinho, o que significava que ele não estivera ali. Detalhes nunca lhe passavam despercebidos. Aprendera a nunca permitir que passassem. Ninguém mais parecia notar a presença da raposa, que dormia um sono profundo. Talvez fosse o bicho de alguém. Sua boca estava com gosto de dedão de mendigo e seu estômago roncava. Tentou se lembrar de quanto tempo passara desde a última vez que comera. Um dia inteiro, talvez. Não comera nada desde a chegada a Ban Ping. Claro que a sensação era de que havia um tengu tentando estraçalhar seu estômago.

Li Bangue, deitado no jardim ao lado de uma mesa, com uma mão sobre o peito e outra esticada em cima de seu chui, roncava suavemente. Os nós de todos os dedos estavam machucados, e o vergão de seu queixo florescera em um machucado roxo e inchado. Ele cumprira seu papel na casa de banho: salvara a vida dela e voltara para o seu lado mesmo depois de Yuu tê-lo sacrificado. Nem todas as peças podiam ser equiparadas com o xadrez, admitiu ela para si mesma.

Yuu cutucou uma das garrafas que rolavam pela mesa, mas encontrou-a vazia. Seu estômago roncou de novo. Precisava de comida, e precisava de uma bebida, só que não tinha dinheiro para nenhuma das duas.

— Natsuko? — disse, com a voz num tom que não passava de um sussurro. Quando a velha não apareceu, falou um pouco mais alto: — Natsuko?

Era muita inocência esperar que a deusa pudesse ser convocada assim. A pequena raposa vermelha, por outro lado, levantou a cabeça e a encarou com seus olhos de cores diferentes: um dourado e um verde. Depois, virou-se de costas, voltou a se encolher e caiu no sono de novo.

Li Bangue acordou com um ronco estridente, piscou, grogue, e limpou a baba seca do rosto. Então, rolou para ficar com a barrigona no chão, bocejou, levantou e se sentou no banco em frente à Yuu.

— Então ainda estamos vivos? — perguntou.

Yuu assentiu.

— O Espada Voadora vai procurar por nós.

Li Bangue riu.

— Você arrancou o mamilo dele fora.

— Ele não estava usando mesmo — disse ela, e deu de ombros.

— Como foi que você fez aquelas coisas saírem do chão?

O estômago de Yuu roncou de novo, e ela olhou para o bar.

— Pega o café da manhã pra gente que eu conto.

Li Bangue não reclamou de comprar comida e em poucos minutos cada um tinha uma tigela de arroz com ovo frito. Também havia trazido uma jarra de água, mesmo que Yuu preferisse vinho. Ela não conseguia se lembrar da última vez que seu café da manhã não tivesse sido regado à bebida. Mas quem sabe fosse hora de tentar passar uma manhã sóbria para variar. Se dedicaram a abocanhar a comida e, quando terminaram, a velha reapareceu. Natsuko estampava uma expressão de mau humor no rosto e se sentou com um resmungo.

— Conseguiram? — perguntou sem nenhuma palavra de cumprimento.

Yuu mexeu dentro do roupão, mostrou-lhe o anel e então o guardou de novo.

— Você sabia onde estava?

A deusa apontou um dedo retorcido para a barriga de Li Bangue e ele se afastou dela com um grunhido longo e resignado.

— Na casa de banho. Bem como eu falei — respondeu Natsuko.

Yuu a encarou, mas a deusa não mostrava nenhum sinal de que estava zombando deles.

— Há apenas mais um artefato à solta em Ban Ping — disse Natsuko. — A menos que vocês estejam dispostos a pegar alguns de outro campeão.

Yuu suspirou com escárnio.

— Vou ficar o mais longe possível do Tique-Taque. Se não fosse pelo Li Bangue, eu teria sido morta por uma tríade de capangas ontem à noite. Assassinos lendários estão um pouco acima das minhas capacidades.

Li Bangue fungou e completou:

— E das minhas também.

A mandíbula da deusa se contorceu como se houvesse cartilagem entre seus dentes.

— Não é o Tique-Taque. Outro campeão encontrou um artefato na noite passada, o que significa que há pelo menos três de vocês aqui em Ban Ping.

Isso deixava as coisas um tanto mais complicadas, só que um pouco mais seguras também. Se havia outros campeões procurando pela cidade, então havia outro campeão para Tique-Taque caçar. Claro, também significava que haveria mais competição pelo último artefato disponível. Também seria de grande ajuda se soubessem quem era.

— O campeão de quem? — perguntou Yuu.

— Yang Yang — respondeu Natsuko. — O deus da aposta e a deusa das mentiras.

— Não entendi — disse Li Bangue.

— E eu já nem me surpreendo — comentou Natsuko.

Ela apontou outro dedo para a barriga dele e Li Bangue se moveu de novo. Já estava quase caindo do banco.

— Yang Yang é o deus duplo — explicou Yuu. — Duas metades que juntas formam um todo. Você não sabe quem é o campeão de Yang Yang?

— Não — respondeu Natsuko. — Não sou onipotente.

Li Bangue franziu o cenho e coçou a bochecha.

— Oni... o quê?

Pelas estimativas de Yuu, havia apenas duas escolhas. Ou saíam em busca do artefato o quanto antes, ou então saíam da cidade e deixavam os outros dois campeões brigarem por ele.

— O que é que você pode contar sobre esse outro artefato? — perguntou.

— Você não vai gostar de onde ele está — respondeu Natsuko com um sorriso astuto.

Ela inclinou a cabeça em direção ao sul e olhou para o céu.

— Nos templos? — disse Yuu. Sentiu os ânimos afundarem como um navio naufragado. — Que maravilha.

— Nenhum lugar de Ban Ping é mais protegido por monges — comentou Li Bangue, sem ajudar em nada.

— A gente pelo menos sabe o que está procurando? — perguntou Yuu. — Essa informação podia ajudar.

A deusa comprimiu os lábios e esfregou o queixo enrugado.

— Quando eu chegar mais perto, vou saber.

— Eles permitem que as pessoas subam e façam preces às estrelas — disse Li Bangue. — Mas só durante o dia. Eu mesmo nunca fui lá porque... bom, é um longo caminho.

— Claro, nunca que você iria querer perder uns quilinhos de gordura, seu inchado — disse Natsuko com uma risada maldosa.

— Deixe-o em paz — vociferou Yuu, irritada. — Ele salvou minha vida na noite passada, Natsuko. E você? Fez o quê?

A deusa ficou em silêncio, mas encarou-a com um olhar mordaz.

Pouco tempo depois se reuniram, e Yuu deu uma escapadinha com alguns lien para comprar uma garrafa de vinho, mas sem deixar de se parabenizar por pelo menos ter conseguido passar o café da manhã sóbria. Antes que o sol alcançasse o ponto zênite, estavam a caminho dos dez mil passos que levavam à Ascensão Estelar.

A CIDADE BORBULHAVA COM NOTÍCIAS, E A FOFOCA SE ESPALHAVA PELAS ruas, então era impossível escapar dos rumores em todo canto. O exército cochtano invadira a província de Shin com tópteros, legiões de fuzileiros e até mesmo o há pouco ressuscitado Máquina Sangrenta. De acordo com os sussurros, a capital sucumbira em um dia, mas Yuu suspeitava de que essa informação fosse exagerada. Mesmo com o auxílio de tópteros, algo assim seria impossível. A capital de Shin fora construída no alto de vários planaltos gigantescos e rochosos. Era praticamente impossível imaginar que tanto os fuzileiros quanto o Máquina Sangrenta fossem capazes de alcançar a cidade, quanto mais derrotar suas consideráveis forças. Alguns fofoqueiros até mesmo afirmavam que a luta se espalhara para o Vale Solar, e que os mestres wushu de lá estavam impedindo o avanço das tropas de forma que apenas os mestres do Vale conseguiam.

Pararam brevemente para comprar bolinhos de arroz de um comerciante de rua que, orgulhoso, exibia uma placa indicando que era aprovado pelo

Templo Hushon. O arroz estava cozido demais, mas Yuu devorou tudo mesmo assim. O vendedor conversou feliz da vida e afirmou que o lendário caçador de recompensas, o Leis da Esperança, estava atrás de informações acerca de uma série de roubos que haviam acontecido na noite anterior, incluindo um tumulto na casa de banho, de onde ninguém sabia ao certo o que fora roubado. Yuu ouvira muitas histórias sobre o Leis da Esperança e sua habilidade de perseguir presas. Também não tinha dúvida alguma de que ele não esquecera do valor considerável pela cabeça da Arte da Guerra. Quanto antes saísse de Ban Ping, mais segura ficaria, independentemente de alguém saber seu nome verdadeiro ou não.

O começo da Ascensão Estelar era um templo e um símbolo de adoração à própria estrutura em si. Havia uma grande construção com cinco santuários no interior ao pé da montanha. O lugar era repleto de monges posicionados, vestindo trajes chiques e coloridos enquanto desejavam *que as estrelas brilhem sobre você e te deem sorte* a todos que passavam. Parecia não haver nenhuma malícia nos monges, muito embora o Príncipe de Aço tenha exposto várias vezes os aspectos militares das tropas espirituais. Ele contara a Yuu que os monges eram mestres wushu capazes de desafiar os mestres do Vale Solar e que o conhecimento que tinham de qi era quase incomparável. Infelizmente, os monges não se intrometiam nas guerras de Hosa ou em qualquer conflito que não se relacionasse com o cumprimento das leis de Ban Ping. O Príncipe de Aço fora o líder da rebelião contra o Imperador dos Dez Reis anterior. Era um príncipe por linhagem sanguínea e o verdadeiro herdeiro da província de Qing, um herói que lutou contra o governo opressor, que não trouxera nada além de miséria, fome e morte para Hosa. Mesmo assim, os monges recusaram educadamente todos os pedidos feitos por ele e só desejavam que as estrelas o iluminassem e dessem sorte, mas sem oferecer ajuda alguma. Descreviam-se como pacifistas, um título do qual Yuu zombava. Os monges de Ban Ping eram covardes, um bando de medrosos disposto a permitir que um governante corrupto pisasse sobre a nação sem se posicionar.

Li Bangue retribuiu os cumprimentos e os bons votos, mas Yuu passou direto por eles em direção à parte de trás do templo. Uma monja corpulenta esperava à frente de uma passagem coberta por uma cortina com um maço de incensos na mão. Yuu ignorou mais um voto de que as estrelas brilhassem a seu favor, mas arrancou um dos incensos oferecidos. Não tinha a menor intenção de acendê-lo em nenhum dos templos e, às estrelas, oferecia o mesmo desprezo que sentia pelos deuses, mas um palito cheiroso poderia chegar a ser útil. Enfiou-o em uma das dobras do roupão e subiu no primeiro degrau.

Segundo as lendas, eram dez mil degraus que levavam ao templo da montanha; cada um batizado em homenagem a uma estrela. Yuu se perguntou quantos daqueles nomes se repetiam.

— Você parece mal-humorada — disse Natsuko ao se aproximar. Apesar da aparente senectude, ela parecia tão capaz de subir os intermináveis degraus quanto Yuu ou Li Bangue. — Estou até achando difícil manter minha própria carranca já que você é muito melhor do que eu nisso.

— Esses monges malditos — disse Yuu. — Se tivessem se unido à guerra quando Guang pediu, teríamos ganhado sem que... antes dos shinigami se envolverem. Meu príncipe nunca teria morrido.

— *Talvez* nunca teria morrido — corrigiu Natsuko. Yuu a encarou, mas a deusa simplesmente continuou falando: — É verdade. Vocês talvez tivessem ganhado a guerra, mas seu príncipe poderia acabar se engasgando com uma mosca violenta no dia seguinte. Pare de projetar a raiva que sente de si mesma nos outros. Monges só fazem o que monges fazem. Se escolhem ser pacíficos e adorar grandes bolas de fogo no céu, fazer o quê? Deixe que sejam tolos. O fato é que eles jamais iriam participar da sua guerra, então culpá-los por isso é tão útil quanto se culpar porque o herói que você amou foi um herói e morreu pela causa.

Yuu continuou a encarar a mulherzinha enquanto subiam e subiam e subiam. A escada de rocha era esculpida diretamente na montanha em uma trilha sinuosa de baixo até o topo. Havia poucas pessoas à frente que não passavam de pontinhos se esforçando pela subida cinzenta, e algumas delas estavam simplesmente encarando o primeiro degrau. Eram muitos os turistas que vinham cumprir promessas.

— O que você está olhando? — perguntou a deusa, encarando-a de lado.

— Estou pensando se vale a pena te jogar lá de cima ou não — respondeu Yuu, irritada.

Alguns passos para trás e já ofegante, mesmo que mal tivessem começado a subir, Li Bangue perguntou:

— Você lutou na guerra?

Yuu sentiu o antigo pânico se reacender em seu interior e se atrapalhou para tentar pegar a cabaça de vinho. Se Li Bangue já estava a par de sua técnica, se soubesse que ela lutou na guerra talvez fosse capaz de fazer a conexão.

— Muitas pessoas lutaram na guerra — respondeu.

— Isso... faz de você... uma heroína? — questionou, entre uma respirada e outra. — Se lutou na guerra... e tem uma técnica.

Natsuko, alguns passos à frente, olhou para trás com aquele sorriso largo de deusa que sempre aparece.

— Você usou sua técnica? Que perigo.

Yuu colocou alguns fios soltos de cabelo atrás da orelha.

— E você, Li Bangue? — perguntou ela, tentando mudar de assunto.

— Quando nos conhecemos você se denominou Crepúsculo Luar. Poucos receberiam um nome assim sem ter uma técnica que o fizesse valer.

Li Bangue pareceu ficar cabisbaixo enquanto se arrastava pelos degraus.

— Que nada. Tenho técnica nenhuma, não. Eu só pensei... — Ele suspirou. — Eu mesmo me dei esse nome. Na esperança de que se espalhasse e de que talvez, se pessoas o bastante me conhecessem como Crepúsculo Luar, eu acabaria conseguindo uma técnica.

Natsuko riu como um corvo.

— O idiota do Inchado aqui não sabe nem como as técnicas funcionam.

— E provavelmente não é o único — disse Yuu. — Não merece ser zombado por esse motivo. Sério, você é uma deusa, não devia ser melhor que isso?

Mais uma vez, Natsuko deu aquele sorriso desumano enquanto olhava para trás.

— Tenho que dar uma boa gargalhada quando surge a oportunidade.

Yuu suspirou e esperou que Li Bangue as alcançasse. Ele bufava e respirava fundo, mas não pediu para descansar.

— É muito raro que técnicas se manifestem espontaneamente, Li Bangue — explicou. Ela se lembrava de quando a avó se sentara para lhe explicar. E de como a senhora contara que não passaria sua própria técnica para nenhum de seus netos de sangue, mas que Daiyu Lingsen era uma exceção, que merecia não apenas uma técnica ímpar, mas também um legado. — Há três tipos de técnica. Primeiro, é melhor que eu explique a técnica inata. É... algo que todos podem usar. Do fazendeiro que cuida de porcos até o mestre wushu do imperador. A técnica inata é a habilidade em que se usa o qi para fortalecer o corpo. Algumas pessoas a usam sem nem perceber. O homem que levanta uma pedra que está sobre a perna da esposa. A mulher que carrega doze baldes de água do poço todo dia. Eles acessam o qi e o usam para ficar mais fortes ou mais rápidos, ou até mesmo para se curar. A técnica inata é a habilidade de forçar o corpo para além dos limites físicos normais.

"Há heróis que se especializam nisso. Os mestres wushu do Vale Solar fortalecem o qi e o processo em níveis tão elevados que conseguem usar a técnica inata o tempo todo e se transformam permanentemente, viram super-humanos. Mas a maioria dos heróis consegue usá-la em rompantes, quer percebam ou não, e ficam temporariamente mais fortes e mais rápidos.

— Você consegue usar a técnica inata? — perguntou Li Bangue.

Yuu deu uma risada.

64

— Não muito bem. Você deve ter percebido que sou meio inútil em uma briga.

— Inútil é apelido — disse Li Bangue, rindo. — Hum... desculpa, chefa. E aquela técnica que você usou para... hum, fazer as coisas saírem do chão?

— Eu consigo infundir objetos com meu qi e fazer com que efígies aumentadas se manifestem do substrato ao redor. O que você viu foi algo apressado, rudimentar. Tive que infundir lascas de madeira com qi sem preparo, o que é bem desgastante. E também cria efígies malformadas que não têm a coesão necessária para ficarem inteiras.

Li Bangue limpou o suor da testa.

— Como é?

Yuu decidiu insistir na explicação. Pescou a peça meio esculpida de xadrez das vestes. A escultura tinha um sobretudo esfarrapado também, mas não conseguira fazer nada muito além disso.

— Normalmente uso pequenas estátuas como essa, objetos em que seja possível infundir qi enquanto esculpo. É assim que consigo fazê-los vir à vida e até mesmo dar comandos simples. Muito mais útil do que lascas de madeira gigantes eclodindo do chão.

Li Bangue franziu o cenho, e Yuu conseguia até ver sua mente ruminando a informação. Talvez tenha sido coisa demais. Ele claramente não era nenhum estudioso, mas não seria preciso um gênio para conectá-la à famosa estrategista com a mesma técnica. Ela apressou a lição antes que Li conseguisse chegar à verdade.

— O que eu faço pertence ao segundo grupo de técnicas: as aprendidas. São as técnicas que, em teoria, qualquer um é capaz de aprender com a instrução e o treinamento certos. São... muito variáveis. Já vi pessoas fazerem espadas deixarem rastros de fogo, homens atravessarem o mundo e aparecerem em outro lugar, mulheres secretarem toxinas debilitantes da pele. Já vi um homem controlar o cabelo como um rato controla a cauda e uma mulher congelar um lago com nada além da respiração. Em teoria, as técnicas aprendidas são tão infinitas quanto a imaginação e a dedicação ao estudo delas.

— Há! — Natsuko bufou e se virou para encará-los. Pelo visto, estava atenta à conversa. Passou a subir a escada de costas sem errar nenhum degrau.

— Essa é a teoria do Mestre Han Sholieu. Ele era um idiota. Há um número limitado de técnicas mortais, o que não significa que os humanos já descobriram todas elas.

Ela voltou a olhar para a frente e seguiu subindo.

Yuu deu uma olhada para Li Bangue.

— Aí está, da boca dos deuses.

— Quer dizer que é verdade, então? — perguntou Li.

Yuu suspirou.

— Eu não contaria com isso. Se há uma coisa para não esquecer em relação aos deuses, Li Bangue, é que eles mentem.

Yuu pegou a cabaça de vinho de dentro das vestes, abriu-a, tomou um longo gole e deu um suspiro de gratidão. Depois, mais um gole antes de passá-la para Li Bangue.

— Independentemente de quantas técnicas mortais existam, elas podem ser ensinadas. — Pegou a cabaça de novo, bebeu mais uma vez, colocou a tampa e voltou a guardá-la nas vestes. — Inclusive, há dojos que se especializam em ensinar técnicas específicas para aqueles com força de vontade para aprender e com lien o bastante para pagar pelas aulas.

Li Bangue parou e, ofegante, se curvou com as mãos nas coxas.

— Será que você pode... me ensinar... a sua técnica?

— Não! — respondeu Yuu, talvez num tom severo demais. — É... — Uma técnica que ela jurou repassar apenas uma vez, junto com o nome e o legado. — É a técnica da minha avó. Não... não tenho o direito de ensinar para outras pessoas.

Natsuko deu uma risada sutil, mas não disse nada. Yuu encarou as costas da deusa.

Li Bangue suspirou e voltou a subir os degraus.

— E o terceiro tipo de técnica?

— As técnicas herdadas — explicou Yuu. — Alguns as chamam de técnicas de linhagem, muito embora esse termo tenha sido descartado há uns cem anos quando os cochtanos soltaram a Máquina Sangrenta no mundo. Ninguém queria ter relação nenhuma com aquilo. As técnicas herdadas são exclusivas para famílias. Não podem ser ensinadas do jeito tradicional. O comum é que sejam de um poder imenso e extremamente raras. Até mesmo entre a própria família, a técnica nem sempre é repassada. Às vezes pula gerações e parece se manifestar ao acaso em algumas crianças, mas em outras não.

— Por exemplo, o clã Usami, que é uma linhagem ipiana. Eles tinham uma técnica muito famosa que lhes permitia gerar esporas salientes de osso direto da pele. O que os provia de armaduras e armas, mas a um custo altíssimo de seu qi. O clã foi exterminado em batalha quando o imperador ipiano, Katsuo Ise, ordenou que liderassem uma invasão a Nash. A vhargana nashiana...

— O quê?

— É o equivalente nashiano a uma imperatriz — respondeu Yuu. — Mas, pensando bem, dama das damas seria uma tradução melhor. A vhargana de Nash, Chotan Khourlas, ficou a par da invasão iminente e montou uma armadilha engenhosa. Como sabia que seria impossível impedir o avanço das forças do imperador ipiano, ela sacrificou toda a cidade de Naaglii, mas escondeu mil soldados por perto, na areia. Quando a tropa principal dos ipianos pensava que havia garantido a cidade como uma nova linha de abastecimento, seguiu adiante. Foi então que os soldados nashianos emergiram, destruíram as linhas ipianas de suprimentos e queimaram a própria cidade para não sobrar nenhuma oportunidade de recuo para os inimigos. As tropas ipianas seguiram em frente, já que não tinham mais como voltar, e o imperador ordenou que tomassem a capital de Nash, Darbaatar. As forças de Nash os perseguiram e fizeram com que pagassem com sangue por cada dia de marcha. Quando o exército ipiano alcançou Darbaatar, tudo o que encontraram foi uma cidade abandonada com poços envenenados. Os nashianos sempre foram nômades, então, em vez de esperar que os ipianos atacassem, abandonaram o maior de seus assentamentos. Sem suprimentos, as últimas tropas ipianas morreram de fome nas ruínas de uma cidade, que foram ordenados a conquistar.

Yuu percebeu que tanto Li Bangue quanto Natsuko a observavam e se deu conta de que estava dando uma aula de história antiga.

— Desculpem. — Provavelmente a consideravam uma tola, divagando sobre uma batalha aleatória com a qual ninguém além de um estrategista ou historiador se importaria. — O que quero dizer é que o clã Usami foi varrido da face da terra. Apenas os que não tinham habilidade para usar a técnica de linhagem foram deixados. Acontece que, trinta anos atrás, a técnica se manifestou mais uma vez em um novo descendente.

— Então talvez eu tenha uma técnica herdada? — perguntou Li Bangue, encarando-a com olhos semicerrados e esfregando a barba.

O suor dele atravessara o tecido da túnica, que estava agora colada à sua barriga pendente.

Yuu deu um sorriso.

— É provável que não. A menos que você saiba de algum ancestral seu que tivesse.

Li Bangue meneou a cabeça. Estava lutando com as escadas. Cada degrau era um sofrimento.

— Não. Minha família nunca fez nada além de pastorear búfalos. Fui o primeiro a sair da fila desde que... desde sempre, eu acho. Tirando meu pai, que foi convocado pelo Imperador dos Dez Reis e morreu na batalha de Jieshu. Um oficial do exército nos contou que ele foi assassinado pelo próprio Príncipe de Aço, deu cinco lien para minha mãe pelo acontecido e fim de história.

— Sinto muito — disse Yuu, baixinho.

Não havia dúvidas de que Li Bangue achava que ela estava sendo apenas educada, mas havia algo a mais. Caso o pai dele tenha morrido na batalha de Jieshu, então a culpa era dela. Daiyu Lingsen, a Arte da Guerra, liderara aquela batalha. Fora seu plano, suas ordens. Ela pode até não ter bradado a espada, mas era responsável mesmo assim. Matara o pai de Li Bangue. Assim como matara milhares de outros. Mandara-os para a morte certa, assim como fizera com seu príncipe. Pegou a cabaça e deu outro grande gole para tentar alcançar o nível de embriaguez que levava a culpa embora.

— Você se esqueceu de um — disse Natsuko. Dos três, ela era a única que não sofria com a subida. — Há outro tipo de técnica para a sua lista: manifestação espontânea.

Claro que a deusa tinha razão, mas Yuu não havia esquecido, e sim omitido.

— Porque é muito raro. E normalmente envolve a intervenção de um deus ou de um espírito poderoso como um kami.

Li Bangue ergueu os olhos de seu momento de contemplação ao próximo degrau. Havia esperança em seu rosto rechonchudo.

Tinham chegado a uma curva em que a escada serpenteava e passava sobre si mesma. Era um pequeno platô, mas que servia também como estação de descanso. Havia um único banco que possibilitava uma vista da cidade de Ban Ping. Ao lado, uma monja, com um balde de água amarrado às costas, segurava uma concha. Devia ser água. Seria esperar demais que os monges oferecessem vinho gratuito a qualquer pessoa devota o bastante a ponto de subir aquela maldita montanha. Natsuko mal parou a marcha enquanto se virava e encarava o próximo lance de degraus, mas Yuu e Li Bangue pararam na frente da monja.

— Que as estrelas brilhem sobre vocês e lhes deem sorte — disse a monja e esticou o braço até o ombro, pegou um pouco de água, colocou em uma tigela de madeira e lhes ofereceu.

— Sim, sim — disse Yuu, ofegante enquanto aceitava a água.

Ela se sentou com tudo no banco. Não tinha fôlego nem para se irritar com aquela monja idiota. Li Bangue, com o rosto vermelho e respirando com força, jogou a água sobre a própria cabeça e se esparramou ao lado dela. Parecia que já haviam percorrido um caminho longuíssimo, mas ainda faltavam muitos degraus. Apesar disso, a vista era espetacular. Ban Ping se espalhava à frente, e Yuu conseguia ver cada cantinho e muito além dos campos e planícies de arroz. Viu pessoas se movendo pelas estradas, fios de fumaça subindo de restaurantes, e o sol reluzindo sobre milhares de janelas.

Natsuko se virou e os viu sentados no banco. Voltou a descer em direção aos dois.

— Pois é, pois é, a vista é adorável, só que vai ser melhor ainda lá do topo.

— Que as estrelas brilhem sobre você e lhe deem sorte — disse a monja, oferecendo uma tigela de água para Natsuko.

A deusa riu com escárnio.

— As estrelas não são nada além de gás e fogo, minha jovem. Você devia estar orando é para que os deuses brilhassem sobre você e te dessem sorte. Ou, melhor ainda, para que nós ignorássemos totalmente a existência insignificante de vocês. Quer saber o que aconteceu com aquele rato que você tinha quando era criança? Aquele que você perdeu no Templo Sochon. — Ela deu aquele sorriso desumano de sempre. — O Mestre Io o encontrou e...

Yuu se levantou, se colocou entre Natsuko e a monja e silenciou a deusa com um olhar. Não tinha compaixão nenhuma pelos monges e nem pelas estrelas que adoravam, mas também não queria nem de longe que fossem vítimas de crueldade, e não precisava de um oráculo para saber onde aquela história iria terminar.

— Obrigada pela água — disse, ainda encarando Natsuko.

Colocou a tigela no banco e voltou para a escada. Li Bangue repetiu o voto das estrelas para a monja, se levantou com um grunhido e seguiu caminho. Natsuko deu uma risadinha sarcástica, começou a caminhar e logo a ultrapassou.

— Todos os deuses são cruéis assim? — perguntou Yuu.

Natsuko não respondeu.

7

Pararam em três outros platôs para recuperar o fôlego e, em cada um, havia um monge esperando com um balde de água e um voto das estrelas. Yuu não conseguia deixar de pensar que aquelas almas coitadas tinham que carregar os baldes montanha acima toda manhã. Um trabalho exaustivo, mas também uma forma excelente de fortalecer tanto o corpo quanto o qi. A vista ia ficando melhor e pior conforme avançavam. A cidade ficou menor (as pessoas viraram formigas percorrendo o formigueiro), mas a majestade da província de Xihai se revelou: planícies extensas, outrora verdes, agora amareladas devido à seca, e rebanhos itinerantes de animais reduzidos a manchas borradas de cores indistintas. O ar foi ficando mais gelado e fino, e Yuu se viu feliz pelas vestes volumosas que mantinham boa parte do frio do lado de fora. Natsuko pulava degraus, e muito da velha cedeu espaço à criança que ela era quando se conheceram. Devia ser algo a respeito da altitude, pensou Yuu, algo a respeito da proximidade com os céus. Li Bangue continuava lutando para subir. Mais atrás, ele caía e errava o passo enquanto sua respiração formava nuvens de névoa.

Era fim de tarde quando chegaram ao cume. O sol batia com força na pele, mas ainda não era suficiente para afastar a frieza do topo da montanha. Havia dois monges de guarda lá em cima, mas diferentes daqueles na cidade. Apesar da baixa temperatura, suas vestes alaranjadas eram mais leves e pendiam de apenas um ombro, o que fazia com que ficassem com os braços expostos. Além disso, vestiam calças coloridas. Seus pés estavam envoltos em linho, e os pulsos e mãos, amarrados com bandagens e tiras de couro. Eram completamente carecas; não havia um único fio de cabelo nas cabeças ou nos rostos. Para Yuu, pessoas sem sobrancelhas sempre pareciam surpresas e ameaçadoras ao mesmo tempo. Ambos seguravam pesados bastões com fios de ferro, do comprimento de vários bambus. Yuu sabia que um bastão como aquele era tão mortal quanto qualquer espada, e talvez até ainda mais devido ao alcance e à versatilidade. Ainda mais esclarecedor, era o fato de que esses monges não ofereceram nenhum voto das estrelas. Os dois guarneciam o caminho para além do arco do templo.

Atrás dos monges, Yuu vislumbrou um planalto rochoso, pavimentado com lajes de pedra, grande o bastante para ser considerado uma pequena cidade. Cinco templos muito maiores do que qualquer outro na cidade lá embaixo se espalhavam em um padrão proposital, mas cujo sentido ela não conseguia compreender. Sem demora, Yuu contou cem monges treinando kata no centro de um espaço entre os templos e, mais perto do arco, outros cinquenta sentados em tapetes de oração fazendo algum tipo de meditação silenciosa. Todos muito diferentes dos sutis monges adoradores de estrelas da cidade lá embaixo. Era essa a verdadeira força que seu príncipe cobiçara. A verdadeira força que os monges de Ban Ping retiveram, que se recusaram a mostrar para o mundo. Um exército de artes marciais.

Ofegando alto, Li Bangue chegou aos últimos degraus e praticamente se jogou de joelhos quando percebeu que a escalada terminara.

— Nunca... mais — disse entre respirações.

O mais alto dos dois monges, impedindo a passagem, deu um passo à frente. Era muito mais alto do que Yuu e Natsuko e exibia um sorriso pretensioso.

— Obrigado pela peregrinação — disse, enquanto olhava para uma de cada vez. — São três lien por pessoa caso queiram ver os templos.

E estendeu a mão envolta em tecido e couro enquanto, com a outra, segurava o bastão com força.

— Isso aí é extorsão — disse Yuu. — Pensei que os templos das estrelas eram abertos para todos que quisessem fazer suas preces.

O monge sorridente não disse nada e continuou com a mão estendida. Seu parceiro mantinha os olhos focados em Li Bangue enquanto o grandalhão se esforçava para se levantar. Ele trouxera o chui, mas Yuu não tinha dúvidas de que o cetro seria inútil ali. Esses monges não eram do tipo que se rendia depois de uma surra, mas sim do tipo que batia e não se importava se a vítima se rendia ou não. Depois provavelmente saqueariam os corpos despedaçados e empurrariam, da montanha, o que restasse com um fervoroso voto de *que as estrelas brilhem e iluminem seu cadáver retorcido.*

O jogo tinha virado (todas as peças foram para o alto e acabaram em novas casas), e Yuu de repente viu Ban Ping como o que realmente era. Uma cidade dedicada à adoração das estrelas, sim, mas também uma cidade governada pela organização criminosa mais implacável de todo o império, tão influente que até mesmo o Imperador dos Dez Reis fora obrigado a permitir que os monges controlassem a cidade da forma que julgassem melhor. Se um estabelecimento quisesse funcionar em Ban Ping, era obrigado a pagar para o Templo Hushon pelo privilégio, ou pela bênção, como gostavam de chamar. Mercadores e fazendeiros eram *aconselhados* a pagar uma taxa para o Templo de Lenshin para garantir que as estrelas brilhassem e favorecessem suas operações. Qualquer criminoso que não pagasse para ser sancionado era condenado a pagar uma multa absurda às estrelas como penitência. Quem morava em Ban Ping tinha que pagar o Templo Gong Ang para ter o simples direito de habitar suas próprias casas. E, para piorar, os templos viviam pedindo doações para os fiéis. Ali em cima, no ápice, onde ficavam o mais perto possível das estrelas, Yuu viu os monges como eles realmente eram. Capangas exigindo dinheiro em troca de proteção. Um grupo que criara tanto o perigo quanto a proteção e cobrava um valor exorbitante dos visitantes pelo privilégio de serem oprimidos. Os monges de Ban Ping eram, sem sombra de dúvidas, o bando criminoso mais bem-sucedido que Hosa já vira, e, como se não fosse o bastante, haviam legitimado toda essa empreitada criando uma religião para justificá-la. Não era de se surpreender que tenham recusado o envolvimento na guerra do Príncipe de Aço contra o imperador, já que, de um jeito ou de outro, não corriam risco algum. Hosa inteira podia queimar, mas Ban Ping continuaria de pé e não restavam dúvidas de que os monges fariam o povo pagar por esse privilégio também.

— Pague — exclamou Yuu, gesticulando para Natsuko.

A deusa encarou Yuu de uma forma estranha e deu de ombros. Sacudiu a mão e depositou nove lien na mão encapada do monge.

— Cuide dessas moedas. Faça questão de não perdê-las.

O monge abriu espaço para que passassem e, com um sorriso cruel, disse:

— Que as estrelas brilhem sobre vocês e os iluminem.

Yuu abriu um sorriso tão ameaçador quanto.

— Que os deuses percebam o esforço de vocês aqui.

Começaram a caminhar em direção ao planalto onde os monges treinavam. Havia pedras ladrilhadas sob seus pés e poeira devido às rajadas de vento. Todo aquele platô fora claramente terraplanado por horas de trabalho pesado e, depois, o centro assentado com ladrilhos.

— O que foi aquilo? — perguntou Natsuko.

Yuu fez uma careta.

— Não existe um deus da adoração hipócrita ou algo assim?

— Ah, você percebeu.

— Há quanto tempo nós adoramos as estrelas? — perguntou Yuu. — Como foi que tudo isso começou? Foi aqui? Mas será possível que essa religião inteira foi construída para financiar um império criminoso de... monges?

— Sim — respondeu Natsuko, rindo. — Só que não eram monges no início. Acho que foi uma... evolução.

— E vocês deixaram isso acontecer? — perguntou Yuu. — Os deuses só fecharam os olhos e deixaram uma religião inteira crescer partindo de uma mentira?

Era imaginável o porquê de não a terem destruído ou o motivo de não terem feito nada até agora. Todo o império adorava as estrelas enquanto os deuses ficavam quase sempre de lado e seus santuários iam sucumbindo sob o peso do tempo e da irrelevância.

Natsuko parou de andar e, com uma carranca franzindo seu rosto, se virou para encarar Yuu.

— E qual a diferença dessa mentira para aquela que é a estrutura do seu império, Yuu? Esses monges cobram impostos e convencem idiotas a adorar as estrelas. As suas leis, a própria base em que esse império foi construído, cobram impostos e exigem que outros idiotas adorem um imperador. Afinal, o que é um reino além de um bando de gente que não precisa ser governado tendo que abaixar a cabeça para uma pessoa que não faz ideia de como governar?

— Mas...

— Não dá para lutar contra algo desse tamanho — disse a deusa na cadência de uma avó gentil explicando com calma para uma criança como o mundo funciona. — E essa é uma batalha que os deuses não fazem a menor questão de travar. De qualquer forma, temos algo muito mais importante para fazer. Então venha de uma vez e pare de caçar uma guerra invencível para travar. Sinceramente, você está tentando trazer seu príncipe de volta ou se juntar a ele?

Natsuko voltou a olhar para a frente e começou a ultrapassar os monges prostrados em oração, posicionados em direção ao templo no extremo oeste do planalto. Com Li Bangue atrás, Yuu ficou parada por alguns momentos observando o outro grupo de monges treinar. Um exército de criminosos dedicado à adoração de falsas divindades. E as divindades de verdade não se importavam. Estavam aos poucos sendo substituídos por um louvor falso, por uma mentira, e ocupados demais brigando entre si para prestar atenção. Lutando para decidir quem seria o Lorde dos Céus, mesmo que, ao mesmo tempo, os portões estejam os trancando lá dentro. Yuu meneou a cabeça e seguiu a deusa. Sempre que achava que havia compreendido o mundo, era surpreendida e normalmente pela realidade de que tudo o que achava que sabia era uma mentira.

O mundo não é nada além de ficção, sua avó costumava dizer. *Uma bela mentirinha contada para distrair todos da verdade. Da única verdade. Há regras neste jogo, e o...*

Li Bangue fungou alto, o que fez Yuu perceber que havia parado e que estava encarando os padrões, em constante mudança, das pequenas nuvens sobre o céu crepuscular. Sorriu para ele e se apressou para alcançar a deusa.

O templo para o qual Natsuko os levou era dedicado a Ryoko, Aquela que é Tudo, a maior das constelações. Encontraram outros dois monges guarnecendo o local. À direita, estava uma mulher com um ji descansando sobre a dobra do braço. O punhal da arma tinha a altura da monja, e a lâmina era um par de luas crescentes voltadas para fora com uma ponta serpenteante no meio. O monge à direita era um sujeito baixo com diversas adagas embainhadas no cinto. Muito embora os monges na cidade lá embaixo raramente carregassem armas, pelo visto os ali de cima nunca andavam de mãos vazias. Aquele era o coração do império criminoso.

Empunhando o ji para barrar a entrada, a mulher deu um passo à frente.

— Três lien cada um para entrar.

Yuu a encarou, mas a monja simplesmente sorriu em resposta. Natsuko entregou os seis lien e foi para trás.

73

— Acho que vou descansar meus ossos cansados aqui fora e ver os jovens brincarem. Mas meu filho e minha filha gostariam de ver o templo. — Ela se virou e sussurrou para Yuu: — Você vai procurar pelo artefato de Katashi, o deus da verdade. É um lampião com uma única vela flamejante que nunca se apaga. Só que pode estar quebrado. É feito de ferro preto e tem a estrutura exterior dourada e no formato de dragões dormindo. — Com um grunhido, a deusa se sentou de pernas cruzadas no chão e passou a observar os monges praticando golpes de kata. — Nossa, olha como dançam. Que coisa mais linda.

Yuu trocou um olhar com Li Bangue, que simplesmente deu de ombros.

— Que as estrelas brilhem sobre vocês e os iluminem — disseram os dois monges ao mesmo tempo enquanto Yuu e Li Bangue subiam os degraus do templo de Ryoko.

O ESPAÇO ERA SOMBRIO, CAVERNOSO E TÃO INFESTADO POR FUMAÇA de incenso que Yuu praticamente precisou abrir caminho. Pelas paredes, havia obras de arte dedicadas à constelação. Estátuas de monges na posição oratória de Ryoko. Representações de Ryoko como uma bela mulher quase obesa e pesada com um filho na barriga. Ryoko, Aquela que é Tudo, a Mãe, a Doadora, a Nutridora. Claro, ela também tinha outro nome, um título muito mais antigo: a Devoradora. A avó de Yuu lhe ensinara os nomes originais das constelações havia muito tempo como parte de sua educação, de seu treinamento. Ryoko não passava de uma grande boca, versada no ato de consumir todas as outras constelações. Um monstro com a esperança de devorar o mundo. Os monges pareciam convenientemente ter esquecido a versão mais antiga e menos positiva da falsa divindade. Sem sombra de dúvidas era mais fácil convencer o povo a adorar uma mãe amorosa do que um monstro insaciável. Abaixo de cada obra de arte havia um prato de coleta, muitos deles lotados com montes de doações. Yuu foi capaz de ver como os monges eram, de fato, engenhosos. Podiam até espremer os cidadãos de Ban Ping por cada moeda que tinham, mas também fizeram da cidade um atrativo ponto turístico e um destino digno de peregrinação. Convenceram uma cultura inteira a adorar suas falsas entidades e então persuadiram os pobres coitados a dar dinheiro para que mantivessem a empreitada. Será que continuava sendo crime se as pessoas roubadas participavam do esquema por livre e espontânea vontade? Pensar nisso fazia sua cabeça girar.

Os monges dentro do templo iam para lá e para cá limpando as estátuas, varrendo o chão e espalhando incenso no ar como se fosse algum tipo de oração. Será que eram fiéis? Será que caíam no próprio delírio? Ou quem sabe fosse muito mais provável que a maioria deles nem fazia ideia de que as divindades eram falsas e de que a religião que professavam era a cortina de fumaça mais ardilosa e sediciosa já criada. Talvez apenas aqueles no alto escalão do império criminoso soubessem da verdade.

Li Bangue estava semicerrando os olhos em meio à penumbra. Sua cegueira à noite era, de fato, um grande problema. De dia ou em um local bem iluminado, era bom de briga, mas se a luz diminuísse só um pouquinho, ele se tornava mais um obstáculo do que alguém capaz de ajudar.

— Volte lá para fora e espere com a Natsuko — mandou Yuu.

— E se você precisar de mim?

Yuu deu uma olhada nos monges. Estavam tão munidos de armas quanto os do exterior.

— Acho que não vai ter luta dessa vez. Vá lá para fora e me espere.

Li Bangue assentiu e, com cuidado, caminhou em direção à luz. Yuu focou em subir a escada do outro lado do salão. Provavelmente seria querer demais que o lampião estivesse simplesmente pendurado em algum canto, iluminando alguma das artes, mas pelo menos a probabilidade de encontrá-lo preso no mamilo de alguém era baixa.

O segundo andar do templo era dedicado à adoração. Yuu encontrou uma dúzia de monges ajoelhados em prece na frente de um altar. Entre eles, havia outros suplicantes que deviam estar de visita e implorando favores às estrelas e à Ryoko. Não era incomum que mulheres orassem à Mãe na esperança de que recebessem ajuda para conceber, mas seria muito mais útil se pedissem a Changang, o deus da vida, ou a Fuyuko, o deus das crianças. Yuu analisou o espaço, que parecia iluminado apenas por arandelas com velas. Não viu lampião nenhum. O motivo de Natsuko não poder dizer exatamente onde encontrá-lo era um mistério. Não seria uma ajuda direta à Yuu, apenas um leve empurrãozinho na direção certa. As regras da disputa foram claramente feitas pelos próprios deuses, então, estavam muito além de qualquer lógica. Regras arbitrárias criadas por divindades que não entendiam como seus caprichos afetavam quem vivia no mundo. E lá iam os humanos sofrer sob estatutos de deuses tolos. Yuu se perguntou se o que os monges faziam era realmente tão ruim assim. A religião impunha impostos constantes, o que mantinha os adoradores de estrelas o mais pobres possível para que continuassem orando e pedindo por uma vida melhor, mas pelo menos não exigiam mais nada. A adoração às estrelas era opcional, e não havia nenhum espírito vingativo à espreita para acabar com a vida de quem esquecesse de se prostrar em prece.

A escada que levava ao terceiro andar estava guarnecida por monges armados que a encaravam sem piscar. Quando Yuu se aproximou, os guardas se juntaram para bloquear a passagem. Não teria como chegar ao terceiro andar por dentro, não sem um embate que ela perderia num piscar de olhos. Deu um sorriso tão falso quanto aquela religião e se afastou em direção à escada que levava ao primeiro andar.

Natsuko e Li Bangue estavam sentados lado a lado no chão assistindo ao treino dos monges. Yuu viu que havia uma garrafa de alguma coisa sendo passada de um para outro e sentiu um desejo que não lhe era estranho.

— Hora de ir — disse quando passou pelos dois.

Natsuko praticamente deu um pulo apesar da velhice que aparentava ter. Estendeu uma mão enrugada para Li Bangue.

— Levante, Inchado. Não faz sentido ficarmos enrolando se quisermos chegar à cidade antes da meia-noite.

Natsuko alcançou Yuu logo depois do primeiro degrau.

— Você não conseguiu — disse, com raiva. — O artefato continua lá. Consigo sentir.

Yuu suspirou.

— Não tem como pegar aquele lampião sem um exército, Natsuko. Vasculhei tudo o que consegui do templo e não achei nada. Há três monges armados de guarda na escada para o terceiro andar. Acho que eu até poderia ter atacado, talvez até tivesse conseguido fazer um deles sangrar um pouquinho antes de acabar toda furada como chuan.

A deusa abriu a boca.

— E ele também não vai conseguir — disse Yuu rápido e apontando com o dedão para Li Bangue, mais atrás. — Não vai dar para entrar.

A deusa semicerrou os olhos e curvou os lábios em uma expressão ameaçadora.

— Isso não é aceitável.

— Eu esperava mesmo que você fosse dizer isso — resmungou Yuu. — Há outros artefatos. Esse aqui é importante?

Natsuko meneou a cabeça.

— Tanto quanto qualquer outro. Mas é que já estamos comendo poeira, e ele está bem aqui. Encontre um jeito de entrar.

Mas é claro que um deus pediria o impossível. Yuu meneou a cabeça.

— Não dá. Pelo menos não sozinha. — Já estava bolando um plano desde o momento em que colocou os pés naquele planalto. Uma ideia louca, mas quase sempre eram essas que tinham as melhores chances de funcionar. Certamente ninguém iria questionar. Ninguém imaginaria. Mas antes que pudesse colocar tudo em prática, precisava de outra peça. Colocou alguns fios de cabelo atrás da orelha. — Precisamos contratar um ladrão.

8

A NOITE ESTAVA UM BREU QUANDO CHEGARAM AO PÉ DA MONTANHA. Yuu acompanhava Li Bangue a cada passo; a mão rechonchuda e suada do sujeito engolia a dela. A monja que os esperava no altar lá de baixo fez uma reverência e desejou mais um voto das estrelas. Com um gesto, Yuu dispensou tanto a bênção quanto a mulher; já não aguentava mais aquelas promessas impotentes. Agora tinha certeza de que a maioria dos monges não fazia ideia de que a religião era uma farsa. Os que ficavam na cidade eram idiotas servis que espalhavam seus delírios idiotas para os outros, repassando uma mentalidade doentia que roubava a noção das pessoas e lhes furtando os bolsos.

Assim que voltaram às ruas de Ban Ping, Yuu puxou Natsuko para um canto.

— Preciso que você faça uma coisa — disse, com gentileza e garantindo que ninguém ouvisse.

Natsuko suspirou, abriu a mão e mostrou mais dez lien.

— Wei Chu perdeu isso aqui ontem mesmo. Deixou cair durante a evacuação de Shin Yen quando os cochtanos fizeram tudo virar cinzas e ficaram revirando corpos com aquela Máquina Sangrenta infernal. Batu está fazendo o que prometeu: afogando o mundo em guerra. Os confrontos estão se espalhando. Os dois lados da família imperial ipiana voltaram às desavenças; a família Ido mandou um exército para o oeste de Ipia, e os Ise se esconderam atrás de suas muralhas. A vhargana de Nash foi assassinada enquanto dormia, e metade dos clãs agora estão lutando contra si mesmos enquanto a outra metade invade o oeste de Ipia. Todos os quatro impérios estão guerreando consigo mesmos e uns com os outros.

Yuu deixou a informação para lá por um instante. Não tinha nada a ver com essa briga. Com nenhuma delas. Deixara tudo isso para trás, assim como sua máscara.

— Não — disse, enquanto pegava o lien. Não fazia sentido desperdiçar aquela oferenda. — Preciso que você volte para Tianmen e diga para os outros deuses, para todos que puder encontrar, que a Arte da Guerra é a sua campeã.

Natsuko bufou tanto que chegou a agitar a terra sob os pés.

— Você ficou doida, garota. Por que não sai andando por aí com uma placa dizendo *me mate e ganhe um artefato de graça*, então?

Yuu suspirou.

— Você me recrutou como sua campeã porque sou uma estrategista, não uma guerreira. Então, me deixe montar minhas estratégias. Se quer que a gente pegue aquele lampião, então precisamos de um plano. E eu já bolei o meu.

Natsuko estreitou os olhos e encarou Yuu com intensidade.

— E que plano é esse, então?

— Bom... — Yuu fez uma pausa. Não podia contar todo o planejamento à deusa. Natsuko nunca concordaria. Diria que era idiotice, e estaria certa. — Não tenho tudo detalhado ainda, mas, hum... logo mais vou ter. Só confie em mim. Volte para Tianmen e se gabe da sua campeã: a Arte da Guerra. Mas do jeito mais sutil que conseguir.

Natsuko deu um sorriso irônico.

— Eu sei *muito bem* como ser sutil.

— Vou ficar bem — insistiu Yuu, tentando convencer mais a si mesma do que à deusa. — Ninguém sabe que *eu* sou a Arte da Guerra... ou que era.

As rugas profundas de Natsuko se suavizaram. Ela fez um carinho na mão de Yuu.

— Você ainda é. Só porque a máscara se foi, não significa que a heroína não está mais aqui também.

Yuu abriu a boca para discutir que nunca havia sido uma heroína coisa nenhuma. Que o herói sempre fora o Príncipe de Aço. Ela foi apenas a idiota que o fez ser morto e depois trouxe a desonra para seu nome. Mas Natsuko meneou a cabeça, lhe deu as costas e saiu murmurando sozinha. Yuu esperou um instante e então deu uma olhada por ali, mas a deusa já tinha ido embora. Quer gostassem ou não, o plano agora já estava em ação. Ela se virou para Li Bangue e o encontrou a encarando de olhos semicerrados apesar da luz dos lampiões pendurados.

— De volta para o Olho de Jasmim — disse Yuu, tentando esconder o embargo nervoso na voz. *A Arte da Guerra nunca fica apreensiva. Atitudes audaciosas levam a estratégias audaciosas.* Eram as lições de sua antiga vida se mostrando com força. — Precisamos encontrar um ladrão que queira morrer.

Uma multidão havia se reunido do lado de fora do estabelecimento, e era muita gente. Yuu permaneceu nas sombras e puxou Li Bangue para que ficasse no escuro também. Não achava que alguém fosse reconhecê-la como

Arte da Guerra, a lendária estrategista, mas na noite anterior mesmo havia arrancado o mamilo de um chefe tríade, então havia uma possibilidade bem real de que os inimigos estivessem à procura de uma mulher em vestes de retalho e não de uma figura mascarada. Um aglomerado de pessoas bloqueava a entrada do bar, e Yuu reconheceu alguns como os fregueses que já vira bebendo ali antes, mas a maioria lhe era estranha. Havia muito resmungo e várias reclamações exigindo a entrada na taverna. Parecia que algo estava acontecendo, mas ninguém sabia o quê.

O olhar de Yuu foi atraído para um sujeito magro de meia-idade com uma trança de guerreiro que ia até a cintura. Ele vestia uma armadura de cerâmica toda ornamentada e branca sobre uma túnica de linho bege. Na mão esquerda, segurava um escudo muito maior do que qualquer homem ou mulher normal conseguiria empunhar com facilidade. A peça de defesa era tão alta quanto ele, duas vezes mais larga, tinha a grossura de meia mão, era feita de pau-ferro endurecido por fogo e contava com a ilustração de um livro aberto em alto-relevo. Na mão direita, o homem carregava um longo dao segmentado, uma arma que era metade espada e metade chicote. Yuu o vira apenas uma vez antes. Era Leis da Esperança, um caçador de recompensas que fizera valer a justiça sobre muitos dos piores bandidos que Hosa tivera nas últimas décadas. Ele perseguira as Irmãs Silenciosas por todo o trajeto de Shin até a fronteira ipiana e trouxera todas as oito cabeças em um saco de painço. Sozinho, havia descoberto a verdadeira identidade do Ninguém, o assassino em série famoso por não seguir padrões e não deixar pistas. Entrara no acampamento do bandido em Hunshowei e saíra de lá arrastando o indomável Chu Trovão acorrentado. Segundo os rumores, ele agora ia atrás apenas das maiores recompensas, então Yuu não conseguia encontrar outra razão para vê-lo ali que não fosse finalmente fazê-la se acertar com a lei. Afinal, o pagamento pela captura da Arte da Guerra era suficiente para comprar metade da cidade.

Ao lado do Leis da Esperança, havia outro homem, menor, de cabelo curto salpicado de fios grisalhos e um bigode grosso hidratado para que as pontas virassem para baixo. Ele vestia o uniforme e a armadura de cerâmica de um soldado de Hosan e, quando subiu numa cadeira para falar com a multidão, Yuu o reconheceu. Seu nome era Hua Shi. Um de seus tenentes durante a guerra. Ela achava que ele tivesse morrido junto com muitos outros na batalha de Jieshu, quando destituíram o antigo Imperador dos Dez Reis e o substituíram pelo Imperador Leproso. Em partes, Yuu ficou feliz de ver que Hua continuava vivo e quis ir conversar. O sujeito tinha uma mente aguçada, conhecia o tabuleiro de xadrez e sabia como argumentar. Mas ela não seria reconhecida sem a máscara da Arte da Guerra e, mesmo se fosse, não acabaria nada bem com o Leis da Esperança logo ali ao lado. Yuu se escondeu ainda mais nas sombras e cobriu o rosto com algumas mechas de cabelo só para garantir.

Hua Shi ergueu as mãos e pediu silêncio. Mais pessoas iam se aproximando; centenas de rostos esperando para ouvir o que seria dito. A situação fez Yuu ficar esperançosa, pois não havia lugar melhor para se esconder do que no meio de uma multidão.

— Estou aqui sob ordem do Imperador Einrich WuLong — gritou ele sobre o murmúrio do povo. — O exército cochtano invadiu Hosa. Shin foi tomada...

Os murmúrios se transformaram em tumulto quando toda aquela gente começou a gritar:

— Como é que uma província inteira pode ser perdida?

— Eles têm mesmo uma Máquina Sangrenta?

— Vão vir para cá?

Hua Shi gesticulou com as mãos numa tentativa desesperada de aquietá--los, porém sem sucesso. Foi então que Leis da Esperança ergueu o escudo só um pouquinho, bateu-o no chão com tanta força que rachou a pedra, silenciou a turba, olhou para Hua Shi e disse:

— Continue, representante Shi.

Hua Shi parecia nervoso enquanto proferia as palavras seguintes:

— O Vale Solar está queimando e muitos dos mestres de lá morreram nos campos. Os sobreviventes fugiram para os Inquebráveis Penhascos, onde estão sofrendo ataques incansáveis de tópteros das tropas cochtanas. — Antes que todos começassem a fazer barulho de novo, ele ergueu as mãos e, gritando, continuou: — O imperador Einrich WuLong organizou um exército em Qing para retomar Shin. Ele mesmo vai liderá-lo. E promulgou uma nova lei de recrutamento. Qualquer homem acima de quinze anos de idade deve se apresentar no centro de convocação mais próximo. O poderoso general de WuLong, o Tigre Rosnante, está reunindo um segundo exército em Ning e logo marchará em direção norte para atacar o coração do território cochtano. Sob o glorioso comando do imperador, nossos inimigos mais odiados perecerão.

Yuu conhecia Tigre Rosnante. Estava mais para um tirano do que para um estrategista. Suas táticas seguiam os ensinamentos de Dong Ao. Era como fazer uma cirurgia com uma marreta. Por outro lado, seu irmão, Maré Rubra, era um guerreiro praticamente inigualável que, sozinho, virara o jogo em Sengfai e durante o rompante na Ponte da Paz. Juntos podiam, de fato, liderar um ataque mortal ao coração de Cochtan. Mesmo assim, parecia uma ofensiva óbvia demais. Os cochtanos deviam ter seus próprios estrategistas que preveriam essa movimentação. Yuu meneou a cabeça e lembrou a si mesma de que essa guerra não era sua. De que tinha desistido de guerras.

— Ban Ping não permite a convocação! — gritou um homem na multidão. Seu apelo recebeu apoio de muitos outros.

— Verdade — exclamou Hua Shi. — Mas o Templo Sochon sancionou a ordem, contanto que montemos a estação de recrutamento na estrada norte. O imperador exige... Eu peço que todos os homens aptos venham e se apresentem. Precisamos contra-atacar Cochtan. É uma ameaça não apenas a Shin, mas a toda Hosa. — Todos agora gritavam, então ele falou ainda mais alto: — Até mesmo a Ban Ping!

Houve certa divergência entre a multidão ali reunida. Alguns concordaram, atenderam ao apelo de Shi e alegaram que precisavam lutar pelo seu lar. Outros gritaram para que ele deixasse a cidade e nunca mais voltasse. A turba ia para a frente e para trás; uma massa caótica de carne e confusão prestes a irromper em violência. Chaoxiang escreveu que qualquer aglomeração de gente não se difere em nada de um campo de papoulas: se movem de acordo com a direção do vento.

O Leis da Esperança bateu o escudo no chão de novo, o que fez com que lascas de pedra voassem. A tensão do povo se esvaiu e todos os olhos se viraram para o caçador de recompensas.

— O representante Shi falou o que tinha para falar. Quem quiser pode se alistar na estrada norte. Mas os monges me garantiram que nenhum habitante da cidade vai ser obrigado a ir para a guerra. — Ele olhou de forma penetrante para Hua Shi. — As leis de Ban Ping permanecem em vigor.

Hua Shi assentiu e desceu da cadeira.

Com um ruído semelhante a um trovão, o Leis da Esperança bateu o escudo no chão pela terceira vez.

— Dispersar!

Ninguém discutiu, e o grupo foi diminuindo conforme as pessoas iam embora.

Sorrateira, Yuu entrou na viela que corria pela lateral do Olho de Jasmim e levava à entrada dos fundos do bar. Li Bangue a seguiu lentamente com os olhos semicerrados devido à penumbra.

— Será que eu vou? — perguntou. — Se estão recrutando, então me aceitariam mesmo com a visão ruim.

Yuu meneou a cabeça de forma enfática.

— Não. Você trabalha para mim até eu dizer o contrário. Depois, está livre para se juntar a quantos exércitos condenados quiser.

Era para o próprio bem daquele tolo. As chances de que morresse com ela eram altas, mas praticamente certas se lutasse contra os cochtanos.

Entraram no estabelecimento. O lugar estava quase vazio, a não ser por uma funcionária que bocejava e um ou outro bêbado que provavelmente só sairiam dali na base do chute. Yuu pegou uma mesa bem longe da porta, deu cinco lien para Li Bangue e mandou que pegasse bebida. Conseguia sentir o corpo tremendo; a sobriedade a deixara tensa e agoniada. Sua mente vagava por estratégias e relatórios de guerra que memorizara quando criança. Na primeira vez que os cochtanos invadiram Hosa, com o desejo por guerra alimentado pelas máquinas, haviam atacado primeiro a província de Ning para estabelecer uma base no território conquistado. Estavam seguindo o mesmo padrão, só que dessa vez tinham começado pela província de Shin. Fazia sentido. Ning praticamente não passava de uma planície, fácil de atravessar e difícil de defender. Shin era uma região montanhosa, cheia de passagens perigosas e precipícios mortais. Qualquer exército invasor precisaria escalar montanhas íngremes ou escalar penhascos nada firmes antes que pudesse organizar um ataque. Além do mais, seria impossível transportar armas de cerco por lá. Uma área fácil de proteger. Então não era estranho dominar Shin primeiro antes que o Imperador dos Dez Reis fosse capaz de organizar frotas para evitar a invasão. Shin provia aos cochtanos uma base em Hosa que poderia manter pela eternidade, já que oferecia fácil acesso à província de Qing e ao Vale Solar e onde poderiam armazenar suprimentos trazidos por tópteros.

Só que essa briga não era dela! Essa guerra não lhe diz respeito. Yuu se beliscou no braço. A dor a fez se encolher e ficar focada. Aquela guerra não lhe dizia respeito. Tinha sua própria batalha para travar, sua própria estratégia para planejar. Precisava se concentrar na disputa de Natsuko. Viu os fregueses chegarem em bando pela porta principal agora que a multidão fora dispersada. O medo de que o Leis da Esperança entrasse era infundado, assim como, pelo menos segundo suas próprias vivências, todos os medos eram. A noite seguiu e, apesar da aglomeração que se formara lá fora, o Olho de Jasmim estava bem menos lotado do que na noite anterior. Yuu virou o primeiro copo de vinho, suspirou feliz da vida ao sentir o gosto, encheu mais um e bebericou. Àquela altura, Yuu esperava que Natsuko estivesse desempenhando seu papel em Tianmen. Era hora de encontrar um ladrão habilidoso o bastante para passar despercebido pelos monges e idiota o bastante para tentar.

Algumas perguntas sutis feitas a outros clientes acabaram levando sempre ao mesmo nome. Zuan li Fang, um ladrão de breve notoriedade, em grande parte pelas confissões descaradas de cada crime que já cometera. Pelo visto, ele frequentava muito o Olho de Jasmim, quase sempre na alta madrugada e quase sempre catingando de tão bêbado. Tinha uma raposa de estimação, um monstrinho vermelho até que bem manso que o seguia para praticamente todo canto. Yuu se lembrava de ter visto a raposa em outras noites, mas nunca seu dono.

Não houve como confundir Zuan li Fang quando ele entrou. A raposa, de pernas curtas que a faziam quase se arrastar pelo chão, entrou primeiro com os olhos de cores diferentes analisando o jardim e contraindo o focinho. Zuan li Fang chegou como se fosse o dono do lugar; um arrogante presunçoso que atraía todos os olhares.

— Consegui — praticamente gritou. — Roubei o grampo de jade de Lady Oolong. Todo mundo aqui falou que era impossível. Pois bem, eu consegui, porra!

Deu um sorriso vitorioso, caminhou até a mesa mais próxima, expulsou outro homem do banco e se sentou. Vestia calças pretas simples, uma túnica da mesma cor e um colete com uma flor de lotus preta nas costas. O cabelo era curto e oleoso e uma densa camada de barba escura agraciava-lhe o queixo e as bochechas. Era bonito, mas tinha noção dessa beleza e, na opinião de Yuu, isso diminuía o impacto de suas feições. Ele mais se jogou no banco do que se sentou e gesticulou para que lhe trouxessem vinho. Em um estabelecimento onde os clientes tinham que pegar a própria bebida, Zuan li Fang era a exceção.

— Ele é um idiota — disse Li Bangue, de cenho franzido.

Estavam discutindo qi, e Yuu o instruía a respeito de como sentir o fluxo pelo corpo. Ele não conseguia entender. E a atenção de Yuu ficava sendo atraída para o espalhafatoso ladrão.

— Exato — concordou. — Ele é perfeito. Quer dizer, isso se realmente conseguir roubar coisas e não só ficar se gabando de roubar coisas.

Li Bangue fungou e fechou os olhos para tentar sentir seu qi.

— Acho que consegui. Parece um fogo, só que aqui dentro.

Yuu virou o conteúdo que restava em seu copo e pegou uma nova garrafa.

— Continue praticando.

Sempre de olho no criminoso, foi até a mesa apropriada por Zuan li Fang. A raposinha vermelha se atentou à aproximação. O bicho estava encolhido ao lado dos pés dele e não se mexeu. Yuu forçou um homem menor a abrir espaço e se sentou no banco em frente ao ladrão. Colocou a garrafa de vinho sobre a mesa e esperou até que Zuan a olhasse.

— Você é ladrão? — perguntou com toda a casualidade que conseguia reunir.

Zuan li Fang riu e olhou ao redor da mesa. Alguns dos outros se uniram à risada, muito embora parecessem não fazer a menor ideia do motivo da graça.

— Minha dama, *eu* sou o Príncipe dos Ladrões. — Ele ergueu as mãos como se estivesse sendo ovacionado. Ninguém aplaudiu. — O grande Fang, o Lorde da Noite. Ladrão de ouro, joias, quinquilharias... — O sujeito se inclinou para a frente, sorriu e deu uma piscadela para Yuu. — E corações. — Continuou encarando-a por um longo momento enquanto movia os olhos para lá e para cá, como se quisesse analisar seu rosto. — Por acaso alguém já te contou que você é linda?

Yuu bufou.

— Apenas mentirosos e um príncipe que morreu há muito tempo.

Zuan li Fang mostrou dois dedos.

— Dois príncipes agora.

Yuu deu de ombros.

— Eu estava te considerando mais como parte da primeira categoria.

Ele se reclinou para trás e colocou as mãos sobre o coração.

— Assim você me machuca. — Deu um sorriso. — Gostei. Meu nome é Zuan li Fang, mas meus amigos... — outra pausa e outro sorriso, dessa vez dedicado a ela — e namoradas... me chamam de Fang. E você é...?

— Yuu.

— Que nada. — Fang coçou a barba. — Você não parece ipiana. Vou te chamar de Ling.

O pânico assolou Yuu como uma trovoada. Será que era possível esse ladrão saber que seu verdadeiro nome era Daiyu Lingsen? Ou seria apenas uma coincidência? Ling era um nome até que bastante comum, ela imaginava. Mas e se ele soubesse?

O ladrão franziu o cenho. Será que esperava uma resposta espertinha, uma continuação ao gracejo? Sim. Ele não fazia ideia de quem ela era, estava simplesmente flertando, e agora era Yuu quem estava levantando suspeitas ao agir de forma estranha. Agarrou a garrafa de vinho que trouxera para desviar o assunto da conversa. Não havia copos por perto, então bebeu direto do gargalo e derramou vinho tanto pelo queixo quanto pela boca. Se Fang não estivesse suspeitando de alguma coisa antes, agora com certeza estaria.

— Gosto de garotas que não têm medo de se sujar — disse ele, pegou a garrafa e bebeu direto do gargalo também.

Yuu estava farta de bancar a engraçadinha. Limpou o queixo com a manga da roupa.

— Tenho um trabalho para você. Preciso de um ladrão habilidoso e ouvi dizer que você é o melhor.

Nada como um pouco de bajulação para começar. Homens como Fang viviam guiados pelo ego. *Conhecer o oponente é o primeiro passo para vencer qualquer batalha*, sua avó dizia. *Quando se aprende o que motiva um homem, é possível fazê-lo se distrair. Quando se aprende o que incita um homem, é possível levá-lo à vitória. Quando se aprende o que assusta um homem, é possível assustá-lo até que perca a sanidade. Quando se aprende essas três coisas, vai ser possível saber como destruí-lo.* Não havia dúvidas de que Fang era um homem incitado pelo ego, alguém disposto a amaciar a própria vaidade quando ninguém mais o faz. Manipulá-lo seria simples na medida certa. Puxaria seu saco daqui, ofereceria a tentação de um desafio que colocaria seu nome nos livros de história dali e pronto, ele faria qualquer coisa.

O jeito de Fang mudou na mesma hora. O sorriso desapareceu, e ele se inclinou para a frente. Yuu percebeu que o ladrão vestia luvas de camurça marrom finas o bastante para deixar a pele à mostra.

— Você ouviu certo. Não me chamam de Príncipe dos Ladrões à toa.

— Então prove. Você afirma que roubou um grampo de jade. Cadê?

Fang sorriu de novo, mas dessa vez não foi um gesto de flerte, e sim um sorriso confiante.

— Você é nova em Ban Ping. — Ele a encarou, pareceu absorver cada detalhe e descansou os olhos em sua mão direita. Na mão marcada pelo contrato da deusa. Yuu puxou a manga da roupa para escondê-la. — Deixe-me explicar como as coisas funcionam aqui nessa cidade. As leis daqui não são como as leis do resto de Hosa. Para que um crime seja passível de pena, é preciso que haja provas. Simplesmente saber quem o cometeu não basta. Os monges nunca fariam nada, ainda mais se o suspeito for sancionado pelo Templo Yi. Eu confesso. Roubei o grampo de jade de Lady Oolong. Roubei cada lorde e lady importante dessas bandas. Roubei mercadores e camponeses. Confesso todos os crimes que já cometi tanto nos limites da cidade quanto fora. Mas, sem provas, não há nada que possa ser feito. Então talvez eu até pudesse pegar o grampo de jade e provar para você que sou tão bom quanto digo que sou, mas aí também estaria te entregando uma prova criminal. Quem me garante que você não é uma caçadora de recompensas que veio atrás do grande Fang?

Com um sorriso irônico no rosto, ele se inclinou para trás, e a pequena raposa pulou no banco para se sentar ao seu lado. O bichinho ficou encarando Yuu com aqueles olhos dourados e verdes acusadores.

— Como é que poderia existir uma recompensa pela sua cabeça se não há nenhuma prova de que você cometeu um crime? — perguntou.

Conhecia as regras. E as conhecia muito bem porque *havia* provas dos crimes que ela cometera. O corpo do Príncipe de Aço apodrecendo em seu velho campo. O corpo do impostor que a Arte da Guerra mandara para a batalha no lugar dele. A família real de Qing não precisava de mais nada para oferecer uma recompensa por sua cabeça.

— Bom, na verdade não há nenhum preço pela minha cabeça — admitiu Fang.

— Então não existe nenhuma prova de crime, mas também nenhuma prova de que você é um ladrão incomparável? Quem sabe eu deva procurar o Rei dos Ladrões, então.

Fang riu.

— Você é mais esperta do que o pessoal que costuma vir aqui. — Ele se inclinou para a frente e, mais baixinho, falou: — Estou ouvindo. Por que é que precisa de um ladrão?

Yuu tirou algumas mechas de cabelo da frente do rosto e as colocou atrás da orelha. Com a voz também baixa para combinar com a dele, disse:

— Você já roubou dos monges?

Fang bufou.

— Claro que não. Ninguém rouba dos monges.

— E por que não?

— Não se morde a mão que te alimenta, minha cara. — Fang meneou a cabeça. — A verdade é que o apego dos monges à ideia de que *se não existe prova, não houve crime* é uma proteção para o povo da minha profissão. Pagamos uma taxa para que o Templo Yi nos denomine como fornecedores de bens raros e eles ignoram quando algum lorde ou lady diz que somos culpados por algo de que provavelmente somos mesmo. Agora, roubar dos próprios monges? Quem fizer verá que nenhuma doação vai impedi-los de aplicar toda a fúria monástica. Sei que eles parecem pacíficos com aquelas vestes e votos, mas é só um teatro, minha cara. Os monges daqui levam os negócios a sério e quem entende pelo menos um pouco das coisas sabe que a principal regra é não se meter com eles.

— Ah — disse Yuu, fingindo tristeza. Já havia acariciado seu ego e agora era hora de desafiá-lo. — Você realmente não é o homem que eu pensava que era.

Moveu-se até a ponta do banco e se levantou.

Fang foi para a frente e agarrou a mão direita de Yuu. Ele encarou os escritos sobre sua pele. O toque do ladrão era tão leve e delicado. Ela puxou a mão e voltou a escondê-la dentro das vestes.

— Sente aí — disse Fang. — Por favor.

Yuu retornou ao banco e esperou. Fang bebeu direto do gargalo de novo e se inclinou sobre a mesa.

— De que tipo de trabalho estamos falando aqui exatamente?

Yuu também se inclinou para a frente, encostou as mãos sobre a mesa e ficou perto o bastante para sentir o hálito dele com cheiro de vinho.

— O tipo de trabalho que envolve uma peregrinação montanha acima e depois descer como um homem muito rico

Fang abaixou a voz e sussurrou de forma conspiratória:

— Você quer roubar algo dos templos? — Um sorriso lentamente tomou conta de seu rosto. — Então você deve ter um plano, eu acredito.

Yuu, de fato, tinha um plano. Só queria que fosse melhor.

9

Aproveitando a liberdade e o vigor da juventude novamente, Natsuko saltitava pelos corredores de Tianmen. O problema de usar aquele disfarce era que precisava agir como velha. Ninguém esperava que uma senhora idosa começasse a pular por aí e a regozijar a forma como a brisa lhe bagunçava os cabelos, então agir assim levantaria suspeitas. Para piorar, havia uma grande chance de que os mortais ficassem bravos, como se fosse alguma afronta uma mulher de idade encontrar alegria no simples fato de estar viva, coisa que eles não sabiam como fazer. Humanos eram criaturas incompreensíveis. Mas era essa característica que os fazia ser tão divertidos. Além do mais, até que gostava de bancar a velhinha de vez em quando. Ser mesquinha era estranhamente libertador.

Sua parte no plano da Arte da Guerra estava feita, seja lá que plano fosse esse. Se gabara para todo deus que lhe dera ouvidos, e até para alguns que não deram, como havia garantido os serviços de uma famosa estrategista, a Arte da Guerra, como sua campeã. A notícia, como era de se esperar, causara certo burburinho. Até mesmo o mais ignorante dos deuses ouvira falar da Arte da Guerra. E como poderia ser diferente? Alguns chegavam inclusive a tolamente acreditar que ela era imortal assim como o Tique-Taque. Afinal ambos tinham lutado nas antigas guerras entre Cochtan e Hosan. A verdade era muito mais ordinária, o que não surpreendia ninguém. Era por isso que muita gente preferia acreditar na ficção... era mais divertido. Só que, nesse caso, o que as pessoas acreditavam não importava nada.

Num momento, Natsuko pulava por corredores dourados, cercados de nuvens, desimpedida como apenas as crianças sabiam ser; no próximo, caminhava devagar sob o peso de incontáveis anos e da pele flácida e murcha enquanto saía das sombras e entrava na rua de Ban Ping onde ficava o Olho de Jasmim, um estabelecimento desastrosamente humano. O bar carecia de qualquer mísero requinte de graça ou arte, mas fazia bem aquilo que devia fazer: deixava as pessoas bêbadas e fornecia um lugar para aqueles que não tinham nenhum outro canto para ir. Um porto seguro para os esquecidos, para quem desejava cair no esquecimento. Não lhe surpreendia que sua campeã o escolhera como lar.

Era de manhã cedo, e o jardim estava vazio a não ser pelos clientes bêbados demais para ir embora. O motivo exato de chamarem aquilo ali de jardim era um mistério para Natsuko. Não havia flores, a grama era irregular ou esburacada em quase toda a sua extensão ou coberta por tábuas bolorentas de madeira e os bancos viviam cheios de pinguços desperdiçando a vida enquanto roncavam. Era denominado como jardim simplesmente por ser uma área descoberta. Inchado estava sentado de pernas cruzadas no chão, com os olhos fechados e as palmas das mãos estendidas à frente. Conforme Natsuko foi se aproximando, ouviu-o emitindo um som esquisito, como se estivesse cantarolando para si mesmo. Sua campeã parecia não estar à vista, mas estava perto. Natsuko conseguia sentir.

Sentou-se na frente do Inchado e o encarou por um instante. Ele parecia extremamente alheio ao mundo que o cercava. Natsuko lhe deu um chute na canela.

— Ai! — O Inchado abriu os olhos. Semicerrou-os por um momento contra a luz da manhã e ficou encarando a deusa até reconhecê-la. Esfregou a perna e franziu o cenho. — Para que isso?

Natsuko deu de ombros. Exigir respostas dos deuses era tão inapropriado para os humanos quanto os deuses fornecerem respostas para os mortais.

— O que você está fazendo?

— Praticando meu qi.

Ela riu.

— Seu Inchado idiota. Qi não se pratica. O certo é usá-lo para treinar. Aprender a senti-lo, a usá-lo, a fortalecê-lo.

— Isso — disse o Inchado, e assentiu de forma que fez suas bochechas molengas balançarem. — É bem isso que estou fazendo.

— Por quê?

Ele olhou para as próprias mãos.

— Quero ser um herói. Não dá para ser herói sem uma técnica.

Mais uma vez, Natsuko riu. Aquele tolo realmente achava que era capaz de desenvolver uma técnica por pura força de vontade.

— Mas você é um inchado tonto mesmo.

— E você é uma cretina — respondeu o Inchado. — Não importa se é deusa ou não.

Ela esticou o braço e lhe deu uns tapinhas na perna.

— Você nem faz ideia do quanto. Cadê minha campeã?

Ele deu um sorriso e assentiu em direção à sacada no segundo andar do Olho de Jasmim, onde ficavam os quartos. Não disse mais nada, mas voltou a *praticar seu qi* com o cenho franzido. Então Natsuko decidiu meditar ao seu lado. Era provável que ele nunca se desse conta do tamanho do privilégio de passar um momento pacífico como aquele tão perto de um deus. Humanos eram tão simples que Natsuko chegava a ficar com inveja.

Quando sua campeã finalmente acordou e deu o ar da graça, não estava sozinha. Yuu abriu a porta do segundo andar e cambaleou até a varanda com vista para o jardim. Enquanto bocejava e se alongava, um jovem apareceu atrás dela. Era bonito o bastante para um mortal, cheio de uma confiança que o mundo e os deuses ainda dariam duro para eliminar. Ele colocou as mãos na lombar de Yuu, mas ela se afastou e caminhou em direção às escadas.

Natsuko fungou. Havia um cheiro esquisito no ar, algo que a deusa não conseguia decifrar direito. Seguiu seu olfato e encontrou uma pequena raposa vermelha no outro lado do jardim. O bicho pulou em cima de uma mesa, indiferente ao tolo adormecido que babava na madeira, e se sentou. Depois, enfiou o focinho em um copo e bebeu o líquido que azedava ali dentro.

Yuu dispensou as tentativas de contato de Fang e focou em Natsuko. A deusa retornara; agora todas as peças estavam em posição. Foi até o térreo. O ladrão com quem se deitara havia pouco ia cambaleando atrás dela sem nada de toda a fanfarronice da noite anterior. Talvez ele pensasse que o momento compartilhado tivesse mais importância para ele do que ela. A verdade era que os dois haviam bebido demais, ele era bonito, e Yuu considerava que as chances de acabar morta e de o plano dar certo eram quase as mesmas. Se ia morrer, então pelo menos deveria ter uma bela noite antes. E como fora boa.

Natsuko deu um sorrisinho quando Yuu se juntou a ela e Li Bangue no jardim. Não era aquele sorriso desumano de um deus, mesmo assim, exibia certo ar de quem sabia o que havia acontecido. Fang se sentou em um banco próximo, e Natsuko ergueu uma sobrancelha para ele.

— Quem é o novo garoto?

— Garoto? — perguntou Fang, bufando. — Tenho a impressão de que você vai descobrir que eu provei muito bem como sou homem.

Natsuko a encarou.

Yuu pensou a respeito por um instante na pergunta que ficou nas entrelinhas e então deu de ombros.

— Até que provou bem o bastante, sim. Parecia muito entusiasmado, pelo menos.

Fang franziu o cenho e encarou a deusa.

— E você quem é, vovó?

Natsuko deu aquele sorriso dos deuses para o ladrão.

— Sou a que paga por tudo, meu querido. Então respeite os mais velhos.

— Falando em dinheiro — disse Fang, tamborilando um único dedo sobre a mesa em ritmo que Yuu não conseguia reconhecer. — Nós, hum... acabamos nos distraindo antes de discutir o pagamento por esse plano doido... que, inclusive, você não descreveu em detalhes.

— Ficaram ocupados demais, é? — perguntou Natsuko.

— Cinquenta lien — respondeu Yuu.

Era, na verdade, um valor irrisório, mas ela não fazia ideia de quanto um ladrão realmente cobraria pelo trabalho e nem do valor que a deusa conseguiria conjurar de uma hora para outra.

Fang bufou.

— Para virar inimigo dos monges? — sussurrou ele. — Cem lien.

— Fechado — disse Yuu, feliz por aquela parte da discussão ter terminado.

— Sério? — perguntou Fang, com os olhos semicerrados para Natsuko. — Onde é que você guarda essas moedas, vovó?

— Num lugar em que você nunca vai colocar esses seus dedinhos ligeiros. — A deusa bateu uma mão na mesa e quando a levantou uma pilha de vinte lien apareceu. — Só um gostinho da fortuna perdida do Lorde Fung Na.

Fang se inclinou para a frente e agarrou as moedas.

— Por que é que estão molhadas?

— Porque o navio dele afundou. Todos morreram, e o tesouro se perdeu. Os filhos e netos dele estão há gerações procurando o naufrágio. — Ela deu aquele sorriso desumano de novo. — Mas estão procurando nos lugares errados.

Fang a encarou enquanto se reclinava para trás e guardava o lien no bolso.

— Então, tá. Mas ainda preciso de mais oitenta.

Yuu suspirou. Pronto. Era hora de mentir. As peças nunca precisavam saber a estratégia, só as funções que tinham que desempenhar. Senão, talvez percebessem que estavam sendo sacrificadas para que vencessem aquele jogo.

— Na verdade é bem simples. Li Bangue e Fang terão que entrar no Templo Ryoko, subir até o segundo andar e *orar* para Ryoko. Vão esperar lá até que os monges saiam. Depois, vão para o terceiro andar, encontrar o lampião e roubá-lo. É simples.

— Por que é que eu preciso dele? — perguntou Fang com uma encarada de canto de olho para Li Bangue.

— Porque pode ser que haja alguns monges no terceiro andar e você talvez precise de alguém para quebrá-los na porrada — respondeu Yuu.

— Não é muito heroico, sabe? Espancar monges — comentou Li Bangue.

— Desculpe. — Yuu lhe acariciou no ombro. — Se serve de consolo, são todos bandidos que comandam a maior cortina de fumaça que o mundo já viu.

Li abriu os olhos e suspirou.

— Não serve. E por que é que eu preciso dele?

— Porque há uma boa chance de que o lampião esteja guardado num lugar trancado e que seja necessário um ladrão para abri-lo. Como não sei a localização exata do artefato, preciso me planejar para o máximo de situações possível com a mínima quantidade de recursos.

— E como é que você vai esvaziar o templo? — perguntou Fang. — Já fui lá, e é cheio de monges orando para as estrelas ou só olhando tudo daquele jeito ameaçador e monástico deles.

— Vou causar uma distração — respondeu Yuu.

— Que tipo de distração?

Yuu suspirou e encarou o céu azul brilhante e as estrelas lá de cima.

— O tipo que vai fazer cada monge no topo da montanha sair dos templos e ficar num lugar aberto. Depois, você e Li Bangue vão tirar o lampião de lá e me esperar na entrada oeste de Ban Ping. Vão receber o resto dos seus salários, eu vou pegar meu lampião, sair dessa cidade corrupta e deixar esses falsos crentes para trás.

Yuu mandou que Li Bangue e Fang fossem na frente. Tinha certeza de que os dois se dariam bem, mas isso nem deveria fazer diferença. Contanto que fizessem o serviço, não precisavam ser amigos, e Li Bangue parecia o tipo de homem capaz de colocar as diferenças de lado pela causa. Era preciso deixar a integridade para lá para ignorar insultos, ainda mais se tratando de alguém com força para fazer algo a respeito. Claro, Li Bangue também parecia determinado a colocar seu nome nos livros heroicos. Um sonho valente de ter, mas que poderia facilmente ser corrompido nas mãos erradas. Yuu olhou para a própria mão, tatuada com o contrato da deusa, e esse sentimento lhe pareceu verdadeiro até demais.

Quando Yuu e Natsuko chegaram ao topo da montanha, o sol já havia passado do pico e descia lentamente em direção ao horizonte. Dois monges armados as esperavam, como tinham previsto, e exigiram quatro lien por pessoa. Não passou despercebido a Yuu o fato de que o preço era maior do que no dia anterior, e ela podia apostar que aquela gente estava enchendo os próprios bolsos também.

Natsuko falou muito pouco durante a subida, mas agora que haviam chegado ao templo, parecia ter muito a dizer.

— E agora? — perguntou, assim que se afastaram o suficiente para não serem ouvidas. — Você ainda não me contou como planeja destruir esses malditos monges.

Havia cerca de cinquenta das figuras de longas vestes treinando no planalto e cerca de outros cem fazendo preces. Yuu deduziu que haveria outros cem dentro dos vários templos. Duzentos e cinquenta monges, se tivessem sorte. Um exército. Um exército muito bem armado e treinado.

— Preciso de um favor, Natsuko — disse Yuu.

— Não posso te ajudar — respondeu a deusa, irritada. — Já falei. Não posso te auxiliar a obter nenhum dos artefatos. É contra as regras. Na verdade, essa *é* a regra.

Yuu sorriu. Sempre havia algo de divertido em subverter as regras do jogo. Lembrou-se de uma vez de sua avó, sentada do lado de fora da casa enquanto sua família adotiva trabalhava nos campos para o magistrado. Alguns a olhavam com raiva, enquanto outros a invejavam por ser tão favorecida pela avó. Ninguém ali gostava dela. Ninguém era gentil com ela. Yuu perdeu o fio da meada e se encolheu de dor ao focar no jogo que sua avó jogava, na lição que estava tentando ensinar à neta. Havia três copos e uma bola; era um jogo simples com regras simples. A avó colocou a bola debaixo de um copo, depois misturou os copos devagar enquanto dizia para Yuu ficar de olho na bola. Um jogo simples com regras simples. Só que não. Yuu tentou escolher o copo sobre a bola, e quando a avó o levantou, a bola não estava ali. Yuu se encolheu ao sentir a dor da derrota. Sua avó se irritava para que ela *focasse nas lições*. Tentaram de novo. Yuu se concentrou o máximo que conseguia no copo com a bola, e deixou o mundo que a cercava esmaecer até se transformar em quase nada além de um plano de fundo enevoado e um zumbido mudo. Tudo o que importava era seguir o copo, enxergar as entrelinhas do truque de sua avó e encontrar a bola. Teve certeza de que dessa vez a encontraria. A avó levantou o copo e... nada. Yuu esfregou a canela da perna para afastar a súbita dor. Tinha que se esforçar mais para prestar atenção. Tentaram de novo. Errou de novo. Sempre errava e sua avó nunca ficava satisfeita. Era isso que seus irmãos e irmãs adotivos não conseguiam entender. Ela sempre era favorecida pela avó, mesmo que vivesse a desapontando. Tentaram ainda mais uma vez, e Yuu fracassou de novo. Não dava para entender. Seguira o copo correto e depositara toda a sua atenção nele. Frustrada, Yuu derrubou os outros dois copos e descobriu todos vazios. A bola não estava à vista em lugar nenhum. Foi uma lição que Yuu aprendeu e só aprendeu devido à dor daquelas perdas. O melhor jeito de vencer um jogo, qualquer jogo, era conhecer as regras. Com isso, era possível saber não apenas como jogá-lo, mas como tais regras podiam ser exploradas. Sua avó dissera: *"quebre as regras dentro das regras"*. A lembrança fez Yuu se encolher de novo.

— Devo deduzir que você também não pode atrapalhar o campeão de outro deus? — perguntou.

Natsuko resmungou e assentiu.

— Existe alguma regra que proíba atrapalhar seu próprio campeão?

A deusa deu uma gargalhada. Alguns devotos orando em um altar ali perto a encararam, mas, sem dizer nada, voltaram às suas preces.

— Claro que não. Por que é que alguém iria querer atrapalhar o próprio campeão? Não se ganha uma guerra esfaqueando seu próprio cavalo na perna.

— Que bom — disse Yuu. Pronto. Era tudo do que ela andara fugindo pelos últimos cinco anos. Todas as mentiras que tecera e a identidade que forjara: estava prestes a jogar tudo para o alto. Teve que se preparar respirando fundo, mas, mesmo assim, sua voz tremeu. — Desça a montanha. Pelo caminho mais curto. Vá para o templo da lei. Diga a todos dispostos a ouvir que a Arte da Guerra está nos templos das estrelas. Faça questão de que o Leis da Esperança especificamente te escute.

— Ficou louca, foi? — perguntou Natsuko. — Ele vai te prender. Ou talvez só te matar caso esteja com vontade.

Yuu assentiu.

— Espero que ele tente. Por quatro mil lien, espero que ele e todos os outros caçadores de recompensa na cidade venham correndo para cá o mais rápido possível. Talvez até cheguem a tempo.

Natsuko ficou simplesmente encarando Yuu com a boca levemente aberta. Yuu ficou, de certa forma, satisfeita por ter sido tão fácil confundir uma deusa.

— Você sabe que a culpa não é sua, né? — perguntou Natsuko com o cenho franzido de um jeito que fazia toda a pele enrugar a ponto de fazê-la parecer muito mais do que velha. — Você não matou o Príncipe de Aço. Não precisa se martirizar pela morte dele.

Era aí que a deusa estava errada. Yuu podia até, de fato, não tê-lo matado com as próprias mãos, mas foram suas decisões que o colocaram no caminho do perigo. E Daiyu Lingsen fizera algo ainda pior do que simplesmente assassinar seu príncipe: matara o nome e o legado do Príncipe de Aço. Colocara outro homem na armadura para liderar o exército. Por sua culpa, o Príncipe de Aço, um herói genuíno, ficaria para sempre conhecido como um impostor. Uma farsa. Um charlatão. Yuu sabia que merecia a justiça exigida pela família real de Qing. Merecia não pela morte do príncipe e nem pelo insulto à linhagem. Merecia por ter matado o legado dele. Por ter manchado seu nome, o nome do homem que amava.

— Não tenho intenção de morrer hoje, Natsuko — disse Yuu, já incerta de que estava falando a verdade quando as palavras saíam de seus lábios. — O que eu quero é sair do topo dessa montanha com um segundo artefato e dar o fora dessa cidade de um jeito que ninguém consiga seguir. Mas preciso que você confie em mim e faça sua parte. Desça e diga para todo mundo disposto a ouvir que a criminosa mais procurada de toda Hosa está aqui.

Natsuko respirou fundo, meneou a cabeça e começou a partir em direção às escadas.

— Eu levo jeito mesmo para escolher.

Passou por um altar e foi embora.

Yuu caminhou pelas lajotas até o lugar em que os monges oravam a céu aberto e encontrou um cantinho longe dos peregrinos. Alguns monges pararam as preces e a encararam; provavelmente era raro que as pessoas se juntassem a eles. Era para isso que os templos serviam, afinal de contas. Yuu os ignorou e se ajoelhou sobre um tapete no centro de uma laje de pedra. Pegou dois incensos, um daquele dia e outro do anterior, enfiou-os em uma pequena rachadura e os acendeu. Depois, sacou sua faca e um bloco de madeira e começou uma nova peça de xadrez. Essa ocuparia o lugar de Shintei, uma rocha, uma construção tão forte quanto a terra, mas com movimentos rígidos. Uma peça poderosa, mas difícil de implantar sem a habilidade e o conhecimento de como usá-la da melhor forma. Lascas de madeira se espalharam, levadas pela brisa e sopradas pelo planalto. Algumas foram parar nas dobras das vestes dos monges, outras se assentaram em buracos que serpenteavam pelos ladrilhos de pedra. O bloco de madeira começou a tomar forma. Um homem grande, arredondado, porém forte, com uma cabeleira desgrenhada, um chui em uma das mãos cujo punhal descansava sobre seu ombro. Horas se passaram, mas ninguém nunca disse que a justiça era rápida, e nem que heróis eram capazes de desafiar a gravidade. Já vilões, pelo que parecia, eram outra história.

O zumbido de um tóptero sobrepujou os sussurros das preces. As mãos de Yuu tremeram e ela se atrapalhou, o que a fez arrancar um pedaço da ampla barriga da figura e acabar com uma farpa no dedão. Enfiou tanto a escultura quanto a faca na roupa, levou o dedão à boca e chupou o pequeno machucado. Todos os turistas haviam parado para observar o tóptero que sobrevoava lá em cima. Até mesmo os monges que estavam treinando artes marciais ou orando pararam, embasbacados com a máquina assombrosa. Não era sempre que se via humanos indo contra as leis da natureza com uma engenhoca mecânica. Era uma geringonça feita de madeira e metal do tamanho de dois bois presos num arado com um ventilador de seis lâminas girando em uníssono para mantê-la no ar. Uma silhueta se inclinava para fora do tóptero, e os últimos raios do sol poente refletiam em seus óculos. Yuu se deu conta de que estava tremendo de medo. O Tique-Taque chegara para matá-la.

Não importava se fazia parte do plano ou não. Yuu não queria morrer. O assassino poderia estar ali por outro motivo. A nave começou a descer, muito mais rápido do que ela considerava seguro. Monges se espalharam quando a máquina pousou no centro da área de treinamento. As lâminas desaceleraram e o Tique-Taque desceu do compartimento do piloto. Era alto, magro, vestia calças cinza de alfaiataria, um colete preto sobre uma camisa branca e um longo casaco marrom que ia até os joelhos. Não havia como negar que era cochtano. Usava botas, luvas e uma máscara dourada com duas chapas brilhantes de vidro nos olhos. Não havia abertura para a boca ou para o nariz. Tão inexpressiva quanto a que a Arte da Guerra costumava usar. A diferença é que a dela era branca, feita de marfim enquanto a dele, de aço escuro e dourada. Nenhuma pele à mostra, percebeu Yuu. Nenhum pedacinho de pele sequer aparecia em qualquer lugar do corpo. O Tique-Taque escondia qualquer humanidade que ainda tivesse.

Yuu se levantou e espreguiçou os nós das costas. Não seria assassinada de joelhos; encararia o perigo de frente. Por outro lado, não tinha como negar que seria ótimo se seus joelhos parassem de tremer.

— Vim em busca da Arte da Guerra.

A voz do Tique-Taque era minúscula, como o brandar esmaecente de um gongo. Ele deu um passo e analisou os monges reunidos. Movia-se como um pássaro; até mesmo o menor dos movimentos parecia um bote repentino. Não havia fluidez naquele homem, não havia suavidade, nenhum resquício de vida. Conforme avançava, seu fraque balançava com o vento. Yuu viu uma longa espada fina embainhada em sua cintura e pequenas pistolas de cada lado do quadril. Armamento de longo alcance. Mais certeiro e com um alcance maior do que qualquer arco, mas muito mais lento para carregar e atirar.

Um dos monges, uma mulher idosa que liderava o treino de wushu, foi à frente. Era cheia de rugas, mas tinha a mesma altura do Tique-Taque e, apesar da idade, possuía braços que deixariam qualquer ferreiro orgulhoso.

— Você não tem autorização para entrar aqui, cochtano — disse a monja. — Esse é um lugar de adoração às estrelas. Suas máquinas não são bem-vindas. Por favor, devo pedir que saia.

Tique-Taque a ignorou. Sua cabeça continuava a se mexer em movimentos rápidos e curtos enquanto ele olhava para cada um dos monges. Então, os vidros que lhe cobriam os olhos se viraram para Yuu, que prendeu o fôlego. Ele olhava exatamente em sua direção. De algum jeito, sabia. Ela não conseguia nem começar a conceber como, mas ele sabia.

Todos eram nada mais do que peças de um jogo sem fim. Yuu e Tique-Taque eram peões em um jogo jogado pelos deuses. E os monges, por sua vez, eram peças de um jogo sendo jogado por Yuu e pelo caçador de recompensas, quer o assassino percebesse ou não. Quer cada um ali percebesse ou não. E já estava na hora de as peças serem sacrificadas pela vitória.

Yuu focou em uma lasca de madeira agarrada à rachadura de uma laje perto dos monges e a ativou. Uma espiral de rocha despedaçada emergiu do chão à esquerda do Tique-Taque. A mão do assassino disparou em um borrão de movimento, e a cabeça da monja idosa caiu em uma cachoeira de sangue e entranhas. O planalto inteiro eclodiu em uma gloriosa distração.

11

Tique-Taque sacou uma adaga de dentro do casaco e lançou em Yuu. Ela focou em uma lasca de madeira presa contra uma pequena pedra no chão e uma parede de rocha se ergueu em sua frente. A adaga atravessou, atingiu-a no quadril e se emaranhou em suas vestes. Yuu sentiu uma dor aguda no local em que a lâmina beliscara sua pele. Puxou a faca e viu que a roupa havia manchado de vermelho.

Antes mesmo de a cabeça da monja idosa atingir o chão, os outros monges se aproximaram e uma briga furiosa começou no planalto.

Um monge enorme bateu com um bastão pesado na cabeça do Tique-Taque, que bloqueou o ataque com um braço, e o ruído de madeira atingindo metal ecoou pelos altares. Ele golpeou com o jian que segurava no outro braço, partiu o bastão em dois e então avançou contra o monge, esfaqueou-o na barriga e continuou enfiando a faca de novo e de novo. O monge grandalhão caiu e se encolheu em bola enquanto tremia e sangrava. Tique-Taque deu mais um passo em direção a Yuu.

Outros dois monges avançaram, um com um par de lâminas e outro com uma espada. As pequenas facas retiniram contra o peito de metal do assassino e mal cortaram sua túnica. Ele desviou da espada, agarrou-a com a mão e estraçalhou o metal. O caçador de recompensas pegou um pedaço do aço que caía, cortou a garganta de um monge e então o enfiou no olho do outro. Mais um passo em direção a Yuu.

Monges investiram contra Tique-Taque. Ele resistiu contra alguns, bloqueou outros e desviou de mais alguns. Movia-se como uma marionete com metade das cordas cortadas; braços e pernas se dobravam sobre si mesmo e o torso se contorcia completamente independente das pernas. Uma dúzia caiu ao seu redor; gargantas abertas, ferimentos sangrando e pescoços quebrados. Ainda assim, Tique-Taque dava um passo atrás do outro em direção a Yuu. Ela subestimara o assassino, calculara mal sua destreza e agora iria morrer.

Outros doze monges pereceram diante da selvageria incansável e metódica do Tique-Taque. O planalto ficou vermelho; sangue escorria pelas rachaduras e fendas na rocha. Yuu não esperava que o custo fosse ser tão alto. Recuou quando o assassino se aproximou. Era uma tática protetiva: ficar um passo adiante do inimigo. Estava assustada demais para contra-atacar. Era assim que as pessoas perdiam jogos: quando paravam de pensar em como vencer e todo o raciocínio e energia se focavam em simplesmente não perder. A esta altura, tudo já estava perdido, quer os jogadores soubessem ou não. Acontece que Yuu não tinha outra escolha. Tudo o que podia fazer era tentar ganhar tempo e não perder as esperanças.

Apesar das baixas, monges continuavam a verter dos templos. Era isso que Yuu tinha planejado. Só esperava que o Templo de Ryoko ficasse vazio o bastante para que Fang e Li Bangue pudessem agir. Ela já cumprira sua parte, agora tudo o que precisava fazer era sobreviver por tempo suficiente para fugir. Parecia tão fácil pensando assim, quando ignorava o preço que os monges estavam pagando por ela. *Eles são números. Não pessoas.* Palavras de sua avó. Yuu se encolheu com a dor que elas traziam.

Tique-Taque empalou um monge na barriga, puxou o jian da vítima abatida e continuou a avançar até Yuu. Estava a apenas oito passos de distância agora, tão perto que ela conseguia ouvir suas juntas estalando a cada movimento. O Príncipe de Aço uma vez dissera à Daiyu Lingsen que os monges de Ban Ping eram guerreiros marciais cuja força era impossível ignorar.

Que, se tivessem participado, poderiam ter mudado os rumos da guerra. Mas não eram páreo para esse assassino cochtano. O Tique-Taque era um exército de um homem só. Algo que os monges também perceberam. Os ataques esmoreceram, e Yuu viu algumas das figuras envoltas em vestes correrem para a segurança de seus templos enquanto outras recuavam e soltavam as armas. Não tinha como culpá-los pela covardia.

Yuu se concentrou nas lascas de madeira e ativou uma. Uma estalagmite emergiu do chão à direita do Tique-Taque. O assassino deu um pulo, colocou uma mão na rocha, saltou por cima e aterrissou ileso do outro lado. Yuu ativou outra. Dessa vez, o assassino a rebateu e fez com que virasse poeira. Yuu enfiou a mão na roupa à procura de algo, de alguma coisa que pudesse ajudar. Tudo o que tinha eram algumas peças de xadrez esculpidas pela metade, duas facas que jamais furariam aquela armadura de metal e o Peão de sua avó. O que perdera e que Natsuko lhe devolvera. Mas não podia usá-lo. Se desse vida àquela peça e o Tique-Taque a destruísse, a perderia de novo. Não podia. Era a última recordação de sua avó. Yuu se encolheu quando a inevitabilidade da perda a tomou de assalto.

Tinha perdido. Apesar de todo o planejamento, perdera. *A Arte da Guerra não perde*. A Arte da Guerra nunca perde, sempre tem outra carta na manga, outra peça para sacrificar, outro plano para colocar em ação! A Arte da Guerra *nunca* perde. Uma lição aprendida à base de dor. Yuu percebeu que estava beliscando o braço, enfiando as unhas na carne macia dos bíceps, com força o bastante para machucar. Com força o bastante para que sangrasse. Com força o bastante para fazê-la se lembrar de que perder era inaceitável, a menos que fizesse parte do plano. A vitória era tudo o que importava. Tudo o que sempre importara. *Foco nas lições*.

Yuu deu mais um passo para trás e bateu com o pé em algo duro. Tropeçou, caiu esparramada para trás e aterrissou de bunda com um grunhido. Tique-Taque parou. Agora já não havia mais monges entre os dois. Algumas figuras em vestes estavam ali perto, com armas em riste, mas imóveis. Suas peças a haviam deixado na mão.

— Você é a Arte da Guerra — disse Tique-Taque com uma voz que parecia uma flauta quebrada. — Entregue seus artefatos.

O fato de ele não se dispor a deixá-la viver não passou despercebido por Yuu. Ela se ajoelhou e tentou se levantar, mas suas pernas não tinham mais força. Mesmo assim, forçou um sorriso taciturno nos lábios.

— Só por cima do meu...

Com um movimento rápido como um raio, ele sacou ambas as pistolas. Apontou-as para Yuu e puxou os dois gatilhos.

As armas piscaram, e a visão de Yuu ficou cinza.

Um instante depois, percebeu que não havia morrido. O borrão cinzento foi encoberto pelas costas de um homem vestindo uma armadura de cimento e segurando um escudo tão gigante que chegava a ser grotesco. Sua última peça chegara bem a tempo. O Leis da Esperança a protegera dos tiros e a salvara. E agora, com o escudo erguido para protegê-los, ele deu um sorriso:

— Daiyu Lingsen, estou certo?

Yuu quase assentiu. Foi então que seu cérebro entrou em ação, e ela se deu conta de que aquela era a última coisa que devia fazer. O Leis da Esperança riu e meneou a cabeça. Esticou uma mão e, com gentileza, prendeu algo ao redor do pulso esquerdo de Yuu. Depois, se levantou, ainda na cobertura do imenso escudo e a encarou com o sorriso ainda nos lábios.

— Daiyu Lingsen, criminosa conhecida como Arte da Guerra. Você está presa pelo assassinato do Príncipe de Aço. Reivindico a recompensa pela sua cabeça e vou te proteger até que chegue a hora de entregá-la às autoridades de Qing para que encare a justiça pelo seu crime. — Ele abaixou a voz para que apenas ela escutasse. — Por favor, não corra. Desde que seja entregue, as autoridades de Qing não ligam se você estiver viva ou morta, mas é que eu odeio sujar minha armadura de sangue — disse, com tanta sinceridade que Yuu quase acreditou.

Ela olhou para o pulso. Uma algema de ferro a prendia a uma corrente que levava a uma bola de metal no chão do tamanho de sua cabeça. Deu uma puxada, mas era pesada o bastante para rachar a rocha. De jeito nenhum conseguiria movê-la. Era difícil de acreditar que até mesmo o caçador de recompensa a tivesse movido.

O Leis da Esperança se virou, deu-lhe as costas e encarou o assassino.

— Cidadão cochtano conhecido como Tique-Taque — exclamou ele alto. — Não há nenhuma recompensa por você. Vá embora.

Um monge desajeitado sem queixo se aproximou.

— O Templo de Fenwong oferece uma recompensa de mil lien pela cabeça do criminoso Tique-Taque.

O Leis da Esperança deu uma olhada no monge.

— Não trabalho de graça, seu monge.

— O Templo de Ryoko paga mais mil — disse outro monge que segurava um braço quebrado. Mais um se aproximou e ofereceu outros mil lien em nome do Templo de Lili. Em instantes, Tique-Taque havia ido de uma mixaria para cinco mil lien. Yuu foi obrigada a admitir que era tanto irritante quanto reconfortante que a recompensa pelo Tique-Taque fosse mais cara do que a sua.

O Leis da Esperança deu um sorriso e esticou o braço esquerdo para pegar a espada.

— Cochtano criminoso conhecido como Tique-Taque — vociferou, com um sorriso que ficava evidente na voz. — Eu reivindico a recompensa pela sua cabeça.

12

As costas de Li doíam por ficar tanto tempo em posição de oração. A barriga descansava no tapete, e os joelhos queimavam pelo longo período debaixo de seu corpo. Yuu lhe mandou que viesse e fingisse orar, mas não falara que demoraria e que doeria tanto assim. Ele grunhiu, e então cerrou os dentes para que não deixasse nenhum outro barulho escapar. Uma olhada para o lado revelou que o ladrão, Fang, dormia. Caído de um jeito que vagamente lembrava uma posição de prece, seus olhos estavam fechados e um fio de baba escorria de sua boca aberta e se acumulava no tapete. Como conseguia ficar confortável o bastante para dormir era um mistério para Li. Algumas pessoas eram sortudas em tudo: tinham as habilidades, a beleza e um corpo que não doía como se estivesse sendo esfaqueado até os ossos.

Havia um ou outro grito lá fora, sons vagos sem forma ou significado. Li esperava que fosse a distração de Yuu. Pelas estrelas, como esperava que fosse a distração. Na realidade, agora tinha quase certeza de que a fé nas estrelas era uma mentira, caso o que Yuu e Natsuko tinham falado fosse verdade. Então, decidiu orar para os deuses. Infelizmente, sabia o nome de apenas um, e ela era uma velha megera. Mesmo assim, era um deus, então Li orou para Natsuko, a deusa dos perdidos, e pediu que o barulho lá de fora fosse a distração de Yuu *finalmente* acontecendo. Porque, se não se mexesse de uma vez, talvez nunca mais se mexeria na vida. Minutos se passaram. Minutos agonizantes. Ou talvez tenha sido apenas dez minutos. Era difícil dizer. A gritaria no exterior continuava, e Li tentava ignorar a dor nas costas e nos joelhos e prestar atenção no barulho. Sentiu o qi fluir pelo corpo. Agora que sabia onde procurar, conseguia senti-lo de forma contundente.

A visão de Li dobrou e, por apenas um instante, olhou para a sala de oração, mas também do lado de fora, observando Yuu paralisada enquanto um homem de lata massacrava monges. De repente, passou, e ele ficou pensando se tinha sido real ou se não passara de um delírio fruto das cãibras que torturavam suas coxas.

Passos retumbaram nas escadas, e um monge ofegante apareceu.

— Precisamos de ajuda lá fora — gritou. — Tem um cochtano nos atacando.

Alguns dos monges em oração se entreolharam, e então todos correram para o primeiro andar. Um dos guardas na escada para o próximo andar foi também. Assim como os dois civis, atraídos pela promessa de um espetáculo. Isso fez com que sobrasse só Li, um guarda de pé na escada e Fang, ainda roncando levemente em uma poça de sua própria baba.

Li se desenroscou e sentiu as costas estalarem como bambu dobrado demais. Seus joelhos também e ele sentiu alívio e dor misturados com algo semelhante a ter os pés lambidos pelo cachorrinho que tinha quando era... meneou a cabeça para afastar o pensamento. Tudo o que mais queria era um minuto ou dois para permitir que o corpo se ajeitasse e relaxasse, mas não fazia ideia de por quanto tempo Yuu conseguiria manter a distração. Virou-se para Fang e o cutucou com a ponta da bota. Um ronco alto escapou pelos lábios do ladrão.

— Acorde — disse Li, e cutucou-o de novo.

Outro ronco rompeu o silêncio do templo, tão alto que o guarda os encarou. Estava prestes a tentar de novo quando viu os olhos de Fang abrirem e se fixarem nele. O bandido piscou e então deu outro ronco que ecoou pelo salão.

Li caminhou até o monge.

— Meu amigo não acorda — disse, enquanto se aproximava.

O monge franziu o cenho e olhou para Fang.

— E o que você quer que eu faça?

Li deu de ombros. Não era bom em mentir e odiava ter que inventar histórias. Por sorte, estava perto o bastante para parar de fingimento e, muito embora mentir fizesse sua pele formigar, arrebentar a cabeça de monges criminosos, não. Saltou no sujeito, agarrou-lhe os braços e então deu uma cabeçada com tanta força que ouviu o nariz do oponente quebrando mesmo com o jato quente de sangue que se espalhou por seu rosto. O monge ficou trôpego, revirou os olhos, e Li deixou que caísse no chão.

— Bom trabalho, irmãozinho — disse Fang enquanto se desenrolava com habilidade. — Nunca duvidei de você nem por um instante.

Li deu de ombros. Gostava do ladrão, do jeito que era tão generoso com os elogios. Haviam passado algumas horas juntos subindo a montanha, e Fang não zombara de sua dificuldade em subir as escadas nenhuma vez. Os apelidos, por outro lado, eram outra história.

Fang passou correndo e subiu as escadas.

— Hora de trabalhar. Todas essas minhas habilidades... só para roubar um lampião. Pode até ser que ninguém entoe cantigas sobre isso, mas pode ter certeza de que eu vou embelezar essa missão. Não se preocupe, irmãozinho. Na minha versão, você vai derrotar cem monges.

O terceiro andar era escuro. Li semicerrou os olhos, mas não conseguia enxergar quase nada além de alguns borrões de luz em meio à penumbra obscura. Não havia janelas, e as velas queimavam com apatia e ofereciam pouca claridade. Ele deu alguns passos em direção à escuridão, mas então se virou e encarou a escada do segundo andar. A sala de oração toda iluminada parecia tão convidativa...

— Bom, isso aqui com certeza é um baú do tesouro — disse Fang, de algum lugar em meio ao breu. — E se eu soubesse o que estou olhando, provavelmente faria uma fortuna.

— Só viemos atrás do lampião — disse Li, tentando visualizar o ladrão.

Não fazia sentido pegar mais nada. Estavam ali porque Yuu e Natsuko precisavam do lampião por algum motivo. Nem se dera ao trabalho de perguntar por quê. Sem sombra de dúvida devia ter algo a ver com deuses e heróis.

— Hum... — disse Fang. — Muitos pergaminhos nessa mesa. Números, números e mais números. Ah! — Li ouviu o farfalhar dos papéis. — Tem um poema aqui — o ladrão riu. — É péssimo.

Fang pigarreou:

— *Pelo brilho da lua, vejo a luz em seus olhos. Meu irmão, seu cabelo é como aço lubrificado. Dançamos, dançamos, dançamos. Sentir seus braços é como sentir a mim mesmo.*

Ele riu.

— A gente não veio aqui pra ler poemas ruins! — sibilou Li.

Mas precisava admitir que até que tinha gostado.

— Sempre há tempo para ler poemas ruins, irmãozinho. Os bons é que são perda de tempo... Há! Um cofre. Não faz sentido ter um cofre a menos que haja algo para colocar dentro. É a primeira regra no *Grande Livro de Assalto e Malandragem de Fang.*

— Não existe um livro sobre você — disse Li.

— Mas bem que poderia! — Fang parecia realmente ofendido pela acusação. — Algum jovem erudito empreendedor pode ter ouvido falar dos meus grandes feitos e me procurado para relatar crônicas da minha vida e meus conselhos. Um guia para ladrões iniciantes. Você não tem como saber. Já leu todos os livros do mundo, por acaso?

— Não existe um livro sobre você coisa nenhuma! — insistiu Li.

— Não, você está certo — admitiu Fang. — Na verdade, era o roteiro para uma peça.

Li suspirou.

— Você consegue abrir o cofre?

— Se eu cons... — Fang riu. — Eu sou o Grande Fang, o Príncipe dos Ladrões. — Ele suspirou. — Com certeza vou dar o meu máximo.

Li ouviu o ladrão grunhir e então murmurar alguma coisa, depois, alguns cliques. Na escuridão, não enxergava nada, então ficou de olho na escada para o caso de alguém vir conferir o monge que haviam incapacitado. Seu coração batia com força, e a pele parecia pegajosa. Era o nervosismo e... alguma outra coisa. Algo que não conseguia identificar. Soltou a respiração e focou em seu qi de novo, na esperança de que ficasse mais calmo.

Mais uma vez, sua visão dobrou. Estava olhando para o monge que vertia um líquido rubro do lugar onde ficava seu nariz. Também estava lá fora, sob as estrelas, vendo o Tique-Taque avançar contra Yuu enquanto os monges só observavam. O assassino pegou algo de dentro das vestes. Houve um estouro, e então o Leis da Esperança apareceu e protegeu Yuu com o escudo. Ele prendeu uma algema no pulso dela e se virou para encarar o Tique-Taque.

Li piscou para afastar a visão dupla e se virou para a escuridão do templo.

— Yuu está com problemas — disse, sem saber direito para onde olhar.

Fang xingou.

— Que maravilha. Eu preciso me concentrar aqui.

— Mas ela precisa de ajuda — disse Li.

Ela estava presa entre um assassino imortal e um caçador de recompensas lendário e ambos a queriam ou morta ou presa. E, se a visão fosse real, o Leis da Esperança havia a prendido em uma bola de metal que de jeito nenhum ela conseguiria mover.

— Então vai ajudar — vociferou Fang, irritado. — Mas a menos que você queira que tudo isso tenha sido para nada, me deixa sozinho para abrir essa merda desse cofre, porra. Espere! Consegui. Não. Consegui nada.

Li não sabia o que fazer. Não era bom em tomar esse tipo de decisão. Era por isso que sempre tinha trabalhado com outras pessoas, que tinha tentado entrar no exército. Tomar decisões assim, com a vida de outros em risco, era simplesmente confuso demais. Yuu mandou que ficasse com Fang porque o ladrão talvez precisasse de ajuda. Mas ela estava com problemas e precisava de ajuda. Então, tinha que ajudá-la. Parecia fazer sentido.

— Estou indo.

Fang suspirou alto.

— Tá bom. Vá!

Li começou a descer a escada e passou pelo monge inconsciente. Procurou seu qi enquanto avançava. Tentou invocar as visões de antes para verificar Yuu e ver como andavam as coisas. Tinha quase chegado à porta do templo quando sua visão dobrou de novo. Dessa vez não foi Yuu que viu, mas Fang. O ladrão estava descendo a escada do segundo andar segurando um lampião ornamentado com dragões ao redor. Fang evitou a escada e correu para a janela nos fundos do templo. Estava roubando o lampião e fugindo. A visão de Li esmaeceu bem em frente às portas. Tinha outra decisão a tomar. Será que voltava e impedia que Fang levasse o artefato? Ou será que ajudava Yuu a escapar? Ser um herói era muito complicado.

Tique-Taque avançou contra o Leis da Esperança e desembainhou a espada. O caçador de recompensas bloqueou um golpe com seu escudo gigantesco, e o assassino empurrou a lâmina contra a madeira e, de algum jeito, conseguiu atravessá-la. A ponta saiu do outro lado, e o Leis da Esperança congelou enquanto encarava o aço brilhante. Então, puxou o escudo para trás e arrancou a espada da mão de Tique-Taque.

Horrorizada, Yuu assistia aos dois titãs lutarem por seu destino. Qualquer resultado seria sua ruína. Puxou a bola de metal presa em sua algema e conseguiu movê-la um pouco, mas de forma desajeitada. Ajoelhou-se e colocou o peso do próprio corpo atrás da bola. Empurrou-a, rolou-a centímetro a centímetro em direção ao tóptero. Os monges que a cercavam não ajudavam em nada. Havia uma batalha acontecendo e, a julgar pelo tinido do metal, pelos grunhidos de esforço e o furioso tilintar das juntas do Tique-Taque, era um espetáculo dos grandes. Ergueu o olhar e viu as duas lendas se atacando em uma enxurrada de golpes bloqueados, condicionamentos impossíveis e ataques rápidos como um raio. Era um nível de habilidade que Yuu não vira desde a última batalha da guerra em que o falso Príncipe de Aço liderara seu exército contra o Imperador dos Dez Reis em Jieshu.

Tique-Taque se movia como algo de outro mundo; seus braços e pernas se viravam em golpes impossíveis, e o corpo parecia transmutar entre desvios e ataques. O Leis da Esperança era bastião inexpugnável com uma defesa intransponível. Ele impediu um avanço do Tique-Taque com um lance do escudo e então apontou a espada por cima. A lâmina segmentada se estendeu; cada um dos segmentos era conectado por fios, e chicoteou o braço do Tique--Taque com um estalo de metal. Então, o Leis da Esperança puxou a espada de volta e os segmentos se realojaram perfeitamente. Como o homem era capaz de se mover com tanta fluidez enquanto segurava um escudo enorme era um mistério. Devia pesar mais do que um cavalo!

Yuu voltou a prestar atenção na bola, puxou-a de novo e a fez rolar mais uma vez. Estava se movendo, porém devagar demais. A luta não duraria para sempre, e não importava quem ganhasse. Ela olhou para a algema ao redor do pulso. Será que conseguiria removê-la de algum jeito? Não possuía nenhuma tranca visível, mas não abria de jeito nenhum.

— Estou aqui — disse Li Bangue, quando parou ao seu lado.

Surpresa, Yuu o olhou e sentiu seu ânimo ressurgir um pouco. Com a ajuda dele, talvez conseguisse escapar dessa amarra. Fang não estava à vista.

— O lampião? — perguntou.

Li Bangue deu um sorriso sombrio e meneou a cabeça.

— Fang o roubou.

— Era o plano — disse Yuu.

— Roubou de nós, no caso. Vi que você estava com problemas e achei que fosse melhor te ajudar. Não faz sentido ter o lampião se você não estiver por aqui para apreciá-lo. — Um sorriso estampou seu rosto. — Eu tenho uma técnica!

— Que legal — disse Yuu, enquanto empurrava a bola de novo.

A menos que a técnica dele fosse capaz de desmantelar metal ou mover algo tão pesado quanto um búfalo especificamente obeso, não se importava no momento.

— Consigo ver coisas — continuou Li Bangue.

Yuu o encarou e franziu o cenho.

— E você consegue me ver tentando mover essa... maldita... bola?

— Quero dizer que consigo ver coisas mesmo quando não estou presente. Eu estava no templo e vi que você estava encrencada.

Yuu suspirou e desistiu. A bola havia se alojado num buraco e não dava para fazê-la se mexer.

— Então a sua técnica é olhar pela janela. Muito bem. Impressionante mesmo. Vai me ajudar ou não?

Li Bangue franziu o cenho.

— Não tinha janela nenhuma — disse ele, enquanto se abaixava e envolvia a bola com os braços.

Mesmo com toda aquela força, não era fácil levantá-la. Suor escorreu de sua testa, e seu rosto ficou vermelho devido ao esforço. Como é que o Leis da Esperança tinha carregado aquilo montanha acima? Isso sem mencionar o escudo. Como é que ele se movia tão rápido com as duas coisas?

Havia dezenas de monges entre eles e o tóptero assistindo às duas lendas lutarem. Yuu tentou correr até a máquina mais uma vez, mas Li Bangue se moveu para o outro lado, em direção às escadas montanha abaixo. A corrente esticou, e Yuu se viu sendo arrastada.

— Pare — sibilou. — Vamos entrar naquela coisa.

Com a mão livre, ela apontou para a nave.

Li Bangue ficou de boca aberta.

— Como é que aquilo voa?

Sendo bem sincera, ela não fazia a menor ideia. Nem de como fazê-la ligar e nem de como sair dali sem que o Tique-Taque ou o Leis da Esperança percebessem e a impedissem antes de decolar. Precisavam ser sorrateiros, não podiam tentar uma saída grandiosa. Mas ela falhara. Yuu se encolheu e esperou sentir a dor que sempre acompanhava o fracasso, a perda. Uma pontada ou um soco, às vezes até o beijo de uma faca. Mas a dor não veio. Ela apertou o dedão no lugar em que a farpa afundara em sua carne, e o ardor agudo fez com que a derrota se tornasse realidade. Roubar o tóptero do Tique-Taque parecia a única saída. Mas Li Bangue estava certo: Yuu não fazia ideia de como operá-lo e não havia tempo para aprender. Tinham que fugir enquanto ainda podiam. A indecisão a paralisou. *Indecisão é a morte do estrategista*, sua avó dissera muito tempo atrás. *A Arte da Guerra nunca hesita. Toda artimanha, possibilidade e resultado devem ser considerados antes do primeiro movimento ser tomado. A falha de um plano significa a ativação do próximo.* Mas Yuu não tinha mais cartas na manga, e não havia mais tempo. Apertou a farpa no dedão mais uma vez e mudou de direção. Com a corrente tilintando, ela e Li Bangue foram aos tropeços até a escada.

Yuu olhou para trás uma última vez e viu que a luta continuava a todo vapor. O Leis da Esperança levantou o escudo e o bateu com tudo no chão, o que espatifou o solo de rocha e mandou uma onda de força que derrubou quase todo mundo nas proximidades. Até mesmo Tique-Taque foi jogado para trás e caiu. Ele se sentou, levantou e então agarrou o próprio braço esquerdo com o direito, puxou-o da junta e o jogou no chão. O membro saiu rastejando como uma cobra e serpenteou entre as pernas dos monges até Yuu perdê-lo de vista.

Tique-Taque correu em direção ao Leis da Esperança com passos mecânicos e avançou pelo chão que os separava. O Leis da Esperança chicoteou a espada em um arco horizontal. O assassino cochtano se abaixou, deslizou por baixo da lâmina de aço, se ergueu, pulou no ar e se preparou para chutar o caçador de recompensas. O pé de metal atingiu o escudo de madeira, e o Leis da Esperança se agachou sob a proteção. A rocha do solo se partiu devido à força. Depois, ele se levantou. O Tique-Taque saiu girando pelo ar e lançou doze facas com uma das mãos. Duas se cravaram no escudo do caçador e as outras se prenderam na pedra a seus pés. O Leis da Esperança chicoteou a espada segmentada por cima do escudo e a enrolou na perna do Tique-Taque. Yuu sabia que o aço teria danificado a perna de alguém normal, mas de normal o Tique-Taque não tinha nada. Mesmo assim, o assassino foi pego no ar. O Leis da Esperança puxou a espada para trás e fez Tique-Taque se chocar com tudo no chão pedregoso, o que fez lascas de rocha e poeiras o encobrirem.

Conforme o pó voltava ao solo, Tique-Taque voltou a se levantar. Seu casaco estava rasgado e o braço esquerdo, desaparecido. O Leis da Esperança correu em direção ao assassino tão rápido que Yuu mal conseguiu ver. Ele atingiu Tique-Taque com toda a força do escudo e o fez sair rolando, metal contra metal, para o outro lado do planalto cheio de escombros e corpos espalhados.

Yuu percebeu que todos estavam imóveis, assistindo à luta. Cada monge e turista ali para orar para as estrelas, parados e transfixados. Até mesmo ela e Li Bangue haviam parado para observar. Obrigou o corpo a se mexer e tentou desviar os olhos bem quando Tique-Taque voltou a se levantar. Uma de suas pernas estava dobrada para o lado errado e o braço restante estava pendurado pelo que parecia um tendão de cobre. O pescoço, torcido em um ângulo que, em qualquer outra pessoa, seria considerado quebrado (isso se já não tivesse morrido). O assassino ajeitou a perna, ajeitou o braço no tendão de cobre de volta para o ombro e então endireitou a cabeça com um clique. Agachado, se preparava para atacar novamente.

Os dois combatentes, um caçador de recompensas lendário e um assassino imortal, se encararam através de uma longa extensão onde aos poucos a poeira se assentava. Então, o Leis da Esperança gritou de dor. O serpenteante braço esquerdo do Tique-Taque havia se arrastado por trás do caçador e enfiava uma das facas do assassino em seu calcanhar. O Leis da Esperança caiu sobre um joelho. Arrancou o braço do inimigo, jogou-o no chão e o estraçalhou com um forte golpe de escudo. Mas o estrago já estava feito. O Tique-Taque marchou pelos destroços, pulou em cima do escudo e deu uma voadeira no rosto do caçador.

— Merda! — disse Yuu, quando recobrou os sentidos e se deu conta de que, de fato, não importava quem vencesse. A menos que os dois se matassem, ela estava ferrada. — Com certeza, é hora de dar o fora.

Cutucou Li nas costelas, e ele assentiu, a princípio lentamente, mas depois com mais vigor. Com Li Bangue carregando a bola de metal e Yuu com um peso muito maior na consciência, caminharam para a escada.

Era uma longa descida até a cidade. A luz do dia ia embora rápido, e Yuu logo teria que guiar seu companheiro ou então a cegueira noturna podia fazer com que despencassem ali de cima. Se bem que, pelo menos assim chegariam lá embaixo mais rápido.

A noite caiu e era Yuu quem guiava o caminho muito embora fosse Li Bangue que carregasse a bola de metal que a mantinha cativa. Quanto chegaram mais ou menos na metade do trajeto, ela ouviu um zumbido distante que parecia um enxame de abelhas. O tóptero do Tique-Taque rugia enquanto descia até a cidade de Ban Ping. A ideia de que nem mesmo o Leis da Esperança foi capaz de derrotar o Tique-Taque era aterrorizante. Que esperança ela podia ter agora? E tinha certeza de que encontraria o assassino de novo.

Chegaram ao pé da montanha suados e exaustos. Li Bangue tremia devido à exaustão, e Yuu estava enjoada de tanta preocupação. Esperava que o Tique-Taque estivesse a aguardando, mas foram apenas os monges que os cumprimentaram no fim das escadas.

— Que as estrelas brilhem sobre... — A mulher ficou em silêncio quando viu a algema e a grande bola de metal.

Yuu dispensou a monja com um gesto que esperava que demonstrasse toda a sua grosseria e arrastou Li Bangue para o oeste, em direção à fronteira da cidade.

— Natsuko? — disse Yuu assim que chegaram aos tropeços na rua empoeirada. — Agora seria uma boa hora para você aparecer do nada.

Mesmo que estivesse de olho, a deusa não deu o ar de sua graça.

Havia um estábulo perto da entrada oriental da cidade, e foi para lá que cambalearam, o que assustou o garoto que cuidava dos cavalos. Os animais, por sua vez, não pareceram nem um pouco surpresos pela chegada dos dois. Li Bangue soltou a bola de metal e se jogou sobre uma pilha de feno. Estava ofegante e parecia prestes a desmaiar. Yuu nem tinha como culpá-lo. Sem sombra de dúvidas havia salvado sua vida. Mas claro, continuava aprisionada no meio de um estábulo, amarrada em uma bola e numa corrente.

— Hum...

Com um balde de água nas mãos, o cavalariço os encarou.

— É limpa? — perguntou Yuu. O rapaz assentiu. — Traga aqui.

O garoto avançou e deixou o balde fora do alcance de Yuu. Teve que se colocar atrás da bola de novo e rolá-la para conseguir beber. Depois, pegou o líquido com as mãos e engoliu. Era gloriosa, mas bem que um vinho não cairia nada mal. Ela empurrou o balde para Li Bangue, caído no chão, e fechou os olhos.

13

YUU ABRIU OS OLHOS E VIU UMA VELHA DE PÉ SEGURANDO UM JIAN antiquíssimo com manchas de ferrugem na lâmina. Seu hanfu simples e marrom estava coberto de farinha, e o cabelo era cinzento como uma tempestade de outono.

— Quem é você? — perguntou a idosa com grosseria, e deu uma cutucada com a lâmina para reforçar o questionamento.

Yuu grunhiu enquanto se esforçava para levantar. Por quantas horas dormira? Não podia ser tanto tempo assim. A exaustão era avassaladora, mas... Onde é que estavam mesmo? Tentou esfregar o rosto, mas percebeu a mão esquerda esticada devido à corrente. As memórias a tomaram de assalto, e ela se encolheu ao cair na realidade. Perdera. Confiara na peça errada, que fugira com o prêmio. Caso visse Fang de novo, faria questão de sacrificá-lo direito dessa vez. Suspirou e deu uma olhada em Li Bangue, que roncava suavemente, todo esparramado em uma pilha de feno. Dois cavalos, um marrom e outro cinza, também os observavam com as cabeças sobre as portas das baias.

— Meu nome é Yuu. Eu sou...

— Uma criminosa? — perguntou a velha.

Ela abaixou a ponta da espada para o peito de Yuu. Era impossível não perceber a firmeza com que a mulher segurava a arma. Muito embora a lâmina parecesse estar precisando ser limada, a idosa tinha muita prática.

— Somos criminosos pelos olhos dos nossos inimigos — respondeu Yuu.

Era um dos ensinamentos de Dong Ao, e a afirmação mais insípida que existia.

A velha não pareceu nada satisfeita.

— Não tenho inimigo nenhum.

— Fale isso para os cochtanos — disse Yuu, enquanto olhava em volta atrás de algo com que pudesse quebrar a algema. — Natsuko?

Desconfiada, a senhora estreitou os olhos.

— Quem mais está aqui além de você e do imbecil esparramado por cima do meu feno?

Yuu esperou por uma resposta da deusa. Nada.

— Ninguém pelo visto. Este estábulo é seu?

A mulher assentiu.

— Preciso de duas coisas. Primeiro, de um martelo e um formão ou alguma coisa para quebrar essa algema. Depois, de um cavalo. — Yuu tentou dar um sorriso tranquilizador. — Eu pago por tudo.

— Ou eu poderia te entregar para os monges.

Yuu cruzou as pernas e apoiou a cabeça nas mãos. Realmente precisava de uma bebida.

— Poderia mesmo — admitiu. — Eles provavelmente te pagariam pelo incômodo também. Só que aí você estaria me entregando para a morte certa.

A velha abaixou a espada e deu um passo para trás. Yuu viu um garotinho no fim do estábulo assistindo à comoção por uma rachadura da porta.

— Do que é que você está fugindo? — perguntou a idosa.

Yuu deu de ombros e chutou a perna de Li Bangue para acordá-lo.

— De um assassino cochtano e de um caçador de recompensas lendário. Mas, acima de tudo, do meu passado.

A velha semicerrou os olhos e estalou a língua.

— Vocês são violentos?

Yuu meneou a cabeça.

— Não. Só idiotas.

— Hum... Cinco lien para te soltar da corrente. Cinquenta pelo cavalo. E o único que tenho sobrando é o velho e caolho.

— Dá para o gasto.

Ela enfiou a mão livre dentro das vestes e puxou a bolsa com todo o dinheiro que Natsuko lhe dera. Eram apenas vinte e cinco lien, mas, com sorte, o suficiente para convencer a idosa de que não estava para brincadeira.

O menino desapareceu e voltou com ferramentas. Li Bangue pegou o martelo e o formão e começou a trabalhar. Não era confiante o bastante para tentar a sorte na algema. A tira de metal estava enfiada profundamente na pele de Yuu, mas quando a corrente foi rompida ela ficou em êxtase por estar livre de novo. Para provar, se levantou e correu para longe da bola de metal na esperança de que nunca mais a visse na vida.

— Nada de cavalo até eu ver o resto do dinheiro — disse a velha.

Yuu não deixou de notar que ela ainda segurava a espada.

Aí que estava o problema. Yuu estivera contando com o retorno de Natsuko para pegar mais dinheiro. Sem a deusa, não teria como bancar o cavalo. Até que poderia sair caminhando de Ban Ping, mas queria ir para longe da cidade o mais rápido possível. Mais uma vez, lamentou não ter sido capaz de roubar o tóptero do Tique-Taque.

— Aqui. — Li Bangue avançou e colocou sua própria bolsa de dinheiro no chão em frente à mulher. — Deve cobrir o resto.

Yuu queria mandar aquele idiota pegar o dinheiro de volta, queria dizer que ele precisava e que não teria como pagá-lo de novo. Mas o desejo por um cavalo era mais forte.

Alguns minutos depois, saíam do estábulo para o ar noturno com um cavalo sarnento entre eles. A mulher lhes dera comida para alimentar o animal por alguns dias, mas nenhuma sela. Sendo sincera, Yuu não tinha certeza de que o cavalo a faria chegar à próxima cidade e de jeito nenhum arriscaria fazê-lo correr, mas pelo menos conseguiria poupar os pés da dor da caminhada.

Não havia muito movimento na estrada, apenas algumas pessoas começando o dia de trabalho. Os monges, por outro lado, estavam por todo lado patrulhando as ruas. Era raro vê-los com armas em Ban Ping, mas a notícia dos eventos nos templos claramente se espalhara. Mas não fazia diferença, já que não iriam impedir ninguém de sair da cidade. Sempre foram muito mais ligeiros para ejetar criminosos do que para puni-los. Muito mais habilidosos em fazer com que se tornassem problema em outro canto.

— Por que só um cavalo? — perguntou Li Bangue, conforme se aproximavam do arco que sinalizava o fim da cidade.

Yuu andava esperando essa conversa, repassando-a sem parar na cabeça em busca do melhor jeito de abordar o assunto. Mas não havia. Independentemente de como falasse, soaria como uma traição.

— Porque você não vai comigo.

Li Bangue fez beicinho.

— Eu ainda posso ajudar — afirmou, emburrado.

Um argumento curinga, para dizer o mínimo.

Yuu meneou a cabeça.

— Você não entende. Você não pode sair de Ban Ping. O exército de Hosan vai estar com recrutadores por toda parte, Li Bangue. Eles estão convocando homens. Se vier comigo, vai acabar marchando rumo ao norte para lutar contra os cochtanos. Fique em Ban Ping. Você é livre aqui.

Ele ficou em silêncio por um instante.

— E o que mais eu vou fazer? Se eu for com você, talvez acabe alistado. Se ficar, é capaz de eu mesmo acabar me oferecendo. Não sirvo para mais nada. Preciso ganhar a vida de algum jeito.

Yuu parou o cavalo e passou por baixo da cabeça do animal para ficar de frente para Li Bangue. O bicho arreganhou os dentes com preguiça para ela, mas estava mais do que claro que não tinha o menor interesse em atacar. O coitado provavelmente só queria voltar para o estábulo aconchegante e passar o pouco que lhe restava da vida num relativo conforto. Um sentimento com o qual Yuu simpatizava.

— Você sabe quem eu sou de verdade? — perguntou.

Li Bangue ficou em silêncio por um momento, e então assentiu.

— Liderei exércitos. Travei guerras. Gente do seu tipo... Estrategistas colocam pessoas como você nas linhas de frente, Li Bangue. A expectativa é de que você não sobreviva. Você não vai sobreviver. E a última coisa que você deve querer é morrer nas mãos da Máquina Sangrenta dos cochtanos. Ninguém merece sofrer ao servir de comida para aquela abominação.

— E o que mais eu posso fazer?

— Qualquer coisa. Você tem uma técnica agora. Consegue ver coisas, é uma forma de clarividência. É uma técnica útil para ter. Você pode ser um herói de verdade agora.

Li Bangue parecia ter acabado de cheirar esgoto.

— Heróis têm técnicas úteis. Conseguir ver coisas mesmo quando não estou presente não vai me ajudar a lutar melhor.

Yuu colocou algumas mechas soltas de cabelo atrás da orelha.

— Nem todos os heróis brandem um dao... ou um chui — disse ela, com um sorriso. — Pratique sua técnica. Aprenda a controlá-la. Acho que logo haverá uma grande demanda pelos seus serviços.

Li Bangue assentiu. Não parecia feliz. Depois, foi para a frente e envolveu os braços ao redor de Yuu com tanta rapidez que ela emitiu um gritinho sob o abraço esmagador.

— Obrigado — disse ele ao soltá-la. — E agradeça àquela velhota quando encontrá-la de novo.

— Boa sorte, Li Bangue — disse Yuu com uma reverência profunda e cheia de respeito.

Estava realmente triste por deixá-lo para trás. Ele podia até ter sido uma peça do tabuleiro, e ela com toda a certeza tentara sacrificá-lo algumas vezes, mas Li Bangue continuara fiel, e Yuu criara um laço forte com o grandalhão. Era tolice. Estrategistas nunca deviam formar laços. Isso só dificultava as coisas. *A Arte da Guerra deve sempre permanecer distante e deslocada*, palavras de sua avó. Mais um motivo para que partisse sozinha.

Yuu deixou Ban Ping da mesma forma que havia chegado. Sozinha. Mas pelo menos tinha um artefato agora. Um dos artefatos divinos. Não era o bastante... mas um era melhor do que nenhum.

14

YUU CAVALGOU PELA MAIOR PARTE DA NOITE POR ESTRADAS DE TERRA estranhamente vazias. O cavalo cheirava à aveia mofada e mijo e se irritava sempre que ela se aproximava demais de sua cabeça. Por sorte, era tão cego quanto Li Bangue, então quase sempre errava os ataques. Mesmo assim, Yuu encontrara alguns machucados feitos pelo bicho. Não gostava muito de cavalos, mas a Arte da Guerra aprendera a montá-los, e até que não era tão ruim. Também aprendera a dormir na sela, o que, no momento, considerava uma das habilidades mais valiosas do mundo, praticamente uma técnica, mesmo que, na verdade, não tivesse uma sela. Sua avó podia até ter ensinado quase tudo o que ela sabia a respeito de estratégia e sobre seguir, ou não, as regras, mas nada disso importava quando era preciso dormir e fugir ao mesmo tempo. O cavalo não se movia rápido, era tão lento quanto um boi no pasto, mas velho e esperto o bastante para permanecer nas trilhas batidas sem precisar ser guiado. Algumas vezes, Yuu acordou assustada ao ser chamada por viajantes, mas nenhum parecia violento, então ela não demorava a cair no sono de novo. O cansaço era tanto... E realmente precisava de uma bebida.

Natsuko a encontrou no nascer do sol. Os primeiros raios da alvorada acordaram Yuu, e a deusa estava ajoelhada na lateral da estrada em uma mesa de madeira jogando o que parecia ser mah-jongg. Yuu saiu do lombo do cavalo e sentiu todas as dores e ardências voltarem quando pisou no chão. Foi necessário respirar fundo algumas vezes e sentir muita agonia até que conseguisse endireitar as coisas. Além do mais, suas pernas pareciam macarrão de sopa. A meia-idade parecia ter chegado no meio da noite e lhe dado o chute na bunda que ela tanto merecia.

— Você é idiota? — perguntou Natsuko enquanto Yuu se aproximava com o cavalo.

O bicho com olhos vítreos cheirou a deusa de um jeito que Yuu reconheceu como os instantes anteriores a uma mordida. Depois, claramente mudou de ideia, porque deve ter se dado conta de que a velhusca teria gosto de vinagre, bile e ameixa seca. O animal foi para o lado da estrada e encontrou um pouco de mato para comer. Seu rabo ia para lá e para cá, feliz, enquanto ele arrancava a grama verde.

Yuu colocou as mãos dentro das vestes e beliscou o próprio braço. O fracasso era sempre resultado da falta de foco. Com atenção e preparação suficientes, nenhum resultado podia ser imprevisível e nenhuma situação se transformava num beco sem saída. A dor ajudava sua mente a ficar mais atenta. Sempre ajudara.

— Não — respondeu devagar.

De fato, não havia outra forma de responder ao questionamento. Quer dizer, pelo menos não de um jeito que satisfaria a deusa.

— Então por que é que você está tentando se matar? — Natsuko estava séria. Não havia nenhum indício de sorriso naquele rosto enrugado. — Você achou mesmo que era um bom plano? Se colocar no meio de dois dos guerreiros mais fortes de Hosa? Com a morte de um lado e a prisão de outro? E tudo isso para quê? Para se castigar pela morte do seu príncipe?

Yuu meneou a cabeça. Confrontada pela raiva da deusa, não era fácil organizar os pensamentos. Mas Natsuko estava certa, o plano fora estúpido.

— Só os dispostos a perder podem experimentar a vitória.

— Pah! — vociferou Natsuko. — Dong Ao era um idiota, e nem pense em me fazer acreditar que você não concorda. O próprio Chaoxiang, que você tanto ama, escreveu: *apenas os tolos marcham para a guerra sabendo que podem perder.* Há mais em jogo do que a sua mísera vida. Não estou nem aí para a culpa ignorante que você carrega nessa sua cabeça vazia, não tente acabar morta de novo.

Yuu não conseguia pensar em uma resposta para a deusa, então não disse nada. Talvez Natsuko estivesse certa. Talvez Yuu tivesse mesmo tentado se sacrificar, acabar com o jogo, pagar o preço por seus fracassos. Ela soubera que o plano era perigoso, mas agora, pensando a respeito, percebeu que além de perigoso também era estúpido e mal idealizado. Se Li Bangue não tivesse aparecido, ela estaria morta ou nas mãos de Qing, o que era praticamente estar morta. Esfregou a pele esfolada ao redor da algema de metal.

— Você substituiu o Inchado por esse novo Inchado aqui? — perguntou Natsuko, apontando para o cavalo.

— Deixei Li Bangue em Ban Ping.

Yuu se sentou de frente para a deusa e analisou o jogo. Parecia mah-jongg, mas ela não reconhecia nenhuma das peças.

— Mas que idiotice. Pensei que a técnica dele poderia acabar sendo útil.

Yuu a encarou.

— Aquilo foi coisa sua? A manifestação espontânea de uma técnica. A bênção de um deus.

Prestando atenção no jogo, Natsuko sorriu. Pegou algumas peças e as colocou em uma bolsinha de couro.

— Você pegou o lampião?

Yuu suspirou.

— Não. Confiei no ladrão errado.

— Eu podia ter te dito isso — disse Natsuko, debochada.

Agora estava de cenho franzido, mas não para o tabuleiro.

— Mas não falou. Fang roubou o lampião enquanto Li Bangue me salvava. Não sei se ele pensou que pudesse conseguir vendê-lo por mais dinheiro ou se...

Era uma possibilidade que andava tentando ignorar.

— Ou se ele é o campeão de outro deus? — perguntou Natsuko. — Você não viu um contrato na pele daquele infeliz enquanto ele te comia?

Yuu afastou o olhar e sentiu as bochechas corarem.

— A gente nem chegou a tirar a roupa. Foi muito na pressa, eu acho.

— Então, no caso, o inimigo te passou a perna e você dispensou seu único aliado — disse Natsuko. — Uma estrategista e tanto você, hein? Como é que você chamaria essa jogada?

— Um erro? Uma tática mal aplicada.

Yuu colocou a mão para dentro das vestes e se beliscou de novo. Depois, puxou a pecinha de xadrez que andava esculpindo e começou a lapidá-la com a faca. Parecia Li Bangue e estava quase terminada. Era bom trabalhar com as mãos, passava a impressão de que era algo que ela sabia como fazer.

— Erros são como rugas — disse Natsuko enquanto pegava as últimas peças do jogo e as guardava na bolsinha. — Quanto mais velhos ficamos, mais temos, e esquecemos delas até nos olharmos no espelho.

A deusa jogou a bolsa para trás e se levantou.

Yuu olhou para a pequena mesa ao lado da estrada. Havia uma única peça de mah-jongg ali, e ela estampava uma flor de lótus preta com doze pétalas idênticas sobrepostas. A deusa deixara aquela única peça de fora da coleção e jogara todo o resto fora. Yuu se perguntou se a deusa sequer percebera o que tinha feito. Será que fora de propósito? Ou será que criar coisas perdidas era simplesmente uma mania de Natsuko? Será que era possível separar a divindade daquilo que ela representava? Ou será que ela era amarrada ao nome do mesmo jeito que os humanos vivem presos ao passado?

— Para onde agora? — perguntou Yuu, enquanto guardava a escultura de Li Bangue no bolso.

Levantou-se e bateu a poeira das vestes.

— Norte — respondeu Natsuko, e assoviou para o cavalo e levou-o para a estrada. O animal balançou o rabo e arreganhou os lábios, mas não tentou mordê-la. Logo precisaria descansar. Um bicho velho assim tinha energia limitada. — Tem uma estalagem no caminho para a província de Ning, perto das rochas verticais. Há um artefato lá.

— Ning é na fronteira cochtana — disse Yuu. — Quanto mais para o norte formos, mais provável é de que encontremos a guerra.

Lá no fundo, quase queria esbarrar com o front de batalha. Encontrar as tropas hosânicas e se revelar, assumir o comando e liderar os exércitos para a vitória. Era um sentimento que andava tentando ignorar, negar, mas agora que estava de volta ao jogo, a possibilidade da guerra era como o canto de uma sereia. Um anseio estúpido. Yuu era uma criminosa procurada. Iriam prendê-la em ainda mais algemas e mandá-la de volta para Qing, onde seria executada. Além do mais, aquela luta não lhe dizia respeito. Não tinha mais nada a ver com guerras. As batalhas serviram apenas para trazer lamento.

— Pah! — vociferou Natsuko. — É bem coisa de Batu mesmo levar a guerra para onde escondeu os artefatos. Mas não vamos chegar nem perto da luta de verdade.

Yuu se levantou para se unir à deusa e ao cavalo na estrada. O sol da manhã aos poucos aquecia o mundo que os cercava, mas não havia como negar o frio no ar. Junto com a seca, a combinação resultava em uma imensidão de solo seco, poeirento e desbotado, repleto de pedras e mato.

— Batu foi o tianjun do último século. Mas quem ocupava o trono antes dele?

— Mira, a deusa da colheita e das piadas grosseiras — respondeu Natsuko, rindo. — Quer dizer, é só a deusa da colheita mesmo, mas ela tem uma língua tão obscena que você nem acreditaria. Uma vez me contou uma piada. Qual o resultado quando um homem cruza com um cavalo? — Ela encarou Yuu por um momento. — Uma noite daquelas! — A velha riu, maravilhada com a péssima piada. O cavalo de Yuu bufou. — Ah, você não, Inchado — disse Natsuko, e fez carinho no pescoço do cavalo. — Você foi castrado. Coitado.

De forma alguma Yuu podia afirmar que era uma *expert* em deuses, mas nunca ouvira falar de Mira.

— Pensei que o deus da colheita fosse Bianzwei.

— Agora é.

— O que aconteceu com Mira?

Natsuko ficou em silêncio por um instante, então prosseguiu:

— É o mesmo deus, mas com um nome diferente. Os cochtanos, nashianos, ipianos e hosânicos têm, cada um, um nome diferente para o deus das tempestades, mas isso não quer dizer que existam quatro deuses diferentes. Só um. Nir. E ele é um desgraçado arrogante e fiasquento que não tem a mínima consideração por deuses menores. — Ela resmungou algumas palavras que Yuu não entendeu. — E é um péssimo dançarino.

Até que fazia sentido, pensou Yuu. Havia muitos idiotas e muitos mitos. Parecia óbvio que diferentes nações dessem nomes variados para seus deuses.

— Foi uma época de prosperidade — disse ela, lembrando-se das aulas de história de sua avó.

Os netos legítimos da idosa odiavam se sentar para ouvir essas lições. *Histórias inúteis*, era o que diziam. Mas Yuu, não. Ela amava ficar ouvindo a avó falar sobre velhos reis e heróis lendários, grandes feitos e atos vilanescos. Dragões que no passado vagavam pelos céus, mas agora eram mais raros do que a paz.

— Mas é claro que foi. Mira era a deusa da colheita. Quando era tianjun, todas as quatro nações prosperaram, tinham muita comida e viveram um período longo e monótono de paz. — Yuu deu uma olhada de esguelha na deusa. — Ah, não me olhe assim. Não concordo nem um pouco com Batu. Guerras não são empolgantes. Mas Mira com certeza transformou o mundo num lugar chato. Era só comer e trepar, comer e trepar. Os humanos se espalharam pelas nações e acabaram com a ordem natural das coisas. Uma chatice. Qual foi a última vez que você viu um dragão solto por aí? Ou um pixiu? Ou um xiao?

Tudo o que Yuu podia fazer era assentir. Apenas ouvira falar dessas criaturas em histórias.

— Eles não desapareceram — continuou Natsuko, e deu de ombros. — Só estão perdidos.

— É por isso que você quer ser a próxima tianjun? Para trazê-los de volta?

— Há! Isso é verdade, claro. — Com a voz mais baixa, continuou: — Mas só uma parte. Sou a deusa das oportunidades perdidas, mas a verdade é que eu odeio quando as pessoas perdem oportunidades. Ninguém nunca me agradece, do mesmo jeito que ninguém nunca me agradece quando seu cachorro some. Só fazem preces aos meus altares para pedir de volta o que perderam. *Perdi meu sapato favorito na lama. Por favor, me devolva. Me dê outra chance de cortejar a mulher que eu amo.* Ninguém me agradece quando encontra um brinco perdido. Ninguém me agradece quando assume um risco e não perde uma oportunidade. Eu odeio oportunidades perdidas, assim como meu irmão, Fuyuko, que odeia crianças órfãs... quer dizer, odeia que crianças fiquem órfãs.

Yuu já ouvira falar de Fuyuko, o deus das crianças e dos órfãos, mas não sabia que ele era irmão de Natsuko. Não tinha nem se dado conta de que deuses podiam ter irmão. Será que tinham pais também? Filhos? Era assim, então, que os deuses nasciam?

— Nada cria mais oportunidades perdidas do que a guerra — continuou Natsuko. — Nada cria mais órfãos do que a guerra. Quero assumir o trono para impedir Batu. Para pôr um fim nesse século sangrento. Ele não fez nada além de colocar uma nação contra a outra, de fazer com que irmãos virassem inimigos de irmãos e filhos virassem inimigos de pais. O que Mira conquistou ao espalhar pessoas para todos os cantos com colheitas prósperas e um crescimento na população, Batu perverteu. Mais gente significa mais soldados, mais comida significa mais suprimento, o que permite que os soldados avancem ainda mais as terras de seus vizinhos. Ele transformou o mundo em um altar para si mesmo. Cada nação, cada imperador e soldado lhe oferece uma prece de sangue quer percebam ou não. Meu irmão e eu passamos meio século esperando por esta disputa. Esperando para derrotar Batu.

Natsuko parou e suspirou.

— Agora que respondi à sua pergunta, é hora de você responder à minha. Por que é que uma estrategista renomada faz o melhor que pode para evitar a guerra? Para que fugir, se esconder, mudar de nome e passar os dias trapaceando contra velhos para ganhar dinheiro sendo que você poderia estar assentada no topo do exército que tenta proteger esta nação?

Era um assunto que deixava Yuu desconfortável, então tudo o que ofereceu foi uma meia-verdade:

— Há uma recompensa pela minha cabeça.

— Pelo assassinato do Príncipe de Aço, eu sei. Mas nós duas sabemos que você não o matou de verdade. Você não tinha como salvá-lo, então colocou alguém no lugar dele para liderar a sua guerra tão necessária. Só que a questão não é essa. — Natsuko a encarou com aqueles olhos castanhos sem fundo. — Você podia ter pedido o perdão do imperador, podia ter se oferecido para trabalhar em troca de liberdade. Poderia ter se apresentado ao que restou da família real de Qing e explicado, implorado por misericórdia. Mas em vez disso, se afundou no luto, numa culpa que não é sua e num poço de pena de si mesma.

— E você finge que não sabe da verdade. — Como era possível que a deusa dos perdidos e das oportunidades perdidas não soubesse tudo a respeito da vida de Yuu? — Eu odeio guerras. Dediquei metade da minha vida a elas. Passei a infância inteira aprendendo táticas e estudando o solo, estudando armas e armaduras, entendendo movimentos militares e táticas de fortalecimento. Minha avó, desprovida de um descendente legítimo que se dispusesse, incumbiu seu legado a mim. E foi um deleite. Eu prosperei. E, quando chegou a hora, usei tudo o que aprendi com ela e me tornei a encarnação de seu legado. — Yuu meneou a cabeça. Talvez Natsuko estivesse certa, talvez ela estivesse mesmo se lamentando. Mas caramba, era tão bom se lamentar em voz alta para variar. — Batu é o deus da guerra. Pois bem, passei a maior parte da minha vida a serviço dele — disse, com a voz embargada. — Dei tudo para Batu, e ele tirou tudo de mim.

Ela continuou:

— Até mesmo na minha infância ele já estava tirando tudo de mim. Meu pai morreu na guerra. — Fazia muitos anos que Yuu não pensava nele, mas ainda sentia saudade de sua voz, do cheiro de couro envelhecido que nunca o deixava. — Quando o Povo do Mar invadiu Nash, minha vila foi uma das primeiras a perecer. Os homens foram levados como escravos, nossas casas foram queimadas e as mulheres e as crianças foram degoladas. Minha mãe e eu sobrevivemos apenas porque estávamos colhendo nozes para o jantar. Vi quando levaram meu pai, todo ensanguentado e sem nem conseguir ficar em pé direito, e vi quando atearam fogo a minha casa. Depois, minha mãe me arrastou para longe.

— Perdi minha avó para a guerra também, para a fome gerada pelos impostos que o imperador cobrava dos cidadãos de Hosa, a taxação que fez o povo morrer de inanição. Ela foi comendo cada vez menos para poder me alimentar e, com o tempo, simplesmente esvaneceu. Eu era uma órfã quando ela me acolheu, me criou e ensinou tudo o que sei. No fim das contas, ela morreu para que eu vivesse. — Yuu fungou e deu de ombros. — E foi aí que a família estúpida dela me colocou no olho da rua.

A deusa bufou.

— E não esqueça que você perdeu seu príncipe para a guerra — disse, com um meneio da cabeça. — Sei muito bem de tudo isso. Foi por esse motivo que te escolhi. Quer dizer, suas habilidades contaram também, eu acho... mesmo que elas pareçam, de certa forma, menos efetivas do que o esperado. Veja bem, você é uma órfã, então teve a bênção do meu irmão. Você perdeu tudo, e não vou nem começar a falar das oportunidades que você perdeu. Vá por mim, foram muitas.

De repente, Yuu se sentiu desconfortável. A deusa sabia demais a seu respeito. Sabia tudo. Não apenas o que fizera, os crimes que cometera e as vidas que sacrificara. Não. A deusa sabia *tudo*. Tudo o que acontecera com Yuu e tudo o que poderia ter acontecido também. Será que seu príncipe poderia ter sobrevivido? Será que ela poderia ter se arriscado de outro jeito, tomado alguma decisão ou aproveitado uma oportunidade de salvar a vida dele? Será que fora estúpida demais para perceber? Se encolheu devido à dor e percebeu que estava arranhando o braço com as unhas, que estava arrancando pele. Queria mudar o assunto. Falar de outra coisa. E, além disso, precisava muito de uma bebida.

119

— Seu irmão está participando da disputa também?

Natsuko fez uma careta.

— Não. Só um de nós podia entrar.

— Por quê?

— Porque temos o mesmo artefato. Não seria possível escondê-lo duas vezes.

— E você ainda não vai me contar o que é?

A deusa meneou a cabeça.

— Será que a gente não devia tentar encontrá-lo? — perguntou Yuu.

Ela tinha a impressão de que Natsuko iria querer encontrar seu próprio artefato mais do que qualquer outro. A deusa não respondeu.

15

PEGARAM A ESTRADA RUMO AO OESTE E DEPOIS SEGUIRAM PARA A província de Ning, ao norte. Natsuko desapareceu sem deixar rastros e deixou Yuu viajando sozinha. Ela ficou feliz por não continuar com aquelas conversas desconfortáveis. A deusa costumava não ser sempre uma companhia ruim, mas havia algo a seu respeito que Yuu não conseguia ao certo destrinchar. Uma tensão esquisita que se instalava sempre que Natsuko aparecia. O mundo parecia um lugar mais severo na presença de uma deusa. Sem a distração, Yuu voltou a esculpir e terminou a pequena estátua de Li Bangue. Perfeita, a não ser pelo buraco acidental que fizera na barriga dele lá no planalto de Ban Ping. Depois, pegou sua própria peça, a heroinazinha com vestes esfarrapadas que ainda era apenas um bloco de madeira da cintura para cima. Por algum motivo, não conseguia encontrar a força de vontade para terminá-la. Em vez disso, pegou outro pedaço de madeira e começou a trabalhar em algo novo. Precisava de um Ladrão, uma peça que pudesse ser movida em uma sequência anormal, que escondesse sua verdadeira força, mas ainda conseguisse saltar sobre a mais robusta das defesas. Claro, já sabia em quem a espelharia: Fang. Sem sombra de dúvidas, ele era merecedor de representar o Ladrão. Não apenas roubara o lampião dos monges, como também de Yuu. Ele a traíra, e Suazon Lee ensinou que *apenas um tolo confia pela segunda vez*. Não! Fang não merecia ser uma de suas peças. Nunca mais depositaria confiança naquele sujeito.

As planícies gramadas logo abriram espaço para uma paisagem mais rochosa, e Yuu conseguiu até avistar o borrão das florestas no horizonte, ao norte. Passara por algumas fazendas, mas a maioria parecia vazia, com os campos devastados e amarelados devido à seca e ao sol impiedoso. Natsuko não apareceu de novo aquele dia, e, quando a noite caiu, Yuu guiou Inchado para fora da estrada e encontrou abrigo no meio de dois enormes seixos, num lugar onde não seria vista. Com destreza para evitar os dentes agitados do bicho, deu um pouco dos grãos e uma das maçãs murchas que a velha oferecera, e então se sentou e mastigou frutas secas e uma tira de carne que talvez tenha pertencido a um búfalo algum dia. Sozinha e sem proteção, não queria correr riscos por acender uma fogueira. Era improvável que houvesse bandidos por ali (tinham sido praticamente extirpados desde que o Imperador dos Dez Reis assumira o poder), mas certas coisas não valiam a pena arriscar. Sem colchão e sem fogo, Yuu apertou as vestes e se encolheu com as costas contra uma das árvores. Não demorou para cair num sono inquieto.

Toda dolorida e tremendo, Yuu acordou com o nascer do sol. A vaga lembrança de um sonho perturbador ainda ecoava em sua mente como o estrondo de um trovão se perdendo na imensidão. Inchado estava deitado de lado na grama e, por um momento, ela pensou que o animal havia morrido, até que seu peito subiu em um ronco barulhento e voltou a abaixar com um baque suave. Colocou uma mãozada de grãos e outra maçã murcha na frente da criatura, que ficou de barriga para baixo, cheirou algumas vezes e então se inclinou para a frente para comer. Finalmente, ele abriu os olhos e, com muito esforço, voltou a ficar de pé com um grunhido antes de dar uma encarada desconfiada demais para o gosto de Yuu. A deusa ainda não havia aparecido. Yuu e Inchado voltaram à estrada antes que o sol queimasse a cerração não porque Yuu estava ávida para continuar, mas porque não tinha mais nada para fazer. E quanto antes enchesse o bucho de álcool e tivesse uma garrafa em mãos, melhor.

Alternava entre montar Inchado e caminhar ao seu lado para lhe oferecer o descanso de que tanto precisava, e permitir que o bicho pastasse na grama amarelada sempre que quisesse. Fazia muito tempo desde a última vez que viera tão para dentro do oeste hosânico, mas, pelos seus cálculos, a Floresta de Bambu logo deveria aparecer. Segundo rumores, aquele lugar era infestado por espíritos e qualquer um que não seguisse à risca a trilha marcada por altares corria um grande risco de nunca mais ser visto. Sua mais nova peça de xadrez ia bem, muito embora estivesse sendo difícil capturar a empáfia da pessoa em que se inspirava. Ter não apenas uma, mas duas peças não terminadas era algo que a incomodava, mas o que mais poderia fazer?

Outra noite passou e ainda nada de Natsuko aparecer com aquele rosto enrugado. Yuu estava quase certa de que a deusa a abandonara, mas o contrato que ainda rastejava em seu braço esquerdo a convenceu do contrário. Passou certo tempo encarando a caligrafia graciosa e tentando traduzir alguns trechos. Seu Palavreado dos Deuses estava enferrujado, e tudo o que conseguia entender eram alguns pedaços aqui e ali. Havia algo escrito a respeito da disputa em seu pulso, alguma coisa entre seus dedos acerca de estar conectada e depois várias passagens que Yuu não compreendia por nada no mundo. Ao redor da junta de seu dedo indicador havia uma letra que talvez significasse *batalha*, mas a caligrafia parecia um pouco errada, o que a deixou longe de ter certeza. O significado podia muito bem ser *batata* e tudo aquilo não passar de uma receita elaborada de lámen.

No fundo, Yuu não acreditava que a deusa a deixaria. Natsuko estava comprometida com a disputa, e Yuu era sua peça escolhida. Não a abandonaria. Mas a ausência demorada era preocupante. Sem a orientação da deusa, Yuu não via como continuar em frente. Podia passar direto por um artefato e nem perceber. Caiu no sono e sonhou com labaredas de fogo fora de controle, exércitos esterilizando o mundo conforme avançavam, campos de cadáveres e rios vermelhos. Pesadelos, de qualquer ponto de vista.

Acordou naquela manhã frente a uma fogueira que não acendera e sentindo o cheiro de algo sendo preparado. Natsuko estava sentada do outro lado do fogo; a chama fazia com que seu rosto enrugado assumisse feições apavorantes. Yuu não prestara muita atenção ao lugar em que montara acampamento na noite anterior, mas agora podia ver um montinho à sua esquerda, aninhado em um campo de grama alta e amarelada.

— Não sabia que você cozinhava — disse Yuu, enquanto se alongava e sentia todas as dores de novo.

Não nascera para aquele tipo de vida. Precisava de camas, refeições afetuosas e bebida sempre que quisesse. A serviço do Príncipe de Aço, tivera tudo isso e mais.

— Sou uma deusa, não uma idiota — respondeu Natsuko, irritada. Havia uma pequena panela pendurada sobre a fogueira, e o conteúdo ali dentro borbulhava alegremente. A deusa mexeu a mistura com uma colher e cheirou.

— Quase pronto.

— Onde você conseguiu isso tudo?

— Você se surpreenderia com o tipo de coisas que as pessoas perdem. A panela era uma das favoritas de Takagawa Toshi. Fez parte da família por três gerações, sempre indo de mãe para filha. Foi preservada com muito amor e carinho e viu mais refeições do que você viu o raiar do sol. Um verdadeiro tesouro de família. Mas a guerra arruinou Ipia também. Os cavaleiros nashianos invadiram a fronteira oeste, e as famílias Ise e Ido estão lutando pelo Trono da Serpente. A vila de Takagawa Toshi virou um campo de batalha e, muito embora ela tenha sobrevivido, perdeu tudo. E mais um dos planos de Batu dá frutos.

— E os ingredientes? — perguntou Yuu.

A panela parecia conter um caldo aguado com vários pedaços de alguma coisa boiando.

Natsuko deu de ombros.

— Você decidiu dormir a poucos passos de uma fazenda. Roubei uns legumes. Sério, por que foi que você não se apresentou e pediu uma cama para passar a noite?

Yuu não disse nada; não queria admitir o erro. Não percebera que havia uma fazenda tão perto. Não vira luzes e não escutara nenhum barulho. *A Arte da Guerra deve estar sempre atenta ao que a cerca.* Mais um dos ensinamentos de sua avó. Na época, Yuu estava prestes a entrar na puberdade, e a velha a acordara cedo numa manhã e a arrastara para um campo onde antes cresciam cenouras que haviam sido arrancadas e levadas por um coletor de impostos a mando do Imperador dos Dez Reis que não deixou nada além de meros brotos menores do que dedos para a família. O clima esfriara demais para que conseguissem semear qualquer outra coisa, então acabaram obrigados a sofrer mais um ano de vacas magras com refeições cada vez menores. O fato de Yuu ser mais uma boca para alimentar e não ser realmente da família era algo que nunca a deixavam esquecer.

Havia uma série de obstáculos espalhados pelo campo. Alguns barris, caixotes, um arado e um ou outro ancinho. Até mesmo o velho boi da família, já havia muito tempo se tornado inútil para qualquer outra coisa além de catingar horrores. Até chegaram a mencionar a possibilidade de matar o pobre bicho, mas ninguém parecia ter coragem de executá-lo. Yuu recebeu alguns minutos para analisar o campo e os obstáculos, sem fazer a mínima ideia do porquê, e então a avó passou um cachecol preto sobre os olhos da neta, apertou-o firme e disse para ela caminhar de um lado para outro. Na primeira tentativa, pisou em um ancinho, o bastão subiu, atingiu-a na clavícula e a fez cair de bunda com um grito de dor. *Foco na lição*, disse sua avó, e a puxou de volta até o fim do campo para que tentasse de novo. Na segunda vez, Yuu bateu o dedão em um caixote e se encolheu de dor. A avó a arrastou de novo. Terceira vez, pisou em outro ancinho, a mesma ferramenta violenta de antes. A dor, agora, foi acompanhada por uma gargalhada estridente. Ela arrancou o cachecol e viu três de seus irmãos adotivos rindo e apontando. Nunca perdiam uma oportunidade de ridicularizá-la, mas raramente o escárnio virava violência. Pelo menos não com a avó por perto. A idosa amarrou o cachecol de volta sobre os olhos de Yuu e a puxou de volta para o fim do campo. *A Arte da Guerra deve estar sempre atenta ao que a cerca. Você viu o lugar, menina. Você o conhece. Então, se lembre dele.* Yuu lembrou que aquele fora um dia particularmente doloroso, e que a magoou muito também. Ainda conseguia sentir a decepção da avó como se tivesse sido ontem.

Comeram em silêncio. Yuu devorou duas tigelas do caldo, e Natsuko alimentou Inchado. O bicho parecia gostar da deusa, pelo menos da forma que uma criatura tansa como aquela era capaz de sentir carinho. Ele se aninhava contra ela, seguia-a pela pequena ravina, recolhia os objetos aparentemente aleatórios que ela deixava cair e os devolvia. Natsuko os pegava com felicidade, fazia carinho no focinho do animal enquanto dizia algumas palavras carinhosas e então logo os jogava de novo. Uma colher aqui, um lien ali, um par de dados, uma adaga com uma gravura intrincada na lâmina... Yuu nunca via de onde os itens vinham, mas todos acabavam espalhados pela grama. Perdidos.

— Tenho más notícias — disse Natsuko, depois de um tempo. — E algumas boas também, acredito. Yang Yang, o deus da aposta e deusa das mentiras, garantiu cinco artefatos. Sarnai e Tique-Taque têm quatro. E nós apenas um. E o assassino matou quatro outros campeões.

— O Leis da Esperança? — perguntou Yuu.

— Ele não é um campeão.

— Ele sobreviveu?

A deusa deu uma risada sarcástica.

— Não sei. Não me importo. Os números estão diminuindo. Oito deuses desistiram porque seus campeões morreram e outros por motivos que estão além da minha compreensão. Sacrificaram algo precioso para entrar na competição só para desistirem assim quando a coisa fica feia? Bando de idiotas.

— Talvez os campeões que escolheram tenham se recusado a continuar participando — sugeriu Yuu.

Estaria mentindo se dissesse que não chegou a considerar essa possibilidade também. Ainda mais desde que vira Tique-Taque em ação e sentira o beijo de sua faca. Esfregou o lugar em que a lâmina beliscara sua pele e depois encontrou a arma ainda escondida nos bolsos. Devolveria apontada caso tivesse a chance, mas na verdade ficaria muito mais feliz se nunca mais o visse.

— Então eles deviam ter escolhido melhor. A má notícia é que estamos comendo poeira. — Natsuko serviu o que restava do caldo, deu para o cavalo,

124

pegou a panela e a jogou no mato. Perdida mais uma vez. — A boa é que devemos chegar na taverna antes de a noite cair, e o artefato continua lá.

O cavalo terminou de comer e começou a lamber o pote, mas Natsuko o puxou e o jogou no mato também. O bicho balançou o rabo, correu para longe e procurou pela grama alta. Então, voltou para o acampamento com a tigela entre os dentes.

Um por um, Natsuko espalhou o espeto, os pratos, as colheres e tudo o mais. Cada item perdido exatamente como estava antes de ela tê-los conjurado do nada.

A deusa parecia um redemoinho de movimento e barulho que trazia energia e caos para o que outrora era um acampamento gélido e lúgubre. A companhia era boa, servia para mostrar a Yuu que ela ainda fazia parte do mundo e não era algum yokai simplesmente vagando de um lugar para outro sem uma essência real. Quando foi que ela se tornara tão afastada? Tão... perdida?

— O que é? — perguntou, tentando fugir dos próprios pensamentos. — O artefato?

— Uma moeda — respondeu Natsuko, enquanto arrancava a tigela dos dentes do cavalo. Duelaram por uns instantes até a deusa desistir. O cavalo, vitorioso, recuou alguns passos e soltou a tigela na grama. Depois, se abaixou para lamber mais um pouco. A deusa assentiu em aprovação. — Gosto desse novo Inchado. Ele tem personalidade.

— Uma moeda? Só um lien?

— Não, claro que não. É bem mais valiosa do que um lien. E também não tem valor nenhum. — A deusa gargalhou. — Pertence a Yang Yang, à sua persona masculina, pelo menos, e não faz parte de nenhuma moeda corrente reconhecida em Hosa, Nash, Ipia ou Cochtan. É feita de jade. Em um lado há uma gravura do sol e, no outro, da lua.

— Yang Yang é o deus da aposta — disse Yuu. — O que é que essa moeda tem de especial para ser artefato dele? É a primeira que ele ganhou na vida? Presente de alguém por quem era apaixonado? Caiu das estrelas?

Natsuko zombou.

— Nada tão terrivelmente romântico assim. — O cavalo mexeu as orelhas e olhou para a fazenda. A deusa aproveitou a oportunidade para roubar a tigela, tão lambida a ponto de nem parecer que uma vez comportara caldo, e a jogou no mato do outro lado do bicho. — Hora de ir — anunciou, bateu os pés e começou a seguir para o norte.

Como não possuía nada que não estivesse escondido nas vestes, Yuu não precisou recolher coisa alguma além do cavalo, que precisou de pouquíssimo encorajamento e logo seguiu, obediente, atrás das duas. Natsuko caminhava alegremente pela estrada de terra que, pelo visto, levava à taverna. Yuu esperava que o estabelecimento ficasse perto, e não apenas devido ao artefato que talvez estivesse lá.

— Essa moeda — disse, ao alcançar Natsuko. — O que tem de especial?

— Ela nunca vence — respondeu a deusa, com um sorrisinho zombeteiro. — Yang Yang contratou Tuck, um joalheiro que morreu há uns, hum... seis séculos pelo menos. Ele tinha uma habilidade exclusiva e com a bênção de Yang Yang conseguia colocar propriedades esquisitas nas artes que fazia. Aquela moeda é única. Se jogá-la no ar e torcer para que caía com o sol para cima, vai cair na lua. Se jogar e torcer pela lua, vai cair no sol. Nunca vence.

— E por que é que o deus da aposta iria querer uma moeda que sempre perde?

— Para uma mulher tão inteligente, você é tão surda que dói — vociferou a deusa. — Eu disse que nunca vence, não que sempre perde.

— E tem diferença?

A deusa pareceu pensar por alguns instantes, e então deu de ombros.

— Sei lá, o que importa é que você ouviu errado. Enfim, o problema em ser o deus da aposta, eu imagino, é que ele sempre ganha. É bem frustrante para ele também. Então, mandou fazer a moeda. Uma moeda que o lembrasse de que até ele pode perder sob as condições certas.

Yuu considerou a história e decidiu que não passava de papo furado. A moeda só deixava claro que Yang Yang perdia só quando escolhia, não quando as condições eram propícias. Isso não é apostar. Por outro lado, ganhar sempre também não. Parecia uma maldição estranha o deus da aposta não poder apostar.

Passaram por alguns viajantes na estrada. Ninguém disse nada; pareciam cansados e desconfiados e cruzaram apressados com Yuu como se ela fosse interceptá-los e assaltá-los. Mas ia mais além: não pareciam estar viajando, mas sim se mudando. Alguns davam a impressão de estar carregando tudo o que possuíam nas costas ou em carrinhos bambos, e não havia nenhum homem além de idosos ou garotos novos demais. Ficou óbvio que a convocação do imperador estava a todo vapor.

Era fim de tarde quando chegaram à taverna. Ficava um pouco fora da estrada, aninhada entre duas árvores altas no pé de uma colina esburacada. O sol poente lançava uma luz mórbida sobre o estabelecimento. O lugar, que mal passava de quatro paredes de bambu e um telhado fino de palha velha, parecia inusitado como uma miragem. Escuro e silencioso, era como uma silhueta solitária contra o crepúsculo. Os três: a mulher, a deusa e o cavalo, pararam para olhar a construção, e Yuu sentiu uma ansiedade gélida lhe subir da barriga. Havia algo errado. Alguma coisa no ar, um mau cheiro associado a um presságio doentio. As nuvens, lá longe, serviam apenas para exponenciar o clima.

— Tem certeza? — perguntou Yuu.

— Está aqui — respondeu Natsuko. — Em algum lugar.

Yuu coçou o pescoço e depois afastou o cabelo emaranhado da frente dos olhos.

— Quem sabe você não entra primeiro? Para conferir.

— Não posso te ajudar diretamente. — A deusa a encarava sem expressão alguma no rosto. — Imagina se você tivesse alguém com uma técnica que permite ver os lugares sem precisar estar lá de verdade?

— Já entendi — disse Yuu. Percebeu que sacrificara uma de suas peças mais valiosas. Ao proteger Li Bangue, havia o sacrificado da mesma forma, como se ele tivesse morrido. Bom, pelo menos ele continuava vivo. — Uma moeda de jade?

Caminhou em direção à entrada.

Natsuko não se juntou a ela.

— Boa sorte.

A catinga ficou avassaladora quando Yuu chegou mais perto. Era o aroma enjoativo de podridão misturado ao mau cheiro de fezes e uma nota metálica de sangue. Campos de batalha não lhe eram estranhos, assim como os momentos pós-massacre. Conhecia aquele cheiro bem até demais. Por isso sabia exatamente o que esperar quando a porta se abriu a seu toque e as dobradiças enferrujadas guincharam.

Corpos amontoados no chão e sangue seco manchando a palha e o piso. Havia moscas sobrevoando ferimentos abertos de alguns corpos e larvas rastejando de outros. A chacina acontecera havia certo tempo, e Yuu esperava que o perigo já tivesse passado. A pessoa, ou coisa, responsável por aquilo fora rápida e metódica. Alguns dos corpos estavam caídos no chão, enquanto outros continuavam sentados às mesas. Alguns ainda seguravam copos, como se tivessem morrido instantaneamente.

Yuu tossiu, cobriu o nariz com a manga da roupa e entrou na estalagem. Passando por cima e os contornando com a mesma frequência, ela trilhou o caminho em meio aos corpos. Alguns pareciam ter morrido por lâminas, outros contavam com ferimentos menores. Flechas, talvez. As hastes devem ter sido arrancadas, mas as pontas permaneceram entranhadas no tecido apodrecido. Ratos que mordiscavam a carne putrefata espiavam, com olhos tão escuros quanto a noite, enquanto Yuu avançava ainda mais para o interior da taverna. Como é que ela encontraria a moeda em meio àquele caos? A resposta era óbvia. Teria que profanar os mortos, vasculhar os bolsos como uma ladra.

Yuu cutucou um corpo pegajoso com a ponta da sandália e uma nuvem de moscas saiu movendo e zumbindo com raiva ao redor dela. Impotente, mexeu as mãos no ar, mas logo os insetos perderam o interesse. Estava viva, e eles preferiam muito mais a carne podre dos cadáveres. O corpo a seus pés era de um homem alto e vestido com um uniforme gasto do exército de Hosan. O cabelo, emplastrado de sangue, não ajuda a esconder o buraco escancarado na nuca, o motivo de sua derrocada. Yuu não era imune a uma cena tão medonha, mas já vira coisas assim e até piores muitas vezes antes. No campo de batalha, no turbilhão da luta, a causa da morte não fazia diferença. Tudo o que importava era que *eles* morressem e *você* sobrevivesse. A morte era sempre uma bagunça. Apalpou o cadáver e achou uma bolsa de moedas num bolso da calça. Abriu-a e encontrou três lien, mas nenhuma moeda de jade. Por um instante, pensou em devolver, mas mortos não precisavam de dinheiro. Guardou os lien e partiu para o próximo. Contou trinta e duas vítimas no salão principal e rogou aos deuses para que não precisasse verificar um por um.

Prendeu a respiração e conferiu o morto seguinte. Recostado numa cadeira, ele estava com as duas mãos sobre a mesa. Em uma, segurava um copo de vinho azedo e na outra, uma carta. Estava apostando no momento da morte, o que Yuu considerou como um bom sinal. Fora um sujeito corpulento em vida, mas, agora, sua pele flácida tinha um tom cinzento e a catinga que exalava conseguia ser ainda pior do que a dos outros, pior do que qualquer coisa que ela já sentira. Sua garganta fora cortada, e o sangue escorrera livremente para a túnica. Um tapa-olho cobria-lhe parte do rosto, e Yuu viu algo se contorcendo debaixo do tecido. Ela abriu o casaco do falecido para procurar um saco de moedas, e foi então que o morto esticou a mão e agarrou o punho de Yuu.

128

16

O GRITO DE YUU ASSUSTOU OS RATOS E FEZ COM QUE UM CORVO grasnasse e fugisse para as vigas. Ela caiu para trás, batendo na mão do falecido que lhe apertava o pulso bem ao redor da algema do Leis da Esperança. Apesar de estar morto, o que naquele momento Yuu considerara uma desvantagem física, a pressão era forte como aço. Aos poucos, a cabeça do cadáver se virou para encará-la. O único olho restante parecia leite de tão branco. Yuu se arrastou e gritou de novo na esperança de que Natsuko escutasse e entrasse, ou que mandasse o cavalo, ou que fizesse qualquer coisa. O finado soltou as cartas na outra mão e levou um único dedo até os lábios em decomposição.

— Xiuuuu — disse. — Você grita tão alto que é capaz de acordar os mortos.

A risada que escapou da boca dele não tinha nada de humana e deu início a um coral de gargalhadas entre os outros corpos. Yuu olhou em volta e avistou vários tremendo de tanto rir enquanto pus e outros líquidos imundos escorriam para o chão.

A mente dela não conseguia registrar direito a ideia de que havia encontrado um cadáver falante no meio de um massacre e que ele acabara de contar uma piada. Fora uma piada ruim, mas o restante dos mortos parecia achá-lo engraçado até demais.

— Me solte! — sibilou.

Virou o pulso e começou a bater na mão do falecido com o outro braço. Seu coração batia com a força de uma tropa marchando.

Por fim, o morto a soltou. Yuu se levantou rápido, se virou e correu. Outro corpo esticou uma mão esquelética cuja carne fora praticamente toda mordiscada e agarrou-lhe o calcanhar. Ela tropeçou e caiu com tudo em cima de outro cadáver, que pingava algo nojento e ejetou gases que a deixaram com ânsia de vômito. Afastou-se do corpo e vomitou. O outro corpo continuava segurando seu calcanhar. Yuu chutou e gritou.

— Largue! Largue! Largue!

Procurou pela saída, mas a porta se fechara e agora havia o corpo de um homem estripado com as entranhas caindo para fora na frente dela. Teve o desolador pressentimento de que caíra numa armadilha. Mas tramada por quem?

— Batu — disse Yuu. O corpo segurando sua perna a soltou, e ela cambaleou para longe. Não correu em direção à saída (tinha a impressão de que os corpos a impediriam), mas engatinhou de volta para o cadáver sentado à mesa. O que acordara primeiro. — Foi Batu que te matou?

— Os cochtanos me mataram — respondeu ele, com uma voz que parecia uma pedra de amolar sendo arrastada contra uma espada enferrujada.

— E eu — disse uma mulher, com palavras que gorgolejavam ao redor da podridão de sua boca.

— E eu!

Todos os corpos começaram a falar uns por cima dos outros. Era um coral da morte.

— Sete dias atrás? — perguntou Yuu. — Foi quando a disputa começou.

O nível de decomposição das vítimas não faria muito sentido nesse caso. Batu deve ter escondido a moeda aqui depois dos cochtanos terem massacrado todo mundo. Um artefato divino protegido pelos mortos.

— O tempo perde o significado quando se está morto — disse o corpo do homem à mesa. — Um dia, sete dias, a eternidade.

Ele girou o olho na cavidade.

Yuu parou atrás da cadeira em frente ao cadáver e olhou para as cartas sobre a mesa. Havia muitos lien espalhados por ali, no mínimo cinquenta, pelas suas estimativas, mas nenhum era de jade. Se o falecido morrera apostando, quem fora seu oponente?

— Estou procurando uma moeda de jade. — Os corpos estavam imóveis de novo. Nenhum movimento além das moscas e dos ratos retornando. — Está aqui em algum lugar.

O corpo à sua frente tremeu e uma larva rastejou por debaixo do tapa-olho. O verme gordo caiu na mesa, e o olho leitoso do falecido se mexeu para acompanhá-lo. Lentamente, ele moveu a mão, colocou um dedo em cima da criatura e a esmagou.

— Sua moeda está comigo. — O finado deu um sorriso e um dos dentes caiu, quicou na mesa e foi parar no chão. Uma mosca preta e gorda saiu voando de sua boca e zumbiu pelo ar por alguns instantes antes de partir para outro cadáver. — Aposto ela numa partida contra você.

Yuu deu mais uma olhada para as cartas na mesa. Virou as que estavam à sua frente: um dragão verde, um quatro de espadas e um fogo preto. Deduzindo que se tratava de kami, não teria como ganhar com aquela disposição. Olhou para as cartas do morto. Um fogo vermelho, uma terra vermelha e um dragão vermelho. Era vitória certa. O jogo estava a poucos instantes de acabar, e o morto teria ganhado.

130

— Se eu ganhar, fico com a moeda?

O cadáver assentiu lentamente. Outra larva colocou a cabeça para fora do tapa-olho.

— E se eu ganhar, fico com a sua vida. É uma troca justa.

Parecia mais do que um pouco injusto. Só que, pensando bem, os corpos dificilmente a deixariam sair dali sem jogar. Yuu olhou para a saída de novo. De algum jeito, um segundo corpo havia se movido e agora bloqueava a porta. Não o vira e nem o ouvira se mexer.

— Há quantos de vocês aqui?

— Trinta e seis corpos — respondeu o falecido.

— Não foi isso que eu perguntei — disse, enquanto puxava a cadeira bamba e se sentava. — Há quantos mortos-vivos aqui nessa estalagem?

O cadáver revirou o olho leitoso para encará-la, e ela conseguiu ver algo se mexendo lá no fundo do buraco.

— Só eu — respondeu, com uma voz áspera.

Yuu colocou a mão dentro das vestes e pegou a faca com que o Tique--Taque quase a matara. Se era esse corpo quem controlava todos os outros, então poderia tentar assassiná-lo. Só que, mesmo que destruísse o corpo ali sentado com larvas rastejando por dentro do crânio (e nem tinha certeza de que conseguiria), nada garantia que ele simplesmente desapareceria. Não fosse por este cadáver em específico, outro logo assumiria o comando do lugar. Parecia que a melhor aposta seria jogar e conquistar a moeda.

— Prove que você está com ela — disse Yuu.

Não fazia sentido jogar se o prêmio fosse mentira.

O morto levantou o tapa-olho e revelou uma massa contorcida de vermes. Carne branca se retorcendo contra carne branca e dezenas de pequenas mandíbulas se abrindo e fechando ao redor de nada. O cadáver cavoucou a carne podre e despejou corpos de larvas que ainda se contorciam na mesa. Depois, puxou uma pequena moeda de jade e abaixou o tapa-olho de volta para o lugar, o que agradou Yuu. A última coisa que queria era jogar uma partida de baralho enquanto encarava um emaranhado de bichos mastigando o cérebro do sujeito. O falecido girou a moeda.

— Negócio fechado — gorgolejou o morto.

YUU DIVIDIU A PILHA DE LIEN NO CENTRO DA MESA, EMPURROU METADE para o falecido e ficou com a outra parte. Depois, recolheu as cartas e deu duas para cada um. Com um olhar de relance, percebeu que poderia começar apostando alto. Uma floresta vermelha e um sol verde até que não eram tão ruins. Se tirasse um lago de qualquer cor ou uma lua branca, sua derrota seria quase impossível. Ela colocou dez lien no meio da mesa e esperou o morto. Ele levantou a ponta das cartas e revirou o olho dentro da cavidade. Seja lá o que houvesse naquela córnea leitosa, parecia um peixe numa tigela. Depois, o olho voltou a encarar Yuu, e ele estendeu uma mão cheia de moedas para equiparar a aposta.

As próximas cartas foram distribuídas. Yuu acabou com um três de espadas. Não ajudava em nada, mas também não atrapalhava. Poderia blefar e fingir que estava com tudo ou então apostar baixo e demonstrar fraqueza. Encarou o finado e o percebeu imóvel. O fato de ele estar morto não ajudava muito, fazia com que fosse difícil analisá-lo, isso sem nem mencionar que o cadáver tinha muito mais a perder do que ela. Ela ouviu um barulho e olhou para trás. Um dos outros corpos havia, de algum jeito, se mexido e agora se apoiava contra uma parede à distância de um braço de Yuu. Seu rosto estampava uma preguiça mórbida e algo esquisito e amarelado escorria de uma das narinas. Seu estômago fora aberto e um rastro de tripas intestinais o seguia por toda a taverna.

— Está tentando trapacear? — perguntou ela.

O corpo olhou para as cartas de novo. Quando voltou a encará-la, sua mandíbula deslocou do rosto e caiu sobre seu colo. A língua inchada e marrom ficou pendurada, toda frouxa como couro estatelado.

— Faça sua aposta — disse um dos outros cadáveres mais para dentro do estabelecimento.

Era uma voz masculina que soou abafada, como se estivesse saindo de dentro de dentes cerrados.

Yuu empurrou mais dez lien para o meio da mesa e ficou com apenas cinco. O corpo não hesitou e logo igualou o montante. Ou estava certo de que iria ganhar ou não se importava com o resultado da partida.

Yuu distribuiu mais cartas e avaliou o que tinha na mão com cuidado para deixar o corpo atrás dela ver. Uma lua branca; bem o que precisava. Estava longe de ser imbatível, mas era um conjunto forte mesmo assim. O suficiente para uma aposta. Mas será era o suficiente por sua vida? Havia ainda cinco formas diferentes capazes de derrotá-la e vinte e seis combinações de cartas que poderiam formá-las. A cada segundo que passava, suas chances pareciam ainda menores. Lutou contra o anseio de olhar para as cartas de novo. Afinal, elas não teriam mudado de uma hora para outra.

— Sua aposta — gorgolejou a voz de uma mulher.

Yuu esticou a mão em direção aos lien. Teria que apostar tudo agora. Era um bom conjunto de cartas. Um conjunto capaz de vencer. Era sua vida que estava em jogo. Talvez Natsuko estivesse certa. Talvez ela estivesse mesmo tentando sacrificar a si mesma, tentando pagar pelo que fizera, pela morte de seu príncipe. Mas dessa forma? Assassinada por um cadáver por causa de uma mísera moeda? Não era assim que queria morrer.

— Sua aposta — disse ainda outra voz.

Um homem falou alto, num timbre anasalado e mais perto do que o último morto. Um corpo caído aos pés de Yuu. Um cadáver que, um segundo atrás, não estava ali.

Ela tamborilou os dedos sobre os cinco lien restantes. Seu coração martelava nos ouvidos. Nunca sentira um pavor ansioso assim durante um jogo. Não durante uma partida de xadrez, nem de mah-jongg, nem de Go. Não, a única vez que ficara nervosa assim foi durante a batalha de Jieshu. Quando as tropas do imperador evitaram sua armadilha e o exército inimigo os encurralou por todos os lados. Quando usara a última peça que tinha e renunciara a tudo por um vislumbre de vitória, mesmo sabendo que os deuses estavam contra ela e que o fracasso significaria morte certa. Vencera, é claro. Naquela época, era a Arte da Guerra, e a Arte da Guerra nunca perdia.

— Você é um yokai — disse Yuu, quando tudo fez sentido em sua cabeça.

Os yokai eram espíritos vingativos que rastejavam de volta da morte. Originados quando alguém era injustiçado, como uma noiva assassinada no dia do casamento. Frutos de coisas não terminadas, como morrer antes de concluir um ato de vingança. Ou de uma oportunidade perdida, como quem perdia a vida momentos antes de uma vitória. Ela pensou em tudo o que sabia a respeito dos espíritos. Muitos acreditavam que os yokai eram gerados por gente com uma força de vontade excepcional ou às vezes por aqueles que simplesmente não conseguiam esquecer os rancores, até mesmo depois da morte.

— Sua aposta — vociferou agora um cadáver atrás dela, reclinado contra a parede.

O suspiro pútrido do falecido fez cosquinhas na nuca de Yuu.

Ela tirou a mão de cima dos lien.

— Eu corro.

Seria assim que venceria. Não ao ganhar, mas perdendo. Tinha que dar ao yokai o que ele queria, aquilo de que precisava para poder descansar. Tinha que oferecer a ele a vitória que lhe fora roubada quando os cochtanos trucidaram todos na estalagem. O problema era que, se estivesse errada, estaria entregando sua vida de mão beijada para o espírito. Vencer o jogo talvez lhe garantisse a moeda, mas nada impediria que o yokai a assassinasse para pegá-la de volta. Pelas regras do jogo, pela aposta que aceitara e pelos termos com que concordara, a derrota lhe custaria a vida. Mas, por outro lado, talvez o espírito fosse exorcizado antes que pudesse reivindicá-la. Era a única esperança que poderia ter. Chaoxiang muito provavelmente disse algo como: *apenas um tolo marcha para a guerra sabendo que pode perder.* Mas foi a avó de Yuu, a primeira Arte da Guerra, que disse: *o primeiro passo para a vitória é saber qual é o jogo.*

O corpo esticou o braço e puxou a pilha de moedas. Depois, juntou as cartas com as mãos podres e distribuiu pela segunda vez. As que Yuu recebeu eram horríveis. Um dois de espadas e um dragão preto. O cadáver empurrou cinco lien para o centro da mesa. Se quisesse vencer, ela deveria correr. Sair da partida antes que perdesse tudo. Mas se quisesse perder, provavelmente não teria uma chance melhor. Foi então que teve a impressão de que havia entendido as regras. Esperava que tivesse entendido.

Yuu empurrou os últimos cinco lien para o centro da mesa. O corpo virou as cartas que tinha: dois dragões, um branco e outro vermelho. Uma combinação excelente. Yuu virou também. O cadáver recostado à parede começou a rir.

— Sua vida é minha — disse o yokai pela boca do morto atrás de Yuu. Uma mão roçou em seu ombro e ela se engasgou de medo.

— Mais duas cartas de cada — disse ela, rápido.

— Você não tem como ganhar — exclamou um homem de voz arrastada.

Yuu ouviu movimento. Três outros corpos haviam se mexido enquanto ela não olhava. Estava cercada, e eles estavam encurralando-a.

— Dê as cartas! — sibilou Yuu.

O yokai riu. Um som assombroso. A língua seca pendia da boca sem mandíbula.

— O jogo não acabou — vociferou Yuu. — Mais duas cartas. Distribua de uma vez!

O cadáver a encarou através do olho leitoso e lentamente deu mais duas cartas de cada. A combinação que Yuu recebeu jamais venceria coisa alguma. Os corpos estavam cercando-a, arrastando-se pelo chão, cada vez mais perto. Não era assim que queria morrer, enterrada debaixo de uma pilha de corpos dilacerados. Tudo porque julgara mal um yokai, porque errara uma jogada. Ela estremeceu e beliscou a carne da coxa com tanta força que chegou a doer. A dor e a derrota andavam lado a lado. A dor a fez lembrar de não perder de novo. *Foco nas lições.*

— Você ganhou — gritou Yuu, sobre o barulho dos cadáveres rastejantes. — Foi por isso que você voltou. Coisas não finalizadas. Você morreu antes de ganhar esse dinheiro. Pois muito bem, agora ganhou. Agora pode descansar! Por favor.

O barulho cessou. Yuu olhou para trás. Dois corpos, ambos de boca aberta com sangue coagulado e vertendo bile como se fosse saliva, pairavam sobre ela. Havia outros ao redor, todos com as mãos esticadas em sua direção. Todos congelados em um mero momento antes de destruí-la.

O yokai riu de novo. A língua seca e rachada se debatia contra a boca decadente. Ele se inclinou para a frente e fixou o olho leitoso nela. Então, o olho pulou para fora e sua cabeça caiu com tudo sobre a pilha. Por toda parte, cadáveres desmoronaram no chão formando amontoados, batendo em cadeiras e perdendo braços e pernas. Yuu pegou a moeda de jade e saiu correndo.

17

YUU FECHOU A PORTA COM FORÇA E, OFEGANTE E COM O CORAÇÃO pulsando nos ouvidos, se recostou na parede de bambu. Estava tremendo. Segurava a moeda de jade com tanta força que chegava a doer.

Yuu deu uma olhada pela escuridão que cercava a estalagem. Nada de Natsuko. A deusa tinha o hábito de sumir sempre que as coisas ficavam intensas. Era difícil entender se isso acontecia porque ela não podia ajudar diretamente ou se havia algo sendo tramado. Yuu tinha a impressão de que a deusa andava escondendo alguma coisa. Provavelmente várias coisas. Toda aquela disputa parecia... suspeita, mas Yuu não sabia exatamente por quê. Sabia que, se ao menos fosse capaz de ler o contrato sobre sua pele, tudo seria revelado.

O primeiro passo para vencer é saber qual jogo se está jogando. Uma lição de sua avó, talvez a primeira. Yuu não passava de uma garotinha órfã imunda, morta de fome e sozinha. A mãe a abandonara para se juntar ao harém do Imperador dos Dez Reis. Bom, essa era apenas parte do motivo. As últimas palavras que dissera para a filha foram *por que é que você tem que ser tão parecida com ele?* Yuu caíra no sono ao lado de uma estrada de terra que levava a lugar nenhum, chorando o mais baixinho que conseguia enquanto a mãe a encarava com uma mágoa imensa nos olhos. Acordou sozinha. Nunca mais viu a mãe. Vagara pela província de Song, implorando por restos, roubando tudo o que fosse possível e fugindo antes que alguém a pegasse. Até que, um dia, numa pequena vila chamada Schuan, uma velha lhe chamara a atenção.

135

A mulher estava sentada a uma mesa de madeira do lado de fora de uma casa movimentada; à sua frente, havia uma tigela fumegante de mingau de arroz ao lado de um tabuleiro de xadrez. De olhos fechados, ela se embalava para a frente e para trás com o ritmo gentil do sono. Yuu pensou que aquela refeição seria o roubo mais fácil até então e se aproximou aos poucos, sempre encoberta pelas sombras, enquanto sua boca salivava com a possibilidade de comer. Fazia dias desde que se alimentara pela última vez, e seu estômago mais parecia um nó contorcido que tentava devorar a si mesmo. A velha, que roncava suavemente, abriu os olhos bem quando a menina esticava as mãos para pegar a tigela, e Yuu quase se mijou de tanto medo. Deixou o mingau cair e se preparou para correr, mas a mulher avançou e agarrou seu braço magricela. Yuu esperava que ela fosse pedir ajuda ou gritar *pega ladrão*, mas a senhora apontou para o tabuleiro e para as peças na mesa e simplesmente perguntou: *você conhece o jogo?* Yuu meneou a cabeça, e a idosa riu. Uma proposta surgiu: se a pequena jogasse e vencesse, ganharia uma refeição completa com carne, arroz e vegetais. Uma recompensa tão grandiosa por algo tão simples como um jogo; como é que Yuu poderia recusar? Claro que perdera. Não conhecia as regras, e a senhorinha ia ensinando durante a partida. Foi então que ela disse, *o primeiro passo para vencer é saber qual jogo se está jogando.* Apesar da derrota, a idosa alimentou Yuu e permitiu que dormisse no chão, no pé de sua própria cama. A menina caiu no sono aquela noite embalada pelos roncos da desconhecida e, pela primeira vez em muito tempo, se sentiu em segurança. No dia seguinte, jogaram de novo. Perdeu, mas foi alimentada de novo. E antes que Yuu entendesse o que estava acontecendo, tinha um lar. Uma família, muito embora a maioria dos membros não gostasse muito dela. Mas ainda não entendia as regras do jogo até que sua avó pressionou aquela maldita máscara em suas mãos e disse que ela era a nova Arte da Guerra.

Começou a chover durante o tempo que passara na taverna. Uma garoa fina, mas nuvens turvas e cinzentas prenunciavam uma tempestade prestes a cair. Fazia alguns meses que Hosa enfrentava a seca; a chuva era mais do que necessária, mas logo transformaria as estradas e os campos ali de perto num lamaçal. Yuu poderia permanecer seca, mas para isso teria que continuar na calçada da estalagem. Perto dos corpos. Ainda tremia, fora por pouco lá dentro. Pelo amor das estrelas, dos deuses ou do que quer que fosse real e estivesse ouvindo, ela precisava mesmo de uma bebida.

Yuu abriu a porta e encarou a penumbra. Os cadáveres, em silêncio, não se moviam e catingavam de podres.

— Se mexa — disse, sem saber ao certo se a ordem era para si mesma ou para os mortos. — Se mexa! — repetiu. Dessa vez, com toda a certeza para si mesma.

Entrou da forma mais silenciosa possível. Havia três corpos empilhados perto da porta. Um não passava de uma massa retorcida de vermes e pele branca como papel. Outro estava com a cabeça caída para o lado e exibia um buraco largo onde deveria ter um pescoço. Mas algo mudara. A tensão esvanecera. Agora, tudo não passava da visão de um massacre. Ainda apavorante, mas o medo sumira, o agouro fora embora. Passou por cima dos corpos e se encaminhou para o bar. Os cochtanos foram ferozes na carnificina, mas devem ter agido rápido. Ainda havia diversas garrafas de vinho. Ela pegou as poucas que não cheiravam tanto a vinagre, pegou uma cadeira também e então se virou para dar o fora dali mais uma vez. Avistou um douli pendurado ao lado da porta. Não restavam dúvidas de que o dono morrera, e o chapéu ajudaria a manter a cabeça de Yuu protegida da chuva. Arrancou-o da parede, levou os itens saqueados para a calçada e fechou a porta. Mastigando letargicamente a grama e sem dar a mínima importância para a chuva, Inchado a encarou.

— Pode falar o que quiser — disse Yuu —, mas voltar lá para dentro foi heroico pra caramba!

O cavalo a olhou, não comentou nada (como já era de se esperar), balançou o rabo sarnento e voltou a comer mato.

Yuu se sentou na cadeira, bebeu um pouco e então suspirou, contente. Depois, bebericou de novo. O vinho estava a um dia no máximo de azedar, mas não tinha problema, já que a intenção era beber ali mesmo e não amanhã. As nuvens se abriram e a garoa se transformou num aguaceiro. Inchado se debateu quando a chuva começou a açoitá-lo e a encharcar seu lombo manchado. Yuu estalou a língua, apontou para o espaço ao seu lado e o cavalo subiu na calçada, onde encontrou um canto seco para se deitar de lado. A cobertura mantinha boa parte da chuva longe, mas havia umas goteiras caindo aqui e ali.

Yuu observou a chuva e pensou a respeito da moeda que acabara de conquistar. A moeda de Yang Yang, o item mais precioso que o deus da aposta possuía. Uma moeda que, de acordo com Natsuko, nunca vencia. Ela jogou-a para o alto e deixou que caísse na parte de trás de sua mão. Parou com o lado da lua para cima; a gravura representava uma lua crescente parecida com o sorriso torto de um tolo. Jogou-a de novo. Dessa vez, foi o sol quem deu as caras; uma bola incandescente e amorfa. Jogou-a pela terceira vez e desejou que desse *sol* enquanto ela ainda atravessava o ar. A moeda caiu na palma de sua mão, e a lua crescente lhe cumprimentou com um sorriso. Repetiu o processo mais umas doze vezes entre goles de vinho, e o resultado era sempre o lado não escolhido.

Pelo visto, Natsuko dissera a verdade. A existência de algo assim impressionava Yuu. A moeda não tinha nenhuma técnica e nem qi. Era um mistério. Não fazia ideia de como uma coisa dessas poderia funcionar. A primeira garrafa de vinho ficou vazia enquanto ela analisava o artefato. Yuu colocou o recipiente para fora da calçada, onde coletaria água da chuva, e abriu outra.

Continuou a examinar o artefato. Por ser feito de jade, era leve, e as representações do sol e da lua eram belas e intrincadas. Um dragão ondulante perseguia a própria cauda ao redor da borda da moeda. Mas não havia nenhuma pista de como o objeto funcionava. Aquilo só podia funcionar de acordo com um conjunto de regras. Tudo tinha regras. O mundo era cheio delas. O sol e a lua se moviam através do céu, compartilhando o mundo, ora banhando-o em luz, ora envolvendo-o em escuridão. A gravidade era outra regra do mundo, uma atração exercendo força constante na Terra. Indivíduos nasciam, cresciam, envelheciam e morriam. Tudo funcionava dentro das leis do mundo instituídas por... Nisso Yuu tinha que pensar. Quem fez as regras? Os deuses? As estrelas? Será que as leis do mundo eram mais velhas do que os deuses? Eram perguntas que fizeram filósofos perderem os cabelos geração após geração. Pessoas haviam enlouquecido tentando resolvê-las. A avó de Yuu fizera uma análise das regras, pois defendia que não existia nada mais importante. Mas até mesmo ela ficara confusa frente às grandes leis. A idosa dissera: *quem conhece as regras de todos os jogos, sejam eles importantes ou dispensáveis, nunca é surpreendido. Mas não se deve viver um desassossego por causa das leis inflexíveis da natureza. O foco, em vez disso, deve ser nas regras maleáveis e que podem ser quebradas. Ao conhecê-las, ao entendê-las, é possível saber como vencer.*

Yuu jogou a moeda para o alto de novo e deixou que caísse na palma de sua mão. Sem olhar, rapidamente a cobriu com a outra mão.

— Sol — disse, e puxou o braço para revelar o lado com a lua.

Repetiu o processo mais umas vinte vezes, mas o resultado era sempre o mesmo. Um jogo de azar destinado a sempre perder por algum mecanismo que ela não conseguia entender.

Yuu terminou a segunda garrafa e já se sentia levemente mais para lá do que para cá. Era aquela embriaguez sutil que deixava tudo mais suave, quieto e pacífico. Até mesmo a chuva e o estalar dos trovões pareciam um conforto bem-vindo. Colocou a moeda no chão de madeira com o sol para cima e cambaleou para fora da cadeira. Percebeu que talvez estivesse mais bêbada do que havia pensado. Mas não importava. Essa coisa de meio bêbado não existia. Se estava bêbada então estava bêbada e acabou. Deu uma risadinha ao pensar nisso e colocou a segunda garrafa na chuva.

— Sol — disse, com a fala arrastada, e se virou rápido na esperança de pegar algum espiritozinho com a boca na botija virando o lado da moeda.

Tropeçou e caiu toda desajeitada no chão. A moeda ainda exibia o lado solar para o mundo.

— Sua truqueira desgraçada — xingou Yuu. — Como é que você funciona?

A moeda não respondeu nem mesmo depois de ser cutucada. Yuu se esforçou para se levantar, esfregou a bunda dolorida e se jogou de volta na cadeira. Então, se contentou em ficar de olho na moeda enquanto abria a terceira garrafa de vinho. Sabia que deveria guardar um pouco para depois, assim como sabia que já estava embriagada o suficiente. Mas os últimos dias haviam sido duros, e tudo o que ela queria era ficar bêbada como um sabiá! Não, sabiá não. Bêbada como um gambá? Não conseguia lembrar, mas o ditado com certeza tinha alguma coisa a ver com bebidas e gambás. Riu de novo enquanto pensava no joguete de palavras e desejou que tivesse alguma companhia para beber junto. Afinal, o cavalo dormia e a moeda não era lá de muitas palavras, mesmo com o sol virado para cima.

Já havia passado de um terço da garrafa, e continuava encarando o artefato de forma gélida, quando três garotas apareceram na chuva e pegaram a estrada lamacenta em direção à estalagem. Yuu semicerrou os olhos até que as três acabaram virando uma e então grunhiu:

— Eu estava mesmo pensando em quando é que você iria aparecer.

A menina subiu na calçada e de repente já não era mais uma criança, e sim uma velha toda enrugada e, de alguma forma, completamente seca.

— Então você encontrou — disse Natsuko, enquanto se aproximava da moeda e ajoelhava na frente da porta do estabelecimento.

— Pois é, eu ganhei — exclamou Yuu, com uma voz que parecia arrastada até mesmo para seus próprios ouvidos. — Ou talvez eu tenha perdido. Essa moeda dos infernos. Você podia ter contado que havia um yokai ali dentro.

E gesticulou para a estalagem.

— Estou vendo que encontrou vinho também.

— Bom, é uma estalagem, *não é?* — Yuu riu. — Essa moeda. Como é que... como que... o truque. — Ela suspirou. — Como é que funciona?

A deusa revirou os olhos.

— Eu falei. Se jogar pra cima...

— Na-Na-Ni-Na-Não — disse Yuu, e começou a menear a cabeça até o mundo se tornar um borrão de embrulhar o estômago. — Não. Eu sei o que acontece, mas como? Como é que funciona? Quais são as regras?

Natsuko deu de ombros.

— Não sei. A moeda não é minha.

Yuu grunhiu de novo enquanto se inclinava para a frente e se esforçava para pegar a moeda. Boa parte da dificuldade se devia ao fato de que estava vendo três delas e não conseguia decidir qual era real. Agarrou-a na segunda tentativa e a jogou para o alto. O artefato caiu com a lua para cima. Jogou-a de novo e dessa vez, sol.

— Vai — disse, e lançou-a mais uma vez.

— Sol — disse a deusa, e se esticou para tirar a terceira garrafa de perto de Yuu.

Bastava. Ela já bebera o suficiente. Se bem que ainda havia um restinho e parecia besteira desperdiçar. A moeda voltou, e Yuu vislumbrou sol escaldante.

— Hum... Você venceu.

— Que sortuda que eu sou.

Yuu jogou a moeda de novo.

— Vai.

— Lua — disse Natsuko.

Dessa vez, Yuu não conseguiu pegar o artefato, ficou apenas agitando a mão no ar e a moeda acabou caindo no chão de madeira. A lua sorriu para ela.

Yuu jogou mais uma vez.

— De novo.

A deusa suspirou.

— Sol.

— Sol — repetiu Yuu. A moeda voltou. Lua. — Interessante. — Tinha certeza de que era interessante, sim, mas de *como* podia ser interessante. — Regras... — começou a dizer, mas deixou a frase inacabada.

Natsuko a observava com olhos semicerrados ao lado da garrafa.

— Durma um pouco, Daiyu. Ainda temos um longo caminho pela frente e você precisa descansar.

Yuu tentou tirar alguns fios de cabelo soltos da frente do rosto, mas errou e deu um tapa no próprio olho.

— Você não venha querer me dizer quando... como... hum...

A deusa tinha razão. Yuu estava exausta. Foram dias longos demais, noites longas demais. Ela apertou a moeda na mão por um instante, e então a colocou no mesmo bolso do anel. Podia até não ter descoberto como aquilo funcionava, mas tinha certeza de que descobrira as regras da moeda, o que já era alguma coisa. Talvez. A menos que não fosse nada.

Pouco antes de cair no sono, ouviu Natsuko dizer:

— Me desculpe.

18

O DIA SEGUINTE FOI INSUPORTÁVEL DEVIDO À CHUVA E À RESSACA. Parecia que havia cinco exércitos marchando em direção à guerra dentro da cabeça de Yuu, e nenhum deles tinha nem o princípio de um plano. Além do mais, acordou e viu um rosto, embora um tanto encharcado, familiar e rechonchudo a encarando.

— O que você está fazendo aqui? — perguntou.

Grunhiu de forma dramática e chegou a considerar fechar os olhos de novo na esperança de que fosse tudo um sonho.

Li Bangue deu de ombros.

— Pensei que talvez você pudesse precisar de ajuda.

— O Inchado quer ajudar — vociferou Natsuko, irritada. — Deixe que ajude.

O cavalo ergueu a cabeça. O animal, com os pés fundados na lama e tomando chuva, se aproximou e bufou para a deusa.

— O outro Inchado. — O bicho tentou subir na calçada da estalagem, mas, com três pessoas já sentadas ali, não havia mais espaço. — Tá bom! — disse Natsuko, enxotando-o para longe. — Você pode ser o único Inchado. — Ela fez carinho no focinho do cavalo e olhou para Li Bangue. — Você pode ser...

— Eu te falei para ficar em Ban Ping — disse Yuu, um tanto mais grosseira do que pretendia.

A ressaca deixava tudo difícil. Ela se sentia crua e caótica, cansada e encardida. A dor de cabeça e a letargia nos braços e pernas expunham sua pior parte, um lado seu que não queria que ninguém visse. Que nem ela mesma queria ver.

Li Bangue assentiu. De seu cabelo, pingavam gotas de água que escorriam pela bochecha quase como lágrimas.

— Eu, hum... te vi. Sabia que iria precisar de ajuda. Pensei que valia o risco. Porque, no fim das contas, se eu for convocado, vou ter a chance de lutar. Agora que tenho uma técnica, posso fazer meu nome.

Ele deu um sorriso tão inocente. Li Bangue não conhecia a guerra, nunca conhecera. Não sabia que a morte era bem mais tangível do que o heroísmo. Yuu já vira homens ingênuos como ele. Já os vira morrer. Vira a inocência morrer naqueles que continuavam vivos. Não sabia dizer o que era pior.

— Pança! — disse Natsuko, com um estalo de dedos. — Esse é o seu novo nome.

Li Bangue olhou sério para a deusa.

— Meu nome é Li Bangue. A menos que queira me chamar de Crepúsculo Luar.

Natsuko pigarreou e saltou para a chuva. A água ricocheteava nela. De alguma forma, as gotas não a tocavam.

— Não. Vai ser Pança mesmo.

Yuu estava deixando alguma coisa passar. Sentia aquela coceira familiar. Seu subconsciente havia compreendido alguma coisa e estava desesperado tentando forçar a informação através da névoa da ressaca.

— Como foi que você me encontrou?

— Eu te vi — respondeu Li Bangue, rápido demais e sem olhá-la nos olhos. — Com a minha técnica. Por que é que você não está dentro da taverna? Para que ficar aqui fora? O que tem lá dentro?

Muitas perguntas para um homem que costumava não questionar nada.

— Vai por mim, você não vai querer saber — respondeu, ainda tentando forçar sua mente a pensar mesmo com a dor lancinante.

O olhar de Li Bangue ficou distante por um momento. Yuu teve a distinta impressão de que ele estava ali, mas também em outro lugar. Então, ele ficou nítido, estremeceu e encarou Yuu com olhos tão arregalados quanto tigelas de arroz.

— Você que fez aquilo?

Yuu o encarou.

— E eu lá tenho cara de que conseguiria fazer uma coisa daquela? — Ela revirou os olhos. — Os cochtanos passaram aqui faz dias e os massacraram. O yokai, por outro lado, era coisa de Batu.

— Ah. — Li Bangue parecia perdido. — Não entendi.

Yuu não tinha paciência para explicar tudo.

— Não tinha como você me alcançar — disse lentamente, enquanto as informações fragmentadas forçavam passagem pela neblina e formavam algo que chegava quase a ser um pensamento coerente.

Mesmo que Li Bangue a tivesse visto, a técnica não era clarividente. Ele deve ter percebido que não chegaria a tempo de ajudar. Além do mais, ele não conseguia enxergar no escuro e ela saíra muito antes da cidade. Ele nunca teria conseguido encontrá-la, nunca a teria alcançado a menos que... a menos que tivesse sido guiado por alguém.

Yuu acusou Natsuko.

— Você o trouxe para cá.

142

Não era uma pergunta.

A deusa deu de ombros.

— Você pode até estar disposta a se livrar do seu aliado mais forte, mas eu não.

Yuu foi aos tropeços em direção à chuva torrencial e caminhou pela lama até a pequena deusa idosa. Claro que Natsuko não entendia. A deusa achava que Yuu estava apenas desperdiçando uma peça que ainda podia ser útil. Nunca pensara no que tudo aquilo poderia custar para Li Bangue. Yuu a encarou.

— Você foi contra uma ordem minha!

Natsuko curvou o lábio e olhou para Yuu.

— Eu corrigi uma decisão idiota sua.

Yuu meneou a cabeça, o que fez gotas de água voarem de sua cabeleira emaranhada. Colocou as mechas para trás das orelhas.

— Não é você que toma as decisões aqui. Você me escolheu como campeã porque eu sou uma estrategista. Como é que eu vou cumprir o trabalho que você me contratou para fazer se você fica contrariando minhas ordens?

— *Suas* ordens? — Natsuko zombou dela. — Não esqueça com quem você está falando, mortal. Não sou um barrigudo ignorante que você pode ficar mandando para lá e para cá e nem um velho idiota para você passar a perna no xadrez. — Ao redor das duas, as gotas de chuva congelaram no ar e se espatifaram, originando uma névoa flutuante. Uma demonstração impressionante de poder. — Sou a deusa de tudo o que foi perdido, de todas as oportunidades perdidas. — A luz de um milhão de fogueiras flamejava nos olhos da deusa. As ruas ficaram mais profundas e passaram a projetar sombras dançantes em seu rosto. — Você não está no comando aqui. Você trabalha para *mim!*

Yuu tremia, e não por causa da ressaca, do frio ou da chuva. Era verdade que sempre soubera que Natsuko era uma deusa, mas foi a primeira vez que a viu com raiva, que presenciou o poder de que era capaz. Havia um tom de ameaça naquelas palavras, e Yuu não era tola a ponto de acreditar que estava acima de qualquer perigo. Campeã ou não, era com uma deusa que estava lidando. Tinha se esquecido disso. Fora ludibriada pela aparência de uma velha decadente e pelo humor agradável e às vezes ranzinza. Fechou as mãos com força e enfiou as unhas nas palmas. Dor para aprender a lição.

A chuva voltou a cair como se nunca tivesse parado e explodiu no ar. A luz sobrenatural nos olhos de Natsuko se apagou. Yuu respirou fundo e sentiu os batimentos cardíacos martelando seus ouvidos. O rosto da deusa se suavizou.

— Estou tentando te ajudar do único jeito que eu posso — disse ela numa voz gentil que a fez se lembrar de sua avó. — Estou tentando te salvar de você mesma.

Yuu ficou ali, tremendo e incapaz de encontrar a própria voz. Não sabia afirmar se a água que lhe escorria pelo rosto era chuva ou lágrimas. Tentou se mexer, mas os pés pareciam congelados, e as sandálias haviam afundado na lama. Respirava em resfolegadas curtas e trôpegas. As memórias de outra vida a pressionavam com tanta força que era difícil mantê-las longe. E então Inchado apareceu. O velho cavalo cutucou Yuu com o focinho, soltou um jato de ar quente em seu cabelo e depois cutucou suas vestes à procura de algo doce para comer. Yuu fez carinho no bicho que, para variar, não tentou mordê-la.

Percebeu que Natsuko a observava com uma feição completamente inexpressiva. Li Bangue, ao lado da porta da estalagem, continuava em silêncio e quase esquecido pelas duas. Estavam esperando por ela. Aguardando suas ordens. *A Arte da Guerra deve estar sempre no controle.* Palavras de sua avó. *A verdade é que todos, sem exceção, sempre querem outro alguém no comando. Uma pessoa que os livre da responsabilidade e das consequências da decisão. Liderança é uma questão de confiança. Não se deve demonstrar medo, hesitação e nem indecisão. E, com essa fé em si mesmo, homens, soldados, generais e até mesmo reis a seguiram sem nem pensar duas vezes.* Yuu não conseguia evitar a seguinte pergunta: será que o mesmo valia para deuses?

Engoliu em seco, respirou fundo, forçou os pés a se moverem e os libertou da lama.

— Hora de ir — disse.

Homem, cavalo, deusa. Todos concordaram sem nem questionar.

O DOULI QUE PEGARA NA ESTALAGEM A MANTINHA PROTEGIDA DA pior parte da chuva, mas a água ainda encharcava suas sandálias e as camadas exteriores de suas vestes, o que não deixava a situação muito agradável. Além do mais, o cheiro de cavalo molhado era um odor bolorento com o qual ela nunca se acostumaria. A chuva ricocheteava Natsuko sem nunca tocá-la de verdade. A deusa continuava sequíssima, o que deixava tudo ainda mais insuportável. Apenas Li Bangue parecia pior do que Yuu, porque estava completamente ensopado.

O destino era o noroeste, em direção ao interior da província de Ning. Uma região próspera cheia de fazendas que produziam tubérculos e famosa por um festival semestral dedicado à arte da música. Trovadores, instrumentistas amadores e até velhos fazendeiros que juravam de pé junto que sabiam tocar flauta iam até Ning para o festival. Diziam que todos tinham a chance de participar, e alguns dos maiores músicos de Hosa foram descobertos lá. Mesmo durante o reinado violento do último imperador, e apesar da violência truculenta da região, o festival continuava. Como um farol de esperança

144

numa época em que não havia nada mais raro. Mas, pelo visto, nem uma tradição maravilhosa como essa era páreo para a guerra cochtana.

Todos os campos pelo caminho evidenciavam um festival interrompido pela metade. Bandeiras que orgulhosamente anunciavam nomes e conquistas estavam encharcadas pela chuva. Era uma visão desconcertante. Havia instrumentos, de flautas a guzheng e tambores simples descartados na grama molhada ou chafurdados na lama. O campo fora transformado em uma zona repleta de tendas quebradas que flutuavam ao vento. Por outro lado, Yuu percebeu que não havia corpo algum. Foi então que se deu conta de que, embora os cochtanos devessem, sim, levar a culpa, aquela tragédia não tinha nada a ver com eles. Foram os recrutadores do exército hosânico. Que outro lugar seria melhor para convocar centenas (talvez até milhares) de novos soldados de uma vez só? Algo belo, dedicado às artes e com a missão de aproximar as pessoas, de ser pacífico, destruído por uma guerra sem sentido.

— Os cochtanos querem alguma coisa, pelo menos? — perguntou Yuu, refletindo. — Ou a guerra é só uma coisa natural para eles?

Talvez não fossem tão diferentes assim. A guerra era natural para ela também, não importava o quanto tentasse evitar.

— Hum? — gritou Natsuko debaixo da chuva torrencial. — Como é?

— Para onde estamos indo? — perguntou Yuu, mudando o assunto antes que desse muito pano para a manga.

— Anding — berrou a deusa.

A velha capital da província de Ning, uma cidade enorme construída numa colina cercada por precipícios íngremes por três lados. A avó de Yuu dizia que não existia uma cidade mais difícil de invadir em toda Hosa, uma informação que ninguém poderia contestar. Ela a mantivera em segurança por duzentos e doze dias contra um ataque incansável dos cochtanos. Era o lugar da primeira batalha de sua avó, a terra natal da Arte da Guerra.

— O que estamos procurando? — gritou Yuu sob a chuva sibilante.

— Um canto protegido da chuva, para começar — grunhiu a deusa, apesar de estar toda seca tirando a lama que cobria suas sandálias.

— Por favor — disse Li Bangue, com o cabelo lambido e ensopado e as calças respingadas de barro catinguento.

Natsuko parou e olhou para o campo do festival.

— Tantas coisas perdidas — disse, meneando a cabeça. — Já tem gente orando em altares para receber o que perderam de volta. — Caminhou com pesar até uma flauta de madeira meio afundada na lama. — Isso aqui pertencia a Jian Wei, um jovem talentoso que fazia óculos para ganhar a vida. Ele ama ajudar os outros a enxergar quase tanto quanto ama alegrar todo mundo com cantigas animadas. Ele mesmo esculpiu essa flauta, e ela sempre foi meio desafinada, o que combinava perfeitamente com o talento do rapaz. — Ela parou e suspirou. — O coitado ia conhecer o amor da vida dele aqui. Duas almas se uniriam por meio de uma canção, uma voz para combinar com as melodias de Jian Wei. Mas a oportunidade agora foi perdida.

— Você tem como devolvê-la? — perguntou Yuu.

A deusa encarou o instrumento por mais alguns poucos instantes, depois pisou em cima da flauta e continuou a caminhar. Yuu e Li Bangue aceleraram para alcançá-la. Inchado ia mais atrás, com os cascos chapinhando a lama e o focinho no chão, como se estivesse procurando algo para comer em meio à imundície. Estava sempre em busca de algo para comer.

— Há dois artefatos em Anding — disse Natsuko, enquanto encarava o noroeste. — O espelho de Guangfai e a espada de Khando, ou o que sobrou dela, pelo menos. Consegui-los talvez seja meio difícil.

Yuu riu.

— Porque o anel e a moeda foram fáceis, né?

Mas é claro que a deusa pensaria que fora fácil. Ela podia até apontar o caminho e dizer onde os artefatos estavam, mas assim que era preciso colocar a mão na massa, desaparecia. Sem dúvidas aproveitava a oportunidade para retornar à Tianmen e ajudar na segurança dos céus enquanto Yuu arriscava a vida por sua missão.

Arrastaram-se pela estrada em silêncio por certo tempo depois disso. A deusa parecia perdida em pensamentos. Já Yuu, se perguntava por que ela não considerou devolver a flauta. Demonstrara uma paixão tão forte falando do instrumento, um luto tão intenso pela oportunidade que o músico perdera. Sempre que falava de itens perdidos, parecia vir direto do coração, e as palavras carregavam certa mágoa. Ela podia devolvê-los se quisesse. Yuu colocou a mão no bolso e passou o dedão sobre a peça de xadrez que a deusa lhe devolvera no dia em que se conheceram. Por que não devolveu a flauta, então? Por que não devolvia tudo o que as pessoas pediam nos altares?

À tarde, a chuva se transformara numa garoa deprimente, e o céu, agora coberto por uma colcha cinzenta de retalhos, havia clareado. Subiram uma colina, e Yuu teve o primeiro vislumbre de Anding. E do exército acampado fora de seus limites. Mesmo a mais de dois quilômetros de distância, era possível ver milhares de tendas distribuídas pelo vale, dispostas ao redor da estrada no sopé de outra colina que levava à cidade. Era o começo de um cerco. Soldados construíam reforços e cavavam, um preparo para matar de fome os habitantes de Anding. Mas o estranho é que havia estandartes de Hosan flutuando ao vento. O brasão da família WuLong, um dragão dourado entre duas montanhas, estampava várias tendas, e centenas de bandeiras exibiam o símbolo de espírito, o novo emblema escolhido pelo imperador. Yuu viu outros também, o que evidenciava a presença de soldados e membros da nobreza de toda a nação. Viu o rio, símbolo dos Ganxi; a esperança, que representava os Lau, e o gelo, dos Sich. Viu até mesmo o corvo em uma bandeira que ululava ao vento, o que a fez sentir um arrepio na espinha. O corvo era o símbolo escolhido pelos Qing, então pelo menos uma família real marcava presença ali. Yuu não sentia a menor vontade de encontrar qualquer membro do clã responsável por colocar uma recompensa tão alta por sua cabeça.

— Talvez a gente devesse ir embora daqui — disse.

O exército hosânico estava fazendo um cerco em sua própria cidade, o que significava que Anding fora dominada e ocupada pelos cochtanos. E isso, por sua vez, significava que os dois lados da batalha ficariam felizes em vê-la morta. Duvidava muito que tivessem alguma chance de conseguir os artefatos.

— Besteira — disse Natsuko, e agarrou o braço de Yuu enquanto ela se virava para descer a colina de volta. — Já estamos atrás na disputa, e há dois artefatos aqui.

— E dois exércitos no meio do caminho — retrucou Yuu, puxando o braço. — Como você espera que eu entre lá e os encontre?

A deusa deu de ombros.

— A estrategista é você.

— E, como estrategista, estou dizendo que é impossível. Olha para isso, Natsuko. — E apontou para o exército acampado. — Eles já se instalaram e cavaram trincheiras para evitar qualquer um de entrar ou sair da cidade. É uma tática estúpida, mas que nos impede de avançar.

— Uma tática estúpida? — perguntou Natsuko. — E por quê?

— Contra qualquer outra nação, talvez até funcionasse — admitiu Yuu. — Cercar a cidade e impedir que os invasores recebam suprimentos. Fazer com que morram de fome. Não é uma vitória rápida, mas contanto que suas próprias tropas tenham como se alimentar e ninguém deserte, com o tempo o inimigo vai ser obrigado a se render ou a atacar sua defesa.

Mais uma vez, a deusa deu de ombros.

— Os hosânicos não cercaram a cidade.

— Mas cercaram a única parte que importa. Anding é cercada de precipícios por três lados, e só uma estrada leva até o portão. É a cidade mais difícil de invadir que eu já vi. E impossível atacá-la também. — Contudo, parecia que a muralha sul havia sofrido um dano catastrófico. Um pedaço enorme desmoronara e havia espalhado detritos no pé da falésia. Mesmo assim, Yuu não via nenhum estrago causado por batalha, então suspeitava de que parte da montanha simplesmente havia erodido e derrubado a muralha junto. — Mas os cochtanos têm uma vantagem única que o general hosânico claramente não levou em consideração. Eles não precisam que suprimentos cheguem pela montanha. Podem entregá-los de tóptero. Podem manter o controle da cidade o quanto quiserem, e as tropas de Hosan vão acabar se dispersando. Além do mais, espalhados assim, os hosânicos também estão vulneráveis a ataques por trás.

Yuu apontou para o acampamento.

— Essas tropas hosânicas foram formadas originalmente para marchar em direção norte, para dentro de Cochtan, onde atacariam o inimigo enquanto os soldados do imperador libertariam Shin. Está vendo como o general organizou todo mundo? Cavalos e tendas ao norte, prontos para marchar assim que a cidade for retomada. Mas...

Natsuko assentia, mas de olhos arregalados.

— Parece bem complicado.

— Não é — respondeu Yuu. — É genial pra caramba. Quer dizer, o plano dos cochtanos é genial. Quem quer que tenha planejado essa investida sabia exatamente o que estava fazendo.

— Por quê?

— Estão invadindo as cidades do norte mais fáceis de defender para dividir as tropas hosânicas. Assim, os hosânicos não terão mais vantagem nos números, coisa que sempre tiveram. Aqui os cochtanos tomaram Anding, a cidade mais difícil de invadir de toda Hosa. Em Shin, tomaram a capital, outra cidade praticamente inacessível por ficar em meio a vários planaltos rochosos. Também invadiram o Vale Solar, que fica entre as capitais de Ning e Shin. Isso faz com que tenham como transportar suprimentos e limitar possíveis movimentos militares.

— Parece que os hosânicos precisam de um bom estrategista — disse Natsuko.

A deusa enrugada encarava a cidade murada adiante.

— Não! — exclamou Yuu.

Não queria mais saber de guerra. Deixara-as para trás assim como seu antigo nome. Essa parte dela morrera junto com seu príncipe.

— Precisamos entrar na cidade — disse Natsuko, gesticulando com as mãos abertas como se não pudesse fazer nada a respeito. — Para isso, precisamos ajudar os hosânicos a retomá-la, e rápido. *Você* é a maior estrategista de toda Hosa. Duvido que não tenha pelo menos algumas ideias.

Yuu meneou a cabeça.

— Mesmo se eu tivesse. — E as duas sabiam que ela tinha, sim. — O que te faz pensar que os hosânicos me dariam ouvidos? Não posso simplesmente

148

entrar num acampamento militar, exigir que me levem até o general e começar a liderar tropas.

Natsuko deu aquele sorriso desumano.

— Como Yuu não pode mesmo.

A deusa colocou a mão dentro da manga de seu hanfu e puxou uma máscara simples, feita de cerâmica e alva como a neve. Uma longa rachadura ia do olho direito até o queixo. Um estrago feito durante a batalha de Jieshu.

Yuu meneou a cabeça.

— Onde você arranjou isso? — Era a máscara da Arte da Guerra. Vestira-a por anos, em todas as batalhas travadas ao lado do Príncipe de Aço. Estava com ela no dia que fracassara, no dia que perdera seu príncipe. A mágoa foi grande naquela época e era ainda pior agora. Perder dói. Ela beliscou a própria nuca; rasgou a pele com as unhas e fez sair sangue. Depois, recuou ainda encarando a máscara.

— Eu sou a deusa das coisas perdidas — disse Natsuko.

A deusa deu um passo para a frente e estendeu a máscara, exigindo que Yuu a pegasse.

— Mas eu não a perdi — disse Yuu, meneando a cabeça de forma selvagem. — Eu a deixei no passado.

A deusa a seguiu, ainda com a máscara em mãos.

— Essas palavras significam quase a mesma coisa. A consequência raramente é moldada pelas intenções. — Mais um passo para a frente. — Essa máscara pertence à Arte da Guerra. Pertence a você.

— Faz poucos dias que você estava me condenando por arriscar a minha vida. Por ficar tentando me matar como uma forma de reparação. E agora? O que você tem a dizer sobre isso aqui? — perguntou Yuu com a voz embargada. Desistira daquela máscara no dia que a guerra foi vencida. Enquanto o falso Príncipe de Aço era revelado e os soldados cuspiam em seu corpo, Yuu jogara a máscara fora e sumira nas ruas de Jieshu. Gostava de pensar que a Arte da Guerra morrera naquele dia. Daiyu Lingsen também morrera naquele dia junto com a honra do Príncipe de Aço. Yuu nascera. E ela não tinha nada a ver com guerras. Tudo o que queria era jogar xadrez e se embebedar até se esquecer de tudo.

— O que eu tenho para dizer é te mandar *parar de se comportar como uma maldita criança e reconhecer o seu passado e as suas responsabilidades!*

Natsuko avançou e agarrou o braço tatuado de Yuu. Enfiou a máscara na mão dela e se afastou.

— Você não faz ideia do que está dizendo — vociferou Yuu. — Há soldados da província de Qing lá embaixo. Gente da realeza de Qing. Se eu entrar naquele acampamento como a Arte da Guerra... como eu... vão me matar pelo assassinato do Príncipe de Aço.

— Um assassinato que você não cometeu — disse Natsuko.

— Não importa. Eu sabia que ele tinha morrido e acobertei. E mandei um príncipe falso no lugar dele. — Yuu queria gritar. — Até onde todo mundo sabe, a responsável fui eu e já até me condenaram.

— Então não deixe que te matem — disse a deusa, com os lábios curvados no que parecia um indício de sorriso. Como se fosse fácil. — Dê algo que eles queiram mais do que te matar. Negocie, troque a sua expertise pela sua liberdade.

— Como é?

A deusa suspirou e jogou as mãos para o alto.

— Você é a estrategista aqui! Pense em alguma coisa. Há artefatos de que precisamos naquela cidade, e se não os pegarmos outro campeão vai pegar, e eu vou perder a chance de destronar Batu, e o mundo inteiro vai viver outro século de guerra. Esse exército também quer a cidade. Nossos interesses se alinham. Faça com que percebam isso!

A deusa tinha certa razão. O Tigre Rosnante estava no comando do exército hosânico. Ele era um velho tolo e fanfarrão que até sabia coordenar as tropas na base do grito, mas não tinha a sutileza necessária para organizar nem como sairia de uma banheira. E ele sabia que a Arte da Guerra, sim. Haviam se enfrentado em mais de uma batalha, e nunca a derrotara. Mas isso fora no passado. Muita coisa mudara. Ela encarou a máscara em suas mãos. Odiava muito os deuses, e tinha mais do que certeza de que essa maldita deusa iria acabar matando-a.

19

YUU VESTIU SUA VELHA MÁSCARA, DESCEU A COLINA EM DIREÇÃO AO vale e ao acampamento militar enquanto Natsuko, Li Bangue e Inchado vinham logo atrás. Não demorou para que se lembrasse de como aquela máscara era desconfortável. De como apertava o nariz e tinha buracos apenas para os olhos. A umidade, fruto de sua respiração, se acumulou na pequena curva debaixo do queixo. No passado, estava acostumada. Usara-a todo dia por quase sete anos; o disfarce tornara-se parte dela tanto quanto o cabelo e as unhas, lhe oferecia anonimato e, junto com ele, legado e responsabilidades. Yuu falhara nas responsabilidades e manchara o legado. Não era merecedora de usar a máscara da avó.

Li Bangue bufou alto e então, com a voz cadenciada, disse:

— Estão vindo.

Yuu percebeu que ele, com os olhos distantes e anuviados, estava sendo guiado por Natsuko.

Meia dúzia de soldados cavalgou para encontrá-los, cada um com uma lança e vestindo armaduras pretas e esmaltadas de cerâmica. Os cascos dos cavalos trituravam a lama enquanto os bichos galopavam colina acima. Yuu se aproximou de cabeça erguida. Era importante exalar confiança. Talvez até fosse necessário que o general Tigre Rosnante acreditasse nela, mas o que precisava mesmo era da confiança dos soldados. Claro, tinha que levar em consideração o fato de que, se os militares fossem da província de Qing, havia a possibilidade de que simplesmente a empalassem o peito e arrastassem seu corpo de volta para o acampamento. O que certamente colocaria um fim abrupto no retorno receoso da Arte da Guerra.

— Alto lá! — disse um dos homens enquanto se aproximavam.

De provincianas aquelas tropas não tinham nada; eram soldados de elite de Wu. Montaram formação ao redor de Yuu, Natsuko e Li Bangue, cercando-os. Se errasse na abordagem, todos morreriam. Quer dizer, todos menos Natsuko. A velha deusa provavelmente riria se lhe enfiassem uma lança no peito.

— Não — disse Yuu.

Ela inclinou a cabeça para que o líder dos soldados conseguisse ver debaixo do douli, para que conseguisse ver a máscara. E continuou avançando de forma determinada. Ignorou a lança apontada para seu peito, deu um passo para o lado e contornou o garanhão que fungava névoa em seu rosto. Natsuko, graças aos deuses, ficou em silêncio.

O líder olhou para os camaradas. Não dava para ver direito a expressão por debaixo do elmo, mas era possível perceber que parte de sua empáfia havia evaporado. Era importante demonstrar controle, mesmo que tudo estivesse indo de mal a pior. O soldado deu meia-volta com o cavalo quando Yuu passou e o posicionou de novo na frente dela.

— Eu disse alto lá!

Ele posicionou a lança a centímetros do peito de Yuu.

— E eu não vou ficar me repetindo — disse ela. Sua voz mudara, assumira um tom de comando, da confiança que no passado era motivo de tanto orgulho. A mudança não fora uma decisão consciente. Acontecera naturalmente.

Com gentileza, empurrou a ponta da lança para fora do caminho e continuou a caminhar. — Estou aqui para ver o general Tigre Rosnante. Ele vai querer se encontrar comigo.

— Você é ela mesmo? — perguntou um soldado de rosto liso, que nivelou o cavalo com Yuu.

Ela o encarou, e os olhos dele vagaram sobre a máscara, sem nenhum traço específico além da rachadura do lado direito.

— Nossas preces foram atendidas — disse o soldado de rosto liso. — Eu lutei para você, estrategista. Lutei para você e para o Príncipe de Aço. — O sujeito ficou em silêncio por um instante, mas Yuu conseguia sentir que o rapaz estava pensando bem nas próximas palavras. — Você fez aquilo mesmo?

Yuu olhou para a frente, em direção ao acampamento no sopé do vale, à estrada de terra batida que levava à cidade. Demonstre convicção. Nunca deixe que os inimigos a vejam hesitar. Nunca deixe as tropas perceberem sua indecisão. Dentro das vestes, ela beliscou o braço com tanta força que chegou a doer. A Arte da Guerra deve sempre liderar e esperar que os outros a sigam sem questionamentos.

— Eu não matei o Príncipe de Aço. — Palavras que nunca dissera para ninguém. Eram verdade, mesmo assim tinham gosto de mentira. — Mas coloquei outro no lugar dele, sim. Para vencer a batalha, para vencer a guerra, fiz o que foi necessário.

O moço de rosto liso assentiu.

— Vamos te escoltar até o general, estrategista.

O soldado na liderança deu um chute no próprio cavalo e empurrou com força o jovem desbarbado sobre a sela.

— Eu estou no comando aqui, soldado.

— É Arte da Guerra, sargento. Se existe alguém capaz de encontrar um jeito de recuperarmos a cidade e salvar nosso povo, é ela.

Yuu ignorou a discussão, contornou os cavalos e continuou caminhando. Não fazia ideia se Natsuko a seguia ou se havia tomado um chá de sumiço outra vez. Ou se Li Bangue e Inchado estavam sendo imobilizados à ponta de lança. Não podia se dar ao luxo de olhar para trás e conferir.

— Se for verdade, então ela é uma criminosa e traidora — disse o sargento.

— Isso não é você que decide, senhor. Apenas o general pode tomar essa decisão.

O sargento manobrou o cavalo de novo e passou a cavalgar ao lado de Yuu.

— Vá! — vociferou.

E simples assim, ela tinha uma escolta para adentrar o exército hosânico.

Os hosânicos ficaram boquiabertos com a presença de Yuu enquanto ela avançava pelo acampamento de cabeça erguida. Sussurros serpenteavam como cobras em seu encalço. O local era impressionante de tão organizado, com fileiras impecáveis de tendas dispostas por todo o entorno. O barulho de um martelo firmando uma bigorna se misturava aos gritos de um sargento conduzindo o treinamento de tropas. O cheiro era uma mistura atroz de fumaça molhada, lama e merda. Alguns soldados lubrificavam suas lanças, arrumavam os punhais de couro das espadas ou dormiam; esses eram os veteranos. Outros riam em grupos, moviam-se em suas armaduras mal ajustadas ou andavam, nervosos, para lá e para cá sobre o barro; os recrutas novatos que ainda não haviam participado de batalhas. Tudo muito familiar para Yuu. Era como voltar para casa e perceber que nada havia mudado.

A escolta a levou até o que outrora fora um cruzamento no pé da montanha, mas que milhares e milhares de botas militares transformaram num lamaçal. Os soldados a guiaram até uma estalagem alta de madeira no centro do acampamento. Havia uma placa pendurada do lado de fora, mas que não exibia nada além de uma mancha escura. O interior era espaçoso, com apenas algumas cadeiras, uma mesa gasta de madeira encostada na parede dos fundos e uma escada que subia para o segundo andar. Marcas profundas no chão serviam de evidência de que antes havia muitos móveis ali, o que já não era mais verdade. Esse era o centro de comando do general Tigre Rosnante, e o homem, pelo visto, tinha gostos austeros. Pelo menos isso Yuu aprovava.

— O general está fazendo reconhecimento da área com as tropas, estrategista — disse o soldado de rosto liso, e fez uma reverência. — Mandamos avisar da sua presença.

O sujeito se postou ao lado da porta, o que não passou despercebido. Ela estava sendo mantida sob observação, no aguardo do veredito do general. Manteve a compostura e se recusou a demonstrar qualquer ansiedade. A máscara ajudava.

Natsuko passou resmungando e se afundou numa cadeira perto da janela com vista para a cidade sitiada.

— Pelo visto estão todos em polvorosa com a sua chegada repentina — disse a deusa. — Ouvi mais do que alguns soldados te proclamando como o Salvador de Anding.

— Parece meio cedo para isso — disse Li Bangue, enquanto se acomodava no primeiro degrau da escada e tentava torcer a água da túnica. Uma poça logo se formou a seus pés. — Pensei que iam matar a gente.

Yuu recostou o ombro contra a parede perto da deusa e encarou o morro que levava à cidade. Baixinho, disse:

153

— Não estão falando de mim. Minha avó era o Salvador de Anding.

Li Bangue fungou.

— Como é?

— Você não sabe do cerco de Anding? — perguntou Yuu. — Já deve fazer uns setenta anos. Foi a primeira vez que os cochtanos invadiram Hosa.

Li Bangue simplesmente meneou a cabeça, mas Natsuko resmungou e torceu as mãos nodosas.

— Eu estava meio ocupada ouvindo as preces dos perdidos da época. Não prestei atenção aos detalhes.

Yuu sorriu. Nunca achou que fosse ter motivo ou oportunidade de ensinar história para uma deusa.

— Assim como agora, Anding foi uma das primeiras cidades a ser invadida pelos cochtanos. É a capital de Ning e, como dá para ver, dificílima de invadir. Mas era um prêmio valioso, porque serviria como base de saída para ataques ao interior de Hosa. — Yuu empurrou o douli e o deixou pendurado nas costas. Depois, procurou pelas vestes, pegou a pequena estátua na qual estava trabalhando e começou a esculpir. — O rei de Ning era um homem orgulhoso. Ele se recusava a renunciar à cidade e colocou a maior parte de suas tropas dentro das muralhas. Ainda assim, os cochtanos eram muito superiores em número, e ele sabia que seu clamor por ajuda a outras províncias demoraria a ser atendido, isso se fosse. Sabia que era apenas uma questão de tempo antes que Anding caísse, e ele cairia junto.

— Você está gostando de me dar aula, não está? — perguntou Natsuko, com os olhos tão semicerrados que pareciam fendas.

Yuu deu um sorriso, mesmo sabendo que a deusa não conseguiria vê-lo por trás da máscara.

— É uma mudança revigorante de dinâmica. As táticas e estratégias do rei de Ning eram, e ele próprio admitia, fracas. Seus conselheiros defendiam com unanimidade que o certo seria fugir. Mas havia uma moça, funcionária de sua esposa, que era reconhecida por suas habilidades no xadrez e pelo apreço por filosofia. O que a fazia ser algo como uma forasteira entre os colegas. Bom, isso e a habilidade de fazer qualquer um chorar com nada além da língua afiada que tinha.

— Já gosto dela — disse Natsuko.

— Pois é, você provavelmente teria gostado mesmo. Mas, apesar de suas estratégias capengas, se havia uma coisa que o rei de Ning fazia direito era encontrar talentos e ter a sabedoria de respeitá-los. Ele procurou pelos conselhos dela várias vezes, e a consultava a respeito de tudo que envolvesse a defesa da cidade. Sempre em segredo, é claro. Não seria de bom-tom que o rei fosse visto recebendo orientação de uma mulher. Depois de pouco tempo, tê-la por perto já não bastava mais. Conforme os cochtanos intensificavam os ataques, ele precisava que ela estivesse ao seu lado constantemente.

— Naquela época, infelizmente, mulheres não eram nem soldados, nem estudiosas e muito menos conselheiras em Hosa — continuou Yuu. Estava feliz pela evolução desse quesito em apenas setenta anos. — Então, o rei de Ning lhe deu uma máscara e a mandou usá-la sempre. Para que nunca saísse de seu lado. Não demorou para que todos os soldados e comandantes percebessem de onde as ordens estavam realmente vindo. E foi então que a Arte da Guerra nasceu. Minha avó, uma jovem que nunca conhecera nada além de uma vida abastada e privilegiada atrás das muralhas de uma grande cidade, rapidamente conquistou o respeito de alguns dos maiores e mais experientes soldados de Hosa. E foi através das orientações dela que Anding se manteve firme por tempo o bastante para que aliados de Sich, Long e Lau chegassem.

— O povo a chamava de Salvador de Anding, já que nunca souberam que era uma mulher. Era apenas o começo da guerra, é claro. Minha avó foi fundamental para reverter a invasão cochtana em toda a fronteira de Hosa. No fim da guerra, ela comandava o maior exército que a nação já vira, uma coalisão de sete províncias. E quando os cochtanos finalmente recuaram e a guerra foi vencida, minha avó, em segredo, tirou a máscara e a Arte da Guerra simplesmente desapareceu.

— Até você assumir? — perguntou Natsuko.

Yuu encarava o chão e estava com a faca no meio de um movimento.

— Não por escolha minha — respondeu.

Nunca desejou ser a Arte da Guerra. Nunca desejou ser uma estrategista. Nunca desejou o fardo do legado de sua avó. Quer dizer, a história não era bem assim. A princípio, não quisera. Mas acabara não tendo escolha.

A deusa se esticou, segurou a mão de Yuu e a apertou com gentileza.

— Por escolha de quem, então?

A porta se abriu com tudo, o que assustou todos e principalmente o soldado perto da entrada, que deixou a lança cair no chão com um estrondo. Um velho grisalho cuja armadura gasta de cerâmica mal resguardava seu corpo entrou. Seu rosto era como um trovão, e a voz, um raio.

— É melhor que não seja piada! — vociferou. — Porque não tem graça nenhuma. Esses bastardos dos Qing já não largam do meu pé.

Sua armadura era de um vermelho opaco e enferrujado e a túnica volumosa por baixo, preta. As ombreiras tinham o formato de ondas.

— General Tigre Rosnante — disse Yuu.

Ela se afastou da parede e fez uma reverência até a cintura. Era o mínimo de respeito a demonstrar. Ele podia até não ser um estrategista, mas um bom comandante nem sempre precisava ser.

— Puta merda — resmungou o Tigre, com a voz baixa. — Eu realmente esperava que fosse piada mesmo.

Atrás do general vinha outro sujeito. Mais alto e mais novo, mas sem sombra de dúvidas da família a julgar pelo nariz achatado e a covinha no queixo. Parecia um homem em seu auge, com a postura impecável e a pele reluzindo de saúde. Sua armadura era de um vermelho profundo, perfeitamente cuidada enquanto a de seu irmão acabara daquele jeito. Yuu o olhou com certa apreensão. Ali estava um verdadeiro herói. O Maré Rubra tinha uma reputação tão sangrenta quanto seu nome. Daos gêmeas balançavam em seu cinto e havia uma lança pendurada em suas costas. Segundo os rumores, o Maré Rubra matara homens suficientes para povoar uma cidade de fantasmas, e Yuu era obrigada a admitir que havia, com certeza, algo de ameaçador que tremulava naqueles olhos pretos profundos. Ele se inclinou na parede perto da porta de braços cruzados e a encarou.

— Não pode ser você — vociferou Tigre Rosnante.

O general atravessou o recinto e semicerrou os olhos para Yuu.

— Sou eu, general. Peço desculpa pela inconveniência.

A Arte da Guerra deve falar com eloquência, sempre com calma, e certa de que tudo, inesperado ou não, faz parte do plano.

O Tigre Rosnante bufou e começou a andar para lá e para cá no centro da sala.

— Então prove. Tire essa maldita máscara.

— E o que isso provaria, general? O senhor nunca viu meu rosto. Nunca nos encontramos antes.

— Tire mesmo assim — sibilou o general.

Yuu pensou a respeito. Na realidade, não fazia diferença se fosse reconhecida. Já estava ali, e com o destino inteiramente nas mãos dele.

— Não — disse, baixinho.

A Arte da Guerra nunca fora desmascarada, e isso era uma coisa que ela manteria se pudesse.

O Tigre Rosnante parou de perambular e, com os punhos cerrados e olhos arregalados de raiva, encarou-a intensamente.

— Eu poderia ordenar que arrancassem essa sua máscara.

— Não estou aqui para brigar com o senhor, general — disse Yuu, com calma. *A Arte da Guerra deve sempre falar com suavidade. Forçar que outras pessoas escutem os coloca em desvantagem.* A facilidade com que voltara àquele papel a surpreendia. Um papel que abandonara havia cinco anos, na esperança de nunca mais reprisá-lo. — Estou aqui para ajudá-lo.

156

— Me ajudar? — zombou Tigre Rosnante. — Ajudar como? Transformando meu acampamento num caos? Metade dos meus soldados já quer que você nos salve, e a outra metade quer te enforcar. Você trouxe discórdia para as tropas, estrategista. Me diga como isso é ajudar!

— Minha intenção é salvar vocês mesmo.

Yuu sorriu mesmo sabendo que ninguém veria.

— Não precisamos ser salvos — disparou o general. — Precisamos recuperar aquela cidade maldita.

Ele estreitou os olhos para Natsuko. A deusa, sentada imóvel e em silêncio, surpreendentemente contida, se contentava apenas em observar e não se envolver. O general passou a encarar Li Bangue, e o aspirante a herói ainda encharcado ficou mais pálido do que leite de cabra.

Por fim, com os olhos semicerrados e os dentes trancados, voltou a encarar Yuu.

— Você não pode ser ela. Você não é uma mulher de noventa e três anos. — Olhou de volta para Natsuko e um sorriso surgiu em seu rosto. — Acho que agora eu entendi.

Yuu duvidava, mas se o general queria acreditar que Natsuko era a verdadeira Arte da Guerra, que acreditasse então. Contanto que concordasse em obedecer as suas ordens, não importava.

— General — disse Yuu. — Me deixe ver se estou entendendo toda a situação. O imperador Einrich WuLong está marchando com a maior parte das tropas de Hosan para Shin, ao leste, para encarar os cochtanos que dominaram a província e montaram acampamento lá. O império espera que você e seu exército retomem Ning e depois ataquem Cochtan para destruir a distribuição de suprimentos e dividir a atenção do inimigo.

O general Tigre Rosnante grunhiu e começou a andar para lá e para cá de novo.

— Os mestres do Vale Solar estão presos nos Inquebráveis Penhascos por um número esmagador de cochtanos. Aquelas tropas cochtanas têm a Floresta de Bambu na retaguarda, então ficam imunes a ataques vindos do sul devido aos espíritos que infestam aquela mata. Por isso, é improvável que os mestres do Vale Solar recebam ajuda. Com o tempo, vão acabar caindo. O que vai deixar o exército cochtano com o caminho livre para atacar o senhor pelo leste.

Tigre Rosnante grunhiu de novo.

— Tudo isso — continuou Yuu — deixa o senhor numa posição arriscada, já que vocês estão presos aqui e não vão conseguir de jeito nenhum executar o estratagema do imperador. Além do mais, se os rumores forem verdade e os cochtanos realmente tiverem ressuscitado a Máquina Sangrenta, não há garantia nenhuma de que as tropas do imperador na província de Qing serão capazes de rechaçar a invasão vinda de Shin. — Yuu se afastou da parede, chegou mais perto do general e começou a acompanhá-lo para lá e para cá. — E, pelo visto, essa situação é culpa sua, não é?

Ele parou e, com os olhos arregalados e uma veia latejando na testa, se virou para Yuu.

— O senhor visitou Ning há poucos dias. No máximo cinco a julgar pelo estado desse acampamento. Seu exército convocou todos os homens aptos para o serviço. Depois, na pressa, deixou a cidade praticamente indefesa para marchar em direção norte, para Cochtan. Foi então que uma tropa de soldados cochtanos apareceu, provavelmente vindos do leste, uma parte das forças que está atacando o Vale Solar. Tomaram Anding sem nenhuma resistência, cortaram a linha de suprimentos do senhor e ainda colocaram o inimigo no seu rastro, e por isso vocês voltaram para cá. O senhor foi superado, general.

Yuu inclinou levemente a cabeça sem nunca deixar de encarar os olhos do general.

— Parece que o senhor precisa de uma estrategista.

— E eu deveria confiar em você, é isso? — perguntou Tigre Rosnante, bufando. — Por acaso preciso te relembrar que nós lutamos em lados opostos na última guerra, estrategista?

Yuu deu de ombros.

— Aquela guerra acabou, general. Por acaso eu preciso relembrar o senhor de que eu lutei do lado do imperador atual? Eu o conhecia quando o nome dele era Eco da Morte.

O general deu uma gargalhada intensa.

— São poucos os que sabem disso. Pelo jeito você é ela mesmo. — Ele olhou para além dos ombros de Yuu para Natsuko, sentada à toa contra a parede. — Você tem um plano para recuperar essa cidade?

— Ainda não — admitiu Yuu. — Preciso de um mapa da cidade e da área ao redor, informações corretas e atualizadas a respeito das defesas e uma lista das tropas que o senhor tem à disposição.

O general franziu o cenho por um momento enquanto ponderava, depois assentiu uma vez e foi com pressa para a lateral do recinto. Agarrou a mesa gasta e, com os pés rangendo, arrastou-a até o meio do salão.

— Busque o mapa — vociferou para o soldado ao lado da porta.

Logo depois de a porta se abrir e o soldado sair correndo, outro apareceu, agora com a armadura verde da província de Hangsu, e entrou. Ele fez uma reverência e esperou que o Tigre Rosnante o notasse.

— O que é? — resmungou o general.

O soldado recobrou a postura e encarou Yuu.

158

— O Príncipe de Qing está a caminho, general — disse o rapaz. — Junto com vinte e quatro de seus guardas pessoais.

Tigre Rosnante sibilou entre os dentes, meneou a cabeça e dispensou o soldado bem quando o sujeito com os mapas voltou e os abriu sobre a mesa.

— Você tem dez minutos no máximo, estrategista — resmungou. — Invente um plano para tomarmos aquela maldita cidade antes que o príncipe chegue, e eu estendo minha proteção a você. Senão, ele que faça o que quiser.

Era impossível, e os dois sabiam. Anding nunca sucumbira a um cerco. Sua avó a defendera contra tropas cinco vezes maiores do que o exército que tinha. Era conhecida como a cidade de Hosa mais difícil de invadir, talvez até mesmo do mundo. O general queria que ela bolasse um plano para recuperá-la em meros minutos. Estava destinando-a ao fracasso.

A menos que ele não fosse, sim. O general estava meio tenso, como uma corda tão esticada a ponto de desfiar e prestes a arrebentar. Yuu vasculhou suas memórias do passado e analisou tudo o que sabia a respeito daquele homem. Havia o estudado quando era sua inimiga, aprendido o que conseguira sobre ele e o irmão numa tentativa de combatê-los a cada passo.

O Tigre Rosnante não fazia parte da nobreza. Não tinha sangue real de nenhuma das províncias. Nasceu nas trincheiras de Kaishi, na província de Lau. Entrara por vontade própria no exército hosânico quando ainda não passava de uma criança e arrastara o irmão, à época um bebê, junto. Conquistara a patente e o nome Tigre Rosnante ao assumir o comando durante as investidas ipianas. Seu comandante havia sido assassinado em um duelo por um shintei. Seu irmão se apressara para matar o shintei, mas fora o Tigre Rosnante que assumira o comando das tropas hosânicas. Foi apenas por meio de sua força de vontade e do volume de seu rugido que impediu a destruição do exército de Hosa. Depois, sua escalada pelas patentes fora meteórica, e Henan WuLong lhe ofereceu a posição de general das guerras de unificação. Ele se tornara o comandante supremo de todo o exército, mas fora rebaixado quando o Imperador Leproso assumiu o trono. Não era político. Nem diplomata. Sua força residia no respeito que conquistara dos soldados e na habilidade de manter as tropas unidas através de um ímpeto inquebrantável. Tudo o que conquistara viera por meio da força de seu comando e coragem.

Não. O Tigre Rosnante não a estava destinando ao fracasso. Ser ardiloso simplesmente não fazia parte de seu éthos. Ele estava lhe oferecendo a única chance que tinha à disposição para mantê-la em segurança. Não poderia revogar a reivindicação de um príncipe de Qing pela vida de Yuu sem um bom motivo, então precisava lhe dar um bom motivo.

— Qual o tamanho das forças cochtanas? — perguntou Yuu, se aproximando do mapa.

Era uma representação atualizada da cidade vista de cima, que contava inclusive com a muralha desmoronada e o acampamento hosânico no pé da montanha.

Tigre Rosnante bufou e se juntou a Yuu.

— Acreditamos que eles tenham cerca de mil soldados. Uma mistura de infantaria e arqueiros. Ou do que quer que sejam aqueles malditos tubos de fogo que eles usam.

— Rifles — disse Yuu.

Já tinha os visto antes. O Imperador Leproso usava um na época em que era conhecido como Eco da Morte. Eram engenhocas destrutivas que usavam um pó preto explosivo para impulsionar bolas de metal a uma velocidade assustadora. Superiores aos arcos em todos os quesitos tirando o tempo necessário para recarregá-los.

O Tigre Rosnante se encostou na mesa e enfiou as unhas na madeira.

— Nosso alcance sobre o inimigo é péssimo, e aqui de baixo não temos vantagem nenhuma. Eles também têm pelo menos três daquelas máquinas voadoras. O resto é apenas infantaria mesmo. Lanças e espadas, principalmente, e armaduras de metal. Os cochtanos não têm técnicas, mas os soldados são equipados com um tipo de mecanismo pessoal que os deixa mais fortes. Vi um dobrar uma espada com as próprias mãos.

Isso era novidade. Yuu nunca ouvira falar de uma coisa dessas antes, mas o Tique-Taque também parecera muito mais forte do que deveria ser sem o auxílio de uma técnica.

— E as suas tropas? — perguntou Yuu.

— Dois mil soldados de infantaria, quinhentos arqueiros, duzentos homens na cavalaria pesada, não que sirvam para muita coisa aqui, e cento e cinquenta Guardas de Lótus.

Os Guardas de Lótus eram uma vantagem bem-vinda. Desde que assumira o trono, o imperador começara a treiná-los para que fossem os guerreiros da mais alta elite que Hosa já vira. Treinavam pesado as técnicas herdadas e recebiam armaduras e equipamento da melhor qualidade. Cada um valia mais do que dez militares normais. Só não eram páreo para os heróis que viajavam pelo império.

Tigre Rosnante sussurrou e assentiu para o irmão, que estava recostado na parede ao lado da porta.

— E também temos o meu irmão, o Maré Rubra. Tenho certeza de que você sabe tudo sobre ele, estrategista. — E ela sabia mesmo. O Maré Rubra fora, em várias ocasiões, o fator para o qual Yuu não tinha como se preparar. Sua valentia em batalha era lendária, e até mesmo o Príncipe de Aço hesitara quando o encontrava em combate. — E Voo do Dragão, o arqueiro.

Era um nome novo para Yuu.

— Me conte sobre ele — disse, enquanto analisava o mapa.

Já estava avaliando as possibilidades, pensando em formações, artimanhas e contra-ataques.

— Um arqueiro bom pra caramba — vociferou o Tigre Rosnante. — Nunca erra. De algum jeito, consegue alcançar mais longe até do que aquelas engenhocas dos cochtanos. Ele tem feito de tudo para encurralar os invasores. O sujeito parece que tem uma técnica para alterar o percurso da flecha depois de lançá-la.

Yuu analisava o mapa em silêncio. Não conseguia pensar em nenhuma forma de atacar a cidade sem perdas significativas. Perdas capazes de acabar com um exército, mesmo sob comando do Tigre Rosnante. Tinha que ter um jeito. Alguma coisa. Uma vantagem que estava ignorando. Uma fraqueza nas defesas que poderia ser explorada. Talvez algo que sua avó mencionava nas antigas histórias. Uma regra para quebrar o que lhe permitiria trapacear e vencer o jogo.

— Tem a questão dos habitantes de Anding também — disse o Maré Rubra numa voz que parecia navalhas envoltas em seda.

O Tigre Rosnante resmungou.

— O povo que deixamos para trás. Mulheres, crianças, doentes, funcionários da cidade covardes, que fugiram da convocação por causa de seus benefícios reais.

— Eles não morreram? — perguntou Yuu.

Tigre Rosnante meneou a cabeça.

— Quando os cochtanos tomaram a cidade, até houve certa resistência, mas nós não tínhamos deixado ninguém capaz de defender o lugar para trás. Levaram menos de uma hora para invadir e agora estão mantendo o controle, só que não mataram nenhum dos habitantes.

— Mas talvez matem — disse Maré Rubra. — Se atacarmos.

Mais uma peça no tabuleiro. Uma peça fraca, inútil a não ser como refém, mas outra peça mesmo assim. Só que de quem?

Uma batida forte na porta ressoou pelo recinto. Um soldado corpulento entrou rápido.

— Senhor, o príncipe de Ning está aqui. E trouxe um bocado de gente de arrasto, senhor.

O Tigre Rosnante dispensou o sujeito e voltou a perambular pelo salão.

— Seu tempo está acabando, estrategista. Arranje esse plano para mim.

161

Ele assentiu para o irmão, que se colocou à frente da porta fechada e a tapou como se não estivesse simplesmente impedindo a entrada de um príncipe hosânico.

Alguém bateu.

— General! — gritou uma voz profunda lá de fora. — Abra a porta, general. Sei quem está aí dentro e vou fazer justiça pela morte do meu primo.

Outra batida. Alguém claramente se jogou contra a porta, mas o Maré Rubra, com uma expressão presunçosa no rosto, parecia capaz de impedir que o príncipe e seus homens entrassem à força.

— E a muralha sul? — perguntou Natsuko.

A deusa parecia preocupada, o que só servia para deixar Yuu mais nervosa ainda.

— É onde a defesa é mais fraca, isso é fato — disse Tigre Rosnante. — Mas se meus homens escalarem o penhasco vão ficar expostos aos cochtanos. Talvez, se tivéssemos uma semana, daria para construir uma torre de cerco, mas eu preciso retomar essa cidade agora.

— Derrubem — gritou o príncipe, na rua.

— Irmão? — chamou Maré Rubra.

Tigre Rosnante bateu o punho contra a mesa e grunhiu.

— Acabou o tempo, estrategista. Deixe que entrem.

Maré Rubra deu de ombros e se afastou. A porta se abriu com tudo e um soldado com a armadura dourada de Qing tropeçou e caiu, todo esparramado, no chão. Atrás dele havia um homem alto e bonito com o rosto tão parecido com o do Príncipe de Aço que o coração de Yuu chegou a doer. Ela voltou a encarar o mapa enquanto sua mente corria para bolar e já descartar outro plano que só serviria para massacrar milhares de militares hosânicos. Tinha que haver uma saída. Sempre havia. Nenhuma defesa era impenetrável, nenhum ataque era infalível. *A Arte da Guerra deve sempre estar aberta às possibilidades,* dissera sua avó. *Nenhum plano é forte o bastante para resistir, ao mesmo tempo, à astúcia do inimigo e à inaptidão dos aliados.*

— General — disse o príncipe, enquanto passava por cima do soldado caído. — Essa mulher é a criminosa conhecida como Arte da Guerra, e eu exijo a vida dela em nome de Qing.

Tigre Rosnante o interceptou, se colocou entre ele e Yuu e usou sua considerável presença para exigir atenção.

— Como, Príncipe Qing, você ousa entrar assim no meu centro de comando e fazer exigências? O Imperador dos Dez Reis em pessoa me concedeu autoridade, então minha palavra aqui é lei. — A voz do general soava como o rugido de um animal selvagem prestes a atacar. Até mesmo o príncipe vacilou frente à tamanha raiva. — Se você tem uma queixa a respeito de algum dos meus conselheiros, então devia ter seguido os protocolos corretos. Respeitado a cadeia de comando.

— Eu...

— *Não* manda nada aqui — rosnou Tigre Rosnante tão alto que até mesmo a chuva lá fora se aquietou de medo.

O recinto foi preenchido pelo silêncio por um instante. Yuu se lembrou de outra das lições de sua avó. *Para defender uma cidade, não há vantagem maior do que a própria cidade em si e defensores mais destemidos do que aqueles que a conhecem como a palma da própria mão. Aqueles que mais têm a perder.*

O Príncipe de Qing tossiu e fez uma reverência ridícula, visto que tinha uma patente muito mais alta do que o general.

— O mandado de prisão foi assinado pelo imperador Einrich WuLong em nome da família real de Qing. Ela é uma fugitiva, general. Uma criminosa. Uma assassina, traidora. Condenada pela própria autoridade que o senhor agora menciona. Eu, como representante de Qing, tenho direito à cabeça dela!

O príncipe não iria recuar. E com toda a razão. O Tigre Rosnante estava fazendo tudo o que podia para ganhar tempo, mas a menos que Yuu lhe oferecesse uma razão, ele simplesmente não tinha toda aquela autoridade que dizia ter. A vida dela já era.

Mesmo assim, o general não abriu o caminho.

— Você sabe quem ela é, Príncipe Qing. Então, sabe do que ela é capaz. Não existe melhor estrategista em Hosa, e o destino do império pode muito bem depender do resultado deste cerco. — Ele virou a cabeça sutilmente e falou para trás. — Você tem um plano, estrategista?

Se pelo menos houvesse um jeito de entrar na cidade. Um jeito astuto. Uma forma de se esgueirar lá para dentro com apenas algumas poucas pessoas. Yuu olhou para Li Bangue, sentado na escada da taverna, satisfeito por ter sido deixado de lado em meio à comoção. Talvez nem fosse necessário colocar ninguém lá para dentro. Talvez já tivessem tudo de que precisavam.

Com um suspiro, o Tigre Rosnante murchou.

— Príncipe Qing...

— Tenho — disse Yuu.

Merda, precisava muito de uma bebida. Acontece que, mesmo que houvesse dez garrafas de vinho, ela teria que tirar a máscara, e a Arte da Guerra nunca tira a máscara.

— Não — sibilou o príncipe.

Ao erguer a mão e encará-lo de forma ameaçadora, Tigre Rosnante fez com que ele se calasse.

— Mesmo? — esbravejou o general. — Você não me venha com alguma artimanha só para estender a sua vida, estrategista. Você tem mesmo um plano efetivo para retomar a cidade?

— Tenho — respondeu Yuu, com a voz vacilando apenas um pouquinho.

Talvez sua avó não tivesse vacilado, mas Yuu nunca conseguira honrar aquele legado direito.

Tigre Rosnante deu um sorriso largo.

— Então muito me alegra estender a proteção do imperador Einrich WuLong para você, estrategista.

— Eu não vou permitir! — disse Príncipe Qing, sacando o jian.

Era uma espada digna da nobreza, ricamente decorada sem nenhuma mísera marca na lâmina ou mancha nos adornos. Uma arma nunca usada em combate.

Com calma, Tigre Rosnante deu um passo em direção ao príncipe, o que fez a ponta da espada raspar a armadura de cerâmica do general.

— É um duelo, então? Bom, é claro que eu aceito. Mas meus dias de herói ficaram para trás, Príncipe Qing. Meu irmão vai lutar por mim.

Príncipe Qing deu uma olhada para Maré Rubra e avistou o sorriso malicioso em seu rosto. Sem demora, devolveu a espada à bainha.

— O imperador vai ficar sabendo, general!

O Tigre Rosnante vociferou:

— Eu concordo, Príncipe Qing. O imperador vai ficar sabendo ou por mim ou por você. Mas, se o plano da estrategista der certo, minha proteção é a proteção do imperador. — Ele se virou para Yuu e parou de sorrir. — Agora, se o plano falhar, e caso algum de nós ainda esteja vivo, ela é toda sua.

— À FORÇA NÃO VAI FUNCIONAR — DISSE YUU.

Era um fato puro e simples.

— Bah — gritou o Príncipe Qing. Ele encontrara uma cadeira perto da parede dos fundos. — O conselho dela é colocar o rabinho entre as pernas, então.

Tigre Rosnante encarou-o com raiva.

— Você está sendo apenas tolerado aqui, Príncipe Qing. Cale a boca e deixe a estrategista falar. Ela é mais esperta que nós dois.

Yuu assentiu e continuou.

— Anding é difícil demais de invadir, e os cochtanos podem usar o povo ainda preso lá dentro como refém. — Yuu respirou fundo e agradeceu à avó e ao antigo rei por terem feito com que a Arte da Guerra usasse uma máscara. Era a única coisa que a mantinha de pé, que impedia que vissem seu medo e ansiedade e que evitava que os pensamentos a esmagassem. — Nossa única vantagem não são nossos próprios números, mas sim os números dos cochtanos. A tropa deles é pequena e depende completamente dos penhascos e das muralhas da cidade e de como os rifles são mais poderosos do que nossos arqueiros. Contra um ataque determinado, não conseguiriam se defender.

— Você acabou de dizer que à força não vai funcionar — mencionou o príncipe. — Você é toda enrolada, mulher. Se decida e fale de uma vez para que a gente acabe com essa farsa e arranque sua cabeça.

O general não o advertiu dessa vez.

— Ele tem razão, estrategista.

Yuu primeiro olhou para o príncipe e depois para o Tigre Rosnante. Por fim, se virou para Li Bangue. Ele não parecia feliz por, de repente, ter se tornado o centro das atenções e ficou inquieto. Yuu se aproximou, ajoelhou em sua frente e sussurrou para que ninguém mais ouvisse:

— Você consegue ver a cidade?

Li Bangue soltou uma risadinha nervosa.

— Não sei, eu...

— Não estou pedindo para ver cada cantinho — explicou Yuu. — Só estou tentando salvar vidas hosânicas. Ajudá-los a acabar com essa guerra antes que ela se espalhe a ponto de destruir tanto Hosa quanto Cochtan. Só que não vou conseguir sem você e sem a sua técnica. — Li Bangue franziu o cenho. Seus lábios tremiam. Mas era isso o que ele queria. Uma técnica. Se tornar um herói. E, bom... Yuu sabia melhor do que muita gente que nem todos os heróis empunhavam espadas. Alguns, muito embora poucos tão grandes como ele, lutavam longe do campo de batalha, usando astúcia e estratégia.

Li Bangue passou a mão pelo cabelo bagunçado e fungou.

— Ainda estou aprendendo como usar, mas, hum... talvez eu consiga. O que você quer que eu veja?

— As pessoas — respondeu Yuu.

— Mas que coisa é essa? — exclamou o príncipe. — Quem é esse camponês gorducho? Por que estão pedindo para ele planejar a retomada da cidade?

— Quieto — vociferou Tigre Rosnante.

O general estava escolhendo acreditar nela porque já se conheciam. Não diretamente, nada tão pessoal assim. Haviam se enfrentado em incontáveis ocasiões no decorrer da guerra e acabaram entendendo melhor um ao outro do que teriam através de uma amizade.

— Encontre o povo de Anding — disse Yuu, baixinho. — Mulheres, crianças, idosos. Encontre-os. Só isso. É só encontrá-los. Descubra onde fica o esconderijo e me conte.

Li Bangue franziu o cenho e, incerto, assentiu.

— Vou tentar.

Respirou fundo algumas vezes e então ficou com o olhar distante, enevoado.

— O que ele está fazendo? — perguntou Tigre Rosnante.

Natsuko riu alto e gesticulou com a mão de forma preguiçosa.

— Já está na minha hora — disse, enquanto se levantava e ia em direção à porta nos fundos da estalagem. — Tenho lugares para ir, deuses para incomodar.

Ela abriu a porta, saiu e a fechou.

— Não tem nada lá atrás — grunhiu o general. — Só uma escada que leva para o porão.

Yuu suspirou. Óbvio que a deusa tinha escolhido o pior momento possível para começar com aquelas brincadeirinhas.

Príncipe Qing disparou até a porta e praticamente a arrancou das dobradiças. Mas, é claro, Natsuko tinha sumido.

— Que história é essa? — sibilou. — Algum tipo de ilusionismo?

Yuu o ignorou e voltou a analisar o mapa sobre a mesa.

— À força não vai funcionar — repetiu. — Um ataque violento resultaria na vitória das tropas hosânicas, mas o custo seria alto demais. Não teríamos mais os números necessários para investir contra a fronteira cochtana nem contra lugar nenhum.

O Tigre Rosnante grunhiu.

— Mas também não dá para deixarmos os cochtanos aqui. Se marcharmos para o norte, vão atingir nossa retaguarda antes de chegarmos à fronteira cochtana. Enquanto eles continuarem controlando Anding, não temos como garantir o transporte de suprimentos, e um exército não marcha sem suprimentos.

— Mas é exatamente o que vocês vão fazer — disse Yuu. — Não marchar para o norte, mas recuar para o leste.

— Você é surda, por acaso? — disse o príncipe, irritado da cadeira. — Ele acabou de dizer...

— Mande uma tropa pequena até a muralha sul agora — ordenou Yuu, baixinho. — Mande tentarem escalar os penhascos hoje à noite sob o...

— Minha própria equipe já inspecionou aqueles penhascos — disse o príncipe. — São arriscados demais, isso para dizer o mínimo, e os cochtanos colocaram guardas no topo. Só de irmos analisar o terreno já perdemos um soldado. Qualquer tentativa de escalada é suicídio.

— Sim — assentiu Yuu. — Os cochtanos vão estar de olho e vão reagir a qualquer tentativa sobre os penhascos. Mas é bem isso que vamos tentar fazer. Uma tropa pequena, general. Mande seus homens tentarem escalar, mas ordene que recuem assim que começarem a sofrer perdas.

— Você não quer que eles consigam? — perguntou Tigre Rosnante.

— Eles não têm como conseguir — admitiu Yuu. — Mas precisam fazer parecer que estão tentando.

— E como é que isso ajuda? — perguntou o príncipe.

Yuu suprimiu um suspiro e, mais uma vez, ficou grata pela máscara esconder seu rosto.

— Guerras são vencidas muito mais por informações do que por espadas, Príncipe Qing. É uma informação errada que vai nos fazer ganhar essa batalha.

O general resmungou.

— Isso é o que você diz, estrategista, mas eu aposto que um de nós ainda vai ter que molhar a espada antes de os cochtanos baterem em retirada.

Yuu o encarou e respirou fundo para se acalmar.

— Não vão bater em retirada, general. Nenhum deles vai sair de Hosa.

Um silêncio condenatório assolou o recinto. Tigre Rosnante e Príncipe Qing a encararam. Então, o general disse:

— Você quer que a gente mate todos. Nenhum sobrevivente? Nenhum prisioneiro?

— Que sangue frio — disse Maré Rubra, com os lábios curvados em um sorriso zombeteiro enquanto meneava a cabeça.

Yuu olhou para o herói e depois de volta para o general. Este era o verdadeiro fardo dos estrategistas: ser quem faz os planos. O peso dessa responsabilidade já a levara a perder a máscara no passado.

— O senhor gostaria de saber a diferença entre nós dois, general? — perguntou. O Tigre Rosnante simplesmente a encarou, então ela continuou: — Você é líder de homens, um comandante. Você precisa ser quente, e precisa usar esse calor para inspirar suas tropas tanto para confiar na sua certeza inabalável quanto na sua paixão por assassinatos justificáveis. — Desconfortável, ele se mexeu, mas não discutiu. — Eu, por outro lado, sou uma estrategista. Preciso ser fria. Não posso levar em consideração as vidas individuais

167

das tropas. Para mim, tropas são números. Temos mais ou menos? Quantas e onde? Para vencer batalhas e guerras, sou obrigada a me desapegar das consequências. Todos os soldados cochtanos naquela cidade *precisam* morrer. Não apenas para libertar a cidade e não apenas para que ganhemos esta batalha.

Tigre Rosnante olhou rápido para o mapa.

— Você está falando da guerra? — Ele deu uma risada, mas sem humor algum. — Caramba, estrategista. Eu pedi ajuda para tomar esta cidade e agora você já está pensando no melhor jeito de acabar com a invasão cochtana inteira?

— Estou — respondeu. Mesmo sabendo que ninguém conseguiria ver, deu um sorriso lúgubre. — Por que você acha que demorei tanto para bolar um plano?

O general meneou a cabeça.

— Vamos em frente, então.

Ele gesticulou para o mapa.

Yuu voltou a prestar atenção na mesa e engoliu em seco o nervosismo acumulado em sua garganta. Seu coração batia forte. Mas era assim que funcionava, era essa a sensação de comandar exércitos e desenvolver estratégias que planejavam movimentos futuros tanto do inimigo quanto de seus próprios aliados. Fora disso que abrira mão cinco anos atrás. E, pelos deuses, como sentia falta! Do orgulho de chegar a uma estratégia vencedora. Da onda inebriante de poder quando soldados e heróis se moviam seguindo seu comando. Da empolgação de travar uma disputa mental contra um oponente em um jogo não apenas importante, mas que valia tudo. Do arrepio de ver uma batalha se desdobrar exatamente como vira em sua mente. Da espera ansiosa enquanto o resultado pairava no ar. Do prazer de provar a si mesma que era a melhor estrategista, que suas técnicas subjugaram o oponente. Vencer ou perder, viver ou morrer, tudo dependia de seu conhecimento. Nada de habilidades, nada de qi, nada de técnicas. Apenas um intelecto contra o outro. Ah, sentia falta, sim. Fora criada para isso, treinada para esta vida. Tinha um legado a honrar.

— Assim que nossa tropa for rechaçada nos penhascos do sul, os sobreviventes devem voltar para cá — disse, praticamente incapaz de esconder o tremor de empolgação na voz.

— Sobreviventes? — perguntou Maré Rubra. — Sua intenção é sacrificar nosso próprio povo?

Yuu assentiu, encarou-o nos olhos e odiou a repugnância que viu lá.

— Haverá baixas. É preciso que haja para que pareça verdade.

Suas decisões, seus planos e suas estratégias. O sacrifício, por outro lado, era dos outros.

O herói deu uma risada escarnecedora e meneou a cabeça. Ele não entendia. Não tinha como entender. Era por isso que era um herói.

— Assim que os sobreviventes voltarem, levantamos acampamento e marchamos para o leste, em direção ao Vale Solar — continuou Yuu.

— E vamos deixar a cidade nas mãos dos cochtanos? — perguntou Príncipe Qing.

— É exatamente o que eu falei que não iríamos fazer — acrescentou Tigre Rosnante. — E o imperador me mandou marchar para o norte, para Cochtan.

— Sim — respondeu Yuu. — Os cochtanos não querem a cidade, general. Não passa de uma distração. Pegaram a cidade mais difícil de invadir para atrair toda a atenção para cá, mesmo sabendo que teriam que abrir mão dela quando o senhor perdesse a paciência e que cada cochtano lá dentro iria morrer. Estão aqui para fazer com que o senhor pague por cada passo que der em direção a Anding ou para te fazer pagar por cada passo que der para longe de Anding. Eles fatiaram Hosa e separaram as nossas tropas em duas partes menos numerosas. É uma estratégia genial e, se der certo, vai ser o fim do Império Hosânico. Não podemos permitir que isso aconteça. — Ela encarou o general. — O *senhor* não pode permitir.

— E como é que vamos vencer fazendo exatamente o que eles querem que a gente faça? — grunhiu Tigre Rosnante.

— Guerras são vencidas por informações, general — repetiu Yuu. — Só é o que eles querem que a gente faça se não soubermos que é isso o que eles querem.

O Maré Rubra coçou o queixo sem barba.

— Não dá para contra-atacar se não houver um ataque para ir contra.

— Temos que partir para o Vale Solar o mais rápido que conseguirmos — continuou Yuu. — Ao mesmo tempo, vamos criar o maior desconforto possível para as tropas cochtanas em Anding.

— Como? — perguntou Tigre Rosnante.

— Fazendo o povo hosânico que continua lá se revoltar. Não queremos que as pessoas peguem em armas e avancem contra os invasores; queremos que sabotem os suprimentos, que finjam protestos, qualquer coisa que não envolva violência. Tudo o que conseguirem fazer sem sofrer represálias. Entre a agitação na cidade e a velocidade com que nosso exército vai marchar para o Vale Solar, os cochtanos vão ter que sair de Anding para nos seguir. Serão obrigados. Senão, as tropas do senhor vão pegar os cochtanos no Vale Solar desavisados, e depois continuar até encurralá-los na província de Shin, aí vão ficar presos entre o seu exército que, a essa altura, vai ter se juntado aos mestres wushu do Vale Solar e às tropas do imperador que virão da província de Qing.

— Assim vamos dar uma rasteira na vantagem deles — planejou Tigre Rosnante. — Nos colocaram numa situação impossível em que não temos escolha a não ser fazer o que eles querem. A sua intenção, no caso, é que a gente devolva na mesma moeda e os deixe sem saída.

— Exatamente — disse Yuu. — Mil batalhas podem ser vencidas atrás das muralhas de um castelo, mas nunca uma nação venceu uma guerra apenas se defendendo.

— E como vamos fazer os cidadãos de Anding agirem? — perguntou o Maré Rubra. — Não temos como entrar em contato com eles.

— Temos o Voo do Dragão — disse Yuu, olhando do herói para seu irmão mais velho. — Se ele é tão habilidoso quanto o senhor diz, general, então ele consegue mandar uma mensagem via flecha para o povo de lá. Só precisamos saber onde essas pessoas estão.

— E depois que os invasores saírem da cidade? — perguntou Qing.

— Montamos uma emboscada — respondeu Yuu, sem nem se dar ao trabalho de olhar para o príncipe. — Ludibriamos os invasores para que ataquem nossa retaguarda ao longo da estrada oriental que leva ao Vale Solar, logo ao norte da Floresta de Bambu. Escondemos nossas tropas mais poderosas: a cavalaria, os Guardas de Lótus e o Maré Rubra na mata. A carroça de bagagem será a isca, um alvo convidativo, mas vamos esconder vários soldados da infantaria entre os vagões. Assim que os cochtanos atacarem, acabou. A infantaria vai distrair os cochtanos enquanto os Guardas de Lótus saem da floresta e atacam pela lateral. Ao mesmo tempo, a cavalaria vem e atinge o inimigo pela retaguarda. Ninguém vai sobreviver. Ninguém para relatar os comandantes cochtanos de que o plano deles falhou. Cortando o laço dos cochtanos com as informações que eles têm, a invasão vai minguar contra a superioridade militar de Hosa.

— E se eles enviarem olheiros para avaliar o cenário ao norte antes de atacarem? — perguntou o príncipe.

Yuu finalmente o encarou.

— Mandamos o Voo do Dragão para o norte assim que estivermos fora do campo de visão da cidade. Ordenamos que ele encontre uma posição de vantagem e fique de olho nas estradas de Cochtan. Ele é o único capaz de atacar tópteros.

Todos pensaram a respeito do plano. Mas apenas a opinião do Tigre Rosnante importava. Ele não era estrategista, mas estava no comando. Se gostasse da tática, Yuu viveria. Se não gostasse, o príncipe a executaria antes mesmo de a noite chegar. O velho general cerrou os punhos e bateu os nós dos dedos contra a mesa. Não estava olhando para o mapa, mas sim através dele, tentando ver o que Yuu via. Tentando reproduzir o plano mentalmente.

— A gente devia simplesmente invadir a cidade — disse Príncipe Qing. — Ela mesma disse que temos os números necessários. Claro, vamos perder gente, mas guerra é guerra, fazer o quê? Soldados devem se orgulhar de dar a vida pelo império. Execute essa traidora, invada a cidade e depois, até o pôr do sol, podemos marchar para o Vale Solar sem medo de que um exército nos ataque pela retaguarda.

Yuu poderia até mencionar que, nesse caso, sairiam dali com poucas centenas de soldados e teriam que deixar muitos feridos para trás, mas sabia que qualquer argumento adicional apenas enfraqueceria seu caso. Expusera seu plano, e Tigre Rosnante estava a par de tudo. Ficou observando o general se esforçar para tomar uma decisão.

— Me diga uma coisa, Príncipe Qing. — O general apertou o topo do nariz. — Ignorando a sua busca por vingança, qual opção você escolheria? — Encarou o príncipe. — Não apenas pensando no bem das pessoas deste exército, do povo de Anding e sem levar em consideração os habitantes do Vale Solar e as tropas do imperador que precisam de nosso auxílio. Pelo bem de toda Hosa, qual opção você acha que é a certa?

O Príncipe de Qing meneou a cabeça e não disse nada.

O Tigre Rosnante grunhiu:

— Vamos seguir seu plano. Espero, pelo bem de todos nós, e pelo seu também, que funcione.

— NÃO CONSIGO — DISSE LI BANGUE COM UM SUSPIRO DIGNO DE PENA. Seus olhos desanuviaram e ele desmoronou contra os degraus. Continuava encharcado da chuva e parecia terrivelmente constrangido de si mesmo. — Não sou herói coisa nenhuma. Eu sou... inútil.

Yuu olhou pela estalagem. O príncipe de Qing a encarava com olhos tão semicerrados que pareciam fendas. O Tigre Rosnante havia saído para distribuir suas ordens. Ou, melhor dizendo, as ordens dela. Yuu se sentou ao lado de Li Bangue e mexeu um pouco a máscara para tentar deixá-la mais confortável. Era provavelmente a única batalha que nenhuma das Arte da Guerra fora capaz de vencer, mas conforto não era uma necessidade.

Amaria deixar Li Bangue ir embora, escapar de toda aquela situação enquanto ainda havia tempo e entender os limites de sua técnica em seu próprio ritmo. Infelizmente, ele era fundamental para o plano. A população de Anding quer deixar os invasores desconfortáveis, e logo. Os cochtanos não podiam continuar a considerar a estadia dentro daquelas muralhas uma possibilidade, ou então era capaz que nunca saíssem de lá.

— Sei como é — disse Yuu, baixinho. — Técnicas não são fáceis. A gente vê esses heróis se exibindo por aí em Hosa, fazendo coisas impossíveis, e parece que é fácil. Eles fazem parecer fácil. — Ela suspirou. — Mas a verdade é que eles passaram anos praticando e fortalecendo o qi através de disciplina e esforço.

Li Bangue fungou e meneou a cabeça. Como Yuu queria que tivessem uma garrafa de vinho para dividir.

— Você levou tempo para aprender a sua? — perguntou ele.

— Você nem imagina o quanto — respondeu ela com um sorriso. Levantou o canto da máscara apenas o suficiente para que ele conseguisse ver. — Primeiro foi a técnica da minha avó, é claro. — Tudo o que Yuu era e tinha pertencera primeiro à sua avó. — Não faço ideia de onde ela aprendeu. Ela sempre soube usá-la muito melhor do que eu. Sem nem tocar direito, já conseguia trazer uma estátua à vida. Uma vez a vi trazer a enorme estátua de Lili, no Templo Mushon, à vida. Fez a estátua dançar só para irritar um monge que se recusou a deixá-la entrar.

Li Bangue riu.

— Ela deve ter sido divertida.

Yuu abriu a boca para concordar, mas não teve forças para proferir as palavras.

— Eu, por outro lado, só consigo se eu mesma tiver feito o objeto. Preciso infundir o item de qi a cada passo senão dá tudo errado. Ela pode até ter me ensinado sua técnica, mas até mesmo hoje, vinte anos depois, ainda não a dominei.

— E aquelas outras coisas que você faz sair do chão? Como na casa de banho.

— São uma parte da técnica que eu mesma inventei — admitiu Yuu. — E minha avó ficaria mais do que decepcionada por eu usar sua técnica de um jeito tão desprezível.

Li Bangue mudou a posição de seu corpanzil para tentar ficar mais confortável no degrau.

— Não temos vinte anos para eu descobrir como usar, né?

Yuu meneou a cabeça.

— Você não precisa de vinte anos. Sua técnica é diferente, Li Bangue. Eu comandei exércitos e travei guerras. Já presenciei heróis mortos retornarem de suas covas atrás de vingança e justiça. Já enfrentei shinigamis e yokais. E sabe quantas vezes vi alguém com uma técnica que se manifestou espontaneamente?

— Nenhuma?

— Uma vez — disse Yuu, e lhe deu uma cotovelada. — Uma única vez. E sabe quem foi?

— Foi a velha, né?

Yuu riu.

— Ela não te daria a técnica sem um motivo, Li Bangue. A deusa das oportunidades perdidas te entregou a maior oportunidade que ela é capaz de oferecer, aquilo que você falou que queria assim que nos conhecemos. A chance de ser um herói. Um herói de verdade com uma técnica de verdade. Uma técnica única. E você é um herói. Heróis salvam pessoas, e você já me salvou... sei lá, umas doze vezes.

— Eu não estava contando, chega. — Ele assentiu, o que fez gotas de água caírem de sua juba bagunçada e respingarem na máscara de Yuu. — Você acha que vão me chamar de Crepúsculo Luar se eu conseguir?

— Vou garantir que chamem. Então, se concentre. Sinta seu qi e deixe-o fluir sem amarras. Não pense na cidade. Pense nos hosânicos presos lá dentro. Desesperados com a possibilidade de que os cochtanos os usem como reféns, desejando que os inimigos saiam de Anding e que a vida volte ao normal. Alguns provavelmente estão escondidos em porões ou entrincheiraram as casas na esperança de serem ignorados. Estão famintos, assustados e com frio. Com saudade dos maridos, dos irmãos, das irmãs e dos pais.

Os olhos de Li Bangue enevoaram. Seu rosto amoleceu, e a boca ficou entreaberta. Então, ele sorriu.

— Encontrei alguns! Duas mulheres e um velho.

— Não afaste o olhar. Continue focando. — Yuu pegou a mão dele da mesma forma que fizera na descida da montanha de Ban Ping e o ajudou a se levantar aos poucos. Guiou-o até o mapa sobre a mesa. — Agora, onde é que eles estão, Li Bangue? Aponte no mapa.

21

Sempre havia algo empolgante em criar estratégias. Em analisar todos os ataques e contra-ataques possíveis. Em ponderar a respeito dos prós e contras. Em considerar quais peças se tornariam descartáveis em determinados momentos do jogo. Na teoria, era emocionante. Por outro lado, colocar tudo em prática, quando já não era mais um jogo, quando havia vidas em risco, não era nem empolgante nem emocionante.

Era assustador, de revirar o estômago e trazia um sentimento gigantesco de culpa.

Cercada por milhares de soldados hosânicos, Yuu estava no pé da montanha que levava a Anding. O Tigre Rosnante, a cavalo, estava de um lado, e o Príncipe Qing de outro. Não havia nem sinal de seu velho garanhão cansado. Ela esperava que tivessem colocado o Inchado em algum estábulo e não em uma panela. Yuu não se iludia. Podiam até não ter lhe tirado a máscara ou a amarrado, mas ela ainda era uma prisioneira. A chuva caía e encharcava todos; escorria de seu douli e pingava da aba em uma corrente contínua. Havia lama em sua sandália e ela ficava mexendo ambos os pés para não afundar no lodo. Yuu viu vinte soldados partirem em direção ao lado sul do penhasco que cercava Anding. Perguntou-se quantos deles seriam sacrificados pela armação de que ela precisava para dar sequência à próxima armação. Meneou a cabeça. Não eram pessoas, eram apenas números, nada além de peças de um jogo. Não podiam ser pessoas. Tinham que ser peças.

Li Bangue tirara sua função de letra. Encontrara grupos diferentes de cidadãos de Anding reunidos em porões, casas, armazéns e até mesmo alguns acorrentados a postes no mercado público, pessoas que ela suspeitava não terem aceitado abaixar a cabeça para a ocupação cochtana. Havia milhares de pessoas pela cidade, milhares de peças esperando atrás das linhas de frente do inimigo. O Voo do Dragão estava com as flechas prontas. Cada uma carregava uma mensagem vaga, para o caso de serem interceptadas quando chegassem. Uma palavra hosânica rabiscada em uma tira de papiro amarrada com firmeza ao redor do cabo. *Resista*. Yuu esperava que o povo agisse pacificamente. Esperava que não perdessem as esperanças quando o exército de Hosa marchasse para o leste. Mas não havia como detalhar o plano completo sem correr o risco de que os cochtanos ficassem sabendo. Precisava confiar que esperariam. Esse tipo de confiança nunca era fácil. Havia fatores que lhe fugiam do controle.

Mesmo se tudo ocorresse de acordo com seu plano, Yuu ainda iria de arrasto para o Vale Solar, e assim que os cochtanos fossem derrotados, ela teria que fugir sem que o Príncipe de Qing percebesse e voltar para Anding, onde procuraria pelos artefatos que Natsuko queria.

A deusa esperava um passo atrás de Yuu e resmungava para qualquer um que ousasse se aproximar demais. O Tigre Rosnante claramente ainda acreditava que a velha era a verdadeira Arte da Guerra, e enquanto continuasse acreditando, Yuu tinha certeza de que as duas não seriam separadas.

— Já se arrependeu de me forçar a vir para cá? — perguntou Yuu, baixinho.

Natsuko bufou.

— Um pouco. Não esperava que você fosse se colocar nessa situação.

— É o único jeito de entrar na cidade.

— Não temos tempo para lutar a guerra inteira — disse a deusa. — Essa cidade não é a última parada. Ainda precisamos de mais artefatos, e devemos chegar ao topo da Montanha Longa. Faltam dezesseis dias caso você precise de um lembrete.

Desconfortável, Yuu se mexeu. Sabia bem que não tinham muito tempo à disposição.

— Vai dar certo — disse, na esperança de que fosse verdade.

A primeira flecha do Voo do Dragão se ergueu no ar. Mesmo a distância, Yuu conseguia ver os fuzileiros escondidos atrás das muralhas da cidade. O heroico arqueiro encarou o lançamento. Os dedos de sua mão direita se moveram, e a flecha mudou de curso com ajustes sutis na parábola. A flecha passou por cima da muralha, e Yuu a perdeu de vista. O Voo do Dragão permanecia imóvel, ainda mexendo os dedos, protegido da chuva por um soldado que segurava uma sombrinha sobre sua cabeça. Depois, lançou a segunda. Yuu pegou uma das pequenas esculturas de dentro das vestes e começou a esculpi-la tanto para acalmar os próprios nervos quando para finalizar a nova peça de xadrez.

— Olha ela com uma faca! — sibilou Príncipe Qing.

O Tigre Rosnante se virou preguiçosamente sobre a sela. Apesar do corpanzil que tinha e do jeito que ficava apertado na armadura, sua pose sobre o cavalo chegava a ser quase elegante. Ele encarou Yuu de forma gélida e voltou a olhar para a frente.

— Príncipe Qing — grunhiu com uma voz quieta. — Pare de se fazer passar vergonha.

Yuu sorriu e continuou a esculpir. Ponderou se seria capaz de acertar a armadura e pensou em quais feições daria ao sujeito. Rugindo, como o nome sugeria, ou refletindo num momento calmo de contemplação? No passado, considerara-o um cretino bruto, mas agora que conhecera o general, percebeu que havia errado. Ele podia até não ter uma mente estratégica, mas de tolo não tinha nada, e também não fazia com que fosse um sacrifício ficar em sua companhia.

O Voo do Dragão atirou outra flecha no ar e a direcionou com sua técnica. Um nervosismo tomava conta do acampamento. Os soldados estavam organizados em batalhões no pé da montanha, o que fazia parecer que atacariam a qualquer momento. E, até onde sabiam, estavam *mesmo* prestes a atacar. Yuu conseguia ouvir suas vozes e ver a forma como, inquietos, mexiam os pés na lama. Falando alto e com uma risada trêmula, se gabou de quantos cochtanos mataria com sua lança. Outro cuspiu com raiva no chão lamacento e disse que assassinaria todos pelo que haviam feito. Uma mulher alta, vestindo uma armadura que não lhe servia direito, cutucou o próprio elmo, afrouxou a alça e a apertou de novo. Um oficial barbado colocou a mão sobre a espada, puxou dois dedos da lâmina para fora antes de embainhá-la novamente. Um soldado no fim da formação deu uma risada nervosa e cobriu a boca com a mão. Yuu vira esse tipo de comportamento dezenas de vezes. A calmaria antes da tormenta. A forma como pessoas prestes a renunciar a suas próprias vidas lidavam com a tensão, com o terror. O jeito como justificavam o que estavam prestes a fazer. Era algo que alguns estrategistas evitavam; se distanciavam dos homens e mulheres que iriam sacrificar. Mas Yuu não. Ela não era a avó, capaz de dissociar suas ações das consequências. Yuu não era a primeira Arte da Guerra, que mandava milhares de pessoas para a morte, para trucidar outras milhares, e nunca, nem uma vez sequer, considerava o que a perda daquelas vidas significaria para quem tinha conexões com eles. Não importava o quanto tentasse ser sua avó, o quanto se esforçasse para ver todos como nada além de peças num tabuleiro dispostas a ser sacrificadas em um jogo disputado por estrategistas, não conseguia. Enxergava as pessoas, o medo, a dor e as mortes. Enxergava e odiava o que os forçava a fazer. Assim como odiara vestir um impostor com a armadura prateada do Príncipe de Aço.

Essa era a verdade. O Príncipe de Qing queria sua cabeça pela morte do primo, e merecia. Yuu podia até não tê-lo matado, mas assassinara seu legado. E, ainda pior, também matara o nome e o legado do homem que havia fantasiado como o Príncipe de Aço. Ele também fora um herói, mas não importava, o povo de Qing não levara isso em consideração. Despiram seu cadáver, desfilaram-no por Jieshu, profanaram-no. Haviam descontado a raiva e o luto num homem que dera a vida pela causa. E era tudo culpa de Yuu. Sua estratégia para a batalha de Jieshu fizera com que as ruas da cidade vertessem em vermelho e libertara o império de um reinado tirânico. Sacrificara o legado de dois grandes homens perante o altar do triunfo. Para piorar, o mais condenável de tudo era que ela tivera noção de todas as consequências, que sabia o que tudo aquilo lhe custaria. Se tivesse a chance de mudar tudo, não mudaria. Não seria possível.

Don Ao escreveu que *a vitória vale qualquer custo*. Chaoxiang escreveu que *se o custo da vitória é alto demais, então não há vitória alguma*. Dois argumentos absolutos e contrários um ao outro, mas invariavelmente errados. A vida nunca era tão simples assim, ela sempre encontrava um meio termo. *Algumas* vitórias valiam qualquer custo; enquanto *outras* não valiam nada.

Sentiu uma dor aguda no dedão. Olhou para baixo e viu sangue tanto na faca quanto na pequena estátua do Tigre Rosnante e um talho no dedo.

176

Sua avó a treinara para separar sentimentos e emoções de planejamentos táticos. *Foco nas lições. A dor não é nada além de uma ferramenta para a memória.* Ela apertou o dedão que sangrava. Quantas vezes Yuu tinha...

Natsuko tossiu. Yuu abaixou o olhar e viu a deusa lhe estendendo um curativo.

— Você está bem?

A garoa ainda não a tocava. Apesar de todos estarem ensopados, Natsuko continuava seca, e ninguém além de Yuu parecia perceber. Pegou o curativo, enrolou-o ao redor do machucado e se encolheu com a dor lancinante.

— Foi só um arranhão — disse, baixinho.

A Arte da Guerra não demonstrava dor ou preocupação. Não mostrava nada. Por isso a máscara era toda branca. Yuu lutou contra o anseio de passar o dedo pela rachadura. Uma rachadura que ela mesma colocara ali. Tentara destruir aquela máscara maldita, mas não foi capaz de ir até o fim.

— Não estou falando do seu dedão — disse a deusa, também baixinho.

Yuu a encarou de novo e então olhou para longe, grata pela máscara lhe esconder o rosto.

O Voo do Dragão lançou outra flecha. A essa altura, os cochtanos na muralha já estariam se perguntando o porquê de estarem mirando tão alto. Talvez até mesmo encontrassem uma ou duas flechas. Não importava. A mensagem não era para eles e não entregaria nenhuma parte do plano. Os escaladores já deviam ter chegado ao penhasco sul. Em apenas uma hora, o sol se poria atrás da Montanha Longa, os últimos raios esvaneceriam de Hosa, e os soldados começariam a escalar para ser sacrificados.

Três horas depois do pôr do sol, os sobreviventes voltaram mancando para o acampamento. Vinte soldados haviam ido; cinco retornaram, dois deles inconscientes e vertendo sangue nos pelos dos cavalos. No panorama geral de uma guerra, quinze vidas não significavam nada. Era um sacrifício pequeno que a Arte da Guerra faria sem hesitar. Yuu se obrigou a vê-los se aproximando, desmontando e ajudando os camaradas a descer dos cavalos. O capitão, um sujeito de compleição escura com um corte sangrando acima do olho, parou perto para relatar o que acontecera. O penhasco era inescalável e os cochtanos estavam de olho. Dez homens do esquadrão tinham morrido devido aos rifles e outros cinco por causa das rochas arruinadas. O general assentiu, mandou que os feridos fossem para a enfermaria e se virou para Yuu.

— Agora?

Yuu assentiu.

— Agora.

Tigre Rosnante se voltou para as tropas ao pé da montanha e então deu a ordem. Pela manhã, o acampamento estava vazio, e o exército hosânico marchava para o leste, em direção ao Vale Solar, deixando os cochtanos com o domínio sobre Anding.

DEVOLVERAM SEU VELHO CAVALO CANSADO. INCHADO SE ESFORÇAVA para acompanhar o ritmo, mas não desistia, o que muito agradou Yuu. Ela fez carinho uma ou duas vezes na cabeça do bicho, mas ele simplesmente fungou e lhe encarou de canto de olho. Yuu cavalgou adiante enquanto a cavalaria dos Guardas de Lótus ia na retaguarda. Devido ao treinamento, os soldados de elite sabiam como manter um passo apressado. As tropas de recrutas e a carroça com as bagagens seguiam sem pressa, um dia para trás. O ritmo era insustentável, mas também necessário para convencer os cochtanos a abandonar Anding antes do que gostariam. Com o passar dos dias, a máscara da Arte da Guerra ia ficando cada vez mais desconfortável.

A Floresta de Bambu apareceu no horizonte como um borrão esverdeado. A velha estrada de terra pela qual seguiam desapareceu assim que adentraram o denso aglomerado de árvores. Yuu via pequenos altares de rocha aqui e ali. Diziam que aqueles que perdiam os altares de vista perdiam a si mesmos, e os espíritos sempre se alegravam de pegar os perdidos. Mesmo assim, pela floresta avançaram tão para dentro a ponto de não poderem ser avistados da estrada que levava ao norte. Depois de montarem acampamento, Yuu, o Tigre Rosnante e o Príncipe de Qing cavalgaram para o norte, para fora da floresta, passaram da estrada e subiram a encosta escarpada da montanha. Lá esperariam, escondidos enquanto os soldados a pé e a carroça de bagagem do exército hosânico passava, até que os cochtanos chegassem. Yuu, então, mandaria um sinal para as tropas na floresta, o que daria início à emboscada. Preferiria estar sozinha, porque aí poderia tirar a máscara, mas o príncipe insistia em vigiá-la, e o Tigre Rosnante não iria deixar que ele a matasse longe de todo mundo. Uma confusão, mas gostasse ela ou não, a culpa era toda sua.

Encontraram uma pequena clareira, quase toda plana e escondida da estrada por um afloramento rochoso. Ali poderiam ficar de olho tanto na estrada quanto na floresta. O Tigre Rosnante se enfiou entre duas pedras e se remexeu até ficar confortável. Não podiam se dar ao luxo de acender uma fogueira, então estavam com frio, molhados e infelizes, muito embora, a julgar pelo meio sorriso do general, ele não parecesse se importar.

— Passei tempo demais em camas confortáveis — grunhiu Tigre Rosnante. — Fiquei fresco.

Natsuko riu enquanto escalava para o topo de um seixo.

— Isso aí é consequência de ficar gordo e velho, pode ter certeza.

O príncipe e o Tigre Rosnante se assustaram com a aparição repentina. Yuu sorriu por debaixo da máscara e meneou a cabeça.

— Quem é você, velhusca? — perguntou Qing. — E, pelo amor das estrelas, como foi que você chegou aqui tão rápido sem que a gente te visse?

Ele arranjara uma sombrinha verde de algum lugar; estava se encolhendo debaixo dela e sentado sobre sua capa dobrada.

Natsuko encarou o príncipe por um instante, depois deu aquele sorriso desumano que lhe era de praxe.

— Eu sou a deusa das oportunidades e das coisas perdidas, garoto.

O príncipe bufou.

— Idiotas e traidores, general.

Ignorando a chuva que escorria por seu elmo e pingava para dentro da armadura, o Tigre Rosnante observava a cena com olhos semicerrados.

— Ela é a Arte da Guerra, Príncipe Qing.

— Quê? — disse o príncipe, irritado. — A Arte da Guerra é Daiyu Lingsen. — E apontou para Yuu. — Uma jovem.

— Obrigada — disse Yuu, com uma reverência de cabeça.

Não era sempre que lhe descreviam como jovem ultimamente.

— Pois é — continuou o general. — Mas ela era uma jovem quando comandou os exércitos de Ning e protegeu Anding dos cochtanos setenta anos atrás. São os benefícios de usar uma máscara, eu imagino. As duas são a Arte da Guerra. Ou, no mínimo, uma era e a outra é.

— Quê? — Príncipe Qing meneou a cabeça. — Então como é que eu vou saber qual é a mulher certa para matar?

— Não vai — respondeu Yuu. — Então provavelmente seria melhor nem tentar.

Ele sorriu.

— Ou posso ir pelo caminho mais simples e matar as duas.

A deusa gargalhou de novo.

— Gostaria de te ver tentar.

Yuu a encarou, e a velha deusa piscou em resposta. Yuu segurou uma risadinha.

— Vão dormir um pouco — disse Tigre Rosnante enquanto se remexia de novo, fechava os olhos e cruzava os braços sobre a armadura desconfortável. — Os cochtanos só vão chegar de manhã cedo.

— Fechar o olho e deixar a criminosa escapar? — perguntou o príncipe.

— Até parece.

Yuu se virou para ele e deu um sorriso, mesmo sabendo que não era possível ver suas feições através da máscara.

179

— Você que sabe, Príncipe Qing — disse, com outra reverência de cabeça. Depois, encontrou uma rocha para usar como apoio, puxou o douli sobre os olhos e caiu no sono.

22

PELA MANHÃ, A CHUVA HAVIA PARADO, MAS O CÉU CONTINUAVA cinzento. Combinava com a situação. Os soldados hosânicos a pé passaram pelo caminho gasto abaixo da montanha, seguidos pela carroça de bagagens que vinha transformando a terra molhada em lama. Yuu espiou pelo esconderijo nas pedras acima da trilha. Não era possível ver nada da cavalaria ou dos Guardas de Lótus esperando na Floresta de Bambu, mas sabia que haveria alguém lá, de olho e esperando pelo sinal. A última das carroças passou e, mais uma vez, Yuu, o Tigre Rosnante e o Príncipe Qing se acomodaram para esperar. O meio-dia virou tarde sem que mal trocassem uma palavra. Yuu começou a ficar preocupada. Se os cochtanos não aparecessem, se continuassem em Anding, será que o Tigre Rosnante consideraria o plano um fracasso? Será que seria entregue a Qing para ser executada? Odiava que sua vida estivesse nas mãos de outra pessoa.

Um barulho na trilha lhe chamou a atenção. Yuu espiou por cima da pedra e viu soldados cochtanos correndo apressados, inclinados para a frente e com os braços estendidos para trás. Cada um usava engenhocas presas às costas: tubos de metal que brilhavam com uma luz interior e soltavam pequenos tufos de fumaça de um exaustor externo sobre os ombros. As máquinas, conectadas em vários pontos da armadura de metal, alongavam seus braços e pernas.

— Agora? — balbuciou Tigre Rosnante, espiando sobre as pedras ao seu lado.

— Ainda não — respondeu Yuu, que observava a passagem dos cochtanos.

Alguns carregavam rifles, outros, lâminas de um gume que brilhavam com a mesma luz interior das máquinas. Foi então que Yuu percebeu que todas as armas cochtanas estavam conectadas aos maquinários que os soldados usavam nas costas. Nunca vira algo assim.

— Você já capturou algum deles, general? — perguntou.

O Tigre Rosnante reclamou e meneou a cabeça.

— Esses malditos cochtanos têm a mania de explodir quando são pegos.

Yuu encarou o general e depois voltou a observar o exército invasor. Havia algo que não estava percebendo, uma coisa vital, e ela tinha certeza de que envolvia as engenhocas presas às costas dos cochtanos. Só que não tinha tempo para resolver o mistério. Tinham que dar início à emboscada agora, antes que os inimigos os ultrapassassem e encontrassem o exército hosânico.

— Agora! — sussurrou.

O Tigre Rosnante agarrou sua bandeira vermelha, se levantou e a agitou no ar. Um instante depois, outra bandeira vermelha surgiu das profundezas da Floresta de Bambu. Levaria alguns minutos até que os Guardas de Lótus alcançassem as frotas cochtanas e ainda mais tempo para que a cavalaria os contornasse e atacasse pela retaguarda. Um dos soldados os viu e parou, encarando Yuu e o Tigre Rosnante. Yuu voltou ao esconderijo, mas o general foi lento demais para retornar ao espaço entre as pedras.

— Acho que nos viram — disse Tigre Rosnante. — Saque sua espada, Príncipe Qing.

O general recuou para a pequena clareira rochosa e pegou sua lança. Natsuko suspirou, subiu numa pedra, cruzou as pernas e esperou. Yuu rastejou de volta para cima e observou os cochtanos.

Havia dez soldados parados agora, escolhendo por onde subir o aclive e cheio de cascalho que levava até eles. Outros dois tinham rifles apontados. Um deles mirou em Yuu e puxou o gatilho. A arma emitiu um estouro alto e sibilou vapor para fora do cano no mesmo momento em que algo atingiu a rocha na qual Yuu estava à espreita, o que fez com que lascas voassem pelo ar.

— Se abaixe, estrategista — vociferou o general.

Yuu ficou olhando, por um momento longo demais, para os soldados que se aproximavam. O atirador já estava recarregando. Ele parecia estar esperando o vapor cessar enquanto enfiava outro projétil na ponta oposta da arma. Os tubos que conectavam a máquina em suas costas ao rifle brilharam com mais intensidade e lançaram uma luz difusa nas árvores atrás do sujeito. Alguém agarrou a parte de trás de suas vestes e a puxou de volta para a clareira. O Tigre Rosnante a empurrou para o lado de Natsuko e se posicionou na frente das duas, flanqueado pelo Príncipe de Qing.

— Pelo visto você ainda não presta para uma briga de verdade, não é, estrategista? — grunhiu ele.

Yuu meneou a cabeça. O Príncipe de Aço até lhe ensinara a brandir uma espada, mas ela não tinha nem a força e nem a habilidade para ser qualquer coisa além de peso morto.

— Temo que não, general.

Príncipe Qing bufou e desembainhou o jian.

— O senhor realmente espera que eu proteja a traidora que matou meu primo?

— Eu espero que você proteja a si mesmo, e a mim — rosnou o Tigre. — Se chegarem nela, é porque nós dois já morremos.

Um soldado cochtano com brilhantes olhos azuis escalou as rochas, e Tigre Rosnante avançou com a lança. Ele tinha habilidade, isso ficou claro, e o lançamento foi firme, mas a idade e o exagero no movimento o desaceleravam. O soldado desviou o ataque com a espada; a lâmina reluziu ao cortar o cabo da lança. Príncipe Qing disparou em frente. Enfiou a lâmina do jian no pescoço do cochtano e, quando a puxou de volta, extraiu sangue. O inimigo caiu agarrando o pescoço e com os olhos azuis arregalados de pavor. Morto, mesmo que ainda não tivesse percebido. O príncipe e o Tigre Rosnante recuaram e esperaram o próximo atacante. O general jogou o bastão quebrado da lança para longe e sacou a espada, uma dao pesada com uma ponta que provavelmente mais dilacerava do que cortava.

Yuu encarou o soldado derrubado. O sangue escorria de seu pescoço e se acumulava no chão poeirento da clareira rochosa. A máquina presa nas costas dele começou a pulsar com luzes tremulantes, assim como a espada, e uma onda de calor emanou da ponta da lâmina.

Dois outros cochtanos escalaram as rochas, com mais um na retaguarda, e o combate recomeçou. O jian do príncipe perfurou o coração do primeiro soldado em um golpe ensaiado. Morto antes mesmo de cair no chão. A máquina em suas costas *estalou* quando o vidro trincou. Fumaça e um líquido viscoso vazaram, e a luz esvaneceu.

O Tigre Rosnante gritou um palavrão enquanto cambaleava para trás, encurralado por dois cochtanos com espadas brilhantes em riste. O general defendeu um golpe alto, o que gerou uma chuva de faíscas e escureceu o fio de sua lâmina. As engenhocas não estavam apenas de alguma forma aumentando a força e a velocidade, mas também aquecendo as espadas.

Outro cochtano avançou com um golpe selvagem de sua lâmina reluzente. O príncipe se abaixou para escapar da investida e perfurou o estômago do cochtano, o que espalhou sangue e tripas por toda a clareira rochosa. Outros três soldados escalaram as rochas. O príncipe recuou e bloqueou um golpe. A espada do inimigo brilhou e despedaçou a lâmina do jian. Ele deu um pulo para a frente, enterrou o metal irregular até o punhal no peito do soldado e saltou para trás, para longe dos outros. Ele e o general se juntaram na frente de Yuu e Natsuko, e o Tigre Rosnante entregou seu dao para o príncipe.

— Você vai conseguir usar isso aqui mais do que eu — grunhiu.

Gritos ecoaram pela floresta junto com o tilintar do aço e os berros dos feridos. Os cochtanos hesitaram e pararam para olhar o aclive rochoso por onde tinham vindo. Só poderia significar uma coisa: o Maré Rubra e os Guardas de Lótus haviam chegado e saído da Floresta de Bambu. Príncipe Qing aproveitou a distração e avançou com a espada do general em mãos. O primeiro golpe acertou a perna de um cochtano alto, pulverizou carne, despedaçou osso e quase amputou o soldado no joelho. O sujeito caiu enquanto agarrava a perna arruinada. O príncipe atingiu o maquinário nas costas do inimigo, destruiu tubos, quebrou o vidro e, de alguma forma, alojou a espada nas entranhas da engenhoca. O equipamento sibilou, emitiu vapor e um líquido preto fervilhante começou a ser expelido dos tubos trincados. O soldado cochtano gritou algo que Yuu não conseguiu entender, soltou a espada e, frenético, começou a tentar alcançar as tiras que amarravam a máquina às suas costas. O príncipe se virou junto com o soldado, tentando libertar a dao. Um silvo agudo escapou do aparelho. Os outros cochtanos pularam para longe, se jogaram para trás de rochas e correram de volta pela trilha.

Yuu saiu de trás da rocha e agarrou o príncipe pelos ombros. Ele era muito maior, mas não estava firme e foi pego de surpresa. Ela o arrastou, chutou o cochtano que se debatia e gritava. Yuu e o príncipe caíram num emaranhado. A armadura pressionou seu pulso e joelho com tanta força contra o chão que chegou a doer. Um instante depois, o soldado explodiu em uma profusão de fogo, fumaça e toletes sangrentos.

— Tire as mãos de mim, mulher — gritou Qing enquanto rolava para longe de Yuu. Ele cambaleou até ficar de pé. Os ouvidos dela zuniam, e a visão de sangue e pedaços de corpo a deixaram enjoada. O príncipe berrou:

— Como ousa me tocar? Foi assim que assassinou meu primo?

— Já chega — grunhiu Tigre Rosnante.

O general também fora derrubado pela explosão e, com dificuldade para se apoiar, usava uma rocha como apoio. Seu elmo caíra e havia sumido. Sangue pingava de seu couro cabeludo e escorria para o olho esquerdo. Ele estendeu a mão, e Yuu permitiu que a ajudasse a levantar. O general era velho, lento e gordo, mas tinha uma força indomável que ela admirava.

— Bom, foi empolgante — disse Natsuko, e bateu uma palma com as mãos nodosas.

A deusa nem se moveu de seu poleiro na rocha, e era a única que não estava coberta de sangue cochtano, mesmo que o lugar onde estivera sentada estivesse praticamente vermelho. Se algum dos homens achou estranho, não mencionou.

— *Empolgante* não é o termo certo, velhota — sibilou o príncipe. — Aquele homem explodiu!

— Foi a máquina dele — disse Yuu.

Ela olhou para o metal dobrado e os cacos de vidro no chão, e depois para os outros corpos espalhados pela clareira rochosa. Os soldados estavam mortos, as engenhocas não brilhavam mais, mas o dano de apenas um daqueles equipamentos causara uma explosão violenta. Yuu se aproximou do afloramento e encarou a trilha lá embaixo. A batalha, caótica e barulhenta, havia começado. Essa era a pior parte da guerra, quando a luta se tornava o todo e ela não podia fazer nada além de observar e esperar que seus planos dessem certo. Era nesses momentos que homens como o Tigre Rosnante se mostravam muito mais úteis do que qualquer estrategista. Sua habilidade de liderar soldados, de comandar, faziam a diferença entre a vitória e a derrota. E Yuu já era capaz de perceber que o resultado mais provável seria a derrota.

Os Guardas de Lótus, os soldados de elite de Hosa, estavam sendo massacrados. Apesar do elemento-surpresa, ninguém estava preparado para o inimigo ou para aquelas parafernálias. Suas armaduras eram inúteis contra os cochtanos. Tiros de rifle atravessavam escudos, e as espadas aquecidas dos invasores rachavam as armaduras de cerâmica como se fosse vidro. Para qualquer lugar que Yuu olhava, os Guardas de Lótus estavam fracassando, superados tanto por ataques de perto quanto de longe. As técnicas herdadas faziam com que fossem fortes e rápidos, mas as engenhocas cochtanas ofereciam o mesmo. A única vantagem que tinham era o Maré Rubra. Com uma lança em cada mão, ele varria as tropas cochtanas e deixava corpos ensanguentados e destruídos por onde passava. Mas, a cada morte, a cada cadáver, ele avançava ainda mais para o interior da formação inimiga, só que os Guardas de Lótus não conseguiam acompanhá-lo.

— General, o senhor precisa descer e assumir o comando — disse Yuu, enquanto assistia à situação piorar.

O plano contava com a superioridade das forças hosânicas e dependia do elemento surpresa para cortar os números do inimigo pela metade antes mesmo que percebessem o ataque. Mas os Guardas de Lótus estavam em desvantagem. Mesmo quando o reforço da cavalaria chegasse, continuariam em desvantagem.

O Tigre Rosnante começou a descer pelas rochas que levavam à trilha.

— Venha comigo, Príncipe Qing.

— Não podemos deixar a traidora aqui.

— A batalha é mais importante do que a sua vingança mesquinha. Venha de uma vez.

O general avançou sem nem olhar para trás. O príncipe encarou Yuu, e então seguiu em direção à batalha.

Yuu observou-os atingir os cochtanos pela retaguarda e avançar para se reunir com suas próprias tropas. O Tigre Rosnante, digno de seu nome, começou a gritar ordens, e os Guardas de Lótus se reuniram e entraram em formação conforme o general os lembrava do treinamento. Mesmo assim, a situação verteu em caos e se distanciava de uma vitória rápida e decisiva para Hosa. Estavam perdendo.

— Bom, então é isso — disse Natsuko, com uma risada. — Hora de voltar para Anding e encontrar aqueles artefatos.

Yuu olhou para o oeste. Poderiam escalar as rochas, ignorar a batalha, encontrar a estrada e chegar a Anding até o crepúsculo do dia seguinte. Sem cavalo, seria uma jornada de dois dias, mas muito mais seguro do que voltar para a floresta para encontrar o Inchado. Por outro lado, estaria condenando as tropas hosânicas e o Tigre Rosnante à morte. Sua brilhante estratégia de ludibriar os cochtanos para fora da cidade funcionara, mas ela subestimara a força do inimigo e aquelas novas armas. Encolheu-se, à espera da dor. *Foco nas lições.* Sua primeira batalha em cinco anos foi uma derrota decisiva. E era provável que o Vale Solar e talvez toda Hosa pagassem o preço. Mas Yuu podia simplesmente andar para longe de tudo isso. Era a escolha inteligente, a escolha fácil. Ela não era uma guerreira... era uma estrategista. Sua parte da batalha fora feita. Agora tudo se encontrava nas mãos do general, dos heróis e dos soldados. Ganhando ou perdendo, o fardo era do Tigre Rosnante. Ela tinha outro trabalho a fazer; encontrar os artefatos divinos, destronar Batu e trazer o Príncipe de Aço de volta à vida. Yuu assentiu, se virou, deixou as tropas hosânicas à própria sorte e seguiu Natsuko sobre as rochas, para longe da batalha.

23

Yuu tropeçou em uma pedra, caiu e bateu a canela. Estendeu a mão para prevenir que batesse o rosto no chão e gritou devido à dor e ao susto. Culpa daquela maldita máscara. Com o disfarce da Arte da Guerra, mal conseguia enxergar para cima, para baixo ou para os lados. Só via a pedra quando já era tarde demais. Estendeu o braço para tirar a máscara e congelou com a mão pairando sobre a superfície de cerâmica. Passou o dedo sobre a rachadura causada na batalha de Jieshu. Sua avó a usara por quase vinte anos e nunca a danificara. Só que sua avó nunca vira uma batalha de fato. Em todas as histórias que contava, era apenas a perfeita estrategista. Bolava os planos e assistia de longe. O mais perto que chegara de uma batalha de verdade foi com o mapa. Yuu era uma Arte da Guerra diferente. Estivera ao lado do Príncipe de Aço nas linhas de frente. Não lutou, mas também não se escondeu do confronto. Na batalha de Jieshu, se posicionara no front, lado a lado com os soldados da rebelião. Próxima ao falso Príncipe de Aço. Entregara tudo o que tinha àquela batalha, todas as peças, tudo de si mesma.

— Venha — disse Natsuko. — Não pode estar doendo tanto assim. Foi só um arranhãozinho. Vocês mortais são tão frágeis.

Yuu se sentou na pedra em que tropeçou e encarou a palma arranhada da mão. A dor era necessária, um produto de seu fracasso, de sua derrota para os cochtanos. Prova de uma lição aprendida, um aprendizado para nunca ser repetido. Sangue brotava de uma centena de pequenos cortes e escorria envolto em areia. Algo escuro e viscoso escorrera das máquinas quebradas do inimigo. Quando o príncipe talhara a garganta do soldado, a luz pulsante na engenhoca começara a esvanecer enquanto ele sangrava.

— Máquinas Sangrentas — disse Yuu.

— O que foi agora?

Yuu olhou para Natsuko.

— Eles são Máquinas Sanguinárias. Há meses que existem rumores de que os cochtanos conseguiram ressuscitar as Máquinas Sangrentas, mas raramente rumores são a verdade completa. — Ela apontou de volta para a batalha que acontecia lá embaixo. — Não ressuscitaram a Máquina Sangrenta... descobriram um novo tipo de máquina que funciona à base de sangue. Do próprio sangue deles!

— E daí?

— É uma fraqueza! — explicou. Algo se agitou em seu interior. Esperança. Não para si mesma, mas a esperança de que poderia mudar o curso da batalha. De que poderia salvar os hosânicos, salvar o Tigre Rosnante e todos os outros, até mesmo aquele príncipe pau no cu. De que poderia salvar Hosa de novo. — Pela última vez — sussurrou.

Yuu começou a escalar as rochas que levavam à trilha.

— Não parece uma fraqueza — gritou Natsuko. — Parece mais uma vantagem.

186

Yuu já estava ofegante pelo esforço e pela empolgação.

— Toda vantagem é uma fraqueza esperando para ser explorada — berrou, mencionando Chaoxiang enquanto continuava seu progresso precário.

A deusa gritou alguma coisa, mas Yuu não ouviu por sobre o barulho da batalha lá embaixo, o arrastar de seus pés nas rochas e a corrente de sangue em seus ouvidos. Pulou pedras e escorregou por trechos de cascalho. Cochtanos e hosânicos lutavam pau a pau; espadas e lanças iam para lá e para cá, cortando o ar. Ela viu o Tigre Rosnante na retaguarda do conflito com uma nova lança nas mãos. Seu corpo podia até estar mais lento devido à idade e ao tamanho, mas ele empunhava a lança como um raio. Atacava as linhas de frente do inimigo e os forçava a recuar. Yuu precisava alcançá-lo. Não tinha a voz nem a presença para comandar o exército hosânico, mas ele tinha.

Ela avançou em direção à batalha e passou pelo meio de dois soldados hosânicos que lutavam um de costas para o outro. Nem a notaram. Uma espada cochtana reluzente atacou. Yuu saltou para o lado, a lâmina abrasadora atravessou uma dobra de suas vestes, cortou um pedaço e deixou o tecido fumegando. O golpe poderia tê-la feito pegar fogo não fosse a chuva recente. Ela bateu as brasas freneticamente e correu adiante. Pessoas lutavam em toda parte. Lanças e espadas cortavam e esfaqueavam, lâminas brilhantes queimavam carne e enchiam o ar com o cheiro de carne assada e sangue. Corpos, braços e pernas jaziam espalhados e vertendo sangue pelas folhas de bambu. Mais do que nunca, Yuu precisava de uma bebida, mas isso teria que esperar.

Outro corpo caiu em sua frente: um soldado cochtano com uma barba preta volumosa que a encarava com um único olho azul repleto de pavor. Ele gritou algo em seu idioma e levantou a mão bem quando uma mulher hosânica enfiou uma lança em seu peito, girou-a e a puxou de volta num jato de sangue. O braço do sujeito caiu e seu olho ficou vago quando a morte o abraçou. A mulher assentiu uma única vez para Yuu e depois se virou à procura de outro inimigo para combater. Yuu passou por cima do cadáver e continuou. Hosânicos e cochtanos se matariam independentemente do que ela fizesse ou deixasse de fazer. Mas fora Yuu quem criara aquela coreografia da ruína. Tinha que aguentar firme. Se os cochtanos vencessem, iriam avançar ainda mais sobre Hosa e matar ainda mais hosânicos.

Avistou o Tigre Rosnante enfrentando um soldado inimigo do outro lado do conflito, perto das árvores.

— General! — gritou.

Um par de combatentes com espadas pressionadas uma contra a outra, envoltos numa luta mortal e se empurrando, interceptou o caminho de Yuu.

Um era uma Guarda de Lótus, uma mulher magra com o lábio leporino transfigurado em um rosnado. O outro era um soldado cochtano, um homem com o rosto jovem contorcido de ódio. A máquina presa às suas costas brilhou com mais intensidade por um momento e soltou vapor por um tubo atrás de seu ombro. Ele fez a Guarda de Lótus recuar um passo, depois mais um. Yuu os contornou e correu em direção ao Tigre Rosnante.

Yuu gritou de novo para o general enquanto avançava. O Tigre se afastou de um soldado cochtano, abaixou a lança, bateu a ponta no chão e então empurrou-a para a frente. O cabo se curvou ligeiramente para cima, a lâmina atravessou a proteção peitoral do inimigo, adentrou o estômago dele e então o general o ergueu antes de jogá-lo no chão. O Tigre Rosnante enfiou a lança no pescoço do homem e o matou.

— O que está fazendo aqui, estrategista? — perguntou, num tom de crítica. — Por que não fugiu quando teve a chance?

Ele se afastou da luta, e Yuu se aproximou. O sangue que escorria de forma contínua de seu rosto se acumulava na carne ao redor de seu queixo e pingava dentro da armadura. O general, ofegante, apertava a lateral do corpo com uma mão e estremecia.

— E eu fugi. Mas voltei.

O Tigre Rosnante balbuciou e se apoiou no cabo da lança.

— Mais um sinal de que você não é o gênio que eu pensei que fosse.

Mesmo que quisesse, não dava para ignorar a insinuação daquelas palavras. Os hosânicos estavam perdendo, e a culpa era de Yuu por ter subestimado os cochtanos.

— Diga para mirarem nos tubos nas pernas e nos braços dos cochtanos, general.

Esperava que tivesse razão.

— Na armadura?

— Isso. Elas se conectam às máquinas nas costas e aos próprios soldados, pelo menos é o que parece. Quebrando os tubos, as engenhocas perdem pressão, o vapor começa a vazar. Pode ser que isso faça com que sangrem até a morte também... Na verdade, ainda não tenho certeza dessa parte.

— Como é?

— As máquinas funcionam à base de sangue dos soldados.

— Então eles são... — começou a dizer. Ele curvou os lábios e meneou a cabeça. Foi então que compreendeu. — Máquinas Sangrentas.

— Novas Máquinas Sangrentas, general. Mas os tubos não são tão blindados quanto os corpos dos soldados.

O Tigre Rosnante vociferou.

— É um desperdício atacar braços e pernas. Para derrubar um homem, o importante é mirar no tronco ou na cabeça. — Era uma das primeiras coisas que soldados aprendiam no treinamento. — Bom, agora você está com a gente, estrategista. Encontre uma espada ou fique atrás de mim.

Ele passou a gritar comandos para seus homens, a mandar que atacassem as armaduras. Sua voz estrondosa atravessou o campo de batalha e os soldados hosânicos obedeceram sem pestanejar. Foi então que Yuu percebeu o que talvez conquistassem juntos. Suas táticas e estratagemas, junto com o comando bruto do general, com a força daquela personalidade que se projetava ao redor como um ímpeto indomável. Seriam irrefreáveis.

Com as novas táticas se espalhando pelos combatentes, a batalha começou a virar de lado. Os tubos conectados às máquinas cochtanas eram alvos fáceis e, quando danificados, incapacitavam os guerreiros. Um soldado morto representava uma perda para a tropa, mas um soldado ferido se transformava num fardo. O Maré Rubra, muito esperto, logo percebeu que quebrar os equipamentos nas costas do inimigo fazia com que explodissem. Ele aniquilava um oponente atrás do outro e ia deixando um rastro de explosões que pareciam foguetes de fogo por onde passava. Quando a cavalaria hosânica chegou, acabou-se. Os cochtanos tentaram revidar e até feriram os animais, mas demoravam muito e tinham trabalho para recarregar. Entre os Guardas de Lótus, o Maré Rubra e a cavalaria, as tropas cochtanas foram massacradas.

Yuu se recostou contra um bambu à beira do campo de batalha enquanto passava o dedão por sua mais nova pequena estátua e observava o Tigre Rosnante parabenizar seus militares. Estava exausta, mas também revigorada. Pelo menos vencera esta batalha, mas ainda haveria muitas outras antes que a invasão fosse revertida. Só que teriam que lutar sem ela. Seu caminho, agora, a levava de volta a Anding. E, se tivesse sorte, ainda a tempo de encontrar os artefatos antes que outro campeão fosse mais rápido.

Natsuko não retornou. Yuu deduziu que a deusa voltara para Tianmen de novo. Ou talvez estivesse visitando seus altares, respondendo às preces. Se bem que essa possibilidade soava improvável. Do pouco que vira, os deuses passavam mais tempo brigando uns contra os outros do que ajudando seus devotos. Natsuko afirmava que queria pôr um fim em todas as guerras para evitar que oportunidades perdidas fossem criadas, mas não parecia tão entusiasmada quanto a devolver essas oportunidades às pessoas que as perderam.

Conforme a luz do dia começava a enfraquecer, Yuu atravessou o campo de batalha. Os hosânicos machucados estavam sendo carregados. Aqueles que

189

estivessem feridos demais para seguir adiante seriam levados de volta para Anding, e os com lesões menores seriam remendados e voltariam para as tropas. Os mortos foram recolhidos, despidos de itens valiosos, tiveram seus nomes registrados e depois foram queimados em piras fora da floresta. Alguns dos enlutados fizeram preces aos deuses, outros para as estrelas. Yuu agora tinha certeza de que nenhum deles escutaria. Os cochtanos receberam um tratamento bem menos respeitoso. Os soldados hosânicos vasculharam os corpos e os espetaram para garantir que estivessem mortos. Depois, seus cadáveres foram deixados para apodrecer; um insulto final. Yuu não tinha certeza se os cochtanos acreditavam em enterros ou cremações, mas não importava, nenhuma das opções seria realizada. Animais carniceiros já se acumulavam; corvos grasnavam lá de cima e olhos reluzentes observavam das profundezas da mata. Se eram olhos de animais ou de espíritos, Yuu não sabia dizer.

Ajoelhou-se para examinar uma máquina danificada nas costas de um corpo virado de barriga para baixo. Os tubos se conectavam com a armadura do cochtano em diversos pontos pelos braços e pernas, mas não era possível ver onde penetravam na pele. Das engenhocas quebradas, vazava um sangue tão escuro que chegava a ser quase preto. Eram parafernálias volumosas, presas às costas dos soldados por meio de uma infinidade de cintas, tubos e painéis. Cada uma tinha uma chapa curva de vidro no centro, através da qual Yuu conseguia ver aquele mesmo sangue espesso, brilhando sutilmente com uma luz interna carmesim. O funcionamento de tais mecanismos iam para muito além de seu entendimento, mas, se tivesse tempo, pararia para estudá-las de bom grado. Mas o tempo era curto, e ela não podia ficar.

O Tigre Rosnante se aproximou. Ele mancava e se encolhia a cada passo. Havia uma atadura ao redor de sua cabeça que cobria seu olho esquerdo.

— O príncipe está na enfermaria — informou. — E vai passar a maior parte da noite lá. Ele levou uma pancada na cabeça e sofreu um corte na coxa. Mas falou que vai comandar a marcha para o Vale Solar de manhã.

Yuu compreendeu a deixa.

— É melhor eu ir.

O general grunhiu.

— Você poderia ficar. As estrelas bem sabem como você seria útil para mim, estrategista. Para toda Hosa. O Imperador WuLong com certeza te perdoará, e eu ficarei feliz de te proteger do príncipe até lá.

Yuu estremeceu perante estas palavras e olhou para o campo de batalha, para todos os corpos. Não tinha como negar que uma grande parte sua queria ficar, que queria continuar lutando. Amava ser a estrategista, desenvolver planos e despistar oponentes. Amava ver suas ordens sendo obedecidas, os estratagemas que habitavam sua cabeça serem forjados na realidade quando soldados, heróis e generais se prostavam perante seu grandioso conhecimento. Amava. E era boa. Sua avó lhe ensinara bem. Desde o momento que a velha acolhera aquela criança faminta sem família e sem futuro, cada aspecto da vida de Yuu fora dedicado a se tornar a Arte da Guerra. Ao legado de sua avó. Uma estrategista incomparável. Anos estudando história, geografia, política, filosofia, estratégia. Uma década de jogos contra todas as probabilidades, de desafios praticamente invencíveis. Sua mente fora mais afiada do que qualquer espada ou lança. Sua avó forjara Yuu como um renascimento de si mesma. E então, a idosa morrera, padecera de fome aos poucos para que Yuu pudesse viver. Sua avó lhe dera tudo o que tinha. Dera a vida a Yuu. E agora Yuu tinha a dívida de levar o legado adiante, de usar a máscara e ser a Arte da Guerra.

Só que, encarando as consequências, vendo toda a dor e o sangue, será que era mesmo algo que queria? *Foco nas lições. A dor não é nada além de uma ferramenta para a memória.* Para a maior parte de Hosa, o legado de sua avó era um espólio de vitória. Mas, para Yuu, era um legado de dor. De lições com consequências rigorosas. De culpa pelas vidas sacrificadas como se fossem peças de um tabuleiro de xadrez. De luto pela perda da única pessoa que realmente importara para ela. Deixara tudo para trás por um motivo. Para ser quem era de verdade, e não sua avó. Para descobrir quem era sem aquele legado.

Yuu respirou fundo e, quando suspirou, exalou um arquejo entrecortado que veio acompanhado de lágrimas que ninguém além dela jamais saberia.

— Minha máscara já não se encaixa mais tão bem quanto antes, general.

O Tigre Rosnante grunhiu.

Ficaram em silêncio por certo tempo. Então, Yuu percebeu um soldado parado na beira da floresta segurando Inchado, mas mantendo distância da boca do velho monstrengo. O general era realmente mais atencioso do que ela esperava que fosse. Tinham até colocado uma sela no bicho velhusco.

— Não deixe Li Bangue me seguir, general. E não deixe que ele entre na infantaria também. Ele merece mais.

— E o que é que eu faço com ele, então?

— Use-o. Ele tem uma técnica valiosa. Consegue ver coisas mesmo sem estar presente. Acho que até mesmo o senhor conseguiria achar alguma utilidade para essa habilidade.

— Um oráculo? Poderia ser útil mesmo. É Li Bangue, certo?

— Certo. Mas ele vai precisar de um nome melhor. Mal Vi.

Ele provavelmente odiara. Mas, se bem que, conhecendo Li Bangue, o simples fato de ter um nome já o deixaria feliz.

— Mal Vi Bangue — disse o general, e assentiu. — Vou impedi-lo de te seguir. E vou garantir que o imperador te perdoe e mande aqueles insuportáveis da realeza de Qing tirarem a recompensa por você. — Ele bufou. — Ou então que mande eles pularem da merda de um precipício.

Yuu sorriu e meneou a cabeça.

— Eu nem me daria ao trabalho, general. Acho que nem o senhor e nem ninguém mais verá a Arte da Guerra de novo. — Ela se virou e fez uma reverência. — Adeus, Tigre Rosnante. Foi um prazer lutar *com* você, e não contra, para variar.

Todo rígido devido aos ferimentos, o Tigre Rosnante retornou a reverência.

— Digo o mesmo, Arte da Guerra. E mande lembranças para a velhota também.

Yuu levantou e se afastou. Pegou Inchado do soldado que o aguardava e guiou o bicho para longe através do campo de batalha.

Yuu cavalgou até os limites da Floresta de Bambu, para longe da trilha no pé das montanhas. Havia carroças na trilha transportando feridos de volta para Anding, e ela queria se isolar. Precisava de tempo para pensar.

A Arte da Guerra já não era mais uma máscara tão confortável quanto outrora. Não podia negar que uma parte de si gostou de vesti-la, de se debruçar sobre os mapas e desenvolver a estratégia para derrotar os cochtanos. Fora divertido, mas não mais do que uma partida de xadrez teria sido, só que com muito mais em risco do que alguns poucos lien. Parecia correto, como voltar para casa depois de anos longe. Mas algo mudara, a casa tinha mudado de proprietário. Ela não se reconhecia mais como a pessoa que morava lá. Ver a batalha de perto, se envolver no confronto, não provia a mesma empolgação do passado. Não, *empolgação* não era o termo correto. Batalhas nunca foram empolgantes para Yuu. Quando se sentava ao lado do Príncipe de Aço no comando das tropas, quando via suas estratégias se desenrolando diante de seus olhos, sentia algo como justiça, um senso de propósito. Acreditara na causa dele, no objetivo de derrubar o Imperador dos Dez Reis, com todo o coração. Ver soldados morrerem, sacrificar peças pelo triunfo do jogo, nunca lhe parecera errado. Parecia necessário. Mas agora era diferente. Acreditava, sim, em proteger Hosa dos cochtanos. Só não acreditava o suficiente. Era uma guerra sem propósito, algo do qual ela não conseguia fazer parte.

Mesmo que só agora lhe tivesse dado ouvidos, a verdade passara os últimos cinco anos sendo sua companheira. Daiyu Lingsen, a Arte da Guerra, morrera com o Príncipe de Aço. Yuu não era mais ela.

Ergueu a mão e desatou a máscara. Virou-a e encarou aquele rosto trivial. Sem nenhuma característica a não ser pelas fendas nos olhos e a rachadura.

— Me desculpe, avó. Eu não sou a senhora. Não consegui ser.

Ela ficaria desapontada, mas isso não era novidade nenhuma. Sempre fora uma decepção para a avó.

Yuu deixou que a máscara escorregasse de seus dedos. O disfarce caiu no chão frondoso da floresta sem emitir barulho algum. Ela enxugou as lágrimas com a manga das vestes e obrigou Inchado a ir um pouco mais rápido.

A Arte da Guerra morreu de novo. E desta vez para sempre, prometeu Yuu.

24

YUU ENCONTROU NATSUKO A ESPERANDO NOS PORTÕES DE ANDING. Atrás de uma carruagem com soldados feridos, ela caminhou montanha acima ao lado de Inchado. O velho garanhão inflou as narinas devido ao cheiro, e Yuu fez carinho em seu pescoço. Concordava com o bicho: muitos dos homens e mulheres ali já estavam num estado deplorável demais para serem salvos. Os portões da cidade estavam abertos e os cidadãos, armados. Velhos, tentando parecer ameaçadores, carregavam espadas enferrujadas e bastões de madeira. Yuu avistou algumas mulheres no topo das muralhas ao lado de arcos prontos para uso. Podia até não haver mais nenhum soldado em Anding, mas o povo não iria permitir que os cochtanos chegassem marchando e retomassem seu lar. Estavam calejados pela breve ocupação, determinados a defender a si mesmos e às suas famílias. O fato fez Yuu sorrir.

— Chegou a hora — disse Natsuko, quando se aproximou.

A deusa caminhava com facilidade pela estrada lamacenta enquanto Yuu e Inchado sofriam sobre o lodo.

— Perdeu a máscara, pelo visto. Uma pena. Essa gente receberia a Arte da Guerra de braços abertos.

Yuu não queria uma recepção calorosa. Queria ser ignorada, esquecida.

— Vamos resolver isso de uma vez — exclamou, de forma mais grosseira do que pretendia.

— Então hoje estamos de poucas palavras — disse Natsuko, com uma risadinha. — Você está dormindo o suficiente, minha querida?

Yuu dormira muito bem e em boa companhia também. Os soldados que levavam os feridos haviam levantado acampamento e ela se juntara a eles depois de deixar a Floresta de Bambu para trás, onde compartilhara de suas refeições, fogueiras e canções. Havia dezenas de carroças na estrada, cada uma com dezenas de militares machucados. Anding logo se tornaria um hospital para os lesados.

A carroça à frente parou no portão quando um velho foi inspecionar as tropas da retaguarda. Uma mulher de meia-idade, grávida, mas ainda assim empunhando um pau de madeira, falou rápido com o soldado que dirigia a carroça e depois gesticulou para que passassem. Yuu e Natsuko foram as próximas.

— Viajantes? — perguntou a gestante.

— Mais ou menos — respondeu Yuu com uma reverência e levantando o douli para que seu rosto ficasse visível.

A mulher semicerrou os olhos e emitiu um som desconfiado que veio do fundo de sua garganta.

— Essa aí tem cara de soldado — disse o velho para a grávida. — É o olhar. — Yuu olhou para o sujeito e se perguntou o que será que ele tinha visto. O que quer que fosse, fez com que o canto de sua boca se erguesse num meio sorriso tristinho. — Pode até não estar de uniforme, mas é um soldado. Sem sombra de dúvidas.

A mulher encarou Yuu por mais um momento, e então assentiu.

— Não temos muito, mas montamos abrigos para vocês, soldados. — Ela abaixou a voz e continuou: — E se você precisar desaparecer, aqui não vai ser tão difícil. Quem sabe até dê para começar uma vida nova. — Dessa vez, olhou para Natsuko e disse: — E você?

— Ah, não se preocupem comigo — respondeu a deusa com aquele sorriso desumano de sempre.

E não se importaram mesmo. A senhora gesticulou para que entrassem sem nenhuma outra palavra.

Anding não era uma cidade próspera, não mais. Havia evidências da recente ocupação por toda parte e, apesar do desejo de Yuu, os cidadãos não se rebelaram pacificamente. Tinham preferido queimar o próprio lar em vez de deixar que os cochtanos permanecessem ali com serenidade. Algumas construções estavam destruídas, outras desmoronando e havia aquelas que não passavam de cinzas e barrotes. Armas descartadas jaziam espalhadas pelas ruas. Um casal de velhinhos vasculhava os escombros de sua casa arruinada. Uma jovem chorava na entrada de seu lar com um cachorrinho sarnento imóvel e sem vida nos braços, enquanto um garoto um pouco mais velho, ajoelhado à sua frente, limpava a seco o sangue e as cinzas em suas pernas finas. Uma mulher de aparência gentil e um soldado mancando em uma armadura rachada carregavam baldes de água. Guerras sempre eram travadas em dois frontes. Um era o campo de batalha, soldados contra soldados. O outro era em casa, onde se desenrolava o confronto entre entes queridos e o luto. Era isso que Yuu via em Anding. Não uma cidade entregue à morte e chafurdando em mágoa. Mas uma cidade tentando se reconstruir, reivindicando o que perdera. Uma cidade unida pela tragédia, onde o sofrimento forjou uma família fortalecida pelo apoio que ofereceram uns para os outros e pela determinação que os uniu. Esperança. Era esperança que Yuu via em Anding. A esperança de um recomeço.

Perto do portão, uma velha lhe entregou uma tigela de ensopado frio, que Yuu aceitou com gratidão e a quem prestou uma reverência respeitosa, a única forma de agradecimento que podia oferecer. Depois, a mulher a encaminhou em direção ao abrigo para soldados mais próximo.

— Meus olhos parecem diferentes? — perguntou Yuu a Natsuko ao passarem por um homem de um braço só que segurava uma escada contra a parede de uma construção enquanto uma mulher lá em cima martelava o telhado.

Yuu colocou um pouco do ensopado na boca e engoliu. Era apimentado, o que mascarava a falta de sabor, e gorduroso também. Mesmo assim, apreciou a comida.

Natsuko passou um longo momento quieta, e então disse:

— Sim, vocês mortais parecem bem frágeis às vezes. Muitos de vocês ficam com uma certa expressão depois de passar por dificuldades, um aspecto distante no olhar, como se estivessem olhando através do que está à frente, vendo o passado em vez do presente. — Ela suspirou. — Eu odeio esse olhar. Vejo todo dia nos meus altares.

— Porque não são as coisas de vocês — disse Yuu, com um sorriso amargo.

Sentia-se triste, como se houvesse um cobertor pesado a cobrindo e emudecendo o mundo. A sensação era de que via a si mesma se movendo pela vida, desapegada, como uma versão pequena dela própria sentada no próprio ombro.

— Como é?

— Certas coisas que se perde você não tem como tocar — respondeu. — Não são como lien perdidos, ou uma colher ou o brinquedo favorito de uma criança. Há coisas que se perdem e simplesmente somem. Coisas de dentro, não de fora. Coisas que você não consegue reter ou devolver.

— Ah, deixe de ser melodramática — disse Natsuko. — Você não está falando de perdas. Você não perdeu nada. Está falando de mudança. Olha, você nunca vai ser de novo quem é agora. A mudança é tão inevitável quanto o tempo. Então, é melhor se acostumar com o que você vai ser e parar de lamentar quem você era.

Yuu encarou Natsuko, mas a antiga deusa olhava apenas para a frente.

— Você deixe de ser piegas — continuou. — Porque ainda não terminamos. Temos muito a fazer e um longo caminho adiante. O tempo está correndo, e ainda estamos bem atrás dos líderes do jogo.

Um jogo. A deusa ainda considerava a disputa um jogo. Mas, pelo bem do jogo, Batu começara uma guerra que devastava dois impérios. Pelo bem do jogo, Yuu ludibriara os cochtanos e os mandara para uma emboscada que ceifara milhares de vidas. Talvez todos os deuses realmente fossem um pior do que o outro. Mas não. Com certeza o deus da guerra era pior. Yuu podia até não ter certeza se podia confiar em Natsuko, ou em qualquer um dos deuses, mas tinha plena certeza de que a deusa seria uma tianjun melhor do que Batu.

— O que estamos procurando em Anding? — perguntou Yuu.

Já tinha comido o suficiente do ensopado apimentado e estendeu a tigela para Inchado. O velho garanhão comeu fazendo muito barulho e depois arrancou a cuia da mão de Yuu.

— Um espelho grande assim. — Natsuko ergueu a mão e separou os dedos. — Com uma moldura de madeira gasta por tantos anos sendo segurada por mãos perfuradas, e o fundo decorado com ornamentos dourados que representam videiras espinhosas. Pertence a Guangfai, o deus da beleza.

Yuu segurou a risada.

— O artefato mais valioso do deus da beleza é um espelho?

Natsuko gargalhou.

— Ele é um tolo vaidoso e insuportável. Olha o próprio reflexo centenas de vezes por dia para garantir que continua bonito. — Ela revirou os olhos. — Ele é um deus. Pode ter a merda da aparência que quiser. Mimadinho demais para o meu gosto. O que ele chama de beleza, eu chamo de falsidade. Um único pé de sapato com saudade de seu par, isso sim é beleza. O olhar no rosto de alguém que vê seu amor verdadeiro indo embora sem nunca saber a verdade sobre aqueles sentimentos, isso é beleza. Beleza é emoção, seja ela boa ou ruim. Dor, felicidade, medo ou amor. A beleza está na experiência. Aquele espelho não é nada além da vaidade materializada de Guangfai.

— Você parece que não gosta muito dos outros deuses.

Natsuko deixou claro seu escárnio.

— Eu até que gosto de alguns. Gosto de Fuyuko, meu irmão. Mas muitos de nós são criaturas cheias de ódio sem propósito nenhum. Sabe quantas pessoas veneram Guangfai?

— O deus da beleza? Eu diria que muitas.

Casas de prazeres em toda Hosa tinham estátuas do deus, normalmente supervalorizando suas partes íntimas. Ele era sempre representado com uma distinta beleza afeminada, como se seu gênero não fosse nem de perto tão indiscutível quanto as pessoas gostariam de pensar que era.

— Mais do que muitas e mais um pouco ainda — resmungou Natsuko.

— Ele tem mais devotos do que você, então?

A deusa ficou em silêncio, acelerou o passo e percorreu a rua com uma determinação renovada. Mesmo com pernas mais longas, Yuu teve que se esforçar para acompanhá-la.

— Ali — disse Natsuko.

E apontou para um edifício precário que por pouco não poderia ser considerado um barraco. Havia um gato preto sentado ao lado da entrada encarando Yuu com olhos amarelados enquanto balançava o rabo para a frente e para trás.

— Alguma ideia do que eu posso esperar? — perguntou Yuu.

Assim que pararam de caminhar, Inchado aproveitou a oportunidade para colocar no chão a tigela que ainda carregava e começou a raspá-la com os dentes.

— Nenhuma — respondeu Natsuko com a veemência de um galho sendo quebrado.

Yuu respirou fundo e expirou lentamente. A deusa ficava impossível quando se comportava assim. Eram ataques de birra dignos de uma criança, mas acontece que Natsuko era uma deusa com poder e capacidade para sustentar aquele temperamento. O que resultava numa combinação perigosa, disso Yuu tinha certeza. O gato fugiu para um beco quando ela se aproximou. Ela abriu a porta e olhou lá para dentro.

— Nenhum cadáver dessa vez, pelo menos.

Natsuko não respondeu, então Yuu entrou.

Apesar da condição do lado de fora, a casa não estava completamente abandonada. O carpete roxo, fino e esfarrapado que cobria o chão levantava uma nuvem de poeira a cada passo de Yuu. Teias pálidas se acumulavam nos cantos e reentrâncias do teto, por onde aranhas gordas e pretas se moviam letargicamente. Uma voz suave veio de algum lugar no interior do recinto. Yuu reconheceu o som como cantaria, uma cantiga de ninar alegre que não lhe era estranha. À esquerda da porta, havia um grande espelho ornamentado, pendurado, que não combinava em nada com o lugar. A superfície estava tão polida que chegava a reluzir, mas a moldura dourada, por outro lado, estava danificada e enferrujada em alguns pontos. Pela primeira vez em muito tempo, Yuu olhou para si mesma. Suas vestes já não eram mais apenas um amontoado esfarrapado de retalhos; agora estavam imundas também. Sua pele brilhava de tão oleosa, e o cabelo, muito embora quase todo escondido pelo douli, parecia lambido e engordurado. Não era de se surpreender que o povo de Anding tenha sentido tanta pena; ela parecia uma mendiga desamparada.

Yuu seguiu a cantoria suave pelo corredor. Havia mais espelhos nas paredes, muitos, uns grandes e outros pequenos. Não conseguia evitar vislumbrar o próprio reflexo exibido em diferentes ângulos conforme avançava. Naquele estado, a imagem não era bem-vinda. Colocou algumas mechas errantes de cabelo atrás das orelhas e tentou não olhar mais para os espelhos. No fim do corredor, uma luz amarelada vazava por trás de uma porta de papel. O canto vinha lá de dentro. Yuu ainda não conseguia identificar a canção. Estendeu o braço para a porta e deixou a mão pairar por ali. A pele entre suas escápulas formigava. A sensação era de que havia alguém a observando. Olhou de volta para o corredor, mas tudo o que viu foi seu reflexo a encarando de uma dezena de espelhos diferentes. Esta casa tinha algo de estranho, algo errado. Seu estômago revirou quando ela tocou a porta e a abriu.

25

A SALA ADIANTE ESTAVA VAZIA. DEZENAS DE ESPELHOS, TALVEZ ATÉ centenas, dos mais variados formatos e tamanhos, preenchiam o espaço. Eram tantos que Yuu mal conseguia ver as paredes entre eles. O lugar emanava luz, mas não havia tochas, lampiões e nem janelas. E o canto estava mais alto agora. A canção trazia suas memórias, mas, mesmo assim, ela ainda não conseguia identificá-la. Deu um passo adiante e olhou para os dois lados da porta, mas o recinto continuava vazio.

Só que não.

Yuu olhou para o espelho à sua frente, um grande objeto retangular que refletia boa parte da sala. Ela viu a si mesma de pé diante de uma entrada tão preta que chegava a parecer o vácuo entre as estrelas. E ali, no espelho, havia uma garotinha sentada numa cadeira, de costas para Yuu. A menina cantava para si mesma enquanto escovava o cabelo espesso e escuro como um corvo. Estava lá. No reflexo, logo ali. Yuu deu outro passo adiante. Outro reflexo lhe chamou a atenção em um espelho diferente da mesma parede, este redondo e menor. Mostrava a mesma garotinha, mas agora exibia seu rosto. A pequena enxugava lágrimas de sangue enquanto sua boca gritava as palavras da canção. Não havia língua alguma.

Com o coração retumbando nos ouvidos, Yuu desviou o olhar do reflexo da menina. Estava tremendo, ofegante, e sentia lágrimas ardendo em seus olhos. Olhou para outro espelho, desta vez retangular e quase da sua altura. A mesma garota estava ali, pressionada contra o vidro e com o rosto contorcido de terror. Ela gritava e batia as mãos como se estivesse tentando destruí-lo, como se quisesse se libertar. Yuu deu um passo adiante. Algo brilhou à esquerda, um pequeno espelho arredondado. O rosto da garota parecia enorme exibido naquela superfície reluzente. Era um corpo em decomposição, com olhos ocos, pele rachada e chorando pus amarelado. Sua boca se movia de acordo com a melodia da canção.

Yuu se virou e vislumbrou a menina em um espelho quadrado pouco menor do que o tabuleiro de xadrez de Xindu. A mocinha acenou com um olhar assustado e então apontou para Yuu. Não. Não para Yuu. Para trás dela. Yuu se virou de novo e quase tropeçou no carpete esfarrapado. Na parede à frente, dezenas de espelhos, dezenas de versões da mesma garota, algumas sentadas e cantando, outras gritando, algumas mutiladas a ponto de serem irreconhecíveis e outras apavoradas. E em um, no espelho de uma penteadeira, Yuu viu a pequena encolhida no chão, com os joelhos contra o peito e envoltos pelos braços. Naquele reflexo, Yuu estava atrás dela e, atrás de Yuu, havia algo tenebroso e reluzente, um rosto distorcido com olhos ocos e dentes que pareciam facas. Ela gritou, se virou mais uma vez, tropeçou nos próprios pés e caiu no chão envolta em uma nuvem de poeira. No entanto, não havia ninguém ali. Mesmo assim, Yuu se arrastou para trás. Para longe do horror.

Seu coração martelava. Não conseguia respirar direito. Esfregou as lágrimas com as mangas e, quando abriu os olhos, todos os espelhos mostravam a mesma imagem. A garota já não chorava mais, já não cantava mais. Estava de pé na frente do espelho. Não tinha mais olhos; as órbitas pareciam não passar de um vazio sombrio. Apontou. Em todos os espelhos, apontava para Yuu. E então começou a cantar de novo, mais alto agora. Alto a ponto de se tornar desconfortável. Ensurdecedoramente alto. Yuu tapou os ouvidos, fechou bem os olhos e gritou. Nenhuma palavra. Nenhum pensamento. Apenas grunhido horrorizado. O terror agarrou-a, rasgou-a, dilacerou-a e fez verter aos pés da criança o pouco de sanidade que restava.

Yuu teve que se obrigar a abrir os olhos. Tremia, se embalava para a frente e para trás enquanto seu nariz escorria. A garota a observava dos espelhos. Em alguns, ria. Em outros, parecia enfurecida, com punhos cerrados e grasnando os dentes como se estivesse tentando sair à força para mordê-la. Yuu também via a si mesma em alguns dos espelhos, encolhida, apavorada, derrotada. Observou-se no espelho adiante e focou no reflexo projetado pelo espelho de trás. Viu os dedos esguios e delicados da menina lentamente romperem a superfície e agarrarem a moldura. A pequena deslizou para fora e rastejou pelo chão em direção a Yuu. A cantoria estava tão alta que não era possível ouvir mais nada, nem mesmo seu próprio choro. A criança se levantou atrás dela. Cabelo escuro, olhos escuros. E Yuu observou. Observou a morte a encurralando.

Era um yokai. Tinha que ser. Um ungaikyo. Um espírito vingativo encarnado no espelho. Yuu fechou bem os olhos de novo e obrigou sua mente a trabalhar, a funcionar. Segundo as lendas, ungaikyo eram pessoas que foram assassinadas enquanto olhavam para espelhos. Tinham a capacidade de manipular reflexos e fazer pessoas verem coisas. Mas que ficavam presas dentro deles. Presas a menos que outro alguém tirasse a própria vida enquanto encarasse o próprio reflexo. Só então seriam libertadas, pois seu lugar seria tomado pela pobre alma que caíra em sua armadilha.

Yuu se obrigou a abrir os olhos de novo. No espelho à sua frente, a garota ria enquanto cortava o rosto com uma faca que lhe partia a pele e fazia o sangue verter.

— Não é real — disse Yuu. Ou pelo menos achava que havia dito. Não conseguia se ouvir sobre a cantoria. — Você não é real! — gritou o mais alto que podia, e dessa vez conseguiu se escutar.

Outro espelho mostrou a menina com uma expressão chocada e uma mão sobre a boca. A pequena meneou a cabeça, triste, depois levantou sutilmente o olhar e encarou algo atrás de Yuu. Algo que Yuu se recusava a olhar. Foi preciso reunir cada partícula de força de vontade, mas ela se recusou a continuar fazendo parte do jogo do espírito.

Com a respiração entrecortada e o rosto molhado devido às lagrimas, Yuu se levantou, trêmula.

— Não é real — sussurrou. — Não é real. Não é real. Não é real. — Olhou para os espelhos nas paredes enquanto tentava desesperadamente não olhar para os reflexos e ignorar a criança que gritava e a ameaçava. — Não é real. Não é real. Não é real. — Espelhos quadrados, espelhos redondos, retangulares. — Não é real. Não é real. Não é real.

Yuu encarou a porta e ali, pendurado, havia um pequeno espelho oval do tamanho de sua mão com um cabo gasto de madeira. Se lançou para a frente, ainda repetindo para si mesma que os reflexos não eram reais e tentando desesperadamente não olhar para os espelhos. Arrancou o espelho da parede, pressionou-o contra o peito e correu para fora dali.

200

Os espelhos no corredor agora mostravam a menina implorando, suplicando, chorando e meneando a cabeça para que Yuu voltasse.

— Não é real. Não é real. Não é real — gritava Yuu sobre a canção que ecoava pelo corredor.

Correu. Abriu a porta com tudo e se lançou para o ar gélido do norte. Deu três passos cambaleantes e caiu nos paralelepípedos molhados, ainda segurando o espelho contra o peito e vertendo lágrimas de alívio.

Natsuko tossiu alto para chamar sua atenção.

— Que gritaria foi aquela?

— O PRÓXIMO PEGA VOCÊ — DISSE YUU, COM A VOZ MEXIDA E TREMENDO as mãos.

Tentou respirar mais devagar para aquietar os batimentos cardíacos. Dedos percorreram sua nuca, ela estremeceu e se virou, já esperando ver a garotinha na entrada da casa, mas não havia ninguém lá.

— Não é assim que funciona — respondeu Natsuko, tão calma que Yuu ficou com vontade de gritar. — Eu não posso...

— Não pode me ajudar diretamente — vociferou Yuu. — Eu sei. Eu não estava sendo... Você pelo menos sabia o que havia lá dentro.

A deusa deu de ombros.

— Um espelho.

Uma risada desvairada apossou o interior de Yuu, e não foi nada fácil controlá-la, impedir que soasse como insanidade. Respirou fundo mais uma vez e fechou os olhos. Conseguia ver o rosto da menina gritando, encarando-a na escuridão. Conseguia ouvir a canção assombrosa retumbando de acordo com o pulsar de seu sangue.

— Tinha um ungaikyo lá dentro. Nos espelhos. O espírito...

Parou e lentamente afastou o espelho do peito, apavorada com o que poderia ver refletido ali. Quando enfim reuniu a coragem para encará-lo, avistou apenas seu próprio rosto cansado e rastros deixados pelas lágrimas nas bochechas sujas...

e, atrás dela, estava a garota, à espreita por cima de seu ombro. Yuu gritou e jogou o espelho para longe. O objeto quicou e derrapou até cair virado para baixo.

Natsuko se enfezou.

— Qual a necessidade? Você podia ter quebrado. Não que fosse fazer alguma diferença, eu imagino. Quebrado ou não, agora é nosso. Mas acho que Guangfai ficaria bem irritadinho. — Um sorriso se espalhou pelo rosto enrugado. — Talvez a gente devesse espatifar essa coisa só para incomodá-lo.

Yuu olhou para o espelho. Um velho com uma bengala passou mancando e encarou as duas com algo semelhante à pena nos olhos. Sem sombra de dúvidas Yuu, ali ajoelhada na rua e gritando para um espelho, era uma visão um tanto estranha. Mas ele provavelmente vira coisas muito mais bizarras nos últimos tempos. Luto, perda e estresse tinham a capacidade de mexer com a sanidade das pessoas.

Yuu se sacudiu e cambaleou até o espelho. Tinha um trabalho a fazer. Natsuko precisava que ela vencesse a disputa dos deuses, e se quisesse colocar um ponto-final nas guerras que se espalhavam como uma praga pelo mundo, Batu precisava ser impedido. Pegou o espelho com cuidado para não virá-lo e encarar o reflexo. Era um objeto tão delicado. Um cabo gasto de madeira com um dragão adormecido esculpido na parte inferior e uma estrutura de prata que contava com um intrincado padrão espinhoso. Empurrou aquele item odioso para Natsuko.

— Pode ficar.

— Ah, não posso, não. É contra as regras. Não sou nada além de uma guia. — A deusa já fizera muito mais do que ser uma mera guia, quer quisesse admitir ou não. Mas Yuu duvidava de que valesse a pena discutir. — Ah, mas veja só. — E olhou para o espelho. — É uma jovenzinha também. Assassinada no começo da vida. Tantas oportunidades perdidas... — Encarou a garota no reflexo. — Kira Mirai era o seu nome, minha querida. Você lembra? Ou será que o tempo e o ódio já fizeram você esquecer que foi humana uma vez? Você podia ter sido cantora. Sua voz teria te levado até o próprio imperador. Você teria sido capaz de derreter o coração congelado dele, de trazer alegria àquela existência estéril, de mudar toda Ipia.

— Essa garota podia ter se casado com o imperador de Ipia? — perguntou Yuu.

— Sim — respondeu Natsuko, com suavidade. — Não o imperador atual. É uma oportunidade perdida que já tem oitenta anos de idade. Uma chance que lhe foi roubada. Kira Mirai foi assassinada pelo tio por causa de um pecado que nem cometeu. Ela o fazia sentir coisas que ele não devia sentir. — A deusa suspirou. — Nem todas as oportunidades são perdidas por causa

202

da guerra. — Olhou mais uma vez para o espelho. — Ah, pare de tentar me assustar, garota. Faça-me o favor, eu sou uma deusa. Mesmo que você conseguisse convencer alguém a tirar a própria vida, seu tempo já passou. Você é um yokai agora, e essas oportunidades se foram. Não tem como voltar atrás. Se acalme, se acalme. Eu sei. Sinto muito pelo que fizeram com você. Você não merecia.

Lentamente, Yuu virou o espelho e encarou o reflexo. Viu a menina, Kira Mirai, sentada em uma estrada de terra envolta por seu quimono preto amassado. Ela soluçava de tanto chorar. Mas as lágrimas não eram de sangue, não vertiam para assustar. Eram lágrimas verdadeiras pela vida que perdeu. Ela se lembrava, disso não havia dúvidas. Lembrava-se da pessoa que outrora fora. Da criança que fora.

— Tem alguma coisa que a gente possa fazer? — perguntou Yuu.

Agora que conhecia a história da pequena, a coitada já não parecia mais tão apavorante. Parecia digna de pena, trágica.

Natsuko meneou a cabeça devagar.

— Yokai pertencem e são governados pelos shinigami. Apenas o tianjun é capaz de ordenar que esses malditos kami façam alguma coisa. Não, os shinigami basicamente vivem vagando por aí, causando confusão, lutando uns contra os outros e ignorando o único trabalho que precisavam cumprir: coletar as almas dos mortos. São bem inúteis, se quer saber.

Yuu suspirou.

— Mas será que a gente pode... ajudá-la?

Natsuko se ajoelhou na frente de Yuu e, com suas mãos enrugadas, envolveu as dela. Foi toda a resposta de que precisava.

Yuu encarou a menina no espelho mais uma vez por alguns instantes.

— Sinto muito — disse, com uma voz suave, e então guardou-o em um bolso escondido em suas vestes.

Parecia estranho manter um objeto possuído tão próximo. Um yokai que chegara tão perto de matá-la. Mas parecia que o perigo já havia passado. A raiva da garota se transformara em luto. Talvez voltasse. Talvez aquela criança virasse um espírito vingativo de novo, mesmo assim não passaria de uma ilusão. De um reflexo do passado. Talvez quando Natsuko se tornasse tianjun, possa libertá-la de alguma forma, mas até lá, o único jeito de escapar daquela prisão seria alguém morrer para tomar seu lugar. Uma punição que Yuu não desejava para ninguém.

— E agora? — perguntou.

Queria sair de Anding o quanto antes. Sentia-se culpada por ver os habitantes ocupados reconstruindo a cidade, reivindicando o que fora ceifado pelos cochtanos, e não poder ajudar. Era um dreno de suprimentos e um perigo para todos ali. O Tique-Taque continuava à solta, e talvez não fosse o único à sua procura.

— Acho que o próximo artefato vai ser bem fácil — respondeu Natsuko. — É uma espada. Esen, o deus dos sonhos, usou-a uma vez para separar o mundo dos céus. É o único motivo para que apenas Tianmen exista no mundo dos mortais.

Yuu nunca pensara nisso antes, mas deduziu que até fazia sentido. Os porões dos céus ficavam no topo da Montanha Longa, mas, de acordo com as lendas, o céu de verdade era um mundo inteiro. Talvez o céu e a terra já tenham sido assim também.

— É uma parábola?

Natsuko bufou.

— Seria ótimo e simples se fosse, não seria? Vocês, mortais, anseiam tanto pelas verdades do mundo, mas não hesitam em ficar presos ao passado. Ainda nos veneram, mas esquecem que costumávamos caminhar entre vocês tão livremente como eu agora. Deuses, humanos e espíritos viviam lado a lado. Mas é claro que Esen tinha que chegar e estragar tudo com aquela merda daquela espada. — A deusa deu de ombros. — Enfim, ele está morto agora. Mas deixou a espada para Khando, o deus dos sonhos.

Natsuko avançou pela estrada. Yuu se levantou, partiu logo depois e assoviou para que Inchado as seguisse. Irritado, o velho garanhão relinchou, pegou a tigela vazia com os dentes e partiu atrás das duas.

— Então você quer dizer que os deuses podem morrer?

Ela tinha noção de que a deusa escondia muitas coisas, mas essa informação parecia algo importante a saber.

— Mas é claro que sim. Quando deuses guerreiam, todos perdem. É por isso que temos essa disputa e é por isso que as regras são tão rigorosas. — Olhou para trás, para Yuu, com uma expressão fantasmagórica nos olhos. — Vivíamos correndo por aí, brigando e nos matando o tempo inteiro, o que só servia para deixar o mundo caótico demais. Espíritos estremeciam quando lutávamos, e até mesmo dragões fugiam de nós. Então, decidimos colocar os mortais para fazer o trabalho duro. É muito mais civilizado assim. Gera menos cataclismas devastadores, que são cansativos até demais.

— Então... vocês não morrem mais? — perguntou Yuu, ainda tentando entender tudo.

O rosto de Natsuko se alargou naquele sorriso desumano de sempre.

— Não foi isso o que eu disse. É só muito mais raro hoje em dia.

Yuu estava deixando alguma coisa passar. Tinha certeza. Natsuko estava escondendo algo de propósito.

204

— E você disse que Esen era o deus dos sonhos, mas depois falou que o deus dos sonhos era Khando.

— Um deles era, o outro é. Afinal, não dá para *não* ter um deus dos sonhos. Vocês mortais precisam de alguém para venerar.

Uma mulher puxando uma carroça carregada de palha passou. Ela abaixou a cabeça sutilmente como forma de cumprimento, mas Yuu conseguiu ver que seus olhos se demoraram em Inchado. Yuu desejou que pudesse lhe dar o velho monstrengo, mas precisava dele. Cavalgá-lo podia até não ser muito mais rápido do que andar, mas já era melhor do que nada. Estavam ficando sem tempo, e a Montanha Longa ficava a um longo caminho dali. Mesmo depois de chegarem ao pé do calvário, levariam dias para escalá-lo.

— Então Esen morreu, e Khando pegou o lugar dele? — perguntou Yuu.

— Sim — respondeu Natsuko. — Como eu disse, não dá para não ter um deus dos sonhos. É uma questão extremamente complicada, algo com que vocês mortais não precisam se preocupar.

Yuu não tinha como negar que era meio confuso, mas estava longe de se convencer de que era, de fato, algo com que não devia se preocupar.

— E Khando está na disputa?

Natsuko gargalhou.

— Estava. Achou que pudesse sair matando todo mundo e escolheu o Rei Leopardo como campeão. Ele foi a primeira vítima do Tique-Taque. Você nem acreditaria na confusão.

— De reconfortante isso não tem nada. — Mais um motivo para nunca mais querer ver o Tique-Taque. Se o assassino era capaz de aniquilar tanto o Rei Leopardo quanto o Leis da Esperança, duvidava muito de que seria capaz de impedi-lo. — E estamos indo atrás da espada dele? De uma espada com a capacidade de separar o mundo dos céus?

Mais uma vez, a deusa gargalhou.

— Está com medo de destruir seu mundo?

— Medo é apelido!

Natsuko os guiou para os quartéis. No passado, o lugar esteve cheio de soldados, mas não havia mais nenhum militar ali, tinham todos sido convocados para lutar no exército do Tigre Rosnante. Agora o prédio não passava de uma construção alta de pedra, silenciosa e cinzenta, um monumento ao erro do general em não deixar ninguém para defender a cidade. Havia algumas pessoas na rua, limpando destroços de um edifício do outro lado da rua estreita que fora incendiado. Tudo o que restava era vernáculo queimado de cinzas e vigas de madeira chamuscadas. Dois prédios adjacentes haviam sido demolidos para impedir que o fogo se alastrasse. Saber que os esforços para a reconstrução já iam de vento em popa era algo que aquecia o coração de Yuu, mas o sentimento azedava ao pensar em todas as vidas perdidas e na pequena quantidade de soldados que retornaria. Anding se restauraria, mas a probabilidade era de que muitos lares permanecessem vazios por anos, talvez até mesmo por gerações.

— Não temos muita coisa agora no momento — disse um velho que enchia um carrinho de destroços com os outros homens. Esfregando as mãos cobertas de cinzas nas calças, ele se aproximou de Yuu e Natsuko. O lado direito de seu rosto estava enfaixado e manchas de sangue atravessavam o tecido, mas o curativo parecia efetivo o bastante. — Se querem relatar um crime, montamos um ponto de atendimento na Praça do Orvalho, lá perto do portão principal. Vou ser sincero: são só umas velhotas bancando as juízas, mas ninguém passa a perna nelas, não. Su e Zhenzen sempre foram mais ligeiras para condenar do que para perdoar. — Ele riu, um som que parecia deslocado em meio à destruição. — Só que a sentença provavelmente vai ser nos ajudar a reconstruir. Mais ou menos trabalho forçado, eu acho.

Yuu sorriu para o idoso.

— Estou procurando uma espada.

O sujeito franziu o cenho.

— Tem várias ali, mas não sei para que você precisa de uma. Não temos uma guarda propriamente dita, mas as pessoas que assumiram essa responsabilidade são mais do que capazes.

Não havia dúvidas de que ele pensava que Yuu era uma criminosa. Às vezes era mais fácil engolir uma mentira do que uma verdade, mas às vezes era muito mais fácil usar a sinceridade do que mentir.

— Tem uma espada lá dentro que pertence ao deus dos sonhos. Preciso pegá-la para a deusa das coisas perdidas.

O homem ergueu as sobrancelhas. Não disse nada por um longo instante enquanto olhava de Yuu para Natsuko, e de Natsuko para Inchado. O cavalo começou a fungar nas vestes de Yuu enquanto aguardavam. Depois de um momento, o senhor esfregou o queixo e o manchou de cinzas.

— Promete que não vai usá-la em ninguém daqui? Já tivemos problemas suficientes em Anding para umas doze gerações.

— Prometo. Só vim pegar a espada, depois vou seguir para a Montanha Longa e para Tianmen.

O velho soltou uma gargalhada alta.

— Olha, você é doida de pedra, viu? Mas o mundo está doido mesmo. Invasores cochtanos, um imperador leproso no trono e espíritos voando por aí se metendo na vida das pessoas.

206

— Espíritos? — perguntou Yuu.

Ele riu de novo.

— Dá para acreditar? O povo anda dizendo que Eeko'Ai foram vistos nadando pelas ruas. — O homem parou para encará-la de novo. — Bom, acho que você acreditaria, sim. A questão é que as pessoas continuam dizendo que estão vendo espíritos diferentes. Há alguma coisa grande para acontecer, pode escrever o que estou dizendo. — O idoso acenou e se virou para os companheiros. — Pegue quantas espadas quiser.

— Obrigada — disse Yuu, com uma reverência. — E boa sorte na reconstrução de Anding.

O senhorzinho olhou para trás, encarou-a e bufou.

— Quer ajudar de verdade? Então esqueça a espada e venha nos dar uma mãozinha.

Não esperou por uma resposta. Simplesmente caminhou de volta até o carrinho e se abaixou para continuar a tarefa.

— Isso é tudo obra de Batu — disse Natsuko, baixinho. — Cem anos de guerra, caos e dor. — Ela meneou a cabeça. — É tanto sofrimento que as pessoas acabaram se acostumando.

A deusa estava certa. Toda essa dor e sofrimento levava direto a Batu e suas guerras. Yuu queria ajudar, não apenas os cidadãos de Anding, mas todos os habitantes de Hosa. E a melhor forma de ser útil não seria carregando destroços e renovando a cidade, mas sim ajudando Natsuko a destituir o deus da guerra.

— Como a espada é?

— Uma lâmina larga como uma mão e quebrada pela metade. — A deusa percebeu o olhar confuso de Yuu e riu. — O que é? Achou mesmo que era possível uma espada separar os céus da terra sem quebrar?

— Há mais yokai aqui?

A maior parte do medo que sentira mais cedo havia se dissipado, mas não sem deixar um torpor cru em seu peito.

Como era de se esperar, a deusa não respondeu. Yuu a deixou na estrada para que procurasse Inchado e empurrou a pesada porta do quartel. O recinto à frente era enorme, escuro e cheirava à cerâmica polida, aço lubrificado, suor e couro. Um cheiro que lhe era familiar e até mesmo um tanto confortável. Fazia-a lembrar-se dos anos que passara servindo o Príncipe de Aço, dos acampamentos que montavam e dos exércitos que marchavam sob seu estandarte. Mas aqueles dias haviam ficado num passado distante, e ela não tinha certeza de que gostaria de revivê-los, mesmo se tivesse a chance. Decidira desistir da guerra e da Arte da Guerra para sempre. Tudo o que sua avó lhe ensinara, tudo o que a velha lhe fizera... Yuu queria deixar para trás. Mas o que isso significaria se Natsuko realizasse seu desejo e trouxesse o Príncipe de Aço de volta? Será que ele a arrastaria de volta para a guerra? Será que ela seria capaz de dizer-lhe não?

Yuu passou pelos móveis: mesas, camas militares, armários e cadeiras. Tudo intocado. Não foi difícil encontrar a espada. O arsenal estava repleto de armas e armaduras, imaculadas pelos cochtanos. Yuu viu pilhas de elmos de cerâmica e peitorais prestes a desmoronar, lanças agrupadas aos montes contra a parede, prateleiras e mais prateleiras repletas de espadas dao úteis e, no meio delas, uma espada quebrada com a lâmina muito mais larga do que as outras que ostentava um dragão dourado adormecido no decorrer da guarda cruzada e tinha o punho envolto em couro gasto. Yuu estendeu a mão e parou. Seus dedos estavam com vergonha de tocá-la. Suspeitava de uma armadilha. O espelho, protegido por um yokai, assim como a moeda. O lampião, no topo do império de falsos monges poderosos e o anel, no reduto de uma tríade. Esta espada também deve estar sob alguma guarda, pensou. Era o quartel de Anding, um lugar normalmente cheio de soldados treinados em uma cidade outrora considerada inconquistável. Batu o colocara aqui, pois considerava o local bem protegido, mas seu plano se frustrara por seu próprio anseio de espalhar guerra. Mesmo assim, Yuu olhou ao redor para garantir que não havia nenhum espírito ou demônio escondido nas sombras. Então, estendeu a mão e agarrou-a. Estremeceu, no aguardo de que algo terrível acontecesse.

Nada aconteceu.

Puxou a espada da prateleira e a encarou. Cabia bem em sua mão, e havia espaço o bastante para que a empunhasse com as duas, se quisesse. Mesmo quebrada e com o aço terminando em uma série de cumes irregulares, a lâmina tinha um equilíbrio tão perfeito que chegava a parecer sobrenatural. Não restava dúvidas de que seria pesada demais para Yuu se estivesse inteira, mas assim parecia ter o peso perfeito para ela. Era uma pena que não tivesse nada além do mais rudimentar dos conhecimentos quanto a combate. Apesar das tentativas do Príncipe de Aço de ensiná-la, ele sempre acabava frustrado com sua inaptidão para aprender a lutar. Nunca suspeitou que ela estivesse se contendo de propósito. Não era uma questão de inabilidade, mas sim relutância em aprender a combater. Yuu lutava da forma que sua avó sempre lhe ensinara, já que a velha lhe batera muitas e muitas vezes. Lutava com a mente. *A Arte da Guerra não deve nunca...* meneou a cabeça para se livrar das garras da influência de sua avó.

— A espada que separou os céus da terra — disse Yuu em voz alta, enquanto observava a forma como a luz difusa refletia na lâmina.

Olhou em volta mais uma vez. Não havia ninguém observando, então deu um golpe. O ataque cortou o ar com um brilho hipnotizante. Ela caminhou

208

até a mesa que ficava entre duas camas militares e, com um grito devido ao esforço, trouxe a espada abaixo com toda a força que tinha. A lâmina cortou a madeira com um *tum* e ficou presa. Teve que torcê-la quatro vezes para soltá--la, e a cada movimento se sentia cada vez mais estúpida. Pelo visto, a espada que separou os céus da terra era inútil em mãos inúteis.

Natsuko estava sentada na rua, bebendo uma xícara de chá com os homens lá de fora quando Yuu emergiu do quartel. Inchado também encarava o chá no chão e ficava observando o vapor subir em fiapos e desaparecer.

— Encontrou, então? — perguntou o velho com o rosto enfaixado. Ele parecia bem mais jovial do que antes, mas Yuu suspeitava que bom chá era capaz de tal feito. Ele franziu o cenho quando ela ergueu a espada. — Tem certeza de que não quer uma melhor? Essa aí está quebrada.

— É essa aí mesmo — disse Natsuko, com aquele sorriso de deusa. — Eu reconheceria em qualquer lugar. Esen vai ficar maluco quando descobrir que você a encontrou. Não vejo a hora de contar para ele.

Yuu amarrou o punho da espada na sela de Inchado. O cavalo virou o focinho, fungou em suas vestes e ela o afastou.

— Não tenho nada, monstrengo — disse. O bicho bufou e voltou a encarar o chá. — Vamos tentar achar umas maçãs ou algo assim para você. Será que uma maçã que simplesmente cai de uma árvore conta como um item perdido?

O animal não respondeu.

— Vá em frente, então — disse Natsuko para Inchado. — Mas não venha me culpar se queimar a língua.

O cavalo, sem demora, agarrou a xícara e derramou mais líquido nos lábios e no queixo do que na boca.

A deusa meneou a cabeça e revirou os olhos ao mesmo tempo.

— Chá? — ofereceu, quando Yuu pegou uma lajota livre de cinzas e se sentou com Natsuko e os idosos. — Lamento, mas não temos nada mais forte.

Yuu bebericou. Agora, pensando bem, fazia dias desde que bebera pela última vez.

Um dos velhos, um sujeito com ainda mais rugas do que a deusa, ergueu a xícara e disse:

— Sua avó aqui estava nos contando que a Arte da Guerra voltou para salvar Anding. Queria ter visto. Nasci pouco depois de ela ter salvado a cidade durante a última invasão. Cresci ouvindo histórias de como ela virou a maré contra os cochtanos. Faz mais do que sentido que tenha voltado no nosso momento de necessidade.

Yuu encarou Natsuko e percebeu a deusa a observando de canto de olho.

— Ela saiu a cavalo com o Tigre Rosnante. Duvido que volte.

— Uma pena — disse o senhor. — É uma heroína de verdade, a nossa Arte da Guerra.

Yuu pensou a respeito dessa afirmação. A Arte da Guerra, sua avó, salvara a cidade e depois liderara a guerra. Vencera todas as batalhas e comandara as forças unidas de Hosa até que mandassem o inimigo de volta para onde viera. Era uma heroína. Mas Yuu nunca conhecera aquela mulher. Conhecera a avó que era gentil e cruel na mesma medida. Que a alimentara, vestira, abrigara e criara. Que lhe entregara um legado, quer Yuu quisesse ou não.

Os velhos terminaram o chá e ofereceram abrigo para que passassem a noite, assim poderiam evitar viajar pelas perigosas estradas no escuro. Yuu não queria ficar em Anding (queria, inclusive, ir para o mais longe possível dali), mas Natsuko aceitou a oferta. Dormiram em um velho dojo cheio de soldados feridos e cidadãos agora sem teto devido à invasão. Uma centena de pessoas amontoadas, juntas pelo calor e pela proteção. Amanhã começariam a jornada até a Montanha Longa em direção aos portões dos céus.

27

Saíram de Anding na manhã seguinte em direção ao sul, e Yuu sentiu seu ânimo voltar conforme a cidade encolhia a distância. Havia emoções demais ligadas àquele lugar, história e dor demais, e grande parte disso herdado da mulher que era sua avó, mas apenas pelo nome. A velha provavelmente teria condenado a decisão de Yuu de abrir mão da Arte da Guerra sem deixar uma sucessora. Sem uma forma de dar continuidade ao legado. Mas a velha estava morta, então de que importava o que achava?

Inchado havia descansado bastante, então Yuu o cavalgou por boa parte da manhã, mas o velho cavalo se cansava rápido e não demorou para que fosse preciso caminhar, assim pouparia os ossos fatigados do bicho. Assim que desceu da sela, Natsuko apareceu como se estivesse passado o tempo todo ali.

— Você devia ter pedido um cavalo mais novo para aquele general seu amigo — disse a deusa, ao alcançar Yuu.

— E me livrar do Inchado?

A deusa resmungou.

— Dois cavalos são melhores do que um.

— Quer cavalgar no Inchado?

Natsuko a encarou de forma mordaz.

— Esse monstrengo aí é feio, lento e peidão.

Inchado balançou o rabo e arrancou um tufo de grama enquanto seguia adiante. Ele inflou as narinas e, com os lábios contraídos, virou a cabeça em direção a Natsuko. A deusa pegou uma maçã murcha de dentro da manga de seu hanfu que parecia para lá do que Yuu consideraria comestível. Estendeu-a e Inchado, feliz da vida, pegou-a e triturou a fruta com os dentes.

Yuu sorriu. A deusa sabia ser gentil. Deu uma maçã para o cavalo, fizera chá para os homens de Anding e se preocupava o bastante a ponto de oferecer seu bem mais precioso por uma chance de pôr um ponto-final nas guerras intermináveis de Batu. Ao mesmo tempo, sabia muito bem como ser insensível. Regozijava-se com as preces de pessoas que perdiam tanto e nunca devolvia nada. Era isso o que significa ser um deus? Oferecer crueldade e gentileza na mesma medida?

— Para onde? — perguntou Yuu.

A Montanha Longa não passava de uma mancha a distância, ainda a muitos dias de viagem.

Natsuko ficou em silêncio por um instante, e então respondeu:

— Há um orfanato logo depois da fronteira na província de Long. Podemos pegar outro artefato lá. Pode ser nossa última chance antes de chegarmos a Long.

— Aí serão cinco. Vai ser suficiente?

A deusa não respondeu.

— Vamos chegar ao orfanato ao cair da noite — respondeu, depois de certo tempo. — Se você não se importar de montar esse monstrengo catinguento de novo.

— Como funciona? Se você... se a gente ganhar?

— Como é?

— Pelo que você disse, se tornar tianjun é quase como virar um imperador.

Yuu não havia pensado muito nesse aspecto, mas não fazia ideia de como os deuses interagiam com as pessoas, além de inspirar veneração e, pelo visto, não oferecer nada em troca. Afinal, o povo orava nos altares de Natsuko e pedia pelas coisas que tinham perdido, mas ela nunca as devolvia. A mão de Yuu encontrou o pequeno Peão que usara para derrotar sua avó tanto tempo atrás. Quer dizer, talvez a deusa *quase* nunca devolvesse as coisas.

211

— Então, se ganharmos a disputa e você virar tianjun, pode simplesmente parar as guerras? Fazer os cochtanos recuarem e nunca mais voltarem?

— Não é bem assim que funciona — respondeu Natsuko. — A tianjun governa os céus. Pode fazer leis para alterar o mundo de formas sutis. Espíritos como os shinigami são obrigados a seguir a tianjun, a obedecê-la. Mas os mortais são ligeiros. Vocês lutam para não serem controlados, mas não pensam duas vezes antes de oferecerem fidelidade. Odeiam injustiça, mas atacam uns aos outros. Não obedecem, mas nos pedem orientação. A tianjun não pode controlar os mortais, não pode forçá-los a obedecer, mas é ela quem define os rumos da política. Todos os generais e imperadores que fazem preces aos deuses em busca de auxílio recebem como conselho os comandos da tianjun, não importa para quem orem.

Yuu encarou a espada amarrada à sela de Inchado.

— Alterar o mundo de formas *sutis*? Você disse que o deus dos sonhos usou esta espada para separar os céus da terra.

Natsuko resmungou.

— As coisas eram diferentes antigamente. Nós governávamos tanto os céus quanto a terra. Foi por isso que Esen fez o que fez. Ele queria libertar os mortais das amarras dos deuses, queria dar a vocês força para que resistissem, para que fizessem o que quisessem da terra sem dever satisfações a nós. — Ela suspirou. — Nem todo mundo concordava, mas certas coisas não podem ser desfeitas.

— Mas como? — perguntou Yuu. — Como foi que ele separou os céus da terra com uma espada?

Natsuko lhe ofereceu um sorriso carregado de pena.

— Ele era um deus, minha querida.

Uma resposta irritante, mas Yuu percebeu que seria a única que provavelmente receberia.

PASSARAM POR MUITOS VIAJANTES NO DECORRER DA ESTRADA, MAS ninguém lhes dedicara muita atenção. Alguns eram soldados a caminho de Anding para se alistar às tropas do Tigre Rosnante, sem saber que o general já saíra de lá. Outros eram mercadores em rotas comerciais. Alguns perguntaram por notícias, e Yuu passou adiante de bom grado o pouco que sabia, mas a maioria ignorava a mulher solitária no lombo de um cavalo velho e acabado.

Quando contornou uma colina e o orfanato apareceu, Yuu ficou surpresa. Esperava que fizesse parte de uma vila ou cidade, de um assentamento maior, mas estava errada. Era uma estrutura solitária, sem mais nada à vista nos arredores; uma coleção de construções quadradas de madeira, longas, porém baixas, e contava com um poço no centro de um belo pátio cercado de altares. Campos circundavam o complexo, alguns abundantes em legumes e outros repletos de mato na altura do calcanhar que balançava com a brisa. Era uma visão quase pitoresca, e parecia algo antigo. Yuu não conseguia entender como o orfanato era capaz de sobreviver ao governo do último imperador, com os bandidos que vagavam pela província e onde nenhuma cidade sem defesas estava segura. Fez Inchado parar, desceu da sela e esfregou as coxas até a ardência passar. O cavalo lhe deu um olhar demorado e sofrido e abaixou a cabeça para farejar o chão atrás de algo que pudesse comer. Yuu avistou um hanfu vermelho do outro lado do bicho, mesmo que, de novo, não tivesse visto a deusa aparecer.

— É aqui?

— É — respondeu a deusa, baixinho. — O... artefato está lá.

Duas crianças correram para fora de uma das construções, uma garota perseguindo um garoto. Nenhum devia ter mais do que seis ou sete anos. Nem pareceram perceber Yuu enquanto, rindo e soltando gritinhos, corriam um atrás do outro. Ficou simplesmente os observando por alguns instantes. Era uma infância que nunca tivera. Mesmo antes de o Povo do Mar ter levado seu pai e de sua mãe tê-la abandonado na esperança de gerar um filho para o Imperador dos Dez Reis. Mesmo com sua avó, nunca tivera uma infância assim. As outras crianças a odiavam, davam-lhe apelidos e a empurravam para o chão quando os adultos não estavam de olho. Não que seus pais fossem impedi-los. Agora, pensando a respeito, Yuu não sabia ao certo nem se a avó os impediria. Tudo era uma lição para ser aprendida através da dor, a manipulação típica de terceiros para seus próprios fins. Quantos dos seus traumas de infância será que foram planejados por sua avó?

— O que estamos procurando? — perguntou Yuu. — E a quem pertence?

Natsuko não disse nada. Deu um passo lento adiante, e mais. Yuu começou a segui-la e assoviou para que Inchado as seguisse. O bicho a ignorou, mas como parecia muito improvável que fosse fugir, ela o deixou para trás.

Todos os outros artefatos estavam protegidos de alguma forma. Alguns por humanos que não sabiam o que eram, e outros por espíritos posicionados especificamente para esse propósito. Yuu passou a ponta dos dedos pelo espelho escondido em suas vestes e teve a impressão de, apenas por um momento, ouvir a canção da garota presa lá dentro. Era tudo imaginação, claro. Não importava o que este novo artefato fosse, também estaria sob algum tipo de guarda. Talvez o orfanato inteiro não passasse de uma miragem para enganar o aventureiro negligente. Outro yokai. Ou quem sabe algo ainda pior.

Com os olhos fincados nas crianças que brincavam, Natsuko manteve o ritmo lento. Uma pequena cerca circundava o complexo, mas era baixíssima e não impediria nenhum humano ou animal determinado a entrar. Um único portão levava ao pátio coberto de grama flanqueado por altares de ambos os lados. Um dos altares, percebeu Yuu, era dedicado a Natsuko. O outro era para seu irmão, Fuyuko. Deuses gêmeos conhecidos por cuidarem de todas as crianças.

A porta da maior das estruturas se abriu bem quando Yuu e Natsuko chegaram ao portão. Mais três crianças, mais jovens ainda, saíram rindo e se juntaram às outras. Uma mulher enrugada com um sorriso gentil seguiu-os para fora. Ela vestia um hanfu preto com manchas de uma dúzia de cores. A senhora paralisou quando as avistou e disse algo que Yuu não conseguiu entender. Depois, começou a juntar as crianças. Os pequenos claramente achavam que era alguma brincadeira, e ficavam fugindo da idosa e empurrando os coleguinhas para a frente para que fossem pegos primeiro. Outro jogo que Yuu reconhecia, mesmo que nunca tivesse tido permissão para brincar.

Uma segunda mulher apareceu na porta; era alta e vestia um hanfu verde impecável com costuras vermelhas. Era mais velha do que Yuu, mas não muito, e exibia algumas rugas na região dos olhos, mas nenhuma ao redor da boca. Os anos lhe caíam bem e ela se movia com força e elegância. Um cabelo preto como um corvo cascateava pelas suas costas em tranças grossas e chegava pouco abaixo do quadril. Yuu soube com certeza que aquela mulher era sua oponente. Quem quer que fosse, estava ali para proteger o artefato.

Yuu já analisava todas as possibilidades. Ela não parecia estar armada, mas isso não servia nem de longe para indicar se seria muito ou pouco perigosa. Apenas vinte passos as separavam, e o pátio continuava repleto de crianças brincando. Yuu tinha apenas uma faca de esculpir e a pequena adaga com a qual quase fora assassinada pelo Tique-Taque. A espada quebrada ficara pendurada na sela de Inchado, mas provavelmente se daria melhor com a adaga. Tinha algumas lascas de madeira embebidas em qi, mas não concluíra nenhuma das peças de xadrez. Não havia uma sequer que estivesse terminada. Suas opções eram limitadas e, sem saber do que sua oponente era capaz, não havia como bolar um plano.

Outra criança saiu da residência e ficou dando voltas ao redor da mulher. Yuu deduziu que o garoto não devia ter mais do que oito ou dez anos. Era pequeno para a idade, e mantinha as mãos nervosas ao lado do corpo e os óculos no topo do nariz. Um tufo escuro e rebelde de cabelo lhe deixava com uma aparência meio selvagem, mas ele se agarrou ao hanfu e não entrou na brincadeira com as outras crianças.

Yuu trocou um olhar com a mulher e a viu ficar levemente tensa. As duas sabiam o que estava por vir.

— Fuyuko! — disse Natsuko, com a voz pouco mais alta do que um suspiro. A deusa exibia um sorriso de pura felicidade. — Te encontrei!

Natsuko empurrou o portão, atravessou o pátio e passou pelas crianças que gritavam e riam. Yuu viu os anos abandonando a deusa. Quando chegou à frente da mulher e do garoto, Natsuko era uma menina de novo, uma garotinha da mesma idade do menino. Yuu avançou com menos pressa e foi avaliando o caminho com cuidado. Não tinha dúvidas de que a deusa estava além de qualquer ferimento, mas ela com certeza, não.

— Fuyuko — disse a deusa. — Sou eu. — O garoto foi ainda mais atrás da mulher para se esconder no hanfu. O sorriso desapareceu do rosto de Natsuko e as rugas começaram a reaparecer. — Sou eu, Fuyuko. A Natsuko, sua irmã. — Em instantes, voltara a ser a velha que Yuu passara a conhecer tão bem e todos os traços da menina haviam sumido. — Você não me reconhece.

Lágrimas começaram a escorrer pelos vincos de seu rosto.

Quando Yuu chegou ao lado de Natsuko, viu que a mulher no hanfu verde as encarava. Havia compaixão naqueles olhos, mas, na postura, uma rigidez de aço.

— Batu disse que alguém viria e que poderia ser você — disse, com a voz tão suave quanto pétalas resvalando em pele.

O rosto de Natsuko se contorceu de raiva.

— Você é criatura dele?

A mulher nem pestanejou perante a irritação da deusa, o que impressionou Yuu, que, no seu lugar, teria fugido aos berros.

— Não sou criatura de ninguém. Mas esse garoto está sob meus cuidados e vou protegê-lo de todo e qualquer perigo. — Mais uma vez, seus olhos se viraram para Yuu. — Seria bom conversarmos.

Yuu abaixou a cabeça, concordando. De uma coisa tinha certeza: não queria enfrentá-la. Pelo menos não sem se preparar o suficiente. Colocou uma mão no ombro de Natsuko. A deusa retesou, mas não se mexeu.

— Não sei o que está acontecendo, Natsuko. Mas acho que consegui entender pelo menos um pouco. Ele é o seu irmão, mas *também* o seu artefato. Aquilo que você valoriza mais do que qualquer coisa. É por isso que não puderam os dois entrar na disputa. Vamos ouvir o que a mulher tem a dizer. É melhor não brigarmos. Não aqui.

A deusa fungou alto e abaixou a cabeça.

A mulher de verde mandou que Fuyuko voltasse para dentro e voltou a se virar para o pátio.

— Mai, cuide das crianças, por favor. — Apontou para uma das casas menores ali perto. — Por aqui. Vou fazer um pouco de chá e então podemos conversar.

215

A casa, que consistia em dois cômodos separados por uma parede de papel, era pequena e confortável. Havia uma mesinha de centro na sala, um forno em um dos cantos e dois colchões enrolados em outro. Yuu se ajoelhou na frente da mesinha enquanto a mulher se ocupava no fogareiro. Natsuko resmungou. Parecia distante. Era desconcertante vê-la tão nervosa.

— Meu nome é Yanmei — disse a moça enquanto colocava uma chaleira sobre o fogo.

— O meu é Yuu — respondeu, e abaixou a cabeça. — Essa é Natsuko.

— A deusa das oportunidades perdidas — comentou Yanmei com suavidade, e prestou uma reverência respeitosa para Natsuko. — Espero que o altar lá fora seja de seu agrado. Eu...

— Por que é que Fuyuko não me reconhece? — perguntou a deusa, sem rodeios.

— Não sei. — Yanmei se ajoelhou à mesa na frente de Yuu e esperou que Natsuko se juntasse a elas. A deusa estava tensa e propagava uma presença pesada pelo recinto, o que agoniava Yuu. Caso Yanmei sentisse a mesma coisa, não demonstrou. Sentou-se com as costas eretas e, mesmo assim, não parecia estar desconfortável. Havia uma elegância inegável a seu respeito. — Me permita explicar o que consigo. O que *eu* sei.

"Sou professora na Academia Heiwa, uma escola ipiana para crianças com técnicas. Além de lecionar, também é minha função encontrar novos alunos. Crianças com dons, com potencial. O mandamento de Heiwa é ensinar os fortes, empoderar os pequenos e incumbi-los de conhecimento e sabedoria. Eu encontro aqueles com técnicas potencialmente perigosas se não forem treinadas da forma correta ou se forem treinadas pelas pessoas erradas. Em Heiwa, nosso objetivo é ensiná-los a usar as técnicas e a cabeça. Ensinamos a ser fortes e gentis." Ela parou e sorriu. "É um instituto em progresso. Há muitas brigas. Mas o gerimos da melhor maneira possível.

Parecia, de fato, um empenho digno. Hosa era recheada de histórias sobre bandidos lendários com técnicas que eram temidas pelo povo. Quantos desses criminosos poderiam ter tomado rumos mais pacíficos se tivessem simplesmente tido a chance?

— Venho aqui sempre que posso para ver as crianças que Mai cuida. Meu pai era um bandido e tinha o costume de vir também. Ele pegava crianças promissoras e as forjava para que se tornassem monstros sob seu comando. Minha esperança é fazer tudo o que estiver ao meu alcance para levar crianças similares por um caminho diferente.

— Já entendi — disse Natsuko, irritada.

Yanmei olhou para a deusa e abaixou a cabeça.

— Alguns dias atrás, durante uma das minhas visitas, o deus da guerra apareceu. Trazia um garotinho. O menino não se lembrava de nada, mas Batu disse que seu nome é Fuyuko, o deus dos órfãos. Falou que viria gente atrás dele, que tentariam levá-lo à força e que não seriam nem um pouco gentis com o pequeno. Me fez prometer que eu o protegeria de todos. Devo mantê-lo aqui até a lua entrar no próximo ciclo. Sou obrigada, é meu dever protegê-lo.

A chaleira começou a apitar, então Yanmei se levantou e foi até o fogareiro. Serviu o chá, se virou e percebeu que Natsuko havia sumido. Yuu nem percebera o desaparecimento da velha deusa.

— É o jeitinho dela. Daqui a pouco volta.

A mulher voltou à mesa com apenas duas xícaras de chá e, mais uma vez, se ajoelhou à frente de Yuu.

— Não vou deixar ninguém levar o menino.

— Nem mesmo a irmã dele? Posso garantir que ela só pensa no melhor para o pequeno.

— Será mesmo?

Yanmei levou a xícara aos lábios e bebericou. Yuu fez o mesmo, mas o chá estava pelando de tão quente, então ela assoprou a fumaça. Ficaram se encarando por alguns instantes.

— Ele é um deus. Sabia?

Yanmei abaixou a cabeça para demonstrar que sabia, sim.

— O lugar dele é nos céus com a irmã.

— Hum...

Yanmei bebericou o líquido fumegante mais uma vez.

Claramente precisava tomar uma abordagem diferente. Algo que convencesse Yanmei da verdade, porque de uma coisa Yuu tinha certeza: não queria lutar com aquela mulher. Algo em sua postura, no jeito que falava e se movia, indicava uma força corporal e mental que não se equiparava nem de longe às habilidades de Yuu. E também não conseguiria jamais ludibriá-la. Mas, às vezes, palavras eram capazes de vencer batalhas que nenhum derramamento de sangue jamais ganharia.

— Ela é a família dele. Irmã e irmão. Não devem ficar separados.

Yanmei não falou por alguns instantes e seus lábios se tornaram uma linha fina.

— Acho peculiar o jeito como as pessoas sempre acham que laços familiares são inquebráveis. Gostam de acreditar que parentes são queridos uns com os outros. Que amam e aceitam. — Seus olhos se iluminaram e encontraram os de Yuu, que percebeu, então, que cometera um erro. — Mas é

217

mentira. — Yanmei colocou a xícara na mesa e começou a rolar as mangas. — Como eu disse, meu pai era bandido, um criminoso bem famoso. As pessoas o chamavam de Punho Flamejante, mas eu, de pai.

Claro que Yuu ouvira falar do Punho Flamejante. Ele tocara o terror no oeste durante o reinado do antigo Imperador dos Dez Reis. O criminoso de guerra era famoso por envolver as mãos em correntes lubrificadas com óleo e atear fogo nelas durante batalhas. Sumiu havia alguns anos e ninguém parecia saber o que lhe acontecera, muito embora Yuu tivesse algumas suspeitas. O sujeito provavelmente estava morto.

— As mãos não eram a única coisa que ele gostava de queimar — continuou Yanmei.

Terminou de enrolar as mangas e exibiu a Yuu um braço musculoso com a pele desbotada. Queimaduras curadas muito tempo atrás, mas que, mesmo assim, continuavam sendo provas irrefutáveis. Em alguns pontos, o braço era suave devido à pele derretida que nunca sarara por completo. Em outros, era áspero e avermelhado, fruto de um tipo de queimadura diferente, mas certamente não menos dolorosa. Uma evidência multicolor de um passado trágico. Yuu fechou os olhos. Era tudo familiar demais. Desconfortável demais. E trazia memórias que ela não queria relembrar.

— Ele dizia que eu era teimosa — comentou Yanmei, com a voz sem pestanejar, firme como aço e fogo. — Quando minha mãe morreu, ele falou que eu era tudo o que ainda tinha dela e que não podia permitir que eu me machucasse. Sempre que me queimava, falava que era para o meu próprio bem, para que eu aprendesse. Se eu saísse do acampamento, uma nova queimadura me faria lembrar de que eu não tinha permissão para isso. Se flertasse com um dos homens dele, uma queimadura faria eu me afastar. Dizia que eu era a flor preciosa dele, o Último Botão do Verão, algo que deveria ser protegido a qualquer custo. Protegida de tudo, menos dele. Meu pai tinha o direito de me machucar porque era uma forma de me ensinar. Então, você que me perdoe, mas eu não confio no amor entre familiares e nem acho que ter o mesmo sangue sirva de alguma coisa.

Yuu semicerrou os olhos, mas de nada adiantou. Não conseguiu segurar as lágrimas. Como alguém era capaz de fazer isso com uma pessoa que amava? Como alguém podia machucar a própria família desse jeito? Mas ela sabia como, claro que sabia. Sabia bem até demais. *Foque nas lições e não na dor.* Eram as lições que importavam; a dor não passava de uma ferramenta para a memória. *Foco nas lições. Foco nas lições.*

— Ah, já entendi tudo — disse Yanmei. — Sinto muito.

Yuu ouviu um farfalhar de tecido e sentiu Yanmei se ajoelhar ao seu lado. Braços fortes a envolveram e a puxaram para um abraço. Yuu cerrou os dentes, fechou os olhos com força e tentou deixar para lá. Mas não adiantou. A barragem estava se quebrando, e nada seria capaz de impedir que a verdade fluísse para fora. Não conseguia nem se lembrar mais das lições. Tudo de que se lembrava era da dor. A catarse emergiu de sua garganta como um soluço sufocado, com lágrimas que caíam como uma chuva de outono e unhas que cavoucavam a palma de suas mãos. Ver a dor de Yanmei despida, inscrita na pele, afrouxara algo que Yuu mantinha escondido. Quebrara as barreiras que ela construíra ao redor de seu passado. Desenterrara sua própria dor, uma dor com a qual ela nunca tivera a força ou a coragem de lidar. O verdadeiro motivo por ter desejado deixar a Arte da Guerra para trás.

Sua avó fora uma heroína, uma lenda para os livros de história de Hosa. Uma senhora que alimentou, vestiu e abrigou Yuu. No fim, morrera por ela. Sua avó fora todas essas coisas: heroína, lenda, avó, salvadora, professora. Mas também sua algoz. As torturas começaram tímidas: um beliscão na parte de trás da mão quando Yuu perdia o foco. Um chute na canela quando Yuu movia a peça errada. Mas, com o passar do tempo, conforme Yuu crescia e aprendia, as punições foram ficando mais cruéis. Uma agulha enfiada nos pulsos quando perdia de forma escancarada. Uma semana sem comida quando encarava as outras crianças que brincavam pela vila.

Yuu passou a antever a dor, a temê-la. Fracasso era dor. Derrota era dor. Quantas vezes sentira a ferroada causada pela mão retorcida da velha quando se distraía durante um jogo? Com que frequência a Arte da Guerra tentara matar a compaixão de sua jovem aprendiz à base do tapa? As expectativas de sua avó sempre foram altas demais, insuperáveis, mas, mesmo assim, sempre que Yuu não a satisfazia, sempre que não alcançava, sentia a dor.

A avó de Yuu pode até ter visto naquela menina uma aprendiz, uma forma de dar continuidade ao seu legado, mas o resto da família a via apenas como outra boca para alimentar. Uma forasteira. Uma jovem de Nash mais esperta do que todos eles e que não sabia direito como esconder este fato. As outras crianças a perturbavam, empurravam e roubavam o pouco que ela tinha; a antiga echarpe de sua mãe, o resto de seu bao. Os adultos não eram muito melhores. Podiam até chamar sua avó de família, mas não estendiam a gentileza à órfã que haviam acolhido. Nem um dia se passava sem que lembrassem que ela não era um deles. De que aquele não era seu lugar. Se ficasse no caminho, era empurrada. Se ousasse falar quando não fosse sua vez, apanhava até se calar. A avó via, engajava e colocava a garota contra a própria família. Agora, Yuu enxergava a verdade. Sua avó queria que Yuu dependesse única e exclusivamente dela. Que passasse todos os momentos ao seu lado para aprender a ser a nova Arte da Guerra. Distração era dor. Não escolha além do foco. Nenhum amigo além da avó. Nenhuma família além da avó. Ninguém. Nenhuma pessoa além de uma velha que a cobria de tortura tanto quanto de amor.

Yuu aprendeu tudo o que a avó lhe ensinou. História, política, geografia, religião, economia, lógica. Toda e qualquer coisa que a avó introduzisse, na esperança de agradá-la. Mas nada era suficiente. Nunca. E sempre que se distraía, que fracassava, que perdia. A dor. *Foco nas lições. A dor não é nada além de uma ferramenta para a memória.* Palavras ditas com uma falsa gentileza ao mesmo tempo que pressionava uma lâmina contra o braço de Yuu e deixava marcas vermelhas pela carne por causa de alguma partida que a menina perdera para uma velha com décadas, com uma vida inteira de experiência a mais.

Yuu aprendeu o truque de fazer com que as outras crianças brigassem entre si para que a deixassem a paz. Pegava um brinquedo de uma e colocava perto de outra para semear a discórdia. Aprendeu a desviar da raiva dos adultos também, a ouvir e observar para depois revelar seus segredos, assim deixava-os guerreando sozinhos. Aprendeu a sobreviver. A deixar a compaixão de lado e tratar pessoas como as peças de um jogo. Aprendeu a moldá-las à sua vontade. Tudo parte do plano de sua avó. Para que levasse o legado adiante. Uma nova Arte da Guerra, forjada por conflito e dor. Que via os outros como peças para serem usadas. Para serem sacrificadas.

Yuu quase esquecera a dor. Se obrigara a esquecer. *Foco nas lições.* Foco nas lições. Mas as lições a transformaram em alguém frio, indiferente. Foram aquelas lições que lhe permitiram matar o Príncipe de Aço. Os ferimentos eram sérios, mas ele podia ter sido salvo. Yuu nunca lhe deu a chance. Matou-o e colocou outra peça em seu lugar. Para vencer a guerra. E funcionou. Mas a deixou sem nada. *Transformou-a* em nada.

Yanmei ainda mantinha os braços fortes ao redor de Yuu, o que a fazia se sentir segura. Protegida. Ela nunca conhecera o significado de segurança ou proteção, e sentiu as barreiras desmoronando. Toda a dor e as lembranças reprimidas se revelaram, tão reais quanto os soluços que sacudiam seu corpo e as lágrimas que escorriam.

Depois de um tempo, Yuu fungou e esfregou o rosto com a manga. As lágrimas tinham parado. Seus olhos pareciam tão em carne viva quanto suas entranhas. Mexeu-se, e a professora se afastou.

— Você não merecia — disse Yanmei, com calma. — Nenhuma de nós merecia. Não importa o que tenham te dito, essa dor era deles, e eles deviam ter mantido para si mesmos. Você não merecia.

Yuu assentiu e bebericou o chá. A bebida tinha esfriado.

28

Com os punhos cerrados ao lado do corpo, Natsuko adentrou os corredores de mármore de Tianmen e seguiu batendo os pés contra o chão de pedra. Estava com raiva. Não, com raiva não, estava era furiosa! Sabia que Batu era desonesto, sabia que aproveitaria a oportunidade para brincar com a vida de Fuyuko, mas ele tinha ido longe demais. Dessa vez, faria-o pagar.

— Batu! — gritou quando abriu as portas para o salão do trono e entrou. O trono estava vazio. — Seu tirano cretino, apareça!

Ouviu uma tosse educada à esquerda, se virou e viu o deus da guerra perto da parede de nuvem que cercava o salão do trono. Parte das nuvens havia se dissipado para exibir parte dos céus, e a visão mostrava campos esmeralda, o azul serpenteante de um rio que cortava a paisagem e silhuetas coloridas dos vários espíritos que saltitavam por lá. Ele estava perto de um cavalete com uma pintura: uma representação audaz das Cataratas Rubi, uma cachoeira onde o rio ficava vermelho e escorria para dentro de uma caverna enorme. Não havia mais ninguém no salão.

— Pequena Natsuko — disse Batu. — Ouvi dizer que seu campeão está indo bem.

Natsuko cerrou os dentes para evitar que cuspisse nele e caminhou até o deus. Não se importava com o fato de estar diante do deus da guerra, e muito menos do tianjun. Queria gritar. Queria machucá-lo. Agarrou a pintura, derrubou o cavalete com um chute e jogou as malditas Cataratas Rubi pela fenda entre as nuvens. O quadro caiu na grama e um espiritozinho no formato de um sabujo, com o rosto arredondado, se aproximou correndo para farejá-lo.

Batu a encarou em silêncio por um instante, e então disse:

— Você parece um tanto irritada.

— O que você fez com o meu irmão? — gritou Natsuko.

— Ah, aquilo — disse Batu, e virou em direção ao trono. A abertura nas nuvens desapareceu e cortou a visão dos céus. — Não precisa gritar, Natsuko. Nós dois somos deuses. Já vimos como esse tipo de coisa acaba. Quem sabe, se você se acalmar, a gente pode conversar. Prometo que vai querer ouvir o que tenho a dizer.

Ele se distanciava da situação como se não ligasse para nenhum dos dois mundos. Por mais brava que estivesse, sabia que a raiva não resolveria nada. Não podia esperar lutar com Batu. Ele era o deus da guerra, poderoso até mesmo entre os deuses. E, como tianjun, tinha a vida dela nas mãos, assim como a de Fuyuko. Seguiu-o, parou no pé do púlpito enquanto ele subia os degraus e sentou no trono de jade com um ar de indiferença.

— Por que fez isso? — vociferou, mas conseguiu evitar que gritasse dessa vez. Pelo menos para fora. Por dentro, berrava e ansiava por morte.

— Eu não podia permitir que Fuyuko ficasse livre para te encontrar — disse Batu, com uma calma enfurecedora. — Não seria justo com os outros deuses. Eu tinha que garantir que ele não fizesse nada. — Recostou-se e observou as nuvens que voavam sobre o salão do trono. — Então, tirei a memória dele.

— E a divindade também?

— Ah, isso também. — Batu sorriu. — Mas tudo para garantir que fosse justo, pequena Natsuko. — Um sorriso se espalhou por seu rosto peludo. — Imagino que deva ser bem enlouquecedor saber que ele perdeu *tanto* e não ser capaz de devolver nada.

Certas coisas não eram simplesmente perdidas, desapareciam. Sumiam sem qualquer chance de retorno. Iam para além do poder dela recuperá-las. Outras coisas, no entanto, não eram perdidas de forma alguma. Eram roubadas e mantidas como reféns.

— Por que você quer ser tianjun, pequena Natsuko? Você sabe o que essa posição significa, não sabe? Conhece todos os detalhes. É preciso cuidar de *tudo*. Não sobra tempo nem para tomar um chá direito.

— Para me livrar de você — respondeu Natsuko, num rosnado. — Para mudar as coisas.

Batu riu.

— Se livrar de mim? Realmente acha que algo vai mudar se você se tornar tianjun?

— Nada causa mais oportunidades perdidas do que a guerra — disse Natsuko, com firmeza.

— Então a culpa das oportunidades perdidas é minha? Quanta criatividade. Sempre soube que você era idealista, mas será mesmo, pequena Natsuko, que você não compreende nem a sua própria natureza? — Ele riu, uma gargalhada intensa que reverberou por todo o salão do trono como um trovão. — Sob seu comando, haveria mais oportunidades perdidas do que nunca. — Inclinou-se para a frente e arreganhou os dentes para ela. — Os mortais sofreriam uma praga de itens perdidos, perderiam coisas debaixo dos próprios tolos narizes. Não somos nós que definimos a adoração que recebemos, Natsuko. É *ela* que nos define. Nossa existência, por si só, *exige* essa adoração. Você causaria exatamente o que quer reduzir. — Ele voltou a se recostar no trono e, de forma preguiçosa, gesticulou com a mão. — É por isso que causei tantas guerras.

— Você ama a guerra! — Natsuko cuspiu essas palavras. — Se deleita com o massacre, com o louvor dos mortais que se acumula aos seus pés a cada cadáver.

Batu sorriu.

— Amo mesmo. Mas isso não significa que seja tudo culpa minha. Eu tentei a paz. Trinta anos atrás, tentei trazer a paz para todos os impérios do mundo. Sussurrei em ouvidos, dei todos os sinais. Lembra, pequena Natsuko? Inclusive, fiz você disseminar a ideia.

Natsuko lembrava bem até demais.

— Você me mandou tirar espadas de soldados do mundo inteiro. Relíquias de família sumiram sem explicação.

— E o que aconteceu? Hosa adentrou o período mais sangrento desde a invasão cochtana. O Imperador dos Dez Reis começou as guerras da unificação, aproveitou a paz para dobrar toda Hosa sob seu comando. Os ipianos dividiram o império. Duas famílias reais guerrearam pelo Trono da Serpente. O Povo do Mar se voltou às águas calmas não para investir na pescaria, mas para navegar até Nash e atacar a costa. E os cochtanos aproveitaram a paz para desenvolver novas armas de guerra e ressuscitar antigas que deveriam ter continuado mortas. Tentei a paz, pequena Natsuko, mas eu sou o deus da guerra. E os céus e a terra se definem por esse trono. — Ele bateu o punho cerrado no braço do trono. — Tentei paz e isso trouxe guerra. Então por que não aproveitar a oportunidade?

— Mais uma razão para te tirar do comando. — Natsuko sabia que Batu estava contando a verdade. Ele pareceu, mesmo, tentar manter a paz algumas décadas atrás, mas não mais. Ele mesmo disse que sua intenção era banhar o mundo em guerra, e era isso que estava fazendo. — Se você continuar como tianjun por outro século, guerra é tudo o que o mundo vai conhecer.

— Você não compreende, Natsuko. Tentei paz e o resultado foi guerra mesmo assim. Sou definido pela adoração, e é pela guerra que sou adorado, então é guerra que eu gero quer eu tente ou não. Você, Natsuko — disse, com o dedo apontado para ela —, é definida por oportunidades e coisas perdidas, e é isso que o seu reinado vai trazer tanto para os céus quanto para a terra. Será um século de miséria e perda, o que provavelmente fará minha época como tianjun parecer gloriosa. A guerra pode até ser responsável por oportunidades perdidas, como você diz, mas também por criar novas. Faz com que pessoas se unam contra inimigos em comum. Transforma mortais em heróis e faz com que os humanos continuem nos adorando em busca de proteção, salvação e vitória. — Vertendo indiferença, ele se inclinou para a frente com um fogo no olhar. — A guerra é gloriosa. Forja os mortais e transforma-os em armas cada vez mais poderosas.

— Mas com você no trono — continuou Batu —, o que vai existir além de sofrimento, miséria e pessoas amaldiçoando seu nome pelas coisas que perderam? — Ele voltou a se reclinar e semicerrou os olhos de novo. — Um século definido pelo que podia ter sido, mas não foi. Pelas oportunidades perdidas e não pelas aproveitadas. Uma oportunidade perdida.

Natsuko encarou o deus da guerra, atônita. Nunca tinha pensado nisso. No que os céus e a terra poderiam realmente ser sob seu comando. Andava tão focada em destronar Batu. Deduzira que seria capaz de mudar as coisas, de reduzir o número de oportunidades perdidas. De usar o poder como tianjun para melhorar a vida dos mortais, devolver o que haviam perdido e colocá-los no melhor caminho possível. Era por isso que lutava. Por isso que sacrificara Fuyuko.

— Posso te devolver seu irmão — disse Batu, como se tivesse lido a mente dela. — Sou o único que pode. Mesmo se você, de algum jeito, vencer e me substituir nesse trono, não vai ser capaz de recuperar a memória e a divindade dele. — Deu um sorriso selvagem. — Fui *eu* que as peguei. E apenas *eu* posso devolvê-las. Me destitua, e elas se perderão para sempre. Ele não é exatamente mortal, mas também não é mais um deus. Só que vai agir como mortal e morrer como mortal. E nunca, *nunca* — encarou-a e, com sarcasmo, concluiu: — vai se lembrar de você.

Era verdade. Apenas tianjun tinha o poder de tirar o poder de um deus. Se Batu perdesse o trono, Fuyuko continuaria como estava e um novo deus dos órfãos nasceria. Afinal, um deus dos órfãos era necessário. Enquanto órfãos fizessem preces e pedissem para ser reunidos a seus pais, um deus seria necessário para ouvi-los.

— Ou você pode desistir da disputa — disse Batu, dando de ombros. — Diga para sua campeã se desfazer dos artefatos e ir embora. Faça isso que eu te devolvo Fuyuko. As coisas podem voltar a ser como eram, pequena Natsuko. Você e seu irmão juntos. Os deuses gêmeos, como sempre devia ser.

Ela sabia que seria mais fácil. Se Batu estivesse falando a verdade, então seu período como tianjun seria pior do que o dele, e sem o irmão ao seu lado para ajudá-la, para guiá-la... Natsuko ficaria perdida. Sempre dependera de Fuyuko para ser a voz da razão quando se via confusa, e fazia o mesmo por ele. Eram gêmeos, nascidos para ser deuses juntos. Para ficarem juntos para sempre. Queria tê-lo aqui agora, ao lado, oferecendo seus conselhos. Suas crenças. Suas vontades. Seus desejos. Não! Natsuko meneou a cabeça. Entrar na disputa desta vez fora um plano tanto seu quanto de Fuyuko. Haviam tomado a decisão juntos, pois sabiam que tinham a melhor chance de escolher o campeão certo para destituir Batu. Fuyuko era o deus dos órfãos, mas assim como Natsuko, odiava o que representava. Odiava conhecer toda e cada criança que ficava órfã e saber que, apesar das preces, não havia nada que pudesse fazer a respeito. E odiava a guerra porque nada no mundo era capaz de criar mais órfãos. Fuyuko nunca concordaria com a proposta de Batu, e também não iria querer que Natsuko concordasse.

— Não — disse Natsuko, firme.

Com um sorriso partindo seu rosto barbado, Batu deu de ombros.

— Você é quem sabe, pequena Natsuko. É uma pena que você nunca vá ter a chance de se despedir direito de seu irmão.

Natsuko se virou e partiu em direção à grande porta. Conseguiu dar dois passos antes de hesitar. Quando olhou para trás, viu que Batu ainda a observava através das suas grossas pálpebras.

— Está com medo, é, Batu? — perguntou, da forma mais doce que conseguia. — O deus da guerra está com medo de uma garotinha?

Batu franziu o cenho.

— E do que é que eu teria medo?

— Boa pergunta — disse Natsuko, sentindo seu lado travesso voltando. — Mas não consigo pensar num motivo para você me oferecer esse acordo além de estar com medo de que eu o derrote. De que a minha campeã o derrote.

Fazia sentido. Fora por isso que escolhera Daiyu. Não havia guerreiro no mundo, não importava quão forte ou habilidoso, capaz de derrotar o deus da guerra. Ele era a personificação do poder, a batalha encarnada, o general, o soldado, o herói e tudo o mais. Mas se havia uma coisa que Natsuko aprendera com Daiyu até agora, era que qualquer inimigo era passível de derrota, mesmo em seu próprio jogo, contanto que se entendesse as regras melhor do que eles mesmos.

Ainda olhando para trás, Natsuko sorriu para o deus da guerra.

— Meu irmão pode até não se lembrar de mim, Batu, mas, pelo nome dele, vou te derrotar.

Cantarolando para si mesma, saiu saltitando do salão do trono e deixou Batu fervendo de raiva.

ENQUANTO A MULHER MAIS VELHA, MAI, SE OCUPAVA NO JARDIM cuidando das doze crianças que brincavam, Natsuko passou por ela e entrou no casarão onde Fuyuko era mantido. Seu irmão estava sentado sozinho à mesa. Havia mesas e cadeiras organizadas em fileiras, e um quadro negro do outro lado do cômodo com algumas palavras escritas de giz. Era uma sala de aula. Não apenas cuidavam das crianças aqui, mas as ensinavam a ler e escrever, muniam os pequenos com habilidades e conhecimento que poderiam usar para forjar vidas melhores assim que fossem velhos o bastante para sair do orfanato. Isso fez Natsuko sorrir. Fuyuko, seu Fuyuko, teria amado este lugar. Acolhiam, cuidavam e protegiam os órfãos, preparavam-nos para o mundo exterior, onde não poderiam contar com tanta proteção. Ele realmente teria amado esse lugar. Mas estava pensando no antigo Fuyuko, não em quem ele era agora. Não em quem ele poderia se tornar um dia.

Havia um livro aberto na frente de seu irmão. Lendo enquanto as outras crianças brincavam lá fora. Sempre fora do tipo quieto e estudioso. Natsuko se aproximou aos poucos enquanto tentava decidir o que dizer. Olhou pela sala de aula, à procura de inspiração. Estantes preenchiam a parede do canto com uma variedade de textos, muitos, inclusive, avançados demais para uma criança normal da idade dele. Sem sombra de dúvidas, Fuyuko tinha lido todos. Será que ainda se lembrava dos livros? Ou será que Batu roubara essas memórias também? Será que ele se lembrava de *alguma* coisa? Natsuko desistiu da cautela, nunca fora seu estilo, correu entre as mesas e deslizou até parar na frente do irmão. Fez uma reverência rápida, ajeitou a postura e sorriu.

— Oi. Meu nome é Natsuko. Sou sua irmã — disse, forçando as palavras e sem permitir que a sufocassem de tristeza.

— Hum... — Fuyuko a encarou sem expressão por um instante. Depois, levantou-se todo desajeitado, ficou ereto e fez uma reverência extremamente formal, como se ela fosse uma imperatriz. — Olá, Natsuko. Meu nome é Fuyuko.

— Eu sei, bobinho. Você é meu irmão.

Batu podia até ter roubado as memórias dele, mas não roubara o irmão de Natsuko. Não de verdade. Ele continuava ali, no jeito que era exageradamente formal até mesmo com ela, no jeito que deixava os óculos no topo do nariz mesmo que nem precisasse usá-los, no jeito que penteava o tufo de cabelo desgrenhado para trás, só para que as mechas acabassem caindo sobre o rosto de novo. Suas memórias haviam sumido, mas ele ainda era Fuyuko.

— Me desculpe — disse o menino, ainda fazendo a reverência. — Não me lembro de você.

Quando deveria contar? Quanto ele sabia? Perguntas bobas que Natsuko nem levara em consideração. Ele era o irmão que considerava as coisas, que

226

buscava entender as situações antes de enfrentá-las. Ela sempre fora a impulsiva, a que se envolvia até o pescoço antes de parar para pensar.

— É porque o deus da guerra roubou as suas memórias — disse, enquanto subia em uma das mesas e derrubava papel e lápis de carvão no chão. — Ele é um idiota que nós odiamos.

— Odiamos? — perguntou Fuyuko, finalmente ereto depois da reverência e estremecendo diante da bagunça que Natsuko fizera.

Sem demora, começou a juntar os itens espalhados, mas não encontraria um dos lápis. Fora perdido.

— Odiamos! Você ainda mais do que eu.

— Por quê?

— Porque ele faz guerras, bobinho. E guerras fazem órfãos. E você odeia órfãos. Quer dizer, não, não odeia, não. Você ama órfãos. Só não gosta que existam órfãos.

Fuyuko assentiu.

— Todo mundo devia ter pais. Eu... eu tenho pais?

Natsuko respirou fundo e parou. Era uma pergunta bem mais complicada do que ela esperava. Talvez fosse melhor se ater ao básico.

— Não — respondeu, meneando a cabeça.

— Ah, então a gente é órfão?

— Sim.

Fuyuko assentiu enquanto terminava de ajeitar as coisas e depois voltou à mesa. Sentou-se e, ainda olhando para Natsuko, começou a ociosamente passar a mão sobre o livro.

— Algum dia vou recuperar as memórias?

Natsuko sentiu seu sorriso vacilar e lutou contra uma onda de luto. Sua inocência quase foi embora, o que a faria se tornar a velha de novo, e ela não queria que Fuyuko a visse assim. Tinha que vê-la como sua irmã, como jovem e sem limites.

— Não — respondeu, meneando a cabeça para mandar as lágrimas embora. — Acho que não. Você vai ter que fazer novas memórias.

— Com você?

— Mas é claro!

Fuyuko sorriu. Os sorrisos dele eram tão raros. Natsuko ficou de coração partido.

— Então você vai ficar aqui? — perguntou o menino.

QUANDO CHEGOU À CASA EM QUE YUU TOMAVA CHÁ COM O INIMIGO, a juventude de Natsuko havia sumido. Era a velha de novo. A pele, enrugada para além do que os anos seriam capazes de causar, e o cabelo, tão cinzento quanto o céu de inverno. Fuyuko não queria voltar para Tianmen. Ele não entendia. Era um artefato, o artefato dela, e necessário para que fosse possível derrotar Batu e destituir o deus da guerra. Não lembrava que todo o plano fora ideia dele mesmo. Tinham escolhido Natsuko para competir simplesmente porque ela se encaixava melhor na disputa, mas o plano era *dele*.

Parou à porta e, entreouvindo pela fresta, esperou.

— Me desculpa — disse Yuu, com a voz baixa e rouca.

— Não tem nada do que se desculpar — disse a outra mulher, Yanmei.

— Não pense que acabou. Você encarou, admitiu, mas será necessário mais do que anos para lavar seus machucados.

Machucados? Será que tinham lutado? Natsuko abriu a porta com tudo, assustou as duas, e entrou. Yuu estava de costas e rapidamente enxugou o rosto com as mangas das vestes de retalhos. Yanmei se levantou e, impassível, encarou a deusa. O recinto não parecia ter sido o epicentro de uma luta.

— Você voltou — disse a mulher. — Imagino que tenha falado com Fuyuko.

Yuu fungou, levantou e se virou para encarar Natsuko. Seus olhos estavam vermelhos devido às lagrimas, e os ombros, caídos.

— Imagino que tenha falado com Batu — disse e deu um sorriso forçado.

A deusa olhou de uma para a outra. Não tinha certeza do que acontecera durante sua ausência, mas Yuu não parecia ferida, muito embora tivesse obviamente chorado.

— Vocês duas estão certas.

Caminhou até o fogareiro e se serviu de uma xícara de chá. Não precisava beber, mas a sensação de fazer alguma coisa era boa.

— E as memórias do seu irmão? — perguntou Yanmei suavemente.

— Sumiram. Sumiram e não vão voltar. Batu usou-as para me chantagear, para me fazer desistir.

Yuu enfiou uma mecha errante de cabelo atrás da orelha, um hábito de quando ficava nervosa. Mortais eram cheios de hábitos irritantes.

— Imagino que você tenha mandado ele enfiar essa chantagem no cu.

Natsuko deu de ombros.

— Quase isso.

— E Fuyuko? — perguntou Yanmei.

Natsuko a encarou, mas mesmo diante da fúria de um deus, ela não recuou.

— Quer ficar. Mas não pode. Eu preciso dele. Temos só quatro artefatos. Não é o suficiente. Ele precisa vir com a gente, senão todo esse sacrifício vai ter sido para nada.

Yanmei meneou a cabeça.

— Não vou deixar você levá-lo. — Ela olhou para Yuu. — Sinto muito. Mas prometi cuidar dele.

Natsuko fechou os punhos.

— Prometeu para Batu — disse através de dentes cerrados. — O monstro pelo qual Fuyuko se sacrificou para destituir. Se nos impedir de levá-lo, você vai estar protegendo Batu, e eu te garanto que isso é o oposto do que Fuyuko quer.

Yanmei franziu o cenho e virou a cabeça. Depois de alguns instantes, encarou Yuu com uma pergunta velada nos olhos.

— Será que podemos passar a noite aqui? — perguntou Yuu. — Acho que... há decisões a tomar que devem ser feitas com a cabeça descansada.

— Claro — respondeu Yanmei. — Essa é uma casa de hóspedes. Podem ficar aqui. Eu levo minhas coisas e fico com Mai. — Olhou para Natsuko. — Você pode ver e conversar com Fuyuko, mas não tente levá-lo à força.

Natsuko se eriçou e deu passo ameaçador adiante.

— Ou?

Yuu se enfiou entre as duas. Prestou uma singela reverência à Yanmei e depois se virou para encarar Natsuko.

— Somos convidadas e vamos obedecer às regras.

A deusa levantou as mãos e deu uma gargalhada.

— Certo. Certo. No fim das contas, eu nem posso pegá-lo. É contra as regras.

Não era inteiramente verdade.

29

Yuu acordou ouvindo um zumbido que soava como milhares de abelhas a distância. Precisou apenas de um momento para reconhecer o barulho.

Jogou as cobertas longe, o que assustou Natsuko, e agarrou suas vestes empilhadas no chão. A sensação do tecido contra a pele era de coceira e sujeira. Aproveitara a oportunidade para tomar banho nas banheiras do orfanato, mas não tivera tempo para lavar a roupa. Também tinha quase certeza de que a sujeira era a única coisa mantendo os farrapos juntos; já fazia muito tempo desde que a limpara pela última vez.

— O que está fazendo? — perguntou a deusa, e inclinou a cabeça. — E que barulho é esse?

— É um tóptero — respondeu Yuu, enfiando os braços nas mangas e fazendo uma rápida verificação nos bolsos.

O espelho, o anel e a moeda continuavam ali. Assim como a faca de esculpir e a pequena peça de xadrez ainda em desenvolvimento. Por último, a adaga com que o Tique-Taque quase a matara. Esperava que ele se arrependesse de ter lhe dado a faca.

Natsuko franziu o cenho, e as rugas formaram suas próprias rugas.

— Você tem que correr — sibilou. — Você não dá conta dele, Daiyu.

— Eu sei — disse Yuu, considerando todas as possibilidades. — Não estou preparada. Se soubesse que ele estava a caminho...

— Ele está atrás de *você*. Talvez nem saiba da presença de Fuyuko aqui. Você tem que correr, levá-lo para longe.

Yuu partiu para a porta.

— Obrigada pela preocupação.

Natsuko bufou enquanto ia atrás de Yuu.

— Vou distraí-lo. Ele não pode me ferir. Pegue Inchado e vá.

Yuu parou e se virou para a deusa.

— Não dá para sair correndo, Natsuko. Para início de conversa, ele tem um tóptero. Inchado consegue no máximo trotar e tenho medo de que, se forçar, o coitado vá simplesmente cair duro... e ninguém quer sentir a catinga disso. Depois, ele pode até ter vindo para me matar, mas não tem como me rastrear. Foi Sarnai que o trouxe para cá, por causa de Fuyuko. Ele sabe que o seu irmão está aqui.

A deusa franziu o cenho.

— Não dá para sair correndo.

Yuu abriu a porta e saiu para a noite gélida. O céu brilhava com mais estrelas do que era possível contar, e com a lua, já a caminho de se tornar cheia. O zumbido era mais alto do lado de fora, e era quase possível avistar uma luz piscante lá em cima se movendo para a frente e para trás, ofuscando as estrelas ao redor. Não poderia permitir que Tique-Taque pousasse num orfanato. Foi até o portão, saiu e correu pelo campo adiante. Uma brisa suave soprava através do mato amarelado, e a luz da lua banhava a paisagem gentil de um azul etéreo. Olhou em volta, à procura de alguma vantagem. Talvez conseguisse

230

alcançar a área em que a vegetação era mais alta e se esconder para tentar surpreender o assassino. Parecia improvável. Havia uma colina depois do campo de legumes, mas ir para o alto não era tão vantajoso quanto as pessoas pensavam. Não adiantaria nada para melhorar suas habilidades. Apenas garantiria que suas pernas falhassem mais cedo.

Despreocupado, Inchado se aproximou mastigando alguma coisa e a encarou preguiçosamente. Não conseguia imaginar o velho garanhão sendo de grande ajuda, mas ele se aninhou contra ela e inflou as narinas enquanto cheirava suas vestes à procura de algo para comer. Yuu empurrou a cabeça do bicho para longe e tentou enxotá-lo, mas ele não saía. Fiel e estoico até o fim, pelo visto. Ou provavelmente estúpido demais para entender o que estava prestes a acontecer.

— Vá ficar parado em outro lugar — disse Yuu, empurrando o focinho do animal. — Você não vai querer se meter entre mim e ele.

O apelo só serviu para que Inchado se aproximasse ainda mais e soltasse um jato de ar quente nela.

— Qual é o plano, então? — perguntou Natsuko.

Inchado virou a cabeça e cheirou a deusa.

— Estou pensando — respondeu Yuu.

O tóptero estava descendo. Tinham se afastado do complexo, mas não muito. Com sorte, seria o bastante para proteger os órfãos. O Tique-Taque era um assassino, mas com certeza até ele hesitaria diante do extermínio sem sentido de crianças.

— Que tal pensar mais rápido? — sugeriu Natsuko, tentando ajudar.

O tóptero tocou a grama, as lâminas desaceleraram e o Tique-Taque saiu da nave. Yuu não vira o assassino desde a batalha com o Leis da Esperança. Ele ainda vestia o longo casaco, e seu corpo inteiro estava coberto; não havia nenhum único pedaço de pele à mostra. Sua cabeça era um capacete de metal, e os olhos emitiam uma luz azul de trás dos vidros. E tinha dois braços de novo, o que era uma pena. Yuu se preparou, à espera de um ataque imediato. Não aconteceu.

Uma pequena bola de fogo flutuou para fora do tóptero. Era alaranjada no centro, mas as labaredas no topo eram de um branco escaldante. Estava desconectada de tudo ao redor, mas, de alguma forma, continuava a queimar. Yuu observou-a flutuando ao lado do assassino cochtano. Natsuko suspirou.

A bola flamejou um brilho cegante por um instante. Yuu semicerrou os olhos. Quando sua visão voltou a focar, o fogo sumira e, no seu lugar, havia uma mulher alta com escamas que lhe cobriam os braços e o rosto e pernas unidas que formavam uma grossa calda de cobra que serpenteava debaixo dela. Da pele e de trás de seus olhos, uma luz brilhava. Ela deu um sorriso predatório. De seus dentes pingaram chamas que queimaram a grama.

231

— Se preparem para ouvir um monte de baboseira — disse Natsuko, baixinho. — Essa quenga adora ficar puxando o próprio saco.

— *Natxuko* — balbuciou Sarnai. Fogo borrifava de sua boca como saliva de um velho Banguela. — *Não penxei que voxê foxe chegar tão lonxe.*

— Sarnai — disse a deusa, com os braços estendidos como se estivesse desejando boas-vindas. — Vá se foder.

— Distraia ela por alguns minutos — sussurrou Yuu.

— E como é que eu vou fazer isso? — grunhiu Natsuko. — Teatro de sombra?

Yuu deu de ombros.

— Dá uma festa do chá ou qualquer coisa. Contanto que funcione.

Natsuko piscou algumas vezes, depois suspirou e deu alguns passos adiante. Sarnai rastejou para a frente para encontrá-la. A grama ia queimando debaixo de sua cauda.

Tinha que haver algo que Yuu pudesse usar para sua vantagem. As peças de xadrez ainda não estavam prontas e, até que estivessem, se quebrariam praticamente assim que ganhassem vida. Havia várias lascas de madeira que, no escuro, talvez surpreendessem o Tique-Taque, mas só se ele chegasse perto o bastante. Com aquelas pequenas pistolas penduradas no quadril, o assassino nem precisaria se aproximar. Poderia matá-la de onde estava. Quem sabe pudesse usar Inchado como cobertura, mas isso era algo que sua avó sugeriria, algo que Yuu simplesmente não estava disposta a fazer. O velho monstrengo lhe servira bem desde que saíram de Ban Ping e merecia mais do que ser sacrificado desse jeito. Talvez conseguisse usar sua técnica com as lascas de madeira para criar uma série de escudos que a cobrissem enquanto se aproximava. Mas e depois? Aquilo só serviria para criar uma trilha apressada em direção à sua morte.

Ouviu passos na grama atrás de onde estavam, se virou e avistou Yanmei vindo com toda a calma. A mulher já não vestia mais um simples hanfu, mas sim calças largas, um casaco de couro e uma armadura de peitoral coberta de escamas verdes desbotadas sobre o peito. Na dobra do braço, carregava uma naginata tão longa quanto sua altura e com videiras esculpidas em toda a extensão. A lâmina na ponta, de gume único, tinha quase metade do comprimento do bastão e contava com uma série de anéis de metal trespassados em buracos na lateral. Havia um contrapeso moldado no formato de uma flor de lótus desabrochando preso à outra ponta. Era o tipo de arma que exigia tanto muita habilidade quanto grande força para ser usada direito.

Yanmei parou ao lado de Yuu.

— É quem eu penso que é? Até meu pai temia o Tique-Taque, ele era famoso por não ter medo de ninguém.

— Me desculpe. Acho que ele veio atrás de mim.

— Não de Fuyuko, então?

Yuu deu de ombros.

— Bom, pode ser por causa de nós dois.

Yanmei franziu os lábios.

— Nenhuma chance de ele simplesmente ir embora?

— Natsuko está negociando, mas...

— Sua criança insuportável e ignorante! — sibilou Sarnai.

— Sua cobra catinguenta com cabeça de porco! — gritou a deusa, em resposta.

Natsuko e Sarnai se viraram e caminharam para longe uma da outra. A deusa do fogo flamejou intensamente por um instante e se tornou uma pequena bola de chamas flutuante mais uma vez. Natsuko chegou rindo, e Yuu teve a sensação de que a negociação fora, em boa parte, apenas insultos.

— As gentilezas acabaram — disse a deusa.

— Foi bem menos do que alguns minutos — disse Yuu. — Quem estragou tudo?

— Ela — respondeu Natsuko, e então sorriu. — Estava sendo uma filha da puta insuportável e respondona, aí eu mandei ir se foder.

— Acho que é a minha deixa — disse Yanmei, com calma.

Uma calma que Yuu não sentia.

— Você não pode...

— Eu prometi que protegeria Fuyuko. De todos.

— Mas não dele, você não é capaz — disse Yuu. — Ele está muito além de... Acho que ele matou o Leis da Esperança.

Yanmei olhou para Yuu, e boa parte de sua convicção pareceu esvanecer.

— Mesmo?

— Acho que sim.

O que é que estava fazendo? Essa mulher era claramente uma guerreira e se mostrava disposta a combater o inimigo por ela. Era uma peça a ser usada. Uma peça que Yuu só percebera que tinha quando olhou para o jogo e percebeu-a no tabuleiro. Mesmo assim, não queria sacrificá-la. Não queria sacrificar mais ninguém. Era sua avó agindo, e Yuu não queria mais ser ela.

— Qual é o plano? — perguntou Natsuko.

— Eu sou — disse Yanmei, com a voz levemente trêmula. — É importante lembrar que, apesar da dor, eles nos deram dons também. A parte mais difícil não é perceber o que fizeram com a gente. É aprender a separar a parte boa da ruim. Meu pai era um monstro cruel que me batia, queimava e tentava me esconder do mundo. Mas ele também me ensinou a lutar. Odeio a pessoa que ele era. Não consigo esquecer o que ele fez. Mas sou sua filha. E isso eu não vou negar.

233

O Tique-Taque avançou; cada movimento era espasmódico como o andar de um pássaro. Quando falou, sua voz não passou de um som rouco.

— Chegou a hora, Arte da Guerra.

Yanmei deu um passo adiante e abaixou a naginata.

— Hoje sua oponente serei eu, Tique-Taque.

A cabeça do assassino se virou para ela e depois para Yuu.

— Mandou de novo outra pessoa para morrer no seu lugar? Pois que seja.

O casaco do assassino ondulou quando ele se abaixou, pegou uma das pistolas e puxou o gatilho. Yanmei foi tão rápida que Yuu mal viu quando a naginata se colocou à sua frente. A bala atirada por Tique-Taque caiu no chão partida ao meio.

Yanmei deu uma piscadela para Yuu.

— Fique atrás — disse, e então correu para a frente.

Cobriu a distância em poucos instantes.

30

O Tique-Taque atirou com a outra pistola momentos antes de Yanmei alcançá-lo. Ela se lançou para o lado, girou a naginata e desviou o tiro com o pomo em formato de flor. A bala atingiu o chão a um palmo de distância dos pés de Yuu, que deu um passo para o lado. Então, Yanmei pulou no assassino. Ela se contorceu e revolveu a arma com uma velocidade cegante. O Tique-Taque cambaleou para trás, para longe do ataque e se apoiou sobre uma das mãos. Quando recobrou posição, já estava com o jian em punho.

Yanmei estendeu o bastão, e o assassino mal conseguiu desviar. Yanmei atacou de novo. O assassino defendeu a investida com o cotovelo de metal, partiu para a frente e raspou a lâmina na naginata, o que impediu Yanmei de continuar. Ela girou a arma e apontou o pomo para o peitoral do Tique-Taque. Gritou de esforço, empurrou o assassino e a si mesma para trás enquanto seus pés deslizavam a uma distância de cerca de doze passos pela grama.

Yanmei rodou a naginata; um movimento que gerou um verdadeiro turbilhão que cortou o ar. Avançou contra ele usando a arma como escudo.

O Tique-Taque recuou um passo. Sua cabeça girou mecanicamente, parou e ele jogou uma adaga na oponente. O lance foi cronometrado de forma perfeita para encontrar um buraco no escudo giratório de Yanmei. Ela foi para o lado, mas a faca não apenas passou pela barreira da naginata, como também pela armadura de escamas, e lhe cortou o braço. Algumas escamas caíram com a adaga e deixaram um rastro de sangue. Yanmei gritou, cambaleou e o Tique-Taque avançou contra ela.

Atacou Yanmei, chegou quase tão perto a ponto de atingi-la, e ela mal conseguiu abrir espaço. Yanmei recuou de novo e de novo, sem conseguir encontrar uma chance de usar a naginata, e o assassino, implacável, se aproximava. Fingiu ir para a esquerda, e Tique-Taque golpeou com a espada. Yanmei pulou, se contorceu no ar e girou a arma para lhe dar cobertura durante o salto. Pousou com suavidade e avançou contra o inimigo com a ponta afiada do bastão, o que forçou o assassino a ir para trás.

— Ela vai conseguir — disse Yuu.

Por vezes, a luta parecia quase rápida demais para acompanhar, mas conforme continuava, mais claro o resultado ficava. Tinha subestimado Yanmei. Assim como o Tique-Taque.

— Tem certeza? — perguntou Natsuko. — Parece bem equilibrada para mim.

Sorrindo, Yuu meneou a cabeça.

— Não. Yanmei tem a velocidade, o poder e o alcance. Vai vencer.

— Vamos torcer — grunhiu a deusa. — Você apostou a sua vida nisso. E a do meu irmão.

Yanmei avançou e atacou de novo com uma série de golpes rápidos como um raio. Tique-Taque pulou para longe, se virou e correu. Yanmei o perseguiu, relutante a oferecê-lo o tempo de que precisava para recarregar os rifles em miniatura ou planejar o próximo movimento. Foi a escolha certa. Devia ter sido a escolha certa, mas o torso do Tique-Taque, como se não estivesse conectado às pernas, deu uma volta e empurrou a faca na direção dela. Yanmei mal conseguiu parar a tempo de desviar a lâmina com o bastão da naginata. Acabou se desequilibrando e cambaleou para trás. As pernas do Tique-Taque recuaram, ele se aproximou e deu uma facada tão de perto que ela só foi capaz de bloquear. O bastão era feito de madeira de lei, preparado para aguentar golpes, mas a cada investida, lascas de pau saíam voando pelo ar. Yanmei recuou e o Tique-Taque fechou a distância de novo enquanto suas pernas iam para lá e para cá para acompanhar o tronco. Ele esfaqueou a naginata e cortou a madeira.

— Pelo visto você errou — disse Natsuko.

Nada útil.

Yuu precisava fazer alguma coisa. Tinha que ajudar. Nenhuma de suas peças estavam prontas, e ela não tivera tempo para semear o campo de batalha com as lascas de madeira. O Tique-Taque empurrou a espada contra o bastão da naginata, o que fez a arma ficar pressionada contra o corpo de Yanmei, e avançou. Sua outra mão se virou de uma forma nada natural, o cotovelo se dobrou sobre si mesmo e puxou outra adaga. Jogou-a em Yanmei. Ela gritou quando a faca mordeu a lateral de seu corpo. A armadura de escama impedira que a lâmina entrasse mais fundo, e agora o cabo da lâmina estava pendurado ali.

Yuu precisava ajudar de algum jeito. Não era necessário que matasse o Tique-Taque, apenas que o distraísse. Correu para a frente e pegou a pequena bala caída na grama. Embutiu o máximo de qi no menor tempo possível, e sentiu os braços e pernas ficando pesados, o mundo esvanecendo apenas um pouco. Depois, jogou-a nos combatentes. Yuu caiu de joelhos, fraca demais para continuar de pé. A bala caiu no chão a poucos passos de Yanmei e do Tique-Taque, e Yuu a ativou imediatamente. Uma rocha emergiu do chão, um treco deformado de terra e pedra que já nasceu desmoronando. O Tique--Taque encarou a formação apenas por um instante.

Yanmei se atirou para trás, chutando e usando força para se distanciar do assassino enquanto a rocha de Yuu virava poeira e areia. O Tique-Taque deslizou pela grama e manteve o equilíbrio, mas Yanmei caiu esparramada no chão. Rolou rápido, pressionando a lateral do corpo, voltou a ficar de pé com a adaga ainda orgulhosamente pendurada na armadura e acumulando sangue no gume.

O Tique-Taque fechou a distância mais uma vez, e Yanmei cambaleou para trás enquanto girava a naginata para mantê-lo longe. Os ataques dela eram selvagens agora, mas o poder bruto mais do que compensava a falta de precisão. O assassino tentava defender cada investida com sua espada, sempre em busca de uma brecha. Yanmei escorregou e caiu sobre um joelho. O assassino avançou.

Yanmei pulou com um grito de fúria e começou a girar e virar a naginata para que a lâmina chicoteasse em direção ao Tique-Taque. Fez com que o assassino se desequilibrasse e ficasse incapaz de recuar. Ele ergueu a espada para bloquear os ataques. A naginata de Yanmei a despedaçou, estilhaçou a lâmina e arrancou-lhe o braço. O membro saiu num vórtice, espiralando um fluido escuro e caiu pesadamente na grama.

O Tique-Taque cambaleou para trás enquanto segurava o cotoco na altura do cotovelo. Não era sangue que escorria do ferimento. Mas um líquido preto e viscoso. Não havia carne lá. O machucado exibia metal, madeira e engrenagens ainda se mexendo muito embora não houvesse mais nada para mover. O assassino caiu para trás e tentou rastejar para longe. Yanmei estava ofegante. A adaga continuava pendurava no lado esquerdo de seu corpo.

Da lâmina, escorria um fiapo de sangue que pingava na grama enquanto se aproximava lentamente do Tique-Taque. Ele engatinhou e se arrastou pela ravina. Com esforço, voltou a ficar de pé. Yanmei o golpeou com a naginata e perfurou a perna do inimigo. O assassino desabou sobre um dos joelhos. Ela girou a lâmina, e a perna se quebrou abaixo do joelho em uma profusão de engrenagens, pistões, fluido escuro e tubos sibilantes.

Yanmei deu um passo para trás e ficou observando o inimigo rastejar pelo chão em direção ao tóptero. Uma perna destruída, e um braço decepado.

— Fuja — disse. — Corra de volta para Cochtan e mande os seus engenheiros te consertarem. Mas saiba do seguinte, assassino: Fuyuko está sob minha proteção. Não vou deixar você nem mais ninguém levá-lo.

O Tique-Taque não olhou para trás. Arrastou-se até a nave através do mato alto deixando uma trilha de cabos faiscantes e fluido escuro. Yanmei assistiu ao homem ir embora.

Natsuko ergueu as sobrancelhas para Yuu.

— Você estava certa.

Yuu sorriu para a deusa.

— Você devia dizer isso mais vezes.

— Talvez, mas só se você acertasse mais.

Tique-Taque chegou ao tóptero e se arrastou para a cabine do piloto. Apertou um botão, o motor zumbiu e um tubo sibilante pulverizou vapor no ar. Yanmei finalmente se virou e começou a caminhar de volta para Yuu e Natsuko.

— Você foi maravilhosa — disse Yuu.

Yanmei sorriu enquanto, com os dedos, tateava a adaga pendurada. Decidiu deixá-la ali por hora.

— Espero que vocês tenham entendido. Fuyuko fica comigo.

Natsuko grunhiu, mas não disse nada. Podia até ser uma deusa, mas nem mesmo ela ousava discutir com Yanmei. Yuu não tinha a menor esperança de conseguir derrotá-la, e também nenhuma intenção de tentar.

— Precisamos ficar de olho no... — começou a dizer.

Olhou para além de Yanmei, em direção ao Tique-Taque e seu tóptero. A máquina voadora do assassino cochtano zumbia alto, soltava fumaça, mas as lâminas não se moviam. Ele saiu da cabine e se jogou para o lado da nave. Depois, sentou-se numa pequena plataforma na lateral da engenhoca. O negócio inteiro começou a se mover ao redor dele.

Yuu, Natsuko, Yanmei e Inchado, todos encaravam, numa mistura de choque e horror, enquanto o tóptero parecia quase ganhar vida ao redor do Tique-Taque. Hastes de metal pretas e brilhantes parecidas com hashis saíram da nave e começaram a repará-lo ali mesmo. Novas partes eram arrancadas do tóptero e transplantadas na armadura de metal do assassino. A perna quebrada foi arrancada e substituída por um cilindro de metal novo e reluzente muto mais largo do que antes. Em uma confusão de engrenagens giratórias, vapores sibilantes e metal tilintante, o tóptero se desfez e foi reconstruído no cochtano.

— Merda — disse Yuu.

Natsuko, boquiaberta, assentiu.

Quando a máquina parou de zumbir, restava apenas um esqueleto da nave. O Tique-Taque levantou e deu um passo lento e pesado adiante para testar sua nova forma. Estava mais alto agora, extremamente alto, como um gigante musculoso e envolto numa armadura de metal. As pernas e os braços eram tão largos quanto os troncos, e o peito, saliente. Nas costas havia um barril com tubos chapeados que iam até os braços e as pernas. Uma Máquina Sangrenta. O Tique-Taque deu dois passos adiante; os pés iam retumbando e destruindo a grama. Ele cerrou os punhos das duas novas mãos e socou um contra o outro, o que gerou uma chuva de faíscas.

Yanmei suspirou e deixou os ombros caírem. Respirou fundo e avançou para enfrentar o Tique-Taque renascido.

— Mire nos tubos conectados ao barril nas costas — disse Yuu. — Se furá-los, talvez consiga desativá-lo.

Yanmei parou.

— Talvez?

— Com sorte — comentou Yuu.

A máquina não parecia nem de perto tão frágil quanto as usadas pelos soldados cochtanos.

Yanmei trotou adiante para mais uma vez batalhar contra o Tique-Taque. Yuu espalhou algumas lascas de madeira pelo chão ao redor. Duvidava que fariam alguma diferença contra o monstro, mas era a única preparação que tinha ao seu alcance.

Yanmei começou a correr, e Tique-Taque manteve posição. Golpeou com a naginata usando todo o poder que tinha. O assassino era grandalhão demais para desviar. Ele levantou as mãos, e a lâmina perfurou as novas manoplas com um tinir metálico. Mas o Tique-Taque nem pestanejou. Avançou e derrubou Yanmei na grama. Ela rolou e, agachada, saltou para a frente de novo e atacou à esquerda e depois à direita. O oponente bloqueou as investidas com as manoplas. Faíscas e lascas de metal voaram pelo ar, mas o dano era mínimo. Ele deu um soco, muito mais veloz do que todo aquele tamanho deveria permitir, e Yanmei mal teve tempo de desviar. Outro soco se seguiu, e Yanmei saltou para o lado, girou a naginata ao redor de si mesma e atacou a placa no peito do oponente com o pomo em formato de flor. Rachou-o com um rangido que fez Yuu se encolher. Aquela região da armadura era fraca, uma fissura. Se Yanmei conseguisse atravessar as defesas do monstro de novo, se conseguisse enfiar a lâmina na fenda, talvez atingisse o coração do assassino. Isso se aquela coisa tivesse um coração.

O Tique-Taque soltou um gemido metálico e deu um passo para trás, mas disparou sua mão, e Yanmei estava perto demais para se afastar. Ele agarrou o ombro dela e começou a apertar. O grito atravessou o campo como vidro sendo estilhaçado. O assassino levantou a outra mão, e Yuu viu uma faísca de fogo brilhando sob seu punho. Um jato de fogo foi cuspido de um tubo debaixo de seu pulso. Yanmei acendeu como uma tocha.

31

— NÃO — YUU SUSSURROU A PALAVRA E DEU UM PASSO ADIANTE, como se fosse conseguir, de alguma forma, correr e ajudar Yanmei.

Mas mesmo que conseguisse derrotar o Tique-Taque, já era tarde demais.

— Merda — disse Natsuko.

— Não tem nada que você possa fazer? — perguntou Yuu, analisando o rosto da deusa num frenesi. — Você não pode...

Natsuko simplesmente meneou a cabeça. Claro que não. Nada podia ser feito.

O Tique-Taque segurou o cadáver incinerado por um momento, depois, jogou-o para o lado e focou os olhos vidrados em Yuu. Ela sabia que deveria fazer alguma coisa, tentar algo. Mesmo que fosse apenas pular no lombo de Inchado e cavalgar para longe dali. Mas não conseguia tirar os olhos do corpo fumegante de Yanmei, da fumaça, das brasas carbonizadas que flutuavam pelo ar. Yuu conhecera a mulher por menos de um dia, mas que agora pareciam anos. Yanmei vira a dor que Yuu escondia e não a julgara, apenas demonstrara compaixão. E morrera protegendo-a, protegendo Fuyuko. Outro Peão em uma disputa entre deuses.

O Tique-Taque deu um passo ribombante para a frente, depois outro. Movia-se devagar, talvez porque o corpo robusto de metal exigia, ou talvez porque esperava uma armadilha. Yuu enxugou as lágrimas e sentiu um puxão no braço. Natsuko a encarou.

— Corra — disse a deusa. — Vou enrolá-lo.

Yuu meneou a cabeça.

— Você não pode se envolver. É contra as regras.

— Se você morrer, eu perco do mesmo jeito. Então vale a pena tentar.

Yuu não sabia ao certo se ainda era capaz de fugir. O Tique-Taque a encontrara duas vezes agora; iria encontrá-la de novo. Ela olhou para ele; uma monstruosidade meio máquina meio homem, e focou na rachadura da armadura do peito. Se pelo menos conseguisse achar uma maneira de usá-la. Talvez algumas lascas de madeira. Mas não, não teriam a força necessária para perfurar o metal, mesmo com a fenda. Quem sabe a espada quebrada. Estava no orfanato, mas se no passado separara os céus da terra, com certeza seria capaz de...

De tão ocupada tentando montar uma estratégia, quase não percebeu o movimento atrás do Tique-Taque.

O corpo incinerado de Yanmei se moveu. Ela ajoelhou, e seu toque fez a grama entrar em combustão. Depois, cambaleou até se levantar. Era uma silhueta ardente e infernal. As roupas se desfizeram em uma profusão de cinza e brasas. O cabelo, agora solto depois das faixas que o prendiam terem queimado, flutuava ao redor de sua cabeça como veias escuras serpenteando através do fogo. Seus olhos eram buracos vazios e sombrios em meio às chamas. Ela segurava a naginata, também vertida em labaredas e cujo bastão de madeira chiava sob seu aperto. Yanmei queimou, mas não pereceu.

— Como? — sussurrou Natsuko.

— É uma técnica herdada — disse Yuu. Lembrou-se de algo que Yanmei dissera no dia anterior a respeito do pai. — É a técnica herdada do Punho Flamejante!

O bandido de guerra que era famoso por conseguir incendiar os próprios punhos e enrolá-los em correntes cobertas de óleo sem sofrer queimadura alguma. Yanmei claramente herdara a técnica, mas não eram apenas seus punhos que ardiam. Era seu corpo por completo. A técnica era mais forte nela do que jamais fora em seu pai. *Ela* era mais forte do que ele jamais fora!

O Tique-Taque desacelerou o ritmo. Pelo visto, percebera que havia algo de errado. Olhou para trás e, mesmo através da máscara que ele vestia, Yuu o escutou suspirando baixinho.

Com olhos tão escuros e repletos de maldade que transfixaram Yuu, a silhueta flamejante se agachou.

— Ainda não terminamos, assassino — sibilou a mulher de fogo.

Ela avançou, mais rápido do que antes, deixando uma trilha de chamas pelo caminho. Tique-Taque mal teve tempo de levantar as mãos antes que a naginata de Yanmei raspasse nas manoplas, queimasse o metal e derrubasse brasas em seu rosto. O assassino tentou atingir Yanmei, mas ela saltou para o lado, atacou de novo, e talhou uma fenda incandescente na armadura. Depois, atacou mais uma vez, só que de outra direção, sempre pulando para a lateral antes que ele pudesse revidar.

Dançaram para a frente e para trás. Yanmei, uma labareda bruxuleante disparando e atacando com uma força devastadora. O Tique-Taque, cambaleando pela grama, tentando, desesperado, mantê-la à frente. Mesmo assim, fracassava em deter o assassino. Quanto mais seria capaz de continuar queimando?

— O barril nas costas dele — gritou Yuu. — Mire no barril.

Yanmei encarou-a e nela fixou seus olhos pretos como carvão. Yuu conseguia ver aquele rosto contorcido, como se estivesse rosnando, em meio às chamas. A raiva era tão quente quanto o fogo.

O Tique-Taque tentou se aproveitar do momento de distração de Yanmei. Ele avançou de braços abertos, pronto para agarrar a mulher flamejante. Não importava a temperatura das labaredas que a cobriam, por baixo, continuava sendo feita de pele e ossos. O assassino poderia esmagá-la. Yanmei, em vez de desviar do aperto frenético, pulou e, com uma parábola ardente, derrubou-o. Ela pousou, seus pés fizeram a grama chiar, e atacou. Mesmo que o bastão tivesse, enfim, queimado e se desmanchado, a lâmina da naginata perfurou o barril de metal. Um fluido escuro jorrou do buraco, respingou nas chamas de Yanmei e então se incendiou.

O Tique-Taque explodiu.

A explosão fez Yuu cair de bunda no chão. Seus ouvidos zumbiram devido ao barulho e manchas rodopiaram à frente de seus olhos. Fogo e fumaça ondularam pelo ar e a metade superior do corpo do Tique-Taque desmoronou na grama. Uma massa escaldante e abrasadora de metal. Natsuko continuava de pé. A onda do impacto não a afetara de forma alguma. A deusa espreitou a mancha de fogo que Yuu imaginava ser Yanmei, deitada na grama, ainda coberta de flamas e imóvel.

Inchado se levantou, estalou os lábios, pisou firme no chão, e então abaixou a cabeça para começar a mastigar grama. Um assassino gigante de metal ter explodido em chamas incomodara o cavalo apenas por ter feito com que o bicho interrompesse a refeição. Usou o lombo do animal para se levantar. Inchado a encarou e passou a fungar nas vestes dela.

— Ele morreu? — perguntou Yuu.

Sua voz parecia abafada, como se estivesse falando através de uma porta. Natsuko meneou a cabeça lentamente.

— Nenhum dos dois morreu — respondeu a deusa, com a voz abafada também.

Yuu tentou caminhar para a frente, mas sua visão estremeceu e suas pernas cederam. Apoiou-se no ombro da deusa. A pequena divindade nem se mexeu. Yuu fechou os olhos até que o mundo parasse de girar, e então voltou a levantar.

A metade inferior do Tique-Taque não passava de um monte de destroços fumegantes no fundo de uma cratera chamuscada. A metade superior não parecia muito melhor. Continuava vivo, mas mal tinha forças para se agarrar ao pouco que restara de si mesmo. Um braço, caído para fora do corpo, não era mais nada além de uma confusão de engrenagens e pistões. O outro estava dobrado, quebrado e carbonizado. Sua mão arranhava debilmente a terra enquanto ele tentava se arrastar para o tóptero de novo. A julgar pela aparência da nave, não havia restado muito que fosse capaz de voar.

A doze passos dali, labaredas se ergueram contra o céu da noite quando Yanmei se esforçou para levantar. Continuava queimando, e o cabelo escuro, chicoteando em meio ao calor, permanecia intocado pelo fogo. Conforme cambaleava para a frente, a grama se incinerava sob seus pés.

— Ele morreu? — perguntou.

— Praticamente — respondeu Yuu. Mesmo a alguns metros de distância, já era possível sentir o calor. — Não é mais perigo nenhum.

— Que bom — sussurrou Yanmei. As chamas se apagaram, e ela desmoronou sobre as mãos e os joelhos. Suas roupas haviam queimado, então estava nua, e sua pele fumegava devido ao contato com o ar gelado. Yuu avançou para ajudar, mas Yanmei meneou a cabeça. — Não! Vou te queimar. Eu tenho que... que esfriar.

Yuu assentiu e, encarando-a, recuou. A grama chiava e chamuscava debaixo dela. Sua pele estava vermelha, mas não queimada, e as antigas cicatrizes, presentes de seu pai, se destacavam. O ponto do ombro em que o Tique-Taque a agarrara estava ensanguentado, e do ferimento de adaga na lateral do corpo pingava sangue.

— Temos que... derrotar ele... dessa vez — disse Yanmei enquanto se levantava de novo.

Ela se abraçou, mas Yuu tinha certeza de que se tentasse cobri-la com vestes ou com uma coberta, o tecido pegaria fogo.

O braço que continuava conectado ao Tique-Taque ainda se debatia no chão. Havia dois dedos faltando, e parecia não ter mais força nenhuma. Talvez ele sobrevivesse. Yuu não tinha certeza de quanto do homem ainda existia debaixo de todo aquele maquinário, mas seria melhor garantir.

Yuu pescou a adaga do próprio Tique-Taque de dentro de suas vestes. Parecia apropriado matá-lo com uma arma que lhe pertencia.

— Me dê aqui — disse Yanmei. — A luta foi minha. Ele deve morrer pela minha mão.

Yuu assentiu, virou a lâmina e estendeu o cabo da faca. Sentiu o calor emanando quando a mulher se aproximou. Yanmei pegou a adaga e cambaleou até o assassino.

— Você lutou bem — disse, enquanto abria o peitoral danificado com o gume. Havia um coração lá dentro, conectado a tubos e cercado por um estofamento de seda. — Agora descanse.

A ternura pelo assassino deixava Yuu um tanto desconfortável. Ela tateou as vestes e resvalou a mão em algo frio, duro e macio.

— Pare! — gritou, bem quando Yanmei o golpeou com a adaga. Mas a mulher parou, e manteve a lâmina sobre o peito do assassino. — Quero tentar uma coisa.

— Já posterguei esse momento uma vez — disse ela, com a voz abatida. — E isso quase nos custou tudo.

— Não vou postergar nada — respondeu Yuu.

Ajoelhou-se ao lado da cabeça do Tique-Taque. A mão se debatia, inútil, contra ela até Yanmei agarrá-la. Com um puxão violento e uma torcida, arrancou os últimos dos cabos e pistões e a jogou para longe. Sob o vidro trincado, os olhos do assassino dispararam para todo canto e sua respiração se transformou num silvo rápido e diminuto. Não importava se adiantariam ou não o processo; ele estava morrendo. Yuu arrancou os vidros do rosto. Seus olhos eram azuis como um céu límpido depois de uma tempestade violenta e a pele ao redor, murcha e marrom como couro velho.

Yuu pegou o espelho de dentro das vestes e olhou para a superfície. Viu a menina sentada no chão sobre seu quimono amontoado. A pequena parecia entediada, mas quando olhou para Yuu, seu rosto se abriu em um sorriso. Não era um sorriso maldoso, apenas o bárbaro sorriso de uma garotinha.

— Tomara que funcione — disse Yuu para o objeto, sem ter certeza de que a criança conseguiria ouvir. Virou o espelho e o segurou na frente dos olhos do inimigo. — Agora, Yanmei.

Yanmei enfiou a adaga no coração do assassino cochtano, e o Tique-Taque morreu com um ruído derradeiro.

32

YUU PRENDEU A RESPIRAÇÃO, À ESPERA DE QUE ALGO ACONTECESSE. Olhou para Yanmei, mas a mulher meramente deu de ombros. Ela deixou a faca no coração do assassino e, se envolvendo com os braços, levantou. Yuu virou o espelho de volta e viu o Tigre Rosnante, já não mais destruído e morrendo, sentado na grama. Ele ergueu a cabeça, encarou-a de volta, sacou a pistola e atirou. Ela percebeu o estouro, mas nada aconteceu. Ficara preso ali dentro. Morto. Um yokai. Assim como a garota havia sido.

Natsuko pigarreou, e Yuu se virou. A velha deusa estava de pé sobre uma jovem ipiana vestindo um quimono preto. Tinha funcionado! Ali estava Kira Mai, sentada à frente delas, livre do espelho que a aprisionara. O significado exato daquilo Yuu não sabia dizer ao certo. Acabara de libertar uma garota ou um espírito vingativo? Havia regras em jogo que ela não entendia.

Com os olhos arregalados, Kira encarou Yuu e sorriu. A menina que tentara aterrorizá-la de dentro do espelho, que tentara fazê-la se matar... e mesmo assim a libertara. Agora, pensando a respeito, não tinha certeza se havia sido uma escolha inteligente. Kira levantou e correu em sua direção. Yuu ficou ali, paralisada, toda sem jeito e a pequena a acertou em cheio. Cambaleou para trás, mas Kira agarrou suas vestes e a abraçou.

— Obrigada, obrigada, obrigada, obrigada, obrigada — balbuciou a menina, com o rosto enterrado na roupa de Yuu.

— O que foi que acabou de acontecer? — Yanmei perguntou.

Yuu respirou fundo para responder, mas suspirou e apenas disse:

— Quem sabe a gente conversa direitinho tomando um chá. — Deu um sorriso. — Depois que você se vestir.

Retornaram ao orfanato. Mai, em casa com as crianças, mantinha-as o mais quietas possível. Yuu pensou em deixar Kira ali enquanto discutia a respeito da criança com Yanmei, mas ainda não a conhecia direito e não correria o risco de colocar um provável yokai potencialmente perigoso em meio a crianças inocentes. Levou-a junto para a pequena casa de hóspedes e se sentou à mesa. Yanmei desapareceu em outro cômodo para se vestir. Yuu fez um pouco de chá enquanto Kira falava sem parar de como era chato viver dentro do espelho.

— Eu tinha amigos — disse a garota. — Eles iam lá em casa e a gente brincava enquanto a minha mãe trabalhava na cozinha com os outros adultos. Kameyo nunca gostou muito de mim, sempre achava que cantava melhor que eu, mas todo mundo sabia que ela não conseguia segurar uma nota nem por dois segundos e... — Parou por instante e fez beicinho. — Todos morreram, não morreram?

— Sim — respondeu Natsuko, e esticou a mão para fazer carinho no joelho da menina. Yuu viu Kira se encolher diante do contato. A velha deusa mal tirara os olhos da pequena. — Já faz oitenta e dois anos que você morreu, Kira.

A garota deu um sorriso triste:

— Por favor, me chame de Mirai. Todos os meus amigos me chamam de Mirai.

— Não somos seus amigos — disse Natsuko.

— Mas podemos ser — complementou Yuu, rapidamente. — Eu ficaria muito feliz de te chamar de amiga, Mirai.

A menina deu um sorriso tão largo que iluminou toda a sala.

— Você me ouviu cantar, não ouviu? — disse, e encarou Yuu com aqueles olhos escuros. — Sinto muito por, hum... ter tentado te matar.

Yuu voltou à mesa com o chá e se ajoelhou.

Yanmei retornou com vestes limpas e um curativo à mostra sob o colarinho.

— Será que alguém se importaria de explicar?

Natsuko revirou os olhos e bufou.

— A menina foi assassinada oitenta anos atrás enquanto se olhava num espelho. Voltou como um yokai, presa no espelho até que conseguisse enganar algum idiota para que morresse enquanto a encara no reflexo, para que trocassem de lugar. Meu palpite é que Batu lhe ofereceu um acordo... trocar de espelho e ter uma boa chance de acabar livre.

Mirai franziu o cenho e retorceu os lábios.

— Eu não lembro.

— E você a libertou — disse Yanmei. — Por quê?

Yuu pensou por um momento. Era uma pergunta para a qual não tinha uma resposta exata.

— Você se lembra de como morreu? — perguntou à menina.

— Não — respondeu Mirai. — Eu... — Ela franziu o cenho e seus olhos escuros se encheram de lágrimas. — Não. Mas doeu. E não foi justo. Eu não quis...

A garota começou a chorar de verdade. Antes que Yuu decidisse o que fazer, Yanmei apareceu, segurou-a e acariciou seu cabelo com gentileza. Mirai ficou rígida, a princípio, mas logo relaxou e agarrou a roupa de Yanmei enquanto soluçava.

Yuu decidiu que explicaria a morte da jovem em particular. Se Mirai realmente não se lembrava, então devia ser melhor assim. E se lembrasse, então provavelmente não existia ninguém para ajudá-la com aquele trauma.

— Eu a libertei— disse, por fim. — Porque era uma vida inocente contra uma existência chafurdada em sangue. O mundo com certeza está muito melhor sem o Tique-Taque, e acho que também está melhor com Mirai de volta.

— Ela ainda é um yokai? — perguntou Yanmei.

Yuu viu a garota ficar tensa nos braços da mulher.

— É — respondeu Natsuko. — Libertado do espelho, um ungaikyo vive, envelhece e morre como um mortal. Agora ela é tanto humana quanto um espírito. — A deusa esfregou as têmporas. — O que isso significa exatamente é algo que só ela pode determinar.

Yanmei olhou para Yuu.

— Eu fico com ela. Heiwa foi construída para cuidar de crianças assim como Mirai, crianças que não têm mais para onde ir, com poderes que nem entendem.

Yuu ficou feliz. Já esperava que Yanmei fosse abrigar a menina. Podia até ter libertado Mirai do espelho, mas não fazia ideia de como prosseguir.

— Você fica com Fuyuko também? — perguntou Natsuko, quase num sussurro.

— Claro — respondeu Yanmei.

— Tem certeza, Natsuko? — questionou Yuu. Fuyuko não era apenas irmão dela. Era um deus com autonomia, e também o artefato da deusa. — Precisamos dele para derrotar Batu, não precisamos?

Natsuko encarou Yuu. Havia luto nas rugas daquele rosto. Deu de ombros.

— Agora temos os artefatos que Sarnai e Tique-Taque coletaram. Há quatro naquela geringonça voadora. O que nos deixa com oito. Vai ser mais que suficiente. — Parou para bebericar o chá. — Meu irmão não é mais um deus, Batu roubou isso dele junto às lembranças e só vai devolver se desistirmos. Posso salvar meu irmão e desistir do sonho pelo qual ele lutou ou posso sacrificá-lo para ver esse sonho virar realidade. Aqui com essa mulher, pelo menos, sei que vai ficar bem protegido.

— Eu juro — disse Yanmei. — Você falou que Fuyuko foi destituído de toda divindade, mas assim como Mirai aqui, não era completamente mortal.

— Não — comentou Natsuko. — Não é. Também não sei o que isso tudo significa para ele.

— Em Heiwa, ele terá um lar. Eu prometo.

Natsuko assentiu. Yuu pegou sua mão e a apertou. A deusa não a puxou de volta.

Parecia não haver muito mais a dizer. Era o meio da manhã quando Yuu se despediu do orfanato, de Mirai e de Yanmei. Aquela mulher a salvara, e reconhecer isso não chegava nem perto de dar a ela todo o crédito que merecia. Com novos suprimentos para a última parte da jornada e oito artefatos divinos, Yuu montou Inchado e avançou em direção à Montanha Longa.

33

CONFORME A MONTANHA LONGA CRESCIA A DISTÂNCIA E SE ESTENDIA pelo horizonte, Yuu finalizava as peças de xadrez. Uma por uma, iam tomando forma em suas mãos e, a cada talho e arranhão, embebia-as de qi. Li Bangue foi a primeira que terminou. Mal Vi Bangue, a forma como ela tinha certeza de que ele iria acabar sendo conhecido. Deu-lhe um sorriso largo e uma pose erótica com o chui descansando sobre um dos ombros. O buraco acidental na barriga era uma falha irritante, mas todas as peças deviam ter alguns defeitos assim. Li Bangue seria sua Shintei: se movia apenas em linha reta, era a espinha dorsal de qualquer ataque.

Depois, era o Ladrão, que sempre se movia de forma sorrateira, duas casas para a frente e uma para o lado. Yuu pensara em caracterizá-lo a partir de Fang. Ele se encaixaria ali, é claro, já que era, de fato, um ladrão. Mas Fang a passara para trás, e ela precisava que todas as peças fossem fiéis. Então, em vez disso, esculpiu Inchado no bloco de madeira. O cavalo era velho, mas era fiel, não fugia do serviço e havia certa astúcia naqueles olhos leitosos. Esculpiu a peça da forma que imaginava que o monstrengo iria querer: cabeça baixa e farejando o chão atrás de algo para comer.

Para o Monge, Yuu escolheu o Tigre Rosnante vestindo sua armadura de cerâmica cheia de ornamentos no formato de ondas e com cabeças de tigres irritados saltando da água. Reproduziu-o sentado, com a dao em uma das mãos apontando para o chão. E a outra no joelho, pronta para levantar e entrar em ação. Ficaria com uma mancha vermelho-escura nas costas, no ponto em que o sangue de Yuu ensopara a madeira. Mais uma imperfeição para uma peça perfeita. Era uma escolha peculiar como Monge. Mas o Monge era quase sempre o primeiro a ser liberado para conquistar o campo de batalha, o que combinava com o General.

Passou um tempo pensando no Herói. Era indiscutivelmente a peça mais poderosa no jogo, capaz de se mover em qualquer direção, de atravessar qualquer distância. Poderosa o bastante para atacar as profundezas do território inimigo, mas importante o bastante para ser guardada na manga até quando fosse extremamente necessário. Yuu escolheu Yanmei, e no caminho do orfanato até a Montanha Longa, passou muitas horas decidindo quais das facetas da mulher deveria retratar. Ela era a professora gentil, que cuidava das crianças e enfrentava qualquer um capaz de machucá-las, até mesmo deuses. Era a guerreira, com a naginata em mãos e a armadura de escamas sobre o peito, poderosa o bastante para derrubar uma lenda. E era o fogo, uma labareda incandescente e furiosa de chamas, a filha do Punho Flamejante, muito mais forte do que ele jamais fora. Yuu sabia como Yanmei gostaria de ser retratada, mas a esculpiu como a guerreira mesmo assim, envolta em sua armadura gasta de escamas, empunhando a naginata com ambas as mãos.

E, depois, tudo o que restou foi sua própria peça: o Imperador. Uma escultura de si mesma que começara ainda em Ban Ping. Vestes puídas de uma mendiga, mãos enterradas em bolsos escondidos e um douli na cabeça. Passou certo tempo pensando a respeito do rosto. Que feições esculpiria na peça? Daiyu Lingsen, a mulher que ela fora um dia. Ou Yuu, a mulher em quem se transformara. No fim das contas, escolheu a primeira opção: Daiyu Lingsen, a Arte da Guerra, com a máscara intacta. Com toda a dor que causara, sua avó lhe dera um presente, mas também uma maldição. Ensinou-a os caminhos do mundo e a como prosperar nele. Dera-lhe a sabedoria para enxergar nas entrelinhas das mentiras e das regras e uma técnica para que se protegesse. Dera-lhe o Príncipe de Aço.

No dia que conheceu o príncipe, ele havia sido atacado por bandidos. Ela tinha sido rejeitada pelas pessoas que nunca considerara sua família e despejada com nada além das roupas do corpo e um legado grande demais. Vagou sem rumo por dias, lamentando o próprio azar, antes de acabar na Floresta de Qing. Foi lá que a encontraram. Eram seis, vestidos em farrapos, armados com porretes, lanças rudimentares e munidos do desejo de tirar algo de alguém, de qualquer um. Para muitos, a bandidagem era uma forma de sobrevivência, de não passar fome. Para outros, era uma forma de infligir dor. Atacaram-na não pelos seus bens, pois de posses ela não tinha quase nada, mas pela emoção. Yuu enfrentou-os da melhor maneira que conseguia, mas, naquela época, ainda não havia esculpido seu primeiro conjunto de peças de xadrez e sua técnica era novidade. Deixou tudo o que tinha junto ao bandido

248

que esfaqueara no braço e correu para a floresta. Eram mais rápidos e a pegaram fácil. Mas, no momento que a jogaram no chão, um homem em uma armadura prateada irrompeu da floresta brandindo uma espada. Os criminosos foram trucidados em instantes. Depois, o Príncipe de Aço se virou para Yuu com um sorriso repleto de cicatrizes. Levantou-a e a carregou de volta para onde deixara seus pertences. O tabuleiro de xadrez continuava lá, mas todo o resto fora perdido, levado pelo bandido que esfaqueara no braço. Inconsolável e em choque, Daiyu chorou e o Príncipe a guiou para o acampamento dele.

No fim, para acamá-la, ele dispôs o tabuleiro de xadrez e distribuiu as peças. Daiyu acordou do estupor e se sentou para jogar. Doze vezes jogaram e doze vezes ela ganhou. Aos poucos, Daiyu encontrou conforto naquele homem, na conversa, na gentileza. Conversavam no xadrez, enquanto bebiam vinho, ao redor da fogueira e durante as refeições. O príncipe tinha um fogo insaciável que lhe queimava as entranhas, um desejo de justiça. De ver o Imperador dos Dez Reis destituído do trono, não para que assumisse o posto, mas sim para libertar o povo de Hosa do julgo da espada. Naquela época, não tinha mais do que doze soldados ao seu lado, o que mal configurava um exército. Era um idealista. Mas também um homem que fazia com que outros se enfileirassem para segui-lo. Um homem pelo qual outros ofereceriam a própria vida. Daiyu se apaixonou. Não pelo homem, mas pelo ideal. Pelo que ele representava e, agora compreendia, pelo desejo. Desde o primeiro dia, Daiyu sabia que o objetivo do Príncipe de Aço era a guerra. Era montar um exército e marchar contra o inimigo. Sua intenção era guerrear, mesmo que não fizesse ideia de como. Era um guerreiro de grande habilidade, mas não sabia nada a respeito de movimentação de tropas, linhas de suprimento, táticas ou estratégia. Seus homens o seguiriam até as presas do inimigo, travariam batalhas contra um imperador imortal, mas ele não deixaria que nenhum deles perecesse em seu nome. E era por isso que iria fracassar. Era por isso que estava fadado à derrota. A menos que ela o ajudasse. A menos que fizesse jus ao legado que a avó lhe impusera à força. A menos que se tornasse a Arte da Guerra.

A máscara fora ideia dele. A única outra coisa além do conjunto de xadrez que sobrara do assalto. A princípio, o Príncipe de Aço não soubera quem ela era ou quem sua avó havia sido, mas viu em Daiyu uma oportunidade. Suas habilidades como estrategista eram mais do que claras, coisa que ele percebera com as conversas durante as partidas, e a impressão era de que, se cobrissem-na com a máscara, se contassem aos outros que aquela era a Arte da Guerra de volta para ajudá-los a vencer, mais pessoas se ofereceriam não apenas em nome do Príncipe de Aço, mas em nome da causa dele. Da causa *dos dois*. E estava certo. Quando o assunto era o coração dos homens, ele sempre estava certo. Assim como ela sempre acertava quando a questão era suas mentes. Com a liderança dele e as estratégias dela, as tropas ficaram mais robustas e venceram cada batalha travada. Ele riu quando, dois anos depois, ela revelou a verdade acerca de quem era. Riu, olhou para as estrelas e afirmou que era coisa do destino.

Yuu esculpiu sua própria escultura vestindo a máscara da Arte da Guerra intacta. Um tributo à mulher que moldara sua vida. E um lembrete de que até mesmo a Arte da Guerra não passava de uma peça do jogo. Acontece que Yuu não era uma peça. Era a jogadora.

No pé do calvário havia um pequeno vilarejo, pouco mais de doze casas amontoadas ao redor de um riacho, que corria do cume nevado da Montanha Longa. Era a Vila dos Vigias, fiéis que passavam a vida subindo a montanha para frequentar os milhares de altares que existiam ali. De acordo com as lendas, todos os deuses, vivos ou mortos, tinham um altar na Montanha Longa. Espíritos, ou pelo menos os que fossem importantes o bastante para tal, também tinham altares. Alguns eram grandiosos, decorados com riqueza e resistiam às provações do tempo e da natureza. Outros já estavam destruídos, decadentes acidental ou propositalmente. Os deuses brigavam entre si; os espíritos brigavam entre si. Viviam dispostos a deformar o altar de algum rival caso isso significasse alguma vantagem de poder. Os vigias, por outro lado, eram neutros. Frequentavam todos os altares sem distinção. No passado, aquela era a mais honrosa das profissões, mas, atualmente, quase ninguém importante se lembrava dos vigias. Mesmo assim, eles continuavam cumprindo seu dever. Ignorados, esquecidos, mas ainda devotos até o fim.

Yuu desceu do lombo de Inchado quando se aproximou da vila. O cavalo relinchou, agradecido, e abaixou a cabeça para comer um bocado de grama.

— É por isso que você catinga tanto. Não para de comer nunca!

O monstrengo balançava o rabo de um lado para outro, e Yuu, esperando que o pangaré soltasse outra lufada assassina, recuou alguns passos. Não fora a mais agradável das jornadas, mas ela não trocaria Inchado por nenhum outro cavalo, não importava o quão jovem ou majestoso. Fez carinho em seu pescoço e pediu desculpas por não ter mais maçãs. Inchado fungou as vestes dela mesmo assim.

— Vai ter comida e água na vila — disse Natsuko, que aparecera do outro lado do bicho. Yuu nunca deixava de se assustar quando a deusa surgia do nada, mas o cavalo não parecia se importar. — Suprimentos para a viagem montanha acima estão à sua espera. À espera de todos os campeões, na verdade. — Tinham três dias até a lua cheia. Três dias para subir a montanha que levava a Tianmen. — Talvez tenham até vinho.

A deusa encarou Yuu como quem sabia das coisas. Fazia dias que vinho não lhe vinha à mente, talvez até mais tempo. Se bem que agora, pensando bem, não se importaria de tomar uns golinhos. Mas a sensação não parecia tão urgente quanto no passado.

Yuu se aproximou da vila.

— Algum deles já chegou?

— E como é que eu vou saber? Até o cavalo tem chance de ser um dos campeões. Se pelo menos você não tivesse perdido o lampião...

Yuu deu de ombros.

— Não sei se perder é a palavra certa, já que eu nunca nem tive ele em mãos. E duvido que Inchado seja um campeão. A menos que seja o melhor ator que esse mundo já viu.

O cavalo virou o focinho, encarou Yuu, depois dirigiu os olhos vazios para Natsuko e então abaixou a cabeça, arrancou mais um tufo de grama e se afastou mastigando preguiçosamente.

A maioria das construções na Vila dos Vigias parecia ser de casas. Tinham paredes de pedra e telhados de madeira com detalhes característicos no formato de dragões flutuantes ou ondas se quebrando. Havia uma estrutura muito maior do que as outras, uma estalagem que contava com um estábulo, o que provava que o vilarejo já fora um lugar famoso de peregrinação antes da adoração às estrelas ter se tornado tão dominante. Atrás e acima de tudo, a Montanha Longa se agigantava e dominava o horizonte e o céu. Uma trilha serpenteante começava em um imponente torii, seguia até a montanha e desaparecia nos cumes nevados.

Assim que alcançaram o vilarejo, um homem e uma mulher se apressaram para cumprimentá-los. Ela era jovem, vestia um avental polvilhado de farinha e estava corada devido aos deveres da manhã. Ele era mais velho e corcunda, se apoiava em uma bengala de madeira e tinha os dedos manchados de tinta. Seus dias subindo a montanha já tinham ficado no passado havia muito tempo, mas parecia que todos na vila dos vigias trabalhavam, quer tivessem condições para tal ou não. Com certeza, o velho escrevia as preces que eram levadas até os altares na montanha. Os dois fizeram uma reverência respeitosa quando encontraram Yuu no ponto em que a estrada de terra se transformava num caminho de pedra.

— Deusa — disse a mulher, numa voz rouquíssima devido a uma doença antiga. — Sabíamos que a senhora viria.

Com as mãos na cintura, Natsuko assentiu.

— Vá anotando — disse para Yuu. — É assim que um deus deve ser tratado.

Yuu ergueu uma sobrancelha para a idosa.

— Quer que eu faça uma reverência cada vez que você aparece, é?

— Quero — respondeu Natsuko, sem pestanejar.

— E o Inchado? Será que ele deve fazer também?

Natsuko a encarou e um sorriso se abriu em seu rosto envelhecido.

— Minha campeã precisa de comida, água e uma cama para passar a noite. Vamos começar a escalada amanhã.

— Claro, deusa — disse o senhor.

— Por aqui, Escolhida — disse a mulher.

Ela levantou e ajudou o homem a ajeitar a postura. Os dois se viraram para a vila e gesticularam para que Yuu os seguisse.

Guiaram-na até a estalagem. Ela acomodou Inchado, ofereceu-lhe comida decente e levou o saco com os artefatos. Faltava muito pouco para que conseguissem; não ia, de jeito nenhum, perdê-los de vista. O anel de Chaonan, a moeda de Yang Yang, o espelho de Guangfai e a espada quebrada de Khando. Do Tique-Taque, pegara quatro: a escama de Sarnai, a primeira a descamar, de acordo com Natsuko, já que Sarnai fora humana antes de ter se tornado a deusa do fogo, e sua transformação naquela criatura colubrina foi gradual. O chicote farpado de Fung Hao. Não havia nada que o deus do trabalho amasse mais do que usá-lo para fazer com que seus adoradores se esforçassem mais. O artefato de Champa, o deus do sorriso e da risada, era, na verdade, apenas uma pequena estátua que representava o próprio Champa, rechonchudo, curvado numa risada barulhenta. Estátua essa que, segundo Natsuko, sem a qual o deus não conseguia sorrir. E não havia nada que o deus da risada amasse mais do que sorrir. O de Bayarmaa, a deusa dos monstros, era um colar de dentes, cada um de um animal diferente e com a presa gigantesca de um dragão no centro. Yuu se perguntou como seria o mundo caso a deusa dos monstros vencesse e se tornasse tianjun, mas Natsuko garantiu que Bayarmaa saíra da competição. Seu campeão fora a segunda vítima do Tique-Taque.

Yuu paralisou assim que entraram na estalagem. O lugar não estava vazio. Havia um sujeito enorme com braços que pareciam troncos sentado a uma das mesas. Ele era careca a não ser por uma longa trilha de cabelo que caía até a nuca. Sua camisa não passava de um trapo com mangas arrancadas. Em seu braço esquerdo, havia um texto rabiscado que Yuu reconheceu como o contrato entre um mortal e um deus. O homem virou a cabeça e a encarou. Tinha o rosto rechonchudo, bochechas salientes e rugas sutis no canto dos olhos. Um pequeno instrumento de cordas que Yuu não reconhecia ocupava a mesa, mas não havia nenhuma arma por perto. Escolheu uma mesa longe dele e ficou atenta a qualquer perigo.

A refeição, uma sopa de arroz e legumes, deixou-a satisfeita. Depois, se retirou para o quarto que os vigias haviam oferecido. Sabia que precisaria estar bem descansada para escalar a montanha na manhã seguinte, quando iria bater nos portões dos céus e destronar o deus da guerra.

34

NA MANHÃ SEGUINTE, YUU SE DESPEDIU DE INCHADO NA BASE DA trilha que levava à Montanha Longa. O velho garanhão tentou segui-la e até avançou pelo caminho de terra, mas ela sabia que ele jamais daria conta. O bicho era duro na queda e deixara isso bem claro desde que tinham saído de Ban Ping, mas a subida era muito íngreme e traiçoeira. Ele era simplesmente velho demais. Os vigias acabaram sendo obrigados a segurá-lo, e levaram uma bela dentada pela perturbação. Yuu fez com que prometessem cuidar do monstrengo e alimentá-lo com todas as maçãs secas que o pangaré quisesse.

A escalada foi difícil, e Yuu já estava ofegante e suada antes mesmo de parar para um primeiro intervalo. A trilha se dividia aqui e ali; caminhos diferentes para altares diferentes, mas que terminavam no topo da montanha. Todos os caminhos levavam a Tianmen. De vez em quando, avistava o outro campeão que encontrara na estalagem. O sujeito era grande e poderoso, mas estava sofrendo tanto quanto ela na caminhada. Trocaram olhares uma ou duas vezes, mas ele não demonstrou interesse em atacá-la e Yuu ficou mais do que feliz em manter distância. Só estaria em segurança quando chegasse a Tianmen. Não havia nada que impedisse o homem de tentar roubar-lhe os artefatos agora na reta final.

Quando o sol se pôs naquela primeira noite, Yuu decidiu parar e se abrigar debaixo de um velho altar decadente. O nome há tempos tinha esvanecido e grande parte do telhado sucumbira, mas serviria para protegê-la caso nevasse. Natsuko apareceu, e as duas passaram horas conversando sobre o irmão da deusa. Espíritos estranhos dançavam pela montanha, silhuetas formadas por cores e sons que Yuu não compreendia muito bem. Ficou observando-os por certo tempo enquanto sentia um desconforto embrulhando-lhe o estômago. Foi só

253

quando reconheceu os espíritos que compreendeu a causa da agonia. Eram os Eeko'Ai. Cinco espíritos, grandes nas lendas, mas pequenos no tamanho. Cada um com o rosto de um animal diferente. Eram conhecidos por aparecerem em momentos importantes. Ver todos ao mesmo tempo era considerado uma desgraça terrível, um presságio de calamidades que estavam por vir.

O segundo dia de escalada foi ainda mais difícil. As trilhas ficavam cada vez mais íngremes, e o solo, mais instável. Yuu se viu escalando trechos de rochas soltas ou chegando a pontos intransponíveis que a faziam ter que retroceder para voltar ao caminho certo. O chão ficou mais espesso, coberto por uma neve que nunca derretia, e o ar estava tão gelado que ela tremia mesmo com o esforço da subida. Os altares ali no alto eram mais velhos, mas bem-cuidados mesmo assim. Alguns estavam destruídos e com os nomes dos deuses corroídos demais para que fosse possível ler, mas a maioria continuava inteira e exibia com orgulho quem seus patronos eram. Muitos tinham velas acesas nos pequenos degraus que precediam os pontos de adoração. Como será que continuavam flamejando em meio ao vento e ao frio congelante? Passou por uma vigia, uma jovem que, de tão gigantesca devido às muitas camadas de roupa, parecia um urso com rosto de gente. A moça estampava uma feição exausta pelos vários dias exposta à neve e ao vento frio. A vigia fez uma reverência e chamou Yuu de *Escolhida*, mas não disse mais nada. Com os pés gelados e dormentes por causa da neve, Yuu continuou em frente. Não viu mais ninguém durante o segundo dia.

A segunda noite foi deprimente. Natsuko não apareceu, e Yuu passou a noite tremendo, abraçando a si mesma para se defender do frio e encolhida em um altar dedicado a Sarnai. O local parecia quentinho de fora, e, como aquela era a deusa do fogo, Yuu achou que fosse ter uma noite aquecida. Só que a deusa tinha um bom motivo para estar rancorosa, então talvez tenha feito com que o altar ficasse frio só para zombar de Yuu.

O terceiro dia raiou, e Yuu estava rija e exausta. Mal conseguira dormir, e o frio lhe invadira os ossos. Cada passo era uma agonia regada a pernas e braços doídos e pela sensação de agulhas sendo enfiadas em seus pés. Mais do que uma vez, caiu de joelhos sobre a neve quebradiça. Parecia tão mais fácil simplesmente parar. Deitar-se no frio e ceder à deriva do sono. Mas isso não colocaria um ponto-final nas guerras de Batu. Não destituiria o deus da guerra e nem levaria Natsuko para o trono de jade. Não traria o Príncipe de Aço de volta. Então Yuu se esforçou para se levantar e seguir em frente. Sua mente parecia espessa com as ondas de exaustão que martelavam seus pensamentos. Era como entrar no mar: cada passo mais difícil do que o anterior enquanto o solo tentava impedi-la de avançar.

Yuu ficou surpresa quando finalmente viu Tianmen adiante. Não fazia ideia da distância percorrida e nem de quanto faltava até o cume. Num momento a neve era como uma cortina rodopiante em tons de branco e cinza que ofuscava tudo ao redor e, no outro, flocos grandes e letárgicos que flutuavam contra um céu brilhante e nublado. Um grande torii surgiu adiante: dois grandes e contorcidos troncos de sequoia que emergiam do chão, se entrelaçavam de forma hipnotizante através de uma viga dourada que os conectava e formava o portal. Atrás do arco, ficava um palácio com chãos de mármore, pilastras de jade e nuvens espiralantes. Tianmen, os portões dos céus, o reino onde nasciam deuses e espíritos. Ela tinha chegado. Estudiosos do mundo inteiro matariam pela chance de ver este lugar. Filósofos tinham passado vidas inteiras ruminando a respeito do que, de fato, existia além daquele arco.

— Você conseguiu — disse Natsuko, se aproximando.

Os pés da deusa não afundavam na neve como os de Yuu. Ela ficava acima. Claro, este ainda era o mundo dos mortais.

— Não graças a você — disse Yuu, com a voz trêmula devido aos calafrios.

— Eu precisava garantir que você estava comprometida. Que não desistiria.

— Outro teste?

A deusa riu.

— O último. Agora temos que esperar até de noite, contar os artefatos de todos e...

— E chutar Batu para fora do trono — disse Yuu, já se sentindo mais animada. — Será que dá para pelo menos entrarmos? Parece mais quente lá dentro.

Natsuko assentiu e sorriu.

— E é. Dá tempo de comer alguma coisa e tomar um banho. Falta metade de um dia até que a lua complete o ciclo.

— Que bom. — Yuu forçou a palavra através dos dentes cerrados e empurrou o pé para a frente.

Apenas vinte passos e estaria adiante dos salões do próprio reino dos céus.

— Quanto tempo!

Uma silhueta saiu de um pequeno santuário de pedra perto do portal de sequoia e se aproximou.

— Fang — vociferou Yuu.

O belo ladrão continuava com a jaqueta vermelha de couro, mas vestia um longo casaco de pele por cima. Yuu queria ter tido o bom senso de trazer um casaco como aquele.

— Sou eu mesmo. Fang, o Rei dos Ladrões — exclamou.

O sorriso que se espalhava por seu rosto parecia verdadeiro, mas Yuu não conseguia esquecer que havia sido roubada por ele.

Continuou em direção ao portal.

— Ignore ele — disse Natsuko. — É uma última tentativa desesperada de roubar a vitória da gente.

— Você era o *Príncipe* dos Ladrões, não era? — zombou Yuu.

— Era? — Fang franziu o cenho e deu de ombros. — O antigo rei deve ter abdicado, então. Mas me conte, como tem passado desde Ban Ping?

Apesar da neve, ele correu para a frente e se posicionou ao lado de Yuu.

Ela rapidamente verificou todos os bolsos e depois deu meio passo para longe do sujeito. Percebeu a raposinha vermelha sentada na neve, observando tudo com os olhos de diferentes cores: um verde e outro dourado.

— Desde que você roubou o artefato que eu queria e me deixou para morrer nas mãos do Tique-Taque e do Leis da Esperança, você quer dizer?

Fang fez graça da situação.

— Você contratou um notório ladrão, Fang, o Rei dos Ladrões. O que esperava?

Yuu o encarou por um instante. Faltava apenas alguns passos até Tianmen agora. Tão pouco.

— Um pouco de profissionalismo?

— Eu fui a epítome do profissionalismo — disse Fang, com firmeza. — Minha profissão é roubar coisas. Roubei dos monges e roubei de você. Dois coelhos com uma cajadada só. Dá para ser mais profissional do que isso? — Concluiu o discurso com aquele sorriso largo e bonito que lhe era típico.

Ela sabia que deveria odiá-lo, que deveria estar furiosa, mas, depois de tudo o que passara, e agora tão perto do final, Yuu simplesmente não tinha mais nenhuma raiva sobrando. Além do mais, ele não tentara matá-la. Pelo menos não diretamente. Ela sabia muito bem que estava diminuindo a gravidade da situação.

— Então... você é um campeão também? — perguntou.

— Lamento dizer que sim — respondeu Fang. — Percebi a tatuagem no seu braço quando a gente... hum... na estalagem.

— Mas fez questão de esconder a sua.

Fang ergueu as mãos enluvadas e deu de ombros.

— E quantos artefatos você conseguiu?

Yuu parou. Estava tão perto de Tianmen que já conseguia sentir o calor do palácio.

— O que você está fazendo? — perguntou Natsuko. — Entre. Lá você terá proteção. Ele não vai poder roubar nada de você.

— Quantos *você* conseguiu? — perguntou Yuu.

O ladrão sorriu e deu um passo para trás.

— Perguntei primeiro. Mas dá para dizer que minha caçada foi extremamente bem-sucedida e minha vitória está no papo. Tenho certeza de que nenhum outro campeão na história conseguiu tantos sozinho.

Sozinho. Yuu pensou no termo. Palavras eram como regras. Tinham muito mais importância do que as pessoas pensavam. O significado podia ser abstrato ou exato, e a disputa talvez dependesse das várias conotações da palavra *sozinho.* Conseguira quatro artefatos sozinha, mas tinha oito. Quantos será que Fang encontrara, então? Será que ainda seria possível mudar as coisas a essa altura do jogo? Olhou para a raposinha sentada na neve com a cabeça levemente virada para o lado.

— Yang Yang — disse. — Quero fazer uma aposta com você.

35

— QUE HISTÓRIA É ESSA? — SIBILOU NATSUKO.

Yuu olhou para a deusa.

— Confie em mim — sussurrou, para que ninguém mais ouvisse.

Se conseguisse confiar em si mesma, o plano daria certo. Tinha certeza. Certeza quase absoluta. Absoluta o bastante. Enfiou algumas mechas de cabelo atrás da orelha.

A raposa se levantou e, conforme ia se aproximando, cresceu, mudou e lentamente assumiu uma forma humana. Ao dar o terceiro passo, o animal já se transformara em um homem. Yang Yang era mais alto do que Yuu e se posicionou ao lado dela enquanto a encarava de canto de olho. Com a barba por fazer que delineava seu queixo anguloso e um grande olho dourado, ele era ainda mais bonito do que Fang. Deu um passo oscilante adiante e, ligeiro, se virou para que a outra lateral de seu corpo ficasse de frente para Yuu. Já não era mais homem, mas uma bela mulher com traços afiados e lábios vermelho-rubi cujo olho verde brilhava enquanto a encarava de soslaio. A túnica preta e vermelha mal cobria seu busto e contava com uma fenda que começava na cintura e deixava uma perna lisa à mostra. Outro passo vacilante adiante e o deus era homem de novo. De calças e um longo casaco aberto de pele, mas despido por baixo.

O peito era esculpido por músculos e não tinha pelo nenhum. Yang Yang, o deus duplo. O deus da aposta e a deusa da mentira, tudo numa coisa só.

— Sua campeã é uma tola, Natsuko — disse Yang Yang, sorrindo e com uma voz profunda e zombeteira. Deu outro passo para a frente e se virou de lado para que a deusa da mentira encarasse Yuu. — Por que é que eu apostaria alguma coisa contra você se não tenho nada a ganhar? — A voz agora era sedosa e encantadora.

— O que você está fazendo, Yuu? — perguntou Fang. Seu sorriso de antes sumira. — Não dá para apostar contra o deus da aposta.

— Ele está certo, Daiyu — disse Natsuko.

Yang Yang sibilou.

— Calem-se. — Outro passo à frente e mais uma vez voltou a exibir o lado masculino. Ele encarou Yuu intensamente e, com a voz profunda e retumbante como um gongo, questionou: — Por que é que eu deveria aceitar a sua aposta?

Yuu engoliu em seco e lutou contra o anseio de recuar. Havia algo desconcertante em Yang Yang. A duplicidade do deus a deixava tensa.

— Até onde eu sei, os artefatos ficam com o deus que os coletou. Mesmo que você vença. Mesmo que Fang vença. Você não conseguiu sua moeda de volta.

A voz do deus da aposta soava imperturbável como uma rocha.

— Você está com a minha moeda?

Yuu mexeu dentro das vestes, puxou a moeda de jade, segurou-a para que Yang Yang visse e então cerrou o punho ao redor dela.

— Quais são os termos? — perguntou o deus.

Yuu ponderou. Até onde conseguiria forçá-lo a ir? Será que aceitaria uma aposta ultrajante? Todos os artefatos que conseguira em troca da moeda. Afinal, a vitória dele era certa. O deus da aposta nunca perdia uma aposta. Talvez ele seja experiente demais para aceitar uma coisa dessas. Nem todas as batalhas tinham vitórias decisivas. Às vezes, uma leve mudança no cenário era tudo de que se precisava.

— Um dos seus por um dos nossos — disse Yuu. — A moeda pelo lampião.

Yang Yang sorriu com o rosto estampado pela barba por fazer.

— E qual seria o jogo?

— Na moeda — respondeu Yuu. — Eu jogo e escolho um lado. Se você vencer, fica com a moeda. Se perder, eu fico com o lampião.

— Você está dando os artefatos que ralamos tanto para conseguir! — grunhiu Natsuko.

Yuu era capaz de dar um beijo na deusa por ela estar fazendo sua parte tão bem mesmo sem nem saber o que estava acontecendo.

258

Yang Yang virou seu lado feminino para Fang.

— Pegue o lampião, meu querido — disse com suavidade.

— Mas...

— Agora! — Havia um ímpeto de aço nas entrelinhas daquele sedoso ronronar. Quando Yang Yang voltou a encarar Yuu, seu lado másculo voltara à tona. — Eu aceito seus termos. Agora dê minha moeda aqui.

Yuu esperou até que Fang trouxesse o lampião e o colocasse no chão entre todos. Seu coração batia acelerado. Quanto mais pensava, menos o plano parecia capaz de dar certo. Era a única regra que ela nunca testara. Estavam todos a esperando.

Yuu respirou fundo e jogou a moeda para cima. Yang Yang sorriu.

— Borda — disse.

A moeda de jade ficou no ar, girando, mas sem cair. Yang Yang olhou para Yuu, depois de volta para a moeda. O objeto estava ficando mais rápido, girando mais rápido.

— Mas não... — disse o deus, irritado. Ele arreganhou os lábios. — Você não pode...

Yuu deu de ombros.

— Você encomendou essa moeda, incutiu-a de qi por um mestre artesão — disse. — Não importa qual lado seja escolhido, ela sempre vai parar com o oposto para cima. Mas a moeda não tem vontade própria, não tem uma mente. Eu escolhi borda, e ela não consegue decidir qual é o lado perdedor. Não tem o arbítrio para fazer a decisão.

Yang Yang trocou de rosto e encarou Yuu com a face da deusa da mentira que fervia de raiva por trás daqueles olhos verdes ardentes.

— Nenhum dos lados é o errado, então não importa — vociferou. — Você perde de qualquer jeito.

Enfrentar uma deusa raivosa podia até ser algo com que Yuu se acostumara, mas isso não fazia com que a dinâmica fosse menos assustadora. Ficou um pouco animada ao ouvir Natsuko morta de rir atrás dela enquanto a moeda continuava girando no ar gelado.

— Não importa se eu ganhar ou perder — disse Yuu. — Os termos da aposta eram claros, e você aceitou. Se ganhar, fica com a moeda. Se perder, eu fico com o lampião.

— Mas você perdeu mesmo assim, então eu venci — sibilou Yang Yang.

Yuu meneou a cabeça.

— A moeda ainda precisa cair. Mas não vai, porque não pode decidir qual lado ficará para cima. Você não tem como vencer e, pelos termos com que concordou, se não vencer, então eu fico com a lanterna.

Yang Yang estendeu o braço, fechou a mão ao redor da moeda e cerrou os belos dentes perolados enquanto tentava forçá-la a parar de girar. Depois de alguns segundos, sibilou, puxou a mão de volta e a balançou, como se tivesse se queimado. A moeda, no ar entre os dois, continuava num redemoinho. O lado masculino do deus já encarava Fang, que estava na frente de Yuu.

— Mate ela! — ordenou, com a voz soando como uma bigorna sendo martelada. — Pegue os artefatos dela.

Fang recuou e ergueu as mãos.

— Ah, isso aí não é muito o meu estilo. Eu sou ladrão, não assassino.

— Você é um mestre espadachim!

Fang assentiu.

— O Rei dos Ladrões sabe duelar. — Ele sorriu, abaixou as mãos e sacudiu os dedos na lateral do corpo. — Mas não luto.

— Você sempre iria acabar tendo que lutar. Mate ela!

— Agora? — perguntou Fang, ainda balançando os dedos. — Antes que ela passe pelo arco, no caso.

Yuu pegou o lampião e passou entre os pilares de madeira retorcida. A calidez do palácio a atingiu assim que ela atravessou o torii. O calor agradável fez com que voltasse a sentir os dedos outrora dormentes. Estava em um corredor de mármore onde veias douradas corriam pelas fissuras da pedra. Pilastras de jade guarneciam o corredor que parecia se estender para sempre em ambas as direções. As paredes eram feitas de nuvens brancas irrequietas. Ela se virou para olhar o cume frígido da montanha. Natsuko segurava o estômago de tanto rir. Fang, lindo como sempre, sorria. Yang Yang, por outro lado, estava furiosa. Ela fixou o gélido olho verde em Yuu.

— Pelo visto perdi a chance — disse Fang, e deu de ombros. — Acho que vamos ter que fazer as coisas do jeito certo e ver quem vai vencer sem recorrer à violência bruta. — Passou por seu deus patrono, que exibia uma carranca, e passou pelo arco para ficar ao lado de Yuu em Tianmen. — Muito melhor. Eu estava encarangando lá fora.

— Obrigada — disse Yuu, baixinho.

Yang Yang se virou mais uma vez para a moeda rodopiante. Parecia ainda estar tentando encontrar um jeito de fazê-la parar. Natsuko passou por seu camarada divino e adentrou Tianmen.

— É melhor a gente ir de uma vez e pegar alguma coisa para comer enquanto ainda há tempo — disse a velha deusa para Yuu. — E... foi muito inteligente da sua parte.

— Então quantos artefatos vocês têm *de verdade*? — perguntou Fang.

Os três observavam o deus da aposta cada vez mais atormentado por causa da moeda, mas Yuu olhou mais além, para a silhueta escura que se aproximava através da nevasca.

— Olha, eu pessoalmente consegui quatro — respondeu.

Fang franziu o cenho, mas havia um sorriso fazendo troça em seus lábios.

— Isso não é resposta.

Yuu se limitou a sorrir. A silhueta escura atravessou a neve rodopiante e se revelou como o homem gigantesco que ela vira na taverna no pé da montanha. Assim como Yuu, ele não se lembrara de vestir um casaco, então os braços enormes pareciam mortos de tão pálidos e ele tremia devido ao frio. Deu uma olhada ligeira nos arredores, depois continuou a avançar, atravessou apressado pelo torii e passou bem longe de Yang Yang.

— Olá, camarada Escolhido — disse Fang para o grandalhão que entrava em Tianmen. — Muito bom ver que pelo menos três de nós conseguiram.

O sujeito alto colocou seu instrumento de corda no chão com cuidado e bateu a neve para fora dos ombros. Esfregou as mãos e assentiu para cada um deles.

— Xin Fai — disse, como forma de cumprimento.

— Yuu — disse, com uma reverência singela de cabeça.

— Eu sou Fang, o Imperador dos Ladrões.

— É imperador agora? — perguntou Yuu.

Fang deu uma piscadela para ela.

— Qual é a sensação de ter dormido com um imperador?

Yuu revirou os olhos.

— Quem é o seu patrono? — perguntou para Xin Fai.

— Champa.

Fang se recostou contra uma pilastra de jade e bocejou.

— Nunca ouvi falar.

— O deus da risada — disse Yuu. — Estou com o artefato dele.

Xin Fai assentiu lentamente.

— Me disponho a trocá-lo por um dos seus — disse ela.

Fang riu.

— Não caia nessa, meu amigo. Te apresento ao último idiota que tentou negociar com ela.

Ele apontou para o deus da aposta que continuava olhando para a moeda rodopiante.

Natsuko se meteu.

— Agora os artefatos não podem mais ser trocados até o fim da contagem. — Encarou todos os três. — Vocês estão em Tianmen. Sugiro que fiquem de olho nas regras.

Yuu deu de ombros.

— Depois, então — disse ela.

Xin Fai assentiu mais uma vez. Estava tremendo, mas agora, rodeado de calor, sorriu.

— Tenho certeza de que Champa ficará grato. — E revirou os olhos. — Ele não parou de reclamar desde que nos conhecemos.

Natsuko riu.

— O salão de festim fica por aqui, Daiyu. Os espíritos trarão comida, o que... vai dar uma levantada no seu espírito.

Yuu se virou mais uma vez para os outros.

— Vocês vêm junto? Não precisamos mais temer uns aos outros, e eu seria capaz de matar alguém em troca de uma boa companhia. — Olhou de relance para Natsuko. — Pela companhia de mortais, no caso.

Fang encarou a deusa e suspirou.

— Por que não? Melhor do que ficar vendo Yang Yang esfolar as mãos com a moeda.

Xin Fai fez uma reverência e, quando endireitou o corpo, estava com o instrumento de volta em mãos.

— Seria uma honra.

Passaram as horas seguintes trocando histórias acerca dos artefatos conquistados. A camaradagem agradou Yuu enquanto durou. Tinha certeza de que Fang estava enfeitando as histórias de seus assaltos impetuosos e duelos ousados. Mas não se importava com as lorotas, já que serviam como empolgantes válvulas de escape. Xin Fai era um contador de histórias nato e, muito embora suas narrativas parecessem sem graça comparadas aos exageros de Fang, ele compartilhava os relatos de uma forma que deixava Yuu ávida para ouvir mais. Já Yuu, contou como jogou baralho contra um cadáver pela moeda e de quando roubou o anel do chefe de uma tríade. A última fez Fang rugir e cuspir o vinho de tanto rir. Yuu, por outro lado, bebeu apenas água. Apesar do quanto queria beber, precisava estar com a cabeça tinindo para o que aconteceria.

A lua deu as caras rápido demais e, quase sem aviso, era hora de contar os artefatos e anunciar o próximo tianjun.

36

BATU FEZ A CONVOCAÇÃO, E SERIA IMPOSSÍVEL QUE O CHAMADO passasse despercebido. Sua voz ecoou pelos cômodos de Tianmen, e os espíritos fugiram diante do som. Yuu compartilhou uma última bebida com os outros campeões. Brindaram ao vitorioso ainda desconhecido e depois seguiram para o salão do trono. Yuu sabia o caminho mesmo que ninguém tivesse contado, como se houvesse algo guiando seus pés pelos corredores de mármore. Ao ver de relance a expressão perplexa no rosto de Fang, teve certeza de que não era a única.

O salão do trono estava mais movimentado do que ela achou que fosse possível. Havia centenas de deuses ali, de pé, aguardando para descobrir quem seria o próximo tianjun. Alguns eram altos; outros, baixos. Alguns pareciam humanos, enquanto outros, animais. E alguns, assim como Sarnai, eram algo completamente diferente. Centenas de deuses, e três mortais entre eles. Natsuko lhe contara que nenhum humano pisava em Tianmen a não ser nessa ocasião específica a cada século. As divindades todas os observavam com um interesse lívido.

Yuu avançou até ficar diante de Natsuko, e Xin Fai, do obeso Champa. Fang caminhou sem pressa até Yang Yang, que encarava Yuu com seu lado feminino. Ela tentou ignorar aquele olhar hostil, mas era como se os olhos a perfurassem. Yuu percebeu que estava com saudades da máscara. O disfarce funcionava como uma espécie de escudo que a protegia e reforçava sua coragem. Mas não, se desfizera da máscara por um motivo. Iria enfrentar esta última etapa sem se esconder. Como Yuu, e não como a Arte da Guerra.

Batu estava todo esparramado no trono, com uma das pernas sobre o braço do assento. Não vestia nenhum tipo de blusa, e havia tufos de pelos dourados em seus ombros e peito, além das costeletas da mesma cor que se alastravam até o queixo. Os olhos semicerrados analisavam letargicamente a aglomeração. Nada naquela atitude enganava Yuu. Ele passava a impressão de estar indiferente, mas, na verdade, estava encolhido como uma serpente prestes a dar o bote. Um bastão alto de sequoia revestido de aço descansava contra o trono e, pelas marcas, já devia ter visto uma bela quantidade de combates. Natsuko contou que os deuses guerreavam entre si de vez em quando, mas por que ele precisaria do bastão agora? Aqui? Era o tianjun, o lorde de todos os deuses. Certamente não tinha nada a temer.

— Chegou a hora? — perguntou Batu, com a fala arrastada.

Uma deusa com vestes azul-escuras e de sandália avançou um passo e abaixou a cabeça perante Batu.

— Chegou, tianjun. A lua se ergueu.

Ela gesticulou as mãos num floreio e as nuvens que cobriam o céu acima se abriram para exibir a lua cheia, que iluminou o salão.

— Hikaru — sussurrou Natsuko. — A deusa da lua, uma covardona.

Aquele sorriso desumano se espalhou por seu rosto.

De repente, Batu sentou direito, bateu as mãos e o barulho ecoou por todo o recinto.

— Excelente! — A atitude letárgica desapareceu por completo, substituída por um fervor energético. — Quantos dos nossos tolos mortais continuam vivos para encarar o tianjun?

Um silêncio assolou a multidão enquanto os deuses procuravam pelos humanos. Natsuko tossiu baixinho e empurrou Yuu adiante. Ela deu um passo para a frente, depois outro, saiu de dentro da aglomeração e se moveu até ficar diante de Batu, aos pés do trono. Olhou para a esquerda, para Fang; o sorriso debochado de sempre desaparecera do rosto do ladrão. À esquerda, Xin Fai, claramente desconfortável em frente à audiência divina, avançou aos poucos.

— Só vocês três? — perguntou Batu, com uma risada que não foi compartilhada por nenhum dos outros deuses. — Deve ter sido uma disputa bem sangrenta, então. — Varreu-os com o olhar. Encarou Fang por alguns momentos e Xin Fai por ainda mais tempo. Yuu teve a impressão de que estava sendo dispensada. — Bom, então vamos em frente, vamos ver qual de vocês terá a honra de desafiar o deus da guerra.

Enquanto Fang e Xin Fai puxavam itens de sacos e dos bolsos e despejavam artefatos divinos no chão de mármore, Yuu olhou para trás, para Natsuko. Teve a impressão de que, mais uma vez, estava deixando alguma coisa passar. Natsuko não a encarou de volta. De repente, Yuu teve certeza de que aquela disputa ia muito além de simplesmente coletar um monte de artefatos. Natsuko, de propósito, passara todo esse tempo escondendo alguma coisa, algo que talvez os outros deuses tivessem escondido de seus campeões também.

— Mas o que é isso? — disse Batu, rindo e batendo a mão no braço do trono. — Pequena Natsuko, não me diga que a sua campeã não conseguiu nenhum artefato. Você escolheu tão mal assim?

— O que você está fazendo, Daiyu? — sibilou Natsuko.

Yuu colocou algumas mechas de cabelo atrás da orelha enquanto pensava. Sua mente parecia um redemoinho de possibilidades que costurava fragmentos de coisas ditas por Natsuko, de coisas ditas por Yang Yang também. A extrema empáfia de Batu mesmo enquanto decidiam quem iria substituí-lo. Olhou para o contrato rabiscado em sua pele.

— Por que você me escolheu como sua campeã? — perguntou, sem dar a mínima para os deuses de olhos fixos nela que sussurravam uns para os outros.

Contorcendo as mãos nodosas, Natsuko deu uma olhada nas outras divindades, fez uma careta e avançou com pressa para ficar de frente com Yuu.

— Do que você está falando?

— Não sou uma ladra capaz de roubar artefatos, nem uma guerreira com a habilidade de arrancá-los de outras pessoas — disse Yuu.

— Mas olha você aqui, com artefatos suficientes para vencer. Eu acho, pelo menos.

— Por pura sorte — disse Yuu. — Se não fosse por Li Bangue, eu teria fracassado duas vezes em Ban Ping. A moeda eu consegui sozinha, é verdade. A espada e o espelho seriam impossíveis sem o exército do Tigre Rosnante. E se eu não tivesse conhecido Yanmei, o Tique-Taque estaria aqui no meu lugar. Minhas conquistas são fruto do trabalho dos outros.

— Rápido, pequena Natsuko — disse o tianjun.

Yuu ignorou Batu e todos os outros deuses e campeões. Essa verdade ela iria até o fim para descobrir.

Natsuko resmungou e olhou para cima para encarar Yuu.

— Eu te escolhi porque você tem o bom senso de arranjar aliados que compensam seus pontos fracos. Te escolhi porque acredito que você enxerga muito adiante, mas também não desconsidera o que já passou. Todos, tanto mortais quanto deuses, têm uma fraqueza, e você as percebe. Acabou de provar isso mais uma vez com a moeda de Yang Yang.

— *Qual de nós terá a honra de desafiar o deus da guerra* — disse Yuu, repetindo as palavras de Batu.

— Pequena Natsuko...

Natsuko se inclinou para o lado e olhou para além de Yuu.

— Ah, cale essa boca, seu imbecil insuportável. A menos que esteja com pressa para perder o trono, me dê um minuto aqui.

Batu riu de novo.

— Mais um minuto, então, pequena Natsuko.

A forma com que ele disse seu nome fez Yuu ferver de raiva.

— A disputa é só a primeira parte — explicou Natsuko. — O vencedor tem que duelar com o tianjun. Se o tianjun morrer... bom, aí eu assumo o trono.

265

— Um mortal duelando contra um deus? — perguntou Yuu.

— As regras são diferentes aqui, Daiyu — respondeu Natsuko. — Não temos proteção. Deuses podem morrer aqui em cima.

Yuu meneou a cabeça e então tirou algumas mechas de cabelo da frente do rosto.

— Mas...

Natsuko agarrou o braço dela e tentou fazê-la virar à força para que encarasse Batu. Yuu recusou a se mover.

— Eu te escolhi porque nenhum guerreiro é capaz de superar o deus da guerra numa luta. Batu é o deus da guerra. É feito disso, construído de batalha. É a própria encarnação da luta. Nenhum guerreiro mortal teria esperanças de vencer. Mas você... não é uma guerreira. Suas habilidades não estão na luta, mas sim na estrutura da luta. Você contrapõe habilidades marciais com compreensão estratégia. Vê as regras dos jogos e entende como subvertê-las ou quebrá-las. Você... — Natsuko parou de falar e cutucou o peito de Yuu. — ... é a única capaz de derrotar Batu.

Ela meneou a cabeça. Perceber o que a deusa queria a deixou apavorada.

— Você espera que eu derrote o deus da guerra num duelo. Como?

Natsuko deu aquele sorriso característico e sobre-humano.

— Sendo uma jogadora melhor do que ele. Planejando melhor do que ele. Por que outro motivo você anda esculpindo todas aquelas peças de xadrez, se não for por isso?

— Chegou a hora, pequena Natsuko — disse Batu.

Yuu encarou Natsuko por mais um segundo. Fora usada. Todos haviam sido usados. Olhou para o contrato rabiscado em seu braço.

— Você nem tem como trazê-lo de volta, não é? — perguntou.

— O quê?

— O Príncipe de Aço. — Será que Natsuko ao menos se lembrava daquela promessa? — Você não tem como trazê-lo de volta, mesmo que se torne tianjun.

Por mais estranho que pudesse parecer, não estava triste, brava ou se sentindo traída. Tudo o que sentia era alívio.

Natsuko suspirou como se Yuu fosse uma criança desobediente.

— Claro que não. Ele morreu faz cinco anos. E eu nunca concordei com essa promessa. O que falei foi que te devolveria o que você perdeu, aquilo que você mais valoriza, e isso eu já fiz. — Agarrou a mão de Yuu e a apertou com força. — E nunca foi algum príncipe estúpido que morreu por culpa dele mesmo. O que você perdeu era muito mais pessoal. Você perdeu o seu propósito. E eu o devolvi para você no momento em que você concordou em ser minha campeã. Esse é o seu propósito, Yuu. O sentido da sua vida. E nem ouse me

266

dizer que isso não é muito melhor do que ter um príncipe só para dormir de conchinha à noite. Seu destino nunca foi virar um fantasma vagando de vila em vila, roubando trocados de velhos. Você nasceu para coisas grandiosas. Você tem o potencial para ser grandiosa. Mas perdeu a motivação, o propósito. Sua força de vontade de ser mais. — Seu sorriso vacilou, e Yuu viu os olhos da velha deusa se encherem de lágrimas. — Diga, você não está mais feliz do que quando eu te encontrei? E não pense nem por um segundo que a sua felicidade é fruto da minha companhia maravilhosa. Você tem uma razão para viver de novo, algo pelo que lutar de novo, uma meta para testar seus limites de novo.

Era verdade. Claro que era verdade. Yuu percebera a verdade havia muito tempo, a partir do primeiro instante que conhecera o Príncipe de Aço. Nunca o amara de verdade, não o homem. Amava o propósito que ele representava e a justificativa que oferecia para que ela usasse suas habilidades na prática. A deusa cumprira a promessa. Devolvera o Príncipe de Aço para Yuu, o verdadeiro Príncipe de Aço. Devolvera a Yuu sua razão para viver e para lutar. Para impedir Batu. Para colocar um fim na guerra, em todas as guerras.

— Você acha mesmo que eu consigo vencer? — sussurrou Yuu.

Batu era poderoso, isso era óbvio. Era mais do que capaz de derrotar qualquer pessoa em qualquer jogo, mas não era uma guerreira.

— Claro que acho — vociferou Natsuko. — Eu não teria arrastado esse seu traseiro resmungão por todo o império de Hosa se não achasse. Mas o que eu acho não importa. *Você* acha que consegue?

— Última chance, pequena Natsuko — chamou Batu. — Estou ficando entediado. A sua campeã tem artefatos ou não?

Yuu pensou no povo de Anding, na cidade destruída pela guerra. Nos soldados sob o comando do Tigre Rosnante que morriam para proteger Hosa. Nas crianças que Yanmei protegia, nos órfãos de guerra. Não sabia se conseguiria derrotar Batu (parecia uma missão impossível), mas sabia que precisava tentar. Se nenhum guerreiro era capaz de derrotá-lo, então talvez ela fosse, porque de guerreira não tinha nada.

Já enfiando a mão dentro das vestes, Yuu contornou Natsuko. Puxou o lampião, a espada, a estátua de Champa rindo, o anel, a escama, o chicote e o colar de dentes. Por fim, puxou o espelho e olhou de relance para o vidro. O Tique-Taque a encarou lá de dentro. Colocou todos diante de Batu, no chão.

Fang deu uma risada genuinamente alegre.

— Deve ser péssimo, hein, Yang Yang — disse, zombando de seu próprio patrono. Yuu olhou de soslaio para o ladrão. Havia sete artefatos dispostos à sua frente. Ele chamou a atenção dela e deu uma piscadela. — Muito bem.

Yuu olhou para o outro lado e viu Xin Fai também diante de sete artefatos.

— Boa sorte — disse, e abaixou a cabeça numa reverência. — Acho que você vai precisar.

Batu sorria silenciosamente para ela. Os deuses atrás sussurravam uns para os outros. Ela ouviu algumas risadas, e um ou outro barulho zombeteiro. Nenhuma daquelas vozes parecia achar que tinha chance contra o deus da guerra.

— Ora, ora, ora, pequena Natsuko — disse Batu, depois de um instante. — Pelo visto subestimei você.

Natsuko riu.

— Só um tolo compra gato por lebre, Batu.

Batu sorriu enquanto levantava do trono e pegava o bastão.

— Essas divagações sem sentido. Agora quem me subestimou foi você. Venha, mortal. Chegou a hora de colocarmos um ponto-final nessa charada ridícula.

— Agora? — perguntou Yuu.

— Agora mesmo! — vociferou Batu.

Ele desceu os degraus como um predador à caça. Toda aquela simulação de apatia havia sumido. Parou na frente dela, e Yuu deu um passo para trás, incerta quanto ao que fazer e com as pernas tremendo. Será que deveria atacar agora? Ou o certo seria esperar que ele atacasse primeiro?

Batu esticou a mão, e Yuu se encolheu, já pegando uma das peças de xadrez e desejando que tivesse tido mais tempo para formular um plano.

— Como é arisca — disse Batu. — Me dê sua mão aqui, mortal.

Yuu olhou para Natsuko, e a deusa assentiu. Lentamente, estendeu a mão direita tatuada. Batu revirou os olhos.

— A outra.

Com uma risada para disfarçar a vergonha, abaixou a mão direita. Não era justo; ela não fazia ideia do que estava acontecendo. Em meio ao desespero, ainda tentava se concentrar e, ao mesmo tempo, pensar em uma estratégia. Poderia fugir em direção aos deuses reunidos, usá-los como cobertura e então atacar do meio da multidão. Batu agarrou sua mão esquerda e envolveu-a com seus dedos enormes. Yuu sentiu seu braço direito começar a coçar. As tatuagens brilhavam. As letras ali rabiscadas reluziram com uma luminescência radiante, se ergueram de sua pele, flutuaram no ar por um instante e então esvaneceram. Depois, seu braço esquerdo começou a coçar também e ela viu novas tatuagens se escrevendo sozinhas. Palavras serpentearam para cima e ao redor do braço, rastejaram ao redor de alguém que continuava presa em seu pulso. Parecia que havia formigas percorrendo suas veias, mas ela lutou contra o anseio de coçar. Com olhos escuros e intensos, Batu a encarava. Yuu percebeu que as mesmas palavras estavam se tatuando sozinhas no braço dele também. Um novo contrato iniciou antes mesmo do outro ter terminado direito. Mesmo assim, ainda não conseguia ler o texto.

Assim que o último contrato sumiu e o novo parou de arranhar sua pele, Batu soltou a mão dela, olhou para os deuses reunidos e, num rugido, vociferou:

— Está na hora de todos vocês perceberem a verdade. *Eu* sou tianjun!

— Yuu recuou. — Tomei este trono cem anos atrás e não vou abandoná-lo. Nenhum mortal é capaz de me derrotar. *Eu* sou tianjun, e sempre serei.

O murmúrio dos deuses ficou mais alto, mas nenhuma das divindades se levantou para desafiar Batu. Nenhuma exceto Natsuko.

— Pois então prove — disse. Sua voz, quando comparada com a dele, soava velha e frágil como papel. — Todo esse fiasco. Minha campeã está aí, diante de você, Batu.

Yuu não tinha certeza se queria que Natsuko ficasse insultando o deus da guerra. Precisava de tempo para se preparar. Precisava de um plano.

— Aqui? — perguntou Yuu, já olhando em volta e avaliando o campo de batalha.

Batu a olhou de soslaio e sorriu. As costeletas douradas emolduravam seu rosto como a juba de um macaco.

— Claro que não. Este é o salão do trono. Preparamos um local específico para a batalha.

Ele mexeu uma mão, e outro torii, parecido com aquele que tinham usado para adentrar Tianmen, se abriu. Para além do portal, havia uma grande arena quadrada, a céu aberto. O sol brilhava sobre o chão reluzente de mármore. Havia uma fileira de pilares de rocha de cada lado da arena, e além delas, altos bancos de madeira. Não seria apenas um duelo... seria um espetáculo. Batu queria que todos os deuses o testemunhassem defendendo seu reinado, que estivessem ali quando ele assegurasse o trono de uma vez por todas.

— Quando foi que você construiu isso? — perguntou Natsuko.

Batu encarou a velha deusa.

— Enquanto você e sua campeãzinha ficavam por aí correndo atrás de lixo divino. Achei que já era hora de dar à disputa a cerimônia que ela merece. Afinal, será a última de todos os tempos.

Mais uma vez, os deuses murmuraram entre si, mas mesmo assim ninguém ousou contradizê-lo.

— Você primeiro, campeã — disse Batu, gesticulando em direção ao arco. Deu um sorriso, mas seus olhos brilhavam com malícia.

Yuu respirou fundo, deu um passo adiante e então parou. Virou-se para os deuses que se enfileiravam atrás dela.

— Para qualquer um aqui de quem eu peguei artefatos. Sintam-se à vontade para tomá-los de volta.

Não precisava mais daqueles itens, e, se significavam tanto para os deuses que os estimavam, então que ficassem com eles. Yuu atravessou o torii e adentrou a arena.

37

Natsuko foi uma das últimas a entrar no dojo. Chegou até mesmo a enrolar alguns dos outros deuses com conversa fiada. Batu só começaria o duelo quando ela chegasse, quando todos chegassem, especialmente ela. Era o jeito dele de mandar uma mensagem, de mostrar que não seria destituído, não agora nem nunca. Não começaria até que todos estivessem assistindo, e quanto mais tempo Natsuko conseguisse dar para que Daiyu se preparasse, melhor.

Enfim, a deusa chegou. Batu ficava girando o bastão em movimentos complexos para aparecer. E, de fato, parecia extremamente perigoso. E ela podia apostar que era de propósito. Yuu caminhava entre as pilastras no centro da arena, provavelmente contando passos e memorizando o campo de batalha. Parou perto de uma das pilastras de mármore, tocou-a com a mão, e então continuou a andar. Ajoelhou-se perto do centro e chutou uma pedrinha no chão. Uma estrategista precisava conhecer o terreno. Segurando a máscara de Daiyu, Natsuko foi para os bancos. Branca e inexpressiva a não ser pelas duas fendas nos olhos e a rachadura que ia do olho direito até o queixo, quase como o rastro de uma lágrima.

— Natsuko — disse Yuu quando a deusa chegou à arquibancada.

Champa e Khando estavam ali também. Sempre fizeram parte do círculo de amigos mais íntimos de Natsuko e Fuyuko.

A deusa escondeu a máscara dentro do hanfu e emulou um sorriso mecânico no rosto.

— Você não tem nada mais importante para fazer agora, não? Garota, você tem um deus para matar.

— Obrigada — disse Yuu, sorrindo.

Parecia mais jovem do que quando haviam se conhecido. Parecia ter a idade que realmente tinha. O luto e a culpa por si mesma adicionaram uma década de vincos ao rosto dela, mas estes traços haviam sumido nos últimos dias.

— Obrigada? Pelo quê? Por te meter nessa merda?

— Por ter confiado em mim — disse Yuu. — E por fazer com que eu confiasse em mim mesma de novo. — Passou por cima do banco mais baixo e pegou as mãos de Natsuko. — Finalmente entendi o que todas as peças significam, e qual é o meu lugar no jogo.

Yuu se afastou e foi a passos largos em direção à batalha.

Natsuko olhou para as próprias mãos enquanto subia a arquibancada para se sentar entre Champa e Khando. Sentiu um queimor azedo no estômago enquanto olhava a pequena peça Imperatriz inspirada nela. Fora esculpida com maestria e tinha dois lados diferentes: um representava uma velha de cenho franzido e, o outro, uma garotinha sorridente. No fundo, Yuu gravara uma mensagem. *Nunca ficamos mais vulneráveis do que num momento de vitória.*

Natsuko se acomodou enquanto uma carranca tomava-lhe o rosto. Pegou a máscara mais uma vez e encarou o disfarce em uma das mãos e a peça de xadrez que a representava em outra.

— Coitada — disse.

— Como é, Natsuko? — perguntou Champa, sorrindo.

— Yuu não faz a menor ideia do que eu fiz com ela.

Com delicadeza, Khando acariciou o ombro da deusa.

— Ninguém nunca sabe. — É claro que ele já passara por isso. — Acha que ela vai vencer?

Natsuko riu.

— Aposto meu irmão que vai — respondeu, confiante, e então sussurrou: — Ela tem que ganhar.

No centro do dojo, Yuu se posicionou quatro passos à frente de Batu. Estava com as mãos enfiadas nas mangas e com metade do rosto coberto pelo douli. Parecia calma, mas Natsuko a conhecia bem demais para saber que era exatamente o contrário. Sabia que sua campeã estaria tremendo. Ela nunca conseguira se livrar de todos os sentimentos direito.

Batu bateu a ponta do bastão no chão e espatifou a laje de pedra.

— Vamos colocar um fim nesta história, então — gritou. Virou-se para Yuu. — Venha, mortal. Aproveite a chance para atacar, vai ser a única.

Yuu não se mexeu.

Natsuko sorriu.

— Há uma propensão de se confundir heroísmo com ações precipitadas. Mas não são a mesma coisa. Um herói de verdade não age por impulso, mas de acordo com a razão e com preparo.

— Parece filosofia — disse Champa com um sorriso, o mesmo sorriso que Yuu acabara de lhe devolver.

Natsuko olhou para o deus da risada.

— E é. Escrito pela Arte da Guerra.

Yuu observou Batu se exibindo. De braços abertos, ele parecia dar as boas-vindas a um ataque. Ela nem se mexeu. Sua estratégia foi definida, e o plano já estava em movimento. Precisava que o oponente atacasse primeiro.

Com um sorriso no rosto, Batu olhou para os deuses ao redor e, por fim, avistou Natsuko.

— Sua campeã congelou de medo, pequena Natsuko — gritou. — Então vou acabar com essa história!

O deus da guerra correu para a frente e, com o bastão em riste, atravessou a distância que os separava em quatro passos largos. Yuu focou na pilastra central e ativou sua primeira peça. Tigre Rosnante caiu do pilar parecendo exatamente como o próprio general, mas feito de rocha. Colidiu contra Batu e o empurrou para longe. O bastão do deus da guerra chicoteou tão perto da cabeça de Yuu que fez o cabelo dela se agitar. Seu coração acelerou e a pulsação retumbava em seus ouvidos, mesmo assim, ela não se mexeu.

— O que é isso? — gritou Batu para o general de rocha.

Mas, é claro, o Tigre Rosnante não respondeu. Era feito de rocha, em essência, uma peça de xadrez esculpida em madeira, animada e controlada pelo qi e pela técnica de Yuu. Uma réplica perfeita, que tinha até mesmo a mancha vermelha nas costas.

Yuu não era tola o bastante para acreditar que uma peça fosse capaz de distrair o deus da guerra por muito tempo. Focou no chão atrás de Batu e ativou a segunda peça. Li Bangue arrastou seu corpanzil para fora da pedra, com o chui já girando antes mesmo de o pé ter terminado de se formar. Bateu com a cabeça do cetro na barriga de Batu, e o deus da guerra tropeçou para longe, tossindo e vertendo sangue dos lábios. Cambaleou para trás, ajeitou a postura e apontou para Yuu. Ela o observava por baixo da bainha do douli e continuou se recusando a se mover. Ainda não era o momento de entrar na luta.

Batu se recuperou e chicoteou o bastão contra a cabeça rochosa de Li Bangue, mas o Tigre Rosnante bloqueou o ataque com sua dao de rocha e o desviou para uma pilastra. Batu pulou para longe, girou em pleno ar e pousou com agilidade. Lutando contra dois oponentes, ele era mais reservado: perseguia-os e testava o possível alcance com a ponta do bastão.

O Tigre Rosnante contornou pela esquerda enquanto Li Bangue investia contra o deus da guerra. Batu golpeou o bastão com a velocidade de um raio, atingiu a barriga de Li Bangue, rachou a pedra e deixou um talho. Partes do estômago de Li Bangue desmoronaram e viraram poeira no chão, mas ele continuou em frente e agarrou o bastão enquanto Tigre Rosnante, girando sua dao, encurralava Batu. O deus da guerra rugiu e rodopiou o bastão, o que fez com que Li Bangue de rocha saísse do chão e interceptasse o caminho do Tigre Rosnante. Os dois se chocaram e caíram num emaranhado de braços e pernas de rocha. Detritos dos dois rolaram e derraparam pelo chão. Batu deu as costas às estatuas decadentes e correu em direção à Yuu mais uma vez.

Chegara a hora de se mexer. Ativou a terceira peça e um garanhão emergiu da pedra debaixo dela. Mas, ao contrário de Inchado, este não era devagar ou cansado. Yuu grunhiu, assustada, quando o cavalo de rocha surgiu entre suas pernas, e se posicionou no lombo do bicho. O deus da guerra avançou em sua direção. Mas o Tigre Rosnante havia se recuperado e pulou para interceptá-lo. Li Bangue, emitindo um ruído triturante, também voltou a levantar e ambas as estátuas se posicionaram lado a lado, bloqueando o acesso de Batu a Yuu enquanto Inchado galopava para longe.

Yuu se agarrou à sela de pedra com toda a força enquanto o animal contornava a arena. Ela saltitava de forma dolorosa; enquanto as pernas e a bunda batiam contra a rocha, enfiou a mão livre dentro das vestes, agarrou punhados de lascas de madeira e os espalhou pelo chão da arena. Os deuses ao redor não passavam de um borrão de cores e rostos apreensivos. O barulho dos gritos e da torcida se misturava ao clamor dos cascos de Inchado martelando o chão de rocha e formava uma cacofonia caótica.

Batu empurrou Li Bangue para trás com o bastão, depois girou, golpeou a arma e despedaçou o braço do Tigre Rosnante. Fragmentos de pedra voaram pelo ar e a dao de rocha caiu no chão. Li Bangue se recuperou e avançou contra Batu, mas o deus da guerra desviou do ataque desajeitado, pulou e atingiu a cabeça do Tigre Rosnante com a ponta do bastão. O general explodiu em uma chuva de pedregulhos e poeira. A pequena peça de madeira saiu rodopiando pelo chão. Batu encarou-a por um instante, e um sorriso se espalhou por seu rosto peludo. Amassou a estátua com o calcanhar. Uma dor lancinante atravessou o peito de Yuu como uma adaga enfiada no coração quando a conexão de qi foi cortada. Ela ficou toda frouxa sobre o lombo de Inchado; era difícil segurar firme e respirar. Sua avó podia até ter sido capaz de se distanciar das consequências, mas isso era algo que Yuu nunca soubera como fazer.

— Nada além de brinquedos! — gritou Batu. Encarou-a enquanto ela, agora incapaz de recobrar a postura, trotava pela arena nas costas de Inchado.

— É assim que você espera vencer? Jogando brinquedinhos em mim?

Ele pulou para a frente e atingiu o peito de Li Bangue com o bastão, o que rachou a pedra e fez detritos saírem voando. Puxou a arma e deu mais um ataque destruidor, dessa vez na cabeça do gigante de rocha.

Ela não podia perder Li Bangue. Ainda não. Não era a hora. Yuu pulou do lombo de Inchado, atingiu o chão com um espacate humilhante e ralou o joelho e o cotovelo. Engoliu a dor em seco e se esforçou para levantar enquanto a estátua do cavalo galopava para a briga. Batu recuou de Li Bangue e girou o bastão. A ponta de aço bateu com tudo no focinho do bicho, despedaçou a mandíbula e fez com que ela se soltasse, mas a força cinética de Inchado carregou a estátua para a frente. O animal se chocou contra Batu com tudo, derrubou-o e rolou por cima dele. Um mortal teria sido esmagado sob o peso do cavalo de pedra e, por um instante, Yuu esperou que aquele fosse o fim do confronto.

Yuu mancou adiante e fez uma careta quando sentiu a dor lancinante que esmagava seu joelho a cada passo. Batu se debateu, trêmulo debaixo de Inchado. Tentando se levantar, o garanhão chutava com as poderosas pernas de pedra e acabou atingindo o deus da guerra no rosto com um dos cacos agitados. Batu rugiu e ergueu o cavalo maciço ao se levantar. Depois, jogou o bicho com a cabeça virada para o chão. A estátua de Inchado se desfez em detritos e poeira, deixando para trás apenas uma pequena peça de xadrez de madeira em formato de cavalo. Ele apertou a miniatura com as duas mãos e quebrou-a ao meio com a mesma facilidade de uma criança partindo um galho. Outra faca afundou-lhe o coração quando a conexão se espatifou, e ela cambaleou segurando o peito. Lágrimas lhe borraram a visão, e Yuu desmoronou sobre um dos joelhos.

— Você parece acabada, mortal — disse Batu, exibindo um sorriso sangrento.

Atrás do oponente, Li Bangue levantou, rodopiou o chui e enfiou a ponta na lateral do corpo do inimigo. O impacto fez o deus da guerra sair cambaleando enquanto, atordoado, chorava e balançava o bastão.

Incerta, Yuu voltou a ficar de pé e usou um dos pilares de rocha como apoio. Seu coração batia acelerado e estava difícil respirar. Cada estátua que se perdia era como uma parte de si mesma sendo arrancada.

Batu atingiu Li Bangue mais uma vez com um ataque violento do bastão e pedaços de rocha saíram quicando pelo chão. Li tentou agarrar o bastão e até conseguiu segurá-lo com uma das mãos, mas o deus da guerra lhe deu um soco no rosto, sem se importar que tivesse socado rocha sólida, destruiu o nariz e esmigalhou sua bochecha. Batu bateu de novo, e a mandíbula de Li Bangue caiu inteira.

Yuu estava ficando sem peças rápido demais e, embora o inimigo estivesse ferido, ele parecia ficar mais forte a cada golpe que dava ou recebia. Yuu se afastou da pilastra e respirou fundo para tentar se acalmar. Havia mais uma peça para jogar, a mais poderosa de todas. Estendeu a mão em direção à pilastra atrás de Batu e ativou sua Heroína.

Yanmei, esculpida em rocha maciça, vestida com uma armadura de escamas e empunhando sua naginata, emergiu da pedra. A estátua não exibia nenhuma das cores ou a fúria da mulher, mas se movia com a mesma graça, força e destreza. Batu deu as costas para Li Bangue bem a tempo de bloquear a lâmina em pleno ataque. Grunhiu quando a arma esmagou sua mão, mas continuou segurando firme mesmo assim. Li Bangue, com o rosto desmoronando em ruínas, avançou e envolveu os braços que se desintegravam ao redor do deus da guerra. Segurou-o por tempo suficiente para que Yanmei libertasse a naginata, rodopiasse e atingisse a cabeça de Batu com o pomo em formato de flor. O inimigo aproveitou a oportunidade gerada pelo golpe, usou o impulso para virar Li Bangue e derrubou a estátua de costas no chão. O deus da guerra saltou para trás, ergueu o bastão sobre a cabeça com as duas mãos e o trouxe abaixo sobre os destroços do rosto do gigante. A estátua se desfez em pedregulhos e poeira.

Yuu desmoronou de joelhos de novo com ambas as mãos fechadas sobre o peito. Prendeu a respiração e, com um chiado, deixou a dor de lado. Não tinha tempo para desperdiçar. Precisava assumir posição.

Batu ria enquanto trocava golpes com Yanmei. Praticamente esquecida já que todos os olhos na arena estavam voltados ao conflito de elite de heroína *versus* deus, Yuu se esforçou para levantar. Encontrou a pilastra da qual Yanmei tinha emergido e desmoronou contra sua superfície.

— O QUE ELA ESTÁ FAZENDO? — PERGUNTOU KHANDO. — ISSO NÃO É lugar. Ela só está irritando Batu com truques enquanto foge.

Champa riu.

— Você devia ter escolhido um campeão como o meu, Natsuko. Xin Fai teria rendido uma bela de uma luta.

Natsuko escarneceu da afirmação.

— Ele teria é perdido.

Mais uma vez, o deus da risada sorriu.

275

— Provavelmente. Mas acho que Batu está certo. Ninguém é capaz de depô-lo agora.

Natsuko assistia a Yanmei se mover em uma dança rodopiante de lâmina e rocha enquanto a naginata girava ao redor de seu corpo de pedra com uma elegância hipnotizante. Batu sangrava de um corte sobre o olho, e seus lábios estavam ensanguentados, mas ele sorria e arreganhava os dentes enquanto bailava com Yanmei, correspondendo à sua velocidade e desviava dos ataques. Natsuko se deu conta de que ele estava se divertindo com a batalha, se divertindo tanto que tinha praticamente esquecido da presença de Yuu ali.

— Então é melhor a gente simplesmente desistir? — perguntou, com amargura. — Deixar Batu continuar no trono?

— É — respondeu Khando. — O que mais podemos fazer?

— Que deus dos sonhos mais desprezível você é, Khando. Seu antecessor ficaria com vergonha.

Khando suspirou.

— E daí? Esen morreu.

— Morreu mesmo — sibilou Natsuko. — Você o matou.

— Ah. — Khando ficou em silêncio por um instante. — Foi por isso que você a escolheu?

Champa riu.

— Ela ainda precisa vencer, Natsuko.

Com esforço, Yuu se levantou mais uma vez. Sob o douli, agora vestia a máscara da Arte da Guerra, só que uma versão perfeita, sem a rachadura. Natsuko olhou para as próprias mãos, para a peça de xadrez em uma e para a máscara que ainda segurava em outra.

A Yanmei de pedra saltou para trás e disparou ao redor de uma pilastra, o que forçou Batu a segui-la. Abriu distância pelo dojo com passos decididos até o centro enquanto girava a naginata à sua frente, absorvendo e defletindo os golpes do bastão de Batu. Ele apontou mais para baixo, o que fez a ponta de ferro adentrar a perna de sua oponente e despedaçar a pedra. Ela caiu sobre um joelho. Batu pulou para a frente, soltou o bastão, agarrou a cabeça da estátua com ambas as mãos e arrancou-a dos ombros com um estalar fruto da pedra rachando. Yanmei desmoronou numa comoção de escombros que saíram quicando pelo chão. Ele encarou a Heroína de madeira em miniatura enquanto puxava a arma mais uma vez. Em seguida, esmagou a peça de xadrez que representava Yanmei com a ponta do bastão. Yuu deu um passo para trás, mas não demonstrou nada da dor que sentira quando as outras peças foram arruinadas.

Batu descansou o bastão na dobra do braço, bateu a poeira das mãos e olhou para a arena ao redor antes de, por fim, encarar Yuu.

— Era isso, campeã? — gritou através do solo coberto de detritos. — Não tem mais brinquedinhos para jogar em mim?

Yuu deu mais um passo para trás, mas não disse nada.

— Até que foi divertido — disse Batu, estampando um sorriso sangrento enquanto se aproximava sem pressa. — Mas, no fim das contas, bem previsível. Desista que eu deixo você se render. É a sua única chance.

Yuu levantou as mãos, estendeu os dedos e o chão da arena eclodiu em lascas de pedra tão afiadas quanto as de madeira. Batu berrou quando farpas de rocha o atingiram e derrubaram-no. Mas, quase tão rápido quanto haviam emergido, as lascas começaram a se desfazer, deixando nada além de fragmentos espalhados pelo chão e poeira suspensa no ar.

Usando o bastão como bengala, Batu se reergueu de novo. Escorria sangue de dois cortes superficiais em seu peito. Ele sorriu enquanto recobrava o equilíbrio e depois rugiu uma risada retumbante.

— Então assim será!

Pulou no ar, pousou a dois passos de distância dela, atacou-a com o bastão num movimento tão rápido que mais pareceu um borrão e estilhaçou a cabeça de Yuu. O corpo de pedra decapitado ficou ali por um instante, e então começou a ruir.

Batu arregalou os olhos.

— Mas o quê...

A estátua se desfez, e um soldado hosânico de rocha segurando uma lança quebrada, o Peão que ela usara para derrotar a avó, irrompeu da carcaça da Yuu de pedra e afundou sua lança maciça no peito de Batu. A ponta quebrou em suas costas junto com um esguicho de sangue.

Batu cambaleou sobre os próprios pés. Esticou uma mão e agarrou a lança enquanto seu sangue escorria pela extensão da arma. Ele contorceu as feições, e então engasgou e vomitou sangue sobre o Peão. Sua mão pendeu, e o deus da guerra tombou de lado no chão empoeirado.

As divindades ficaram em silêncio, chocadas com a morte do deus da guerra. Natsuko olhou para a peça de xadrez que segurava em uma mão e leu as palavras na parte de baixo de novo. *Nunca ficamos mais vulneráveis do que num momento de vitória.* Na outra mão, ainda segurava a máscara da Arte da Guerra. O silêncio se rompeu de uma só vez quando os deuses começaram a falar e gritar entre si. Alguns estavam incrédulos, outros em êxtase, e havia até quem estivesse furioso. Natsuko suspirou, mas o som foi engolido pelo tumulto. Desculpas não serviriam de nada, mas eram tudo o que tinha para oferecer à sua campeã.

38

Yuu emergiu da pilastra, do buraco que a estátua de Yanmei abrira ao entrar na batalha. Quando a peça da Heroína atraíra a atenção do deus da guerra, Yuu se enfiara ali dentro e substituíra a si mesma por sua versão de rocha. O Peão, guardando outro Peão dentro de si mesmo. Toda a luta ocorrera de acordo com o plano, mas, mesmo assim, fora por pouco. O preço da derrota teria sido alto demais. Ela atravessou a arena até o local em que sua peça final esperava e extraiu o qi da estátua. O soldado de pedra desmoronou e deixou para trás apenas uma pequena peça de xadrez caída no chão. A peça que ela usara tanto tempo atrás para vencer pela primeira vez, e agora de novo para garantir a mais importante de suas vitórias. Pegou-a e sorriu enquanto passava o dedão pela superfície familiar. Depois, guardou-a dentro das vestes e encarou o corpo caído de Batu, o deus da guerra.

A pele brilhava suavemente e uma névoa dourada, quase como vapor, emanava do cadáver. Mas não havia dúvidas de que tinha morrido mesmo. Os olhos estavam inertes, distantes. O buraco que lhe atravessara o peito perfurara o coração e agora uma poça de sangue se acumulava debaixo dele. Ela tinha conseguido. De algum jeito, não parecia real. Mas conseguira. Uma gargalhada selvagem eclodiu de seus lábios e ela rapidamente cobriu a boca com as mãos para abafar o riso. Matara o deus da guerra, chutara-o para fora do trono. Agora, Natsuko teria a chance de substituí-lo e de finalmente colocar um ponto-final nos conflitos constantes que haviam castigado o mundo por cem anos. Hosh, Nash, Ipia e Cochtan poderiam, enfim, viver em paz. Em paz de verdade. Sem um deus sussurrando promessas de poder, planos de batalha ou incitando inveja e ódio. Quem sabe agora os quatro impérios conseguissem se curar e aproveitar uma era de prosperidade, em vez de violência. No mundo que Natsuko poderia ajudar a criar, no mundo que, através de seus conselhos, poderia ajudar a construir, uma Arte da Guerra não seria necessária. E isso, concluiu Yuu, era uma homenagem muito mais justa à sua avó do que qualquer batalha vencida. Um final adequado para o legado que a velha desejara deixar. Um fim para a guerra, e um ponto-final na necessidade de estrategistas como ela. Yuu conseguira.

As tatuagens espalhadas pelo braço de Batu começaram a brilhar. Se ergueram da carne e reluziram com intensidade por um instante antes de

278

esvanecerem em cinzas e, então, desaparecerem. Ela olhou para o contrato escrito no próprio braço. As palavras continuavam ali, inalteradas.

— Daiyu — chamou Natsuko, atrás de Yuu. De perfeita, a deusa não tinha nada. Sabia ser mal-humorada, inconstante, ofensiva e até um pouco vingativa, mas era melhor do que Batu. Seria uma tianjun melhor do que Batu. — Me desculpe.

Yuu deixou o mistério do contrato em seu braço para lá e, ainda com um sorriso estampado no rosto, se virou para parabenizar a deusa. Sentiu uma dor lancinante no peito. Natsuko estava à sua frente com as rugas do rosto formando uma carranca. Yuu olhou para baixo e viu um cabo pendurado em seu peito, o cabo de sua pequena faca de esculpir. De alguma forma, estava ali, enfiada, mordendo sua carne, perfurando-a. A dor a tomou de assalto, queimou as entranhas de seu peito e Yuu arquejou, já sabendo que aquele seria seu último suspiro. Com a visão embaçada, tombou para trás. Natsuko a pegou e a abaixou até o chão. Na outra mão, a deusa segurava uma máscara. Com gentileza, colocou-a no rosto de Yuu, que não tinha forças para resistir. Era uma sensação tão familiar. Parecia traição. Mas ela já estava distante demais para combatê-la.

Enquanto Natsuko a deitava no chão da arena, a última coisa que Yuu viu foi a deusa a encarando, balbuciando palavras que ela não conseguia ouvir. Palavras escritas numa luz dourada. Morreu com uma coceira no braço.

Natsuko atravessou o torii e, encabeçando uma turba de deuses que não paravam de tagarelar, deixou a arena para trás. À sua frente, estava o trono do tianjun. Um trono no qual ninguém além de Batu sentara pelos últimos cem anos. O trono, por si só, não tinha poder algum, mas era mais do que um mero símbolo. Indicava para o firmamento e para a terra, para mortais, deuses e espíritos que, quem quer que se sentasse ali, era o lorde dos céus, cujo mandato era supremo, e cujos anseios seriam atendidos. Os desejos de Natsuko tomariam forma. A visão de Fuyuko para o mundo.

Deu um passo adiante e endireitou a postura enquanto caminhava em direção ao trono. Os outros deuses, com empurrões e cotoveladas, tentavam abrir caminho pelo arco enquanto traziam o cadáver de Yuu de arrasto. Natsuko realmente sentia muito pelo que precisara ser feito à estrategista, à sua campeã. Mas fora necessário. Era a lei. As regras da disputa. Fang e Xin Fai, assistindo a tudo aquilo, aguardavam dentro do salão do trono. Mais tarde decidiria o destino deles. Poderiam ser úteis para espalhar a notícia da nova tianjun pelo mundo ou talvez soubessem demais a respeito dos deuses e da contenda pelo trono. Mas, por enquanto, simplesmente não eram importantes.

Natsuko limou algumas dobras do pescoço. Seus pés ficaram mais leves; os ossos, menos exaustos. A pele se contraiu, as rugas regrediram e o cabelo escureceu conforme o grisalho ia se tornando preto. Ao chegar à escada que levava ao trono, era uma garota de novo. Deu uma risadinha e subiu os degraus pulando. Quando alcançou o topo, se virou para encarar os deuses dispostos diante dela. Avistou amigos e inimigos, companheiros e conspiradores, irmãos e irmãs. Eram todos seus súditos. Quer gostassem ou não. Sem pressa, Natsuko se sentou no trono que era seu por direito. O assento a apequenou, mas porque fora construído para homens, e ela era uma deusa criança.

— Batu morreu — gritou Natsuko por sobre o clamor das divindades. Um a um, todos ficaram em silêncio e a encararam. — O regime de guerra imposto por ele chegou ao fim. Todos vocês devem informar aos seus adoradores, aos monges, aos fiéis que visitam seus altares, que a guerra não é mais um mandamento dos céus. O tempo agora é de paz.

Changang, o deus da vida, deu um passo à frente, para fora da massa de deuses sussurrantes. Abaixou a cabeça numa reverência profunda.

— Tianjun — disse, com uma voz que parecia papel crepitante. — Antes que qualquer uma dessas ordens seja levada adiante, há uma questão urgente. — Ele enrijeceu a postura e encarou Natsuko. — Precisamos de um deus da guerra.

Natsuko assentiu ainda enquanto todos os outros deuses expressavam estar de acordo. Era verdade. As regras da disputa eram claras. Ela estava apenas esperando, postergando a obrigação o máximo possível. Parecia traição. *Era* traição, e odiava levar isso adiante. Levantou-se, ergueu as mãos e esperou que os deuses fizessem silêncio.

— Batu morreu — anunciou, com a voz trêmula. — Levanta-te, Yuu, deusa da guerra.

EPÍLOGO

O IMPERADOR WULONG MANCOU PARA DENTRO DO TEMPLO COM O Tigre Rosnante logo atrás. O velho general era uma cacofonia ambulante. Quando não estava grunhindo, rosnando ou xingando, sua armadura clicava e estalava contra si mesma. O Imperador WuLong também fora informado de que o general catingava a cavalos, batalhas e suor, mas não sabia dizer se era verdade. Perdera o olfato havia muito tempo. Por trás da máscara de porcelana, nem tinha mais nariz. O Imperador Leproso, era assim que o chamavam. Seu corpo fora devastado por uma doença que o devorara de pouquinho em pouquinho. Ainda sentia a dor, mas não como antigamente.

— Temos quinhentos soldados parados no lado ocidental de Shin, prontos para a escalada — afirmou o Tigre Rosnante enquanto o imperador se ajoelhava diante do altar de Batu. — Também temos cem mestres wushu do Vale Solar prontos para escalar os penhascos quando a noite cair. Vamos surpreender aqueles malditos cochtanos, expulsá-los de Shin e mandá-los embora de Hosa.

O general fazia parecer tão simples. Mas WuLong sabia que seria uma batalha difícil e sangrenta. Os cochtanos ocupavam um ponto elevado e altamente defensável de Shin. Os rifles lhes proviam o alcance, e os tópteros, a vantagem tática. Juntando isso às novas Máquinas Sangrentas, o imperador estava longe de ter certeza de que seus números superiores bastariam. Não. Se quisessem vencer, precisariam de mais do que números, mais do que técnicas, mais do que estratégias. Precisariam dos deuses. Do apoio de Batu.

— Me deixe sozinho, general — ordenou o imperador, com a voz áspera.

A doença devastara seus pulmões também, e palavras sempre causavam muita dor. Ficava agradecido por ninguém conseguir vê-lo sofrer por trás da máscara dourada.

Tigre Rosnante disse:

— Que Batu nos garanta a vitória.

Ele assentiu ligeiramente, se virou, partiu estralando para fora do templo e deixou WuLong sozinho com os deuses.

O imperador relaxou a postura assim que o general saiu, e um gemido de dor escapou espontaneamente de seus lábios. Ninguém mais poderia saber o quanto sofria. Podiam chamá-lo de Imperador Leproso o quanto quisessem, contanto que ainda o considerassem forte o bastante para comandar Hosa. Para comandar o trono e manter as outras províncias em ordem.

Orar na véspera de uma batalha fazia parte do costume: interceder por sorte, pela vitória, por misericórdia. A lista de coisas pelas quais pedir era interminável. Algumas pessoas podiam até dispensar a bênção dos deuses, mas estes eram normalmente os tolos que se consideravam superiores à adoração. Os deuses eram reais, isso WuLong sabia por experiência própria, e apenas um idiota faria questão de irritá-los. Havia cerca de doze altares no templo, cada um dedicado a um deus diferente, mas era o de Batu que ficava na frente e no centro. Ele era o deus da guerra e o tianjun; ocupava a mais alta posição nos céus. Era de sua intercessão que as tropas hosânicas precisavam caso quisessem reconquistar a província de Shin. Uma estátua de Batu sentado no trono ocupava boa parte do altar, abrigada em um pequeno pagode de madeira. Olhando adiante, com um meio sorriso nos lábios e descansando no assento, era assim que a escultura o retratava. Adoradores haviam disposto diversas armas velhas diante do altar, oferendas dadas por livre e espontânea verdade para bajular o deus da guerra. WuLong viera de mãos vazias, mas tinha algo muito mais grandioso para oferecer. Soldados hosânicos morreriam em batalha naquela noite, e não havia nada que Batu amasse mais do que derramamento de sangue dos guerreiros.

— Ouça minha prece, Batu — sussurrou o imperador, com as mãos estendidas à frente e a máscara tocando o chão de rocha. — Deus da Guerra, Lorde da Batalha, Soberano dos Céus. Seus filhos precisam de suas bênçãos. Fomos forjados à sua imagem e semelhança, feitos única e exclusivamente para adorá-lo. Marchamos para a guerra em seu nome.

Ouviu pedras desmoronando. Fragmentos de rocha se espalharam e chegaram até perto de suas mãos. Um pé envolto em sandálias se libertou do altar. Batu nunca aparecera assim. WuLong já vira shinigami, espíritos, fantasmas de heróis. Mas o Lorde dos Céus nunca lhe agraciara com sua presença. Todo o contato acontecia através de sussurros e vislumbres de soslaio pelo seu único olho restante.

O barulho cessou, e WuLong foi capaz de ouvir a própria respiração pesada e os sons distantes do exército acampado lá fora.

— Batu... — começou a dizer, apenas para ser interrompido por uma tosse educada. Mas que de jeito nenhum viera de um homem.

WuLong ergueu o olhar e viu uma figura envolta em vestes, sentada sobre as ruínas do altar de Batu. Ela vestia um trapo cheio de retalhos numa miríade de cores, um velho douli de bambu, usava uma algema de aço no pulso esquerdo e uma máscara branca e simples que ele conhecia muito bem. Seus pés balançavam na beira do pequeno altar, e, na mão, ela segurava uma peça de xadrez no formato de um soldado hosânico de armadura completa e empunhando uma lança quebrada.

WuLong se esforçou para se sentar. Seus braços, pernas e até o traseiro doíam.

— Daiyu Lingsen — disse, hesitante. — Por que é que você está aqui? Como? Cadê Batu?

A Arte da Guerra pulou do altar, dobrou o corpo levemente para trás e esticou as costas.

— Desculpe a bagunça. Ainda estou me acostumando com... tudo.

WuLong se levantou devagar, doía muito. Encarou a estrategista. Os dois ficaram máscara a máscara.

— Você não devia ter vindo. A família Qing...

Ela levantou a mão para interrompê-lo.

— Isso não importa mais. Vim em nome da tianjun.

— De Batu?

Um silêncio se instalou, e WuLong percebeu que os olhos de Daiyu Lingsen eram duas fendas escuras, como se não houvesse nada além de trevas atrás daquela máscara. Mas, através da rachadura que descia pelo olho direito, era possível ver os lábios dela curvados num sorriso.

— Batu morreu — explicou, depois de um tempo. — É Natsuko que governa no lugar dele agora.

WuLong franziu o cenho enquanto tentava se lembrar de Natsuko. No passado, passara um longo período entre os templos na Montanha Longa, mas essas memórias demoravam para voltar.

— A deusa das oportunidades perdidas?

— Ela... depôs Batu — continuou Daiyu Lingsen. — E vim lhe trazer uma mensagem. — Através da rachadura na máscara, ele viu que o sorriso havia desaparecido. — Traga a paz, Imperador Leproso. Vá até os cochtanos e traga a paz. Custe o que custar.

— É loucura! Eles invadiram Hosa. Estamos prestes a vencer, a um passo de expulsá-los de nossas fronteiras. Batu mandou que fôssemos à guerra, nos falou para...

— Eu realmente não me importo com o que Batu mandou — ela o interrompeu. — Aquele idiota morreu. É Natsuko quem está no comando agora. Ela declarou uma nova era de paz para Hosa, Cochtan, Ipia, Nash e até para os céus. E o que a tianjun quer, a tianjun consegue.

WuLong sentiu uma pressão nos dentes e percebeu que estava prestes a triturá-los, e já não tinha muitos sobrando.

— Nossa... — Daiyu Lingsen se virou e caminhou até o altar dedicado a Zhenzhen, a deusa da bebida. Havia um pequeno copo de vinho disposto para ela, mas a Arte da Guerra pegou-o, levantou um pouco a máscara e virou tudo num gole só. — Como vou sentir saudade de ficar bêbada.

— E se eu não obedecer? — perguntou WuLong. — E se eu não fizer as pazes com os cochtanos?

Daiyu Lingsen voltou a cobrir o queixo com a máscara e se virou para encarar o imperador de novo. Chegou mais perto e estendeu a peça de xadrez entre os dois. Era, sem sombra de dúvidas, um Peão.

— Faça o que ela manda, Imperador Leproso — disse Daiyu enquanto caminhava ao redor dele e voltava para o andar do deus da guerra. — Acredite quando eu digo que você não vai querer ficar contra essa tianjun. Traga a paz, Imperador WuLong. — Ela tirou a poeira de algumas pedras frouxas que haviam rolado para longe do altar, limpando as últimas evidências de que a estátua de Batu sequer existira. — Mas se prepare para a guerra.

Virou-se e voltou a se sentar no altar.

— Que guerra?

Daiyu Lingsen riu.

— *A* guerra.

Conforme sua voz esvanecia, ela ficou imóvel e em silêncio.

WuLong se aproximou da mulher no altar e a encarou através da máscara. Tinha virado pedra. Empoleirada no topo do altar, com os destroços do antigo ocupante espalhados entre velhas espadas e adagas no chão adiante, havia uma estátua da Arte da Guerra. O douli e a máscara lhe davam uma aparência estranhamente ameaçadora. Em sua mão, em vez do Peão, ela segurava uma peça diferente. O imperador olhou para a escultura, para si mesmo em miniatura.

LEIA TAMBÉM

MORRER JAMAIS

UMA HISTÓRIA DAS TÉCNICAS MORTAIS

ROB J. HAYES

ASSINE NOSSA NEWSLETTER E RECEBA
INFORMAÇÕES DE TODOS OS LANÇAMENTOS

WWW.FAROEDITORIAL.COM.BR

CAMPANHA

Há um grande número de portadores do vírus HIV e de hepatite que não se trata.

Gratuito e sigiloso, fazer o teste de HIV e hepatite é mais rápido do que ler um livro.

Faça o teste. Não fique na dúvida!

ESTE LIVRO FOI IMPRESSO
EM MARÇO DE 2023